新　視　野
中華經典文庫

新　視　野
中華經典文庫

詩經

名譽主編 饒宗頤

導讀 陳致

譯注 陳致 黎漢傑

中華書局

新視野中華經典文庫

詩經

□
導讀
陳致

□
譯注
陳致　黎漢傑

□
出版
中華書局（香港）有限公司
香港北角英皇道 499 號北角工業大廈一樓 B
電話：(852) 2137 2338　傳真：(852) 2713 8202
電子郵件：info@chunghwabook.com.hk
網址：http：//www.chunghwabook.com.hk

□
發行
香港聯合書刊物流有限公司
香港新界大埔汀麗路 36 號
中華商務印刷大廈 3 字樓
電話：(852) 2150 2100　傳真：(852) 2407 3062
電子郵件：info@suplogistics.com.hk

□
印刷
深圳中華商務安全印務股份有限公司
深圳市龍崗區平湖鎮萬福工業區

□
版次
2016 年 1 月初版
2020 年 6 月第 3 次印刷

□
規格
大 32 開（205 mm × 143 mm）

□
ISBN：978-988-8340-73-6

出版說明

為什麼要閱讀經典？道理其實很簡單——經典正正是人類智慧的源泉、心靈的故鄉。也正是因此，在社會快速發展、急劇轉型，因而也容易令人躁動不安的年代，人們也就更需要接近經典、閱讀經典、品味經典。

邁入二十一世紀，隨着中國在世界上的地位不斷提高，影響不斷擴大，國際社會也愈來愈關注中國，並希望更多地了解中國、了解中國文化。另外，受全球化浪潮的衝擊，各國、各地區、各民族之間文化的交流、碰撞、融和，也都會空前地引人注目，這其中，中國文化無疑扮演着十分重要的角色。相應地，對於中國經典的閱讀自然也就有不斷擴大的潛在市場，值得重視及開發。

於是也就有了這套立足港臺、面向海外的「新視野中華經典文庫」的編寫與出版。希望通過本文庫的出版，繼續搭建古代經典與現代生活的橋樑，引領讀者摩挲經典，感受經典的魅力，進而提升自身品位，塑造美好人生。

本文庫收錄中國歷代經典名著近六十種，涵蓋哲學、文學、歷史、醫學、宗教等各個領域。編寫原則大致如下：

（一）精選原則。所選著作一定是相關領域最有影響、最具代表性、最值得閱讀的經典作品，包括中國第一部哲學元典、被尊為「群經之首」的《周易》，儒家代表作《論語》、《孟子》，道家代表作《老子》、《莊子》，最早、最有代表性的兵書《孫子兵法》，最早、最系統完整的醫學典籍《黃帝內經》，大乘佛教和禪宗最重要的經典《金剛經》、《心經》、《六祖壇經》，中國第一部詩歌總集《詩經》，第一部紀傳體通史《史記》，第一部編年體通史《資治通鑒》，中國最古老的地理學著作《山海經》，中國古代最著名的遊記《徐霞客遊記》，等等，每一部都是了解中國思想文化不可不知、不可不讀的經典名著。而對於篇幅較大、內容較多的作品，則會精選其中最值得閱讀的篇章。使每一本都能保持適中的篇幅、適中的定價，讓普羅大眾都能買得起、讀得起。

（二）尤重導讀的功能。導讀包括對每一部經典的總體導讀、對所選篇章的分篇（節）導讀，以及對名段、金句的賞析與點評。導讀除介紹相關作品的作者、主要內容等基本情況外，尤強調取用廣闊的「新視野」，將這些經典放在全球範圍內、結合當下社會生活，深入挖掘其內容與思想的普世價值，及對現代社會、現實生活的深刻啟示與借鑒意義。通過這些富有新意的解讀與賞析，真正拉近古代經典與當代社會和當下生活的距離。

（三）通俗易讀的原則。簡明的注釋，直白的譯文，加上深入淺出的導讀與賞析，希望幫助更多的普通讀者讀懂經典，讀懂古人的思想，並能引發更多的思考，獲取更多的知識及更多的生活啟示。

（四）方便實用的原則。關注當下、貼近現實的導讀與賞析，相信有助於讀者「古為今用」、自我提升；卷尾附錄「名句索引」，更有助讀者檢索、重溫及隨時引用。

（五）立體互動，無限延伸。配合文庫的出版，開設專題網站，增加朗讀功能，將文庫進一步延展為有聲讀物，同時增強讀者、作者、出版者之間不受時空限制的自由隨性的交流互動，在使經典閱讀更具立體感、時代感之餘，亦能通過讀編互動，推動經典閱讀的深化與提升。

這些原則可以說都是從讀者的角度考慮並努力貫徹的，希望這一良苦用心最終亦能夠得到讀者的認可、進而達致經典普及的目的。

「弘揚中華文化」是中華書局的創局宗旨，二〇一二年又正值創局一百週年，「承百年基業，傳中華文明」，本局理當更加有所作為。本文庫的出版，既是對百年華誕的紀念與獻禮，也是在弘揚華夏文明之路上「傳承與開創」的標誌之一。

需要特別提到的是，國學大師饒宗頤先生慨然應允擔任本套文庫的名譽主編，除表明先生對本局出版工作的一貫支持外，更顯示先生對倡導經典閱讀、關心文化傳承的一片至誠。在此，我們要向饒公表示由衷的敬佩及誠摯的感謝。

倡導經典閱讀，普及經典文化，永遠都有做不完的工作。期待本文庫的出版，能夠帶給讀者不一樣的感覺。

中華書局編輯部

二〇一二年六月

目錄

《詩經》導讀 ○○一

國風

周南 ○二七

關雎 ○二八

葛覃 ○二九

卷耳 ○三一

樛木 ○三三

螽斯 ○三四

桃夭 ○三五

兔罝 ○三六

芣苢 ○三七

漢廣 ○三九

汝墳 ○四○

麟之趾 ○四一

召南 ○四三

鵲巢 ○四三

采蘩 ○四四

草蟲 ○四六

采蘋 ○四七

甘棠 ○四八

行露 ○四九

羔羊 ○五一

殷其靁 ○五二

摽有梅 ○五三

小星 〇五四
江有汜 〇五五
野有死麕 〇五六
何彼襛矣 〇五七
騶虞 〇五八

邶風

邶風 〇六〇
柏舟 〇六一
綠衣 〇六二
燕燕 〇六三
日月 〇六五
終風 〇六七
擊鼓 〇六八
凱風 〇六九
雄雉 〇七一
匏有苦葉 〇七二
谷風 〇七三
式微 〇七六
旄丘 〇七七
簡兮 〇七八
泉水 〇八〇
北門 〇八一
北風 〇八三
靜女 〇八四
新臺 〇八五
二子乘舟 〇八七

鄘風

鄘風 〇八九
柏舟 〇八九
牆有茨 〇九一
君子偕老 〇九二
桑中 〇九四
鶉之奔奔 〇九五
定之方中 〇九六

蝃蝀 —— 〇九八
相鼠 —— 〇九九
干旄 —— 一〇〇
載馳 —— 一〇一
衛風 —— 一〇三
淇奧 —— 一〇三
考槃 —— 一〇五
碩人 —— 一〇六
氓 —— 一〇九
竹竿 —— 一一一
芄蘭 —— 一一三
河廣 —— 一一四
伯兮 —— 一一五
有狐 —— 一一六
木瓜 —— 一一七
王風 —— 一一九
黍離 —— 一一九
君子于役 —— 一二一
君子陽陽 —— 一二二
揚之水 —— 一二三
中谷有蓷 —— 一二四
兔爰 —— 一二五
葛藟 —— 一二六
采葛 —— 一二七
大車 —— 一二八
丘中有麻 —— 一二九
鄭風 —— 一三一
緇衣 —— 一三一
將仲子 —— 一三三
叔于田 —— 一三四
大叔于田 —— 一三五
清人 —— 一三六

羔裘 一三八
遵大路 一三九
女曰雞鳴 一四〇
有女同車 一四一
山有扶蘇 一四二
蘀兮 一四三
狡童 一四三
褰裳 一四四
丰 一四五
東門之墠 一四六
風雨 一四七
子衿 一四八
揚之水 一四九
出其東門 一五〇
野有蔓草 一五一
溱洧 一五二

齊風 一五四
雞鳴 一五四
還 一五五
著 一五六
東方之日 一五七
東方未明 一五八
南山 一五九
甫田 一六一
盧令 一六二
敝笱 一六三
載驅 一六四
猗嗟 一六五

魏風 一六七
葛屨 一六七
汾沮洳 一六八
園有桃 一六九

陟岵 一七〇
十畝之間 一七二
伐檀 一七三
碩鼠 一七四
唐風 一七六
蟋蟀 一七六
山有樞 一七八
揚之水 一七九
椒聊 一八〇
綢繆 一八一
杕杜 一八二
羔裘 一八三
鴇羽 一八四
無衣 一八六
有杕之杜 一八六
葛生 一八七
采苓 一八八
秦風 一九〇
車鄰 一九〇
駟驖 一九一
小戎 一九二
蒹葭 一九五
終南 一九六
黃鳥 一九七
晨風 一九八
無衣 一九九
渭陽 二〇〇
權輿 二〇一
陳風 二〇三
宛丘 二〇三
東門之枌 二〇四
衡門 二〇五

東門之池 —— 二〇六
東門之楊 —— 二〇七
墓門 —— 二〇八
防有鵲巢 —— 二〇九
月出 —— 二一〇
株林 —— 二一一
澤陂 —— 二一二

檜風 —— 二一四
羔裘 —— 二一四
素冠 —— 二一五
隰有萇楚 —— 二一六
匪風 —— 二一七

曹風 —— 二一九
蜉蝣 —— 二一九
候人 —— 二二〇
鳲鳩 —— 二二二
下泉 —— 二二三

豳風 —— 二二五
七月 —— 二二五
鴟鴞 —— 二三〇
東山 —— 二三一
破斧 —— 二三三
伐柯 —— 二三四
九罭 —— 二三五
狼跋 —— 二三六

雅

小雅 —— 二四一
鹿鳴 —— 二四一
四牡 —— 二四三
皇皇者華 —— 二四四
常棣 —— 二四六

伐木……二四八
天保……二五〇
采薇……二五一
出車……二五三
杕杜……二五六
魚麗……二五七
南有嘉魚……二五九
南山有臺……二六〇
蓼蕭……二六一
湛露……二六二
彤弓……二六三
菁菁者莪……二六四
六月……二六五
采芑……二六八
車攻……二七〇
吉日……二七二

鴻雁……二七四
庭燎……二七五
沔水……二七六
鶴鳴……二七七
祈父……二七八
白駒……二七九
黃鳥……二八一
我行其野……二八二
斯干……二八三
無羊……二八五
節南山……二八七
正月……二九〇
十月之交……二九四
雨無正……二九八
小旻……三〇〇
小宛……三〇三

小弁　三〇五
巧言　三〇八
何人斯　三一〇
巷伯　三一二
谷風　三一四
蓼莪　三一五
大東　三一七
四月　三二一
北山　三二二
無將大車　三二四
小明　三二五
鼓鐘　三二七
楚茨　三二八
信南山　三三一
甫田　三三三
大田　三三五

瞻彼洛矣　三三七
裳裳者華　三三八
桑扈　三三九
鴛鴦　三四一
頍弁　三四二
車舝　三四三
青蠅　三四五
賓之初筵　三四六
魚藻　三四九
采菽　三五〇
角弓　三五二
菀柳　三五四
都人士　三五五
采綠　三五六
黍苗　三五七
隰桑　三五九

白華　三六〇
緜蠻　三六一
瓠葉　三六三
漸漸之石　三六四
苕之華　三六五
何草不黃　三六六
大雅　三六七
文王　三六七
大明　三七〇
緜　三七三
棫樸　三七七
旱麓　三七九
思齊　三八〇
皇矣　三八二
靈臺　三八六
下武　三八七
文王有聲　三八九
生民　三九〇
行葦　三九四
既醉　三九六
鳧鷖　三九八
假樂　三九九
公劉　四〇一
泂酌　四〇四
卷阿　四〇五
民勞　四〇七
板　四〇九
蕩　四一二
抑　四一六
桑柔　四二〇
雲漢　四二四
崧高　四二七

烝民——四三〇
韓奕——四三三
江漢——四三六
常武——四三九
瞻卬——四四二
召旻——四四四

頌

周頌

周頌——四五一
清廟——四五一
維天之命——四五二
維清——四五三
烈文——四五四
天作——四五五
昊天有成命——四五六
我將——四五七
時邁——四五八
執競——四六〇
思文——四六一
臣工——四六二
噫嘻——四六三
振鷺——四六三
豐年——四六四
有瞽——四六五
潛——四六六
雝——四六七
載見——四六九
有客——四七〇
武——四七一
閔予小子——四七二
訪落——四七三
敬之——四七四
小毖——四七五

載芟——四七六
良耜——四七八
絲衣——四八〇
酌——四八一
桓——四八二
賚——四八三
般——四八四
魯頌——四八五
駉——四八五
有駜——四八七
泮水——四八八
閟宮——四九二
商頌——四九七
那——四九八
烈祖——四九九
玄鳥——五〇一
長發——五〇三
殷武——五〇五
名句索引——五〇八

《詩經》導讀

一、《詩》之為「經」

《詩經》又名《詩》《詩三百》《三百篇》，是中國古代最早的詩歌集子。最初，《詩經》就稱作《詩》。春秋時期，孔子教訓他的兒子孔鯉時說：「小子何莫學夫《詩》？詩可以興、可以觀、可以羣、可以怨。邇之事父，遠之事君，多識於鳥獸草木之名。」孔子只稱之為「詩」，而不是「詩經」。那《詩經》的名稱是什麼時候出現的呢？東漢的班固在《漢書・藝文志》中已經明明白白提到，「《詩經》二十八卷，魯、齊、韓三家」。《詩經》之名，似乎已經明列其中。但今人如屈萬里先生認為，這裏斷句應該是：「《詩》，經二十八卷，魯、齊、韓三家。」並且認為，《詩經》真正作為書名，是晚到宋代的廖剛寫《詩經講義》一書的時候。[1] 屈先生的解釋固有其道理，但我們不同意此說。戰國文獻如《禮記・經解》提到「述六經」，這六經當

1 屈萬里：《詩經詮釋》（臺北：聯經出版事業股份有限公司，二〇〇二年）〈敍論〉，頁三。

然也包括《詩經》，《莊子．天運》也提及「六經」，《莊子．天道》言及十二經，《莊子．天下》又云：「俱誦《墨經》，而倍譎不同。」在這些先秦的文獻中，《詩經》之名雖未直接出現，但已經是琵琶在抱，呼之欲出了。

我認為，《詩經》之名，實際上在漢代已經出現。《史記．儒林列傳》記載，申公教授《詩經》，「弟子自遠方至受業者百餘人。申公獨以《詩經》為訓以教。無傳，疑者則闕不傳」。其弟子王臧、趙綰，皆由於修習《詩經》而飛黃騰達，王臧做了太子的老師，趙綰官至御史大夫。這裏所說的「申公獨以《詩經》為訓以教」，已經明確地提出了《詩經》之名。東漢王充在《論衡．正說》中說：「或言秦燔《詩》、《書》者，燔《詩經》之『書』也，其經不燔焉。」《詩經》之名在漢代似乎並不少見。最詭異的是晉代干寶在《搜神記》裏面講的一個故事：

> 漢談生者，年四十無婦。常感激，讀《詩經》。夜半，有女子年可十五六，姿顏服飾，天下無雙，來就生為夫婦之言，曰：「我與人不同，勿以火照我也。三年之後，方可照耳！」

這也許是古語「書中自有顏如玉」較早的故事來源。後來，談生不聽這女子之言，未滿一年，就用火燭照她，結果二人終至仳離。這故事情節很像是古本的《白蛇傳》。到唐太宗時，孔穎達作《毛詩正義》，已經屢屢提到「詩經」一詞。所以，可以說在漢代已經有了《詩經》

的名稱。

但是，兩漢時期，對《詩經》最常見的稱名並不是「詩經」，而是「韓詩」、「齊詩」、「魯詩」和「毛詩」。前面三者並稱為「三家詩」，是靠老師對學生面提指授，口耳相傳，在西漢時用當時的流行文字書寫下來的，所以屬於「今文經」。後者是西漢景帝時河間獻王劉德從民間搜羅發現的古本，故稱為「古文經」。據《史記・樂書》記載：「至今上（漢武帝）即位，作十九章，令侍中李延年次序其聲，拜為協律都尉。通一經之士不能獨知其辭，皆集會「五經」家，相與共講習讀之，乃能通知其意，多爾雅之文。」可見漢武帝時立「五經」博士，《詩經》已在其中了。我們現在所知道的是，齊魯韓三家詩在漢武帝以前已經設博士，立於學官，但最後流傳下來的卻是毛詩，主要是東漢大儒鄭玄為《詩經》作《箋》，就以毛詩為本，參合了多家意見。鄭箋流行之後，三家詩便逐漸失傳。隋唐開始科舉取士，要核定五經的文本，唐太宗時乃令顏師古在祕書省考定五經，令孔穎達作正義，令陸德明作音義。今天所謂的《詩經》就是唐代顏師古所定的文本。[2]近年來，又有一些從戰國晚期到漢代的與《詩經》相關的文本出現，如清華大學所藏竹簡中的〈耆夜〉、〈周公之琴舞〉；上海博物館竹簡〈孔子詩論〉、〈緇衣〉；郭店楚簡和上海博物館竹簡〈緇衣〉引詩、阜陽雙古堆漢簡《詩經》、漢代熹平石經魯詩殘石等，可以看到很多詩經的異文和對詩旨的解釋。這些資料又豐富了我們對《詩經》的認識。

2《舊唐書》（北京：中華書局，一九七五年）卷七十三，頁二五九四。

二、《詩經》的《國風》部分到底是不是民歌

我們讀文學史的時候，總會看到「詩經是最早的詩歌總集」，其中國風部分大多數是民歌的說法。我記得印象最深的是魯迅的話：

文學的存在條件首先要會寫字，那麼，不識字的文盲羣裏，當然不會有文學家的了。然而作家卻有的。你們不要太早的笑我，我還有話說。我想，人類是在未有文字之前，就有了創作的，可惜沒有人記下，也沒有法子記下。我們的祖先的原始人，原是連話也不會說的，為了共同勞作，必需發表意見，才漸漸的練出複雜的聲音來，假如那時大家擡木頭，都覺得吃力了，卻想不到發表，其中有一個叫道「杭育杭育」，那麼，這就是創作；大家也要佩服，應用的，這就等於出版；倘若用什麼記號留存了下來，這就是文學；他當然就是作家，也是文學家，是「杭育杭育派」。不要笑，這作品確也幼稚得很，但古人不及今人的地方是很多的，這正是其一。就是周朝的什麼「關關雎鳩，在河之洲，窈窕淑女，君子好逑」罷，它是《詩經》裏的頭一篇，所以嚇得我們只好磕頭佩服，假如先前未曾有過這樣的一篇詩，現在的新詩人用這意思做一首白話詩，到無論什麼副刊上去投稿試

試罷，我看十分之九是要被編輯者塞進字紙簍去的。「漂亮的好小姐呀，是少爺的好一對兒！」什麼話呢？

魯迅本是雜文家，這一段話收在他的〈門外文談〉中。其實本是一時興到之言，未必經意。但孰不知隨着他老人家身後地位陡升，他這些不經意的話竟也成了金科玉律。從四十年代以後，但凡討論詩歌的起源、《詩經》和古代民歌，大家都喜歡從魯迅的這段話說起。說：「詩歌起源於勞動號子」，「《詩經·國風》大都是民歌」，「《詩經》裏面愛情詩主要在〈國風〉裏面，其中多是民歌」。即如魯迅所舉的《詩經》的第一篇〈關雎〉，很多現代的注詩家都說是「民歌」。其實魯迅本人都說了這詩的「窈窕淑女，君子好逑」兩句的意思是「漂亮的好小姐呀，是少爺的好一對兒！」詩裏面，一會兒說「琴瑟友之」，一會兒說「鐘鼓樂之」，鐘鼓、琴瑟無論是在周代還是後代，都是十分貴重的物品，顯然不是平民所能擁有的。但現在還是有不少學者認為「這是歌頌農村青年男女自由戀愛結合的賀婚詩」。[3]如果一個農村男青年一心想着要用鐘鼓、琴瑟來取悦農村女青年，恐怕不是「心懷異志」，便是精神恍惚了。

宋代出現了疑經的風氣，鄭樵、朱熹等因而提出了有別於古的〈風〉詩來源於民間的學說。

3 張樹波：《國風集說》，石家莊：河北人民出版社，一九九三年，頁一二——一三。

到二十世紀上半葉，疑古之風復興，魏建功和聞一多在三四十年代是支持這流行學說的代表人物。從二十世紀早期開始，《詩經》中〈國風〉起源於民歌的說法，便得到知識界的廣泛認同。西方漢學界中，〈國風〉出自民歌，也是大家普遍接受的看法。法國漢學家 Marcel Granet（葛蘭言）一方面受西方詩經學中流行觀念的影響，另一方面，又受其師社會學大師涂爾幹（Emile Durkheim）的研究方法的影響，從一開始即試圖從初民的宗教、節日、習俗入手，為《詩經》定位。葛氏仔細研究《詩經》中的〈風〉詩，且翻譯了當中的六十八首，具體標明哪一句是男聲唱的，哪一句是女聲唱的，從而得出結論，認為〈風〉詩的語言特徵，如詩句的對稱、詞彙的重複、詩行的並列，凡此等皆表明這些詩本是農業節日期間，農民在進行節奏性活動時，即興唱出的歌曲和表演的舞蹈，《詩經》中的詩篇很多都保留了當時初民於節慶時唱和的語言形式特點。

西方學者和日本學者對此問題的研究，與多數中國學者是一致的。他們大都認為《詩經》特別是〈國風〉中大部分的詩，其最初均為低下階層的歌曲，如鄉村的農夫、獵人、牧人、下層士人和年青的戀人。但是，如果我們對《詩經》中的十五〈國風〉作一仔細的觀察，便會見到與上述不同的狀況。我曾經仔細考察《詩經．國風》的詩篇，從詩中所出現的「貴族稱謂和被稱的貴族」、「居處」、「公事與其他貴族事務」、「僕從」、「服飾車馬武器」、「貴重禮器」、「商周銘文與文獻之慣用語」等多方面來判斷，發現〈國風〉中絕大多數詩仍是貴族作品，所反映的也是貴族生活，其中愛情詩也多與貴族有關。

〈國風〉中「貴族稱謂和被稱的貴族」的詞語如「師氏」「公侯」「公孫」「公子」「公族」「君子」「淑女」「吉士」「騶虞」「先君」「寡人」「諸姬」「邦之媛」「大夫」「庶姜」「司直」「良士」「齊之姜」「宋之子」，都在在顯示這些詩出於貴族文人之手，其他還有包括一些具體人物如：「郇伯」「周公」「有齊季女」「召伯」「王姬」「平王」「齊侯」「仲氏任」「孫子仲」「孟姜」「衛侯」「東宮」「邢侯」「譚公」「留子」「大叔」「齊子」「穆公」「夏南」等等，也在詩中有提到。

從「居處」來看，如「王室」「宗室」「公宮」「我畿」「中冓」「上宮」「楚宮」「公所」，所反映的也是上層貴族的生活。詩中還不斷提到一些「公事與其他貴族事務」如「万舞」「錫爵」「王事」「執簧」「執翿」「射侯」「鼓瑟」「從公于狩」「于田」「興師」「每食四簋」「值其鷺羽」「駕我乘馬」「狐裘以朝」「何戈與祋」「其弁伊騏」「躋彼公堂」「朋酒斯饗」等等。還有很多「服飾車馬僕從武器」等都不是平民所能擁有的，如「我馬」「百兩」「狐裘」「袞衣繡裳」「赤芾」「副笄六珈」「象服」「騋牝三千」「良馬四之」「充耳琇瑩」「會弁」「四牡」「佩玉」「瓊琚」「我僕」「毳衣」「緇衣」「衣錦褧衣」「瓊華」「簟茀朱鞹」「象揥」「朱襮」「羔裘豹袪」「錦衾」「駟驖」「輶車鸞鑣」「騏馵」「虎韔鏤膺」「騏駵」「騧驪」「龍盾」「文茵」「黻衣繡裳」「瓊瑰玉佩」「素韠」「皇駁其馬」「兩驂」「兩服」「駟介」「赤舄」；此外還有一些「貴重禮器」，如「金罍」「兕觥」「鐘鼓」「琴瑟」「路車乘黃」。另外，還有可以持以參證的是，〈國風〉中也使用了一些「商周銘文」中常見的與祭祀有關的套語，如「公侯腹心」「福履綏之」「夙夜在公」「威儀棣棣」「德音莫違」「壽考不忘」「君子至止」「萬壽無疆」「以介眉壽」等等，不能一一列舉。當然，不是說只要詩中一出現這一類的詞語，就說明這首詩是貴族的，平民也完全可以說一些這一類的詞語。我想這是一個綜合的判斷。比如〈鄭風・緇衣〉第一章說：「緇衣之宜兮！敝，予又改為兮。」緇衣是一種黑色的衣服，周代貴族用為朝服，《禮記・緇衣》是明證。由此判斷，這首詩應該是貴族文人的作品。但是，《韓非子・說林下》中提到楊朱之弟楊布「衣素衣而出，天雨，解素衣，衣緇衣而反」。這裏的「緇衣」指一般的黑色衣服，或者有人會說僅憑「緇衣」一詞，不能斷定這首詩出於貴族之手。但是如果結合下文的「授子之館」等語，再聯繫前後的詩章，我們認為此詩就不太可能與民歌有什麼關係。

綜合這些因素來看，〈國風〉中的詩歌可以斷定大多與周代的貴族文人的生活息息相關，除了一些不能確定的以外，絕大部分屬於貴族文人作品。以我的觀察，在一百六十一首〈風〉詩中，其所佔的比重大約是百分之七十。其餘少數則無法判定性質，但也未必就是民歌。

自宋代以來，學者就注意到〈國風〉中的〈鄭風〉和〈衛風〉保存了大量的以情愛為主題的詩歌，朱熹每每從道學家的立場說：「此淫奔之詩也。」其實情愛不能說明其民歌的性質。不管有錢沒錢，身份高低，男女情愛都是生命中一個永恆的主題。魏文侯曾經問孔子的學生子夏：「吾端冕而聽古樂，則唯恐臥；聽鄭衛之音，則不知倦。敢問：古樂之如彼何也？新樂之如此何也？」春秋時期的所謂新樂，主要指的一是鄭衛之音，一是四夷之樂。而我認為所謂「新樂」並不全新，而「鄭衞之音」中恰恰蘊含了不少鄭衞地區，也就是殷商故地的古樂。無怪乎宋玉在〈招魂〉中稱其為「鄭衞妖翫」，[4]這種綺麗侈靡的音樂，豈是鄉間平民玩得起的？《韓非子·十過》記載了這樣一個故事：衞靈公攜其樂官師涓去晉國，行至濮水之上，半夜聽到樂聲覺得非常好聽，於是讓師涓「聽而寫之」，也就是記錄下來。到了晉國以後，衞靈公向晉平公和晉國樂官師曠誇耀「有新聲，願請以示」。於是師涓用琴演奏，但演奏到一半的時候被師曠制止。師曠説這是商末的樂官師延為紂所作的「靡靡之樂」，武王滅商之後，師延自投於濮水，所以這是亡國之音。[5]如果剔除其中的傳説成份，這個故事也許透露了殷商舊樂在其故地鄭衞之間部分地流傳下來。《釋名·釋樂器》中明確地記載：「箜篌，此師延所作靡靡之樂也。後出於桑間濮上之地。蓋空國之侯所存也。師涓為晉平公鼓焉。鄭、衞分其地而有之。遂號『鄭衞』之音，謂之『淫樂』也。」[6]

那麼這些桑間濮上的音樂和詩歌能否算是民歌呢？

4 王逸：《楚辭補注》，《四部備要》本，卷九十二，頁一二。

5 陳致：《從禮儀化到世俗化：詩經的形成》，上海古籍出版社，二〇〇九年，頁三〇二—三一六，第五章，四，〈商音的化石化與風詩的傳播〉。

6 《釋名》，《四部備要》本，卷七，頁二八。

三、《詩經》三頌的時代

《詩經》三百篇究竟是什麼時代的作品？這個問題自古以來就歧見紛出，莫衷一是。《毛詩》序傳的作者據說是戰國時趙國人毛亨和漢初的毛萇，他們把很多詩都推到文王、周公時期，並且認為大部分的詩都是有政治意涵的，與美刺比興的藝術手法結合起來，總是關乎儒家的政治理念和國運的興衰，所以每一首都與特定的歷史時期、歷史人物或事件聯繫起來。現在看起來，當然是很成問題的。今本《詩經》裏面包括〈國風〉〈雅〉〈頌〉三大部分。在上海博物館竹簡中，這三大部分依次為〈訟〉〈夏〉〈邦風〉。各部分均與音樂有着密不可分的關係。《墨子．公孟》說：「誦詩三百，弦詩三百，歌詩三百，舞詩三百。」《史記．孔子世家》中也提到：「三百五篇孔子皆弦歌之。」都說明《詩經》是可以配樂的。如果說十五篇國風大多出自周王朝所屬各國和各地區的音樂和詩歌，那麼《詩經》中〈雅〉、〈頌〉部分可以說更是與周王朝直接相關的音樂與歌詩。孔子曾說：「吾自衛返魯，然後樂正，〈雅〉、〈頌〉各得其所。」（《論語．子罕》）故〈雅〉、〈頌〉之名原不僅是詩體之名，也是音樂體式。唐孔穎達《毛詩正義》：「詩各有體，體各有聲，大師聽聲得情，知其本義。」宋代鄭樵、程大昌等則以為〈風〉為地方之樂，〈雅〉為朝廷之樂，〈頌〉為宗廟之樂。近代一些學者如張西堂也曾研究《詩經》的音樂特性，比如張氏認為「頌」是一種叫「鏞」的樂器[7]。不過，現代很多《詩經》研究者並不接受這一說法[8]。這一理論雖由張西堂提出，但其理論根基可以追溯到漢代的鄭玄和宋代的詩經學者。以前人的這些研究為基礎，我曾詳細論證，所謂周、魯、商三頌，是源於商代的青銅樂鐘——庸和商代音樂體式——「庸奏」。[9]

最近，香港御雅居所收的一件晚商銅尊，上面的銘文講到了商王（很可能是商紂王）的一次婚禮，其中有商代樂舞「万舞」和商代音樂「庸奏」，銘文如下：

> 辛未婦隮宜才（在）𩱦大室王鄉（饗）酉（酒）奏庸新宜晩（吹）才（在）六月魚由十終三朕（媵）龔之同王賞用乍（作）父乙彝大万。[10]

以上銘文若翻譯成白話，就是：

7 張西堂：《詩經六論》（上海：商務印書館，一九五七年），頁一一四——一一五。
8 陳子展：《詩經直解》（臺北：書林出版社，一九九二年），頁四。
9 陳致：〈万舞與庸奏：商代祭祀樂舞與詩經中的頌〉，《中華文史論叢》二〇〇八年第四期，頁二三——四七。
10 此銘釋文雖為己見，但曾向李學勤、劉釗、沈培、陳劍、董珊請益，當然錯誤概由本人負責。

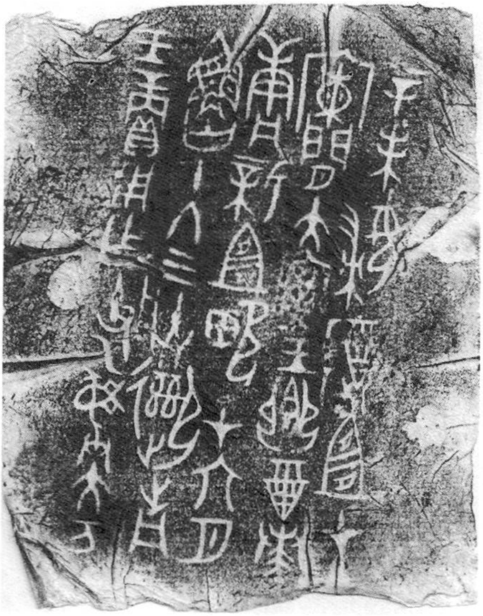

晚商銅尊銘文（高 8.7 厘米）

辛未之日，某國之公主來大婚，在䨺宮之大室。商王因賜以酒，並決定新婚用庸奏之樂來行禮。最初婚禮乃於六月，奏「魚由（䍐）」（或「魯」）十段。另外有三女陪嫁，親迎則同。商王行賞，因作父乙尊，並伴之以大舞「万」。[11]

這段銘文多少印證了一些推斷：庸為商人的青銅樂鐘名，同時也是商人的禮樂，應該是詩樂舞三位一體的。裘錫圭〈甲骨文中的幾種樂器名稱〉一文，及文末所附〈釋万〉一文指出，周代「万舞」實源自商代祭祀樂舞，[12]筆者進一步認為：

從甲骨文資料來看，万舞與庸奏往往相伴進行。庸為商代貴族使用的青銅樂鐘，在商代中晚期亦指一種音樂、舞蹈、樂歌相伴進行的用於祭祀的樂舞形式。由「庸」與「頌」的字源來看，此庸奏樂舞後來演變為《詩經》中的三頌。最初庸奏和万舞都在商代祭祀中用於迎神娛神，此即甲骨文中常見的「賓」祭。故頌這種詩歌音樂舞蹈體式，實源自商代

11 關於銘文釋文的詳細論證，見待刊拙文〈新出商尊銘文試釋〉。

12 裘錫圭：〈甲骨文中的幾種樂器名稱〉附〈釋万〉，《中華文史論叢》一九八〇年第二輯（總第十四輯），頁八一，注五。

祭祀所用的万舞與庸奏。[13]

甲骨文中的「庸」（[illegible]、[illegible]、[illegible]、[illegible]）不僅指商代的某種樂鐘，也可能指某種舞蹈，或亦有可能是某種音樂表演形式。我認為「庸」為金文「頌」的前身，「頌」是周人的辭彙，周人用以冠之於一種源自殷人的祀祖的禮樂。文獻與新出土的資料都顯示：周人早在滅商時期，就已使用庸這種樂器，並學會了「庸」的音樂表演。滅商以後，周人對「万」舞和「庸」奏既加以採用，又進行了改造，並予以正名，以標榜其自身的文化，並建立其禮樂制度。「周頌」和「魯頌」恰恰和商人的文化有着莫大的關聯。周人在征服殷商前後，採用了許多殷人的文化和制度。他們對殷人樂器的借用，也可以由考古發現加以證明。在今陝西竹園溝出土了一件庸，其獸面紋與商代的庸驚人地相似。

魯國的始封是周公之子伯禽，在各諸侯國中是惟一特許在禘祭中用天子禮樂的。故魯僖公時代的四首詩，可以稱之為〈魯頌〉。

〈商頌〉五篇是宋國的作品。宋的開國君主是商紂王的庶兄微子啟，武王滅商以後，為安撫商遺民，故封微子於殷之故地——宋。史書記載，孔子的七世祖正考父是宋隱公的後代，生活

13 陳致：〈万舞與庸奏：商代祭祀樂舞與詩經中的頌〉，《中華文史論叢》二〇〇八年第四期，頁二三—四七。

在西周晚期到東周早期的戴、武、宣三朝。在《國語．魯語》中，閔馬父對子服景伯說[14]：

昔正考父校商之名頌十二篇於周太師，以〈那〉為首，其輯之亂曰：自古在昔，先民有作。温恭朝夕，執事有恪。[15]

這十二篇後來在毛詩中尚保留有五篇，就是我們看到的〈那〉〈烈祖〉〈玄鳥〉〈長發〉〈殷武〉。前兩篇是描寫祭祀殷人先祖的過程，後面三篇則為追溯殷商民族的史事。

〈周頌〉三十一篇，一般認為保留了《詩經》中時代最早的詩篇。在詩經各部分中，《周頌》有一個異於《詩經》其他部分的顯著特點，就是其中很多詩都不入韻，據王力的擬音，全篇基本上無韻的詩有〈清廟〉〈維天之命〉〈昊天有成命〉〈時邁〉〈臣工〉〈噫嘻〉〈武〉〈小毖〉〈酌〉〈桓〉〈般〉等。[16]其中〈昊天有成命〉〈時邁〉〈武〉〈酌〉〈桓〉〈般〉極有可能是周初創制的〈大

14 韋昭（一九七—二七八）認為閔馬父和子服景伯都是魯國人，並將此事繫於魯哀公八年（公元前四八七）。見《國語》（上海古籍出版社，一九七八年），頁二一六。

15 《國語》，頁二一六。

16 王力：《詩經韻讀》，上海古籍出版社，一九八〇年，頁三九〇—四〇一。

亞弜庸（李純一《中國上古出土樂器綜論》，圖 13）

武〉樂章的歌詞。[17]王國維曾解釋說其詩不入韻是因為〈周頌〉的聲調較緩。這個解釋是不盡人意的。以西周金文與〈周頌〉諸詩比讀，我發現西周金文大約也是在西周恭王時期（公元前九二二—前九〇〇）開始向韻文方向演變，而且在宣王時期更是出現了一種普遍入韻的傾向。其中〈周頌〉與金文中某些成語正是在韻文發展的過程中，為了入韻而生成的。比如西周中晚期常見的「永保用享」「用享用孝」「萬壽無疆」「眉壽無期」這一類的成語，是從早期的「永保用」「用享」「用孝」「無疆」「眉壽」等詞變化而來。

從考古發現的樂鐘和西周金文來看，〈周頌〉與金文四言成語的大量出現，以及兩者在韻文中由無韻到雜韻、有韻的過程，幾乎是同步的。這些並非歷史的偶合。四言詩句的定型，以及入不入韻，實際上與西周樂鐘的使用，以及音樂的發展有很大的關係。西周禮樂中最重要的樂器編甬鐘，在西周穆王（公元前九七六—前九二二）時期以後才出現了《周禮》中所描述八件一組、與編磬和鎛共同使用的範式，也即穆王時期以後才真正使用樂鐘正、側鼓雙音，構成四聲音階的旋律效果，青銅器銘文特別是鐘鎛銘文上長篇韻文的出現，恰恰是在這個時候。

我曾經考察《詩經．周頌》諸篇與西周金文在成語和習語中的使用，以及同步發展的現象，

17 我認為〈大武〉樂章實際經過了兩次創制過程，第一次是在武王（公元前一〇四六—前一〇四三）滅商之前，第二次是在周公平定三監及淮夷之叛之後。詳見 Chen Zhi, *From Ritualization to secularization: The shaping of the Book of Songs*, Sankt Augustin: Monumenta Sinica Institute, 2007, pp. 165-173.

發現在西周中期以後，伴隨着音樂的使用和祭祀禮辭的發展，中國的四言體詩開始逐漸形成，並且格式化。

我們現在常用的成語也有不少是在周代的宗教活動中產生的，比如「嗚呼哀哉」一詞，〈周頌・訪落〉裏寫作「於（嗚）乎（呼）悠哉」，而在西周早期青銅器弔趞父卣銘文中則為「烏（嗚）虖（呼）烄敬哉」。從現有的資料來看，「烏虖哀哉」這句成語最早是出現在西周宣王（公元前八二七—前七八二）時期的銅器禹鼎上。

再如金文中「亡（無）彊（疆）」一詞雖然在西周早期的辛鼎（殷周金文集成二六六〇）銘文中出現，曰：「辛作寶其亡（無）彊（疆）」，但是定格化為後來的「眉壽無疆」「萬壽無疆」「多福無疆」「萬年無疆」等成語成詞，較早恐怕是在西周懿王、孝王時期的癲組及夷王、厲王時期的眉縣楊家村逑組銅器上，最常見的格式是銘文最後以「萬年無疆，子子孫孫，永寶用享」的祝嘏之辭收結，其用韻的特點很明顯。二〇〇三年發現的眉縣楊家村逑盤、四十二年、四十三年逑鼎銘文文末皆有「眉壽綰綽，畯臣天子，逑萬年無疆，子子孫孫，永寶用享」之語，逑鐘銘文則於文中云：「肆天子多賜逑休，天子其萬年無疆，耇黃耇，保奠（定）周邦，諫乂四方。」[18]

18 李零：〈讀楊家村出土的虞逑諸器〉，《中國歷史文物》，二〇〇三年第三期，頁一六；王輝：〈逑盤銘文箋釋〉，《考古與文物》二〇〇三年第三期，頁八八；董珊：〈略論西周單氏家族窖藏青銅器銘文〉，《中國歷史文物》二〇〇三年第四期，頁四〇—五〇。

而上舉這些「無疆」成語在《詩經》亦多處可見，如「萬壽無疆」（〈豳風．七月〉、〈小雅．天保〉、〈小雅．南山有臺〉、〈小雅．楚茨〉、〈小雅．信南山〉、〈小雅．甫田〉），「壽考萬年」（〈小雅．信南山〉），「受福無疆」（〈大雅．假樂〉），「申錫無疆」，「綏我眉壽，黃耇無疆」，「降福無疆」（〈商頌．烈祖〉），「惠我無疆，子孫保之」（〈周頌．烈文〉），上述例證雖不能說明這些詩篇的準確年代，但至少可以說明它們不太可能早於西周中晚期，也就是懿王（公元前八九九—前八九二）時期。事實證明，天子「萬壽無疆」雖然只是一廂情願，但「萬壽無疆」這個成語還真是頗有生命力。在中國經歷過上世紀六七十年代的人，誰不知道這曾經是偉大領袖毛主席專用的，而屬於當時中國第二號人物的林彪副主席則只能用「永遠健康」。根據姚監復先生的回憶，在六十年代末的貴州，老百姓要三頌三禱，祝革委會主任李再含「比較健康」。

《詩經．周頌》中的多數詩，用韻與西周中晚期金文用韻和使用的成語大致相合。很有可能，這些詩篇與西周金文有密切關係。由此可以推斷，〈周頌〉三十一篇並不像學者所認為的皆創作於武、成、康、昭時期，而除去不押韻的諸篇外，可能大多數產生於恭王以後的西周中晚期。

四、大小雅與史詩問題

〈小雅〉、〈大雅〉的部分詩合稱為〈雅〉，包含了以宗周（即周的都城）為中心的一百零五首詩。大小雅中最晚的詩篇可能是〈小雅〉中的〈正月〉、〈雨無正〉和〈十月之交〉。在〈正月〉中，詩人提到「赫赫宗周，褒姒滅之」，這顯然是指周幽王寵愛褒姒而導致宗周覆滅的事件。其時間是公元前七七一年。而〈雨無正〉一詩也提到此事，曰：「周宗既滅，靡所止戾。」「周宗」就是「宗周」，在西周金文和詩中都是指西周王朝的中心統治區域，以豐鎬為中心，在今陝西省武功鳳翔一帶。[19]〈十月之交〉這首詩則提到了日食。根據這天象出現的時間，學者們斷定這首詩應該指的是公元前七三五年，這次日全食在周疆域內的許多地方都可以觀測到。[20]

〈小雅〉七十四篇，其主題包括飲宴、祭祀、戰爭、勞役，基本上都出自貴族士大夫之手。其中「不無危苦之辭，亦以悲哀為主」。但同時，這些詩又都適用於禮樂場合，如〈鹿鳴〉〈四

19 陳致：《從禮儀化到世俗化：詩經的形成》，頁二〇，注二。

20 張培瑜：〈西周天象和年代問題〉，陝西歷史博物館編：《西周史論文集》，西安：陝西人民教育出版社，一九九三年，頁四二—五五；沈長雲：〈詩經二皇父考〉，《王玉哲先生八十壽辰紀念文集》，天津：南開大學出版社，一九九四年，頁一三九—一五一。

牡〉〈皇皇者華〉〈魚麗〉，在周代的文獻中就常用於貴族的饗、射和兩君相見等禮儀中。[21]這七十四首詩主要與上層生活有關，其主題集中在君主、卿士大夫、上層貴族，也許也有些少數的下層文人的作品。從宴飲迎賓（〈鹿鳴〉〈魚麗〉〈南有嘉魚〉〈湛露〉〈采芑〉〈頍弁〉〈賓之初筵〉〈魚藻〉〈瓠葉〉），描摹音樂場面（〈鼓鐘〉）、祭祀（〈常棣〉〈伐木〉〈天保〉〈蓼蕭〉〈楚茨〉），到征伐勞役（〈四牡〉〈采薇〉〈出車〉〈杕杜〉〈六月〉〈車攻〉〈鴻雁〉〈黍苗〉）；有些詩的內容是祝福平安壽考的（〈南山有臺〉〈瞻彼洛矣〉〈桑扈〉〈鴛鴦〉），有君子相見的（〈菁菁者莪〉〈庭燎〉〈隰桑〉），有記述畋獵的（〈采綠〉），描述婚姻的（〈車舝〉），慶祝豐年（〈信南山〉〈甫田〉〈大田〉）和其他儀式（〈采菽〉）的；也有些詩則諷刺時政（〈巷伯〉〈北山〉〈角弓〉）和徭役（〈漸漸之石〉），還有表達對公務的疲憊（〈小弁〉〈巧言〉〈大東〉〈青蠅〉），對國事之多艱的感慨（〈吉日〉〈沔水〉〈正月〉〈十月之交〉〈雨無正〉〈小旻〉〈四月〉），對父母的感念（〈蓼莪〉），也有表達男女情愛（〈谷風〉〈裳裳者華〉〈頍弁〉〈都人士〉）與內心憂傷（〈小宛〉〈何人斯〉〈無將大車〉〈菀柳〉〈白華〉〈苕之華〉）的作品。在詩中，如皇父（〈十月之交〉）、司徒（〈十月之交〉）、師氏（〈十月之交〉）、膳夫（〈十月之交〉）、尹氏（〈節南山〉）、大師（〈節南山〉）都是西周時期的職官名稱，很多可與西周直接的史料——金文相印證。而詩中

21 王國維：〈釋樂次〉，《觀堂集林》，北京：中華書局，一九八一年，第二冊，頁一〇三—一〇四。

也提到一些西周後期的著名人物，如尹吉甫、家父和祈父，這些都說明〈小雅〉大多數篇章成文於西周末到東周初。

〈大雅〉三十一篇，開篇就是〈文王〉〈大明〉〈緜〉這些敘述周人歷史的較長篇幅的詩歌。一般認為這些都是周初的作品。然而，從這些詩歌的語言風格、用韻，包括所用的成語和詩篇的結構等方面來判斷，認為他們是西周中晚期和東周早期之間（公元前九—前十）的作品是較為合理的。[22]在大雅三十一篇中，前半部從〈文王〉到〈卷阿〉是以讚頌為主，歌頌周人的祖先（〈文王〉〈緜〉〈文王有聲〉〈公劉〉），功烈與德業（〈思齊〉〈皇矣〉），周族的始生（〈文王〉〈大明〉〈緜〉〈生民〉），天命（〈文王〉〈緜〉〈皇矣〉〈下武〉），宮室建築（〈靈臺〉），歷史上重要的婚姻（〈大明〉〈思齊〉），以及在軍事上的成就（〈大明〉〈棫樸〉），射禮和饗宴（〈行葦〉〈既醉〉〈鳧鷖〉〈假樂〉〈泂酌〉）等等，基本上都是正面的。傳統上稱之為大雅之「正」。而與這些詩相對的，自〈民勞〉以下到最後的〈召旻〉，詩的主題大多是負面的，或苦於徭役與天災（〈雲漢〉〈召旻〉），或抱怨政事之失（〈民勞〉〈板〉），或控訴君上之失德（〈蕩〉〈抑〉〈桑柔〉〈瞻卬〉），這些詩，古人稱之為大雅之「變」。但是在「變雅」中也有些詩是例外，如〈嵩高〉〈烝民〉〈韓奕〉〈江漢〉〈常武〉這幾首詩多為周宣王（公元前八二七—前七八二）中興時

22 陳致：〈《大雅・文王》篇所見詩經異文與金文成語零釋〉，《中國詩學》卷一四（二〇一〇），頁四四—六五。

期的作品，歌頌申伯、仲山甫、韓侯、召穆公虎、南仲這些中興名臣的南征討伐淮夷的功業，用現在的話說，這幾首詩雖然置於變雅之中，但還是宣傳「正能量」的。

〈大雅〉諸篇中，有不少詩追溯了周人的歷史，涉及其部族誕生的神話和一些重要的歷史人物和重大的歷史事件，如〈文王〉〈大明〉〈緜〉〈生民〉〈公劉〉諸篇。我們通常習慣於稱這些詩為周人的史詩。與之相類的還有〈商頌〉中〈玄鳥〉〈長發〉〈殷武〉三篇，當然歌頌的是商人的祖先。但是，在使用「史詩」這個詞的時候，要特別注意它與西方的 epic 的概念並不完全相同。在普林斯頓大學出版的《詩與詩學滙典》中，對 epic 的解釋是：

> An epic is a long narrative poem that treats a single heroic figure or a group of such figures and concerns an historical event, such as a war or conquest, or an heroic quest or some significant mythic or legendary achievement that is central to the traditions and belief of its culture. Epic usually develops in the oral culture of a society at a period when the nation is taking stock of its historical, cultural, and religious heritage.[23]

23 Alex Premnger and T.V.F. Brogan, etc. eds., *The Princeton Encyclopedia of Poetry and Poetics* (Princeton, New Jersey: Princeton University Press, 1993), 361.

史詩是一種長篇敘事詩，敘述一個英雄人物或一組這樣的人物，及相關的歷史事件，諸如戰爭、征服，或是一個英雄的業績或一些重要的神話、有傳奇性的成就，而這些故事對於某種文化傳統和信仰來說又是具有核心價值的。史詩通常是在一個社會的口頭文化中發展起來的，用以追溯其族羣的歷史、文化和宗教傳統。

據此，可以概括epic的要素如下：一、長篇敘事詩；二、個別英雄人物或一羣英雄人物；三、重大歷史事件，如重要的戰爭或戰役，英雄探險的經歷，或是一個傳奇性的偉大業績；四、這些在一個文化傳統中又具有核心價值；五、講故事的敘述功能；六、經歷過一段口頭傳播的歷史。

《詩經》中敘說歷史的詩篇雖然也講述其祖先或族人中的英雄事跡，講述重大歷史事件，但講述的方式是以讚頌為主，而很少有敘述性，不具備荷馬史詩所見的細節、對話、故事的連貫性和情節變化等。

國風

周南

本篇導讀——

朱熹指出，所謂〈周南〉、〈召南〉，應泛指周室以南，江漢流域一帶的小國，統稱為「南國」。方玉潤《詩經原始》：「竊謂南者，周以南之地也。大略所採詩皆周南最多，故命之曰〈周南〉。」西周初，周公旦與召公奭分陝而治（今河南陝縣），所轄南國之地，曾分封許多小國，包括一些姬姓諸侯國，其地則在「江、漢、淮、汝之間」，即現今長江中下游至汝水漢水之間。舊說〈周南〉作品成於殷末周初周公旦時，但今按其內容，應作於西周末至東周初。〈周南〉包括〈關雎〉、〈葛覃〉等十一篇詩。

關雎

關關雎鳩，[1]在河之洲。[2]窈窕淑女，[3]君子好逑。[4]
參差荇菜，[5]左右流之。[6]窈窕淑女，寤寐求之。[7]
求之不得，寤寐思服。[8]悠哉悠哉，[9]輾轉反側。
參差荇菜，左右采之。[10]窈窕淑女，琴瑟友之。[11]
參差荇菜，左右芼之。[12]窈窕淑女，鐘鼓樂之。[13]

注釋

1 關關：水鳥雌雄和鳴的象聲詞，或說是喧字。雎（粵：追；普：jū）鳩（粵：溝；普：jiū）：水鳥名稱。胡承珙說，陸機以為此鳥如鴟，郭璞以為是鵰類，揚雄、許慎以為是白鷢（一種鷹），王質認為是鴡鳩，《風土記》中疑為蒼鷗，馮元敏謂狀似鴛鴦，方以智定為屬玉，錢文子說是杜鵑等等，或說是布穀鳥、魚鷹、鳲鳩等等，不一而足，但都不能定論。2 洲：水中陸地。3 窈窕（粵：夭挑；普：yǎo tiǎo）：女子美好貌。4 好逑：好，形容詞，美好的；逑，通「仇」、「雠」，匹配的意思。5 參差（粵：攙雌；普：cēn cī）：長短不一。荇（粵：杏；普：xìng）菜：水草，水生植物，可食用。6 流：摘取。或說，流就是求的意思。7 寤寐：寤，醒；寐，睡。引申為早晚均在思念。8 服：思念。9 悠：深長。哉：語助詞。10 采：即採。11 琴瑟：古代樂器。琴一般為七絃，傳說本為五絃；瑟本為五十絃，後又改為二十五絃。友：動詞，親近。12 芼（粵：冒；普：mào）：也作覒，採擇的意思。13 鐘鼓：是周代宮廷禮樂中常用的重要樂器，一般用於樂章開始時和結束時。樂：動詞，使人快樂。

賞析與點評

本詩以雌雄水鳥和鳴起興，引起君子追求淑女的意念，然後刻畫他求之不得而輾轉難安的心情，繼而以君子設想之辭作結，描寫他將以琴瑟、鐘鼓追求所愛。鐘鼓、琴瑟等樂器皆為周人宮廷禮樂中所用，都不是平民所能擁有的。

葛覃

葛之覃兮，[1] 施于中谷，[2] 維葉萋萋。[3] 黃鳥于飛，[4] 集于灌木，其鳴喈喈。[5]

葛之覃兮，施于中谷，維葉莫莫。[6] 是刈是濩，[7] 為絺為綌，服之無斁。[8]

言告師氏，[9] 言告言歸。[10] 薄污我私，[11] 薄澣我衣。[12] 害澣害否，[13] 歸寧父母。

注釋

1 葛：葛藤，其莖可以織布。覃（粵：談；普：tán）：延長。覃字或作蕈。2 施（粵：異；普：yì）：蔓延。于：助詞，相當於現代的「在」的意思。《詩經》中的「于」字與「於」字有別。「於」字多數讀如「嗚」，是感歎詞，其意義也相似。中谷：谷中。這是一種倒裝的構詞法，上古漢語中常見，如中林即林中，中心即心中，中露即露中，中河即河中，中國即國中。3 維：語氣詞。萋萋：形容詞，茂盛。4 黃鳥：即黃鸝，又名倉庚、黃鶯。于飛：即在飛翔。5 喈：鳥鳴聲也。6 莫：形容詞，茂盛而呈成熟之貌。7 刈（粵：艾；普：yì）：割。濩（粵：穫；普：huò）：煮。是刈是濩，即割下及烹煮葛藤。一說刈相當於現在的鐮刀，濩即鑊，是一種煮食的鍋。這裏用作動詞。8 絺（粵：次；普：chī）、綌（粵：隙；普：xì）：古人用麻織布，其精而細的叫絺，粗一些的叫綌。服：動詞，穿。斁（粵：疫；普：yì）：厭棄。無斁也作無射，就是無止境，不厭棄的意思。9 言：語助詞。一說「言」即「我」的意思。師氏：管理宮廷事務的官員。《毛傳》：「師，女師，古者女師教以婦德、婦言、婦功。祖廟未毀，教於公宮；祖廟既毀，教於宗室。」後世多從《毛傳》，以為「師氏」即媬姆、婆母或宮廷裏的女師。但西周金文中有「師氏」，如西周早期的寗鼎（集成二七四〇）、令鼎（集成二八〇三）、西周中期師遽簋蓋（集成四二一四），從文義看，顯然是一種軍事職官。這裏的師氏可能是指管理宮廷事務的官員，未必是女性。10 告：稟告。歸：歸寧，回娘家探望。11 薄：語助詞。污：洗滌衣服去除污垢。私：音與褻（粵：竊；

普：xiè）相近，即內衣。12 澣（粵：莞；普：huàn）：洗衣。13 害：即何。亦通曷。

賞析與點評

此詩詳細描寫收割葛藤的情景。由葛藤生長、成熟、收割到烹煮、整理、製作，清楚交待。詩作重點刻畫宮廷中的女子採集葛藤，織成麻布的過程，讓現代讀者了解了古代婦女的日常生活。作者身份應是宮廷中的女性，從后妃到女侍都有可能。

卷耳

采采卷耳，[1]不盈頃筐。[2]嗟我懷人，[3]寘彼周行。[4]
陟彼崔嵬，[5]我馬虺隤。[6]我姑酌彼金罍，[7]維以不永懷。[8]
陟彼高岡，我馬玄黃。[9]我姑酌彼兕觥，維以不永傷。[10]
陟彼砠矣，[11]我馬瘏矣，[12]我僕痡矣，[13]云何吁矣。[14]

注釋

1 采采：形容詞，茂盛。卷耳：植物，即蒼耳，可食用。2 盈：滿溢。頃筐：即筲箕，其形前高而後低。3 懷：思念。4 寘：即「置」，放下。周行：大道。5 陟（粵：即；普：zhì）：登上。崔嵬：山巔，也形容高處；或說有石的土山，高而不平也。6 虺隤（粵：灰頹；普：huī tuí）：形容詞，也作「瘣頹」，疲病的樣子。7 姑：「暫且」的意思。金罍：酒器。8 永：長。懷：思念。9 玄黃：馬病。黑色的馬生病，顏色轉成黃色，形容馬病得厲害。10 傷：「慯」之假借字，憂思。11 砠（粵：狙；普：jū）：多土而有大石的山。12 瘏（粵：徒；普：tú）：病。13 僕：駕車者。痡（粵：鋪；普：pū）：病。14 何：多麼。吁：通盱或忏，都是憂愁的意思。

賞析與點評

此詩為婦人因思念在外服役的丈夫而作，她一邊採摘蒼耳，一邊想像出外遠行的丈夫的各種情況。第一章是作者自述懷念遠人，第二章以下都是作者的想像。本詩描述征人擁有「馬」、「金罍」、「兕觥」、「僕」等財產和僕從，可知非尋常百姓。作者應當是貴族婦人。

樛木

南有樛木，[1]葛藟纍之。[2]樂只君子，[3]福履綏之。[4]
南有樛木，葛藟荒之。[5]樂只君子，福履將之。[6]
南有樛木，葛藟縈之。[7]樂只君子，福履成之。[8]

注釋

1 南：南土，指南國周南所在之地。樛（粵：救；普：jiū）木：也作朻木。或說樛木即高高的樹木；一說樛木指向下彎曲的樹木。2 藟：藤。纍：纏繞。3 樂只：樂哉。「只」是語氣助詞。4 履：通「祿」。綏：安定。金文中多用「妥」字。這句是說多福康寧的意思。5 荒：掩蓋、覆蓋的意思。6 將：扶助。7 縈：纏繞。8 成：成就。

賞析與點評

古人或認為這是后妃的歌詩，或認為此詩為諸侯慕文王之德所作。現代詩經學者如聞一多等多以為這是一首祝賀新郎新婚的詩。詩以樛木比喻夫家，葛藟比喻出嫁女子，具有民歌性質。可是，本詩第一章末句「福履綏之」這句話，與後面的「福履將之」和「福履成之」是一種祭祀中祝福的成語。西周金文中多「惟用妥（綏）福」、「用妥（綏）多福」、「妥（綏）厚多福」等祝頌語。與金文相比較，倒像是祭祀中一般的祭禱之辭。

螽斯

螽斯羽，[1]詵詵兮。[2]宜爾子孫，[3]振振兮。[4]
螽斯羽，薨薨兮。[5]宜爾子孫，繩繩兮。[6]
螽斯羽，揖揖兮。[7]宜爾子孫，蟄蟄兮。[8]

注釋

1 螽（粵：眾；普：zhōng）：蝗蟲。〈豳風．七月〉中稱為斯螽。斯：語氣詞。羽：翅膀。2 詵（粵：身；普：shēn）：「兟」之假借字。形容羽聲盛多。同音借字，還有侁、駪、莘、甡、兟等等，都有多而盛之義。3 爾：你，當指受祝賀之人。4 振振：盛多。5 薨（粵：轟；普：hōng）：象聲詞。薨薨，指昆蟲羣飛之聲，引申為形容昆蟲眾多。〈齊風．雞鳴〉中有「蟲飛薨薨」一句，其義相同。6 繩（粵：免；普：mǐn）繩：連續不斷，其數眾多。7 揖揖：會聚貌。一說就是「集」字，鳥蟲羣集的樣子。8 蟄（粵：直；普：zhé）：安靜。

賞析與點評

這是一首祝福人多子多孫的詩。詩人以蝗蟲詵詵、薨薨、揖揖形容其聲音之盛，藉以形容蝗蟲之多子，更以此類比人的多子。應該是祭祀時讚美君主多子多孫的詩篇。

桃夭

桃之夭夭，[1]灼灼其華。[2]之子于歸，[3]宜其室家。[4]

桃之夭夭，有蕡其實。[5]之子于歸，宜其家室。

桃之夭夭，其葉蓁蓁。[6]之子于歸，宜其家人。

注釋

1 夭夭：形容詞，青壯茂盛。又有樹枝彎曲的意思；《說文解字．女部》又作𡝩𡝩，𡝩說是女子笑的樣子。揆之詞義，頗疑「桃之夭夭」為「窈窕」這一連綿詞的倒文隱語。2 灼灼：形容詞，鮮明豔麗。灼字通焯。華：即花。3 之：是，此。之子：此女子，即這位新娘。于歸：女子出嫁之意。《詩經》中的「之子于歸」或「之子歸」有時是說「這個女子要出嫁」，有時是說「這個人在回家路上」。4 宜：善。馬瑞辰《毛詩傳箋通釋》：「凡詩云宜其室家、宜其家人者，皆謂善處其室家與家人耳。」5 有：程俊英、蔣見元《詩經注析》：「有，用於形容詞之前的語助詞，和疊詞的作用相似。有蕡，即蕡蕡。」蕡（粵：焚；普：fén）：形容詞，碩大飽滿。水盛而欲溢曰濆；土堆積曰墳。6 蓁（粵：津；普：zhēn）：形容詞，茂盛。草木茂盛曰蓁蓁，水盛曰溱溱，穀物豐盛曰臻臻。

賞析與點評

詩作因祝賀女子出嫁而寫。以桃花在春天燦爛地盛開起興，推想到女子正值出嫁之期。每段末句則為祝願之詞，希望女子婚後能與丈夫家人和睦共處。三章由桃之始華，到桃之結果，再言其葉繁茂，分別喻女子成婚、生子，乃至子孫繁衍。

兔罝

肅肅兔罝，[1] 椓之丁丁。[2] 赳赳武夫，[3] 公侯干城。[4]

肅肅兔罝，施于中逵。[5] 赳赳武夫，公侯好仇。[6]

肅肅兔罝，施于中林。[7] 赳赳武夫，公侯腹心。[8]

注釋

1 肅肅：本為象聲詞，在《詩經》中多形容鳥羽搧動的聲音，這裏形容兔網的繁密。兔罝（粵：追；普：jū）：捕兔的網。2 椓（粵：啄；普：zhuó）：將繫上兔網的木樁打入地下。丁丁：擬聲詞，形容打擊木樁的聲音。3 赳（粵：九；普：jiū）：形容詞，雄壯威武。夫：武士。4 公侯：古代爵位名稱，此處指在上位者。干：盾，防衛武器。干城皆用於防衛，比喻能防外安內的人才。5 施：放置，設置。中逵：即逵中，街道縱橫交錯的路口。6 好：形容詞，美好，絕佳。仇：同「逑」、「雠」。好仇，好伙伴。7 中林：即林中。8 腹心：即心腹。

賞析與點評

這是一首讚美武士的詩。詩中描寫了武士隨國君畋獵的情景，詩人看到他們佈置兔網的才幹，稱許他們將是國之棟樑，可成為公侯的「干城」、「好仇」、「腹心」。「腹心」一詞，為當時常用詞語，西周中期的史牆盤銘文：「遠猷腹心」，與「公侯好仇」、「公侯腹心」義同。

芣苢

采采芣苢，[1] 薄言采之。[2] 采采芣苢，薄言有之。[3]

采采芣苢，薄言掇之。[4] 采采芣苢，薄言捋之。[5]

采采芣苢，薄言袺之。[6] 采采芣苢，薄言襭之。[7]

注釋

1 采采：形容詞，茂盛。芣苢（粵：浮爾；普：fú yǐ）：植物名，即車前子，種子和全草入藥。2 薄、言：語助詞。一說「薄」有「往」的意思。另說，「薄」通「迫」。采：摘取。3 有：收藏。4 掇（粵：啜；普：duō）：拾取。5 捋（粵：劣；普：luō）：取。6 袺（粵：結；普：jié）：手執衣襟兜住物什。7 襭（粵：揭；普：xié）：插衣襟在腰帶上以盛載東西。

賞析與點評

這是一首歌詠女性採集芣苡的詩歌。方玉潤《詩經原始》說：「恍聽田家婦女，三三五五，於平原繡野、風和日麗中，羣歌互答，餘音裊裊，若遠若近，忽斷忽續，不知其情之何以移，而神之何以曠。」但採集者未必即為田家婦女，古代貴族的生活亦很接近自然，國君有自己所屬的公田，宮廷中的婦女也會從事採集、紡織、耕種等勞動。

漢廣

南有喬木，不可休息。[1] 漢有游女，[2] 不可求思。[3] 漢之廣矣，不可泳思。[4] 江之永矣，[5] 不可方思。[6]

翹翹錯薪，[7] 言刈其楚。[8] 之子于歸，言秣其馬。[9] 漢之廣矣，不可泳思。江之永矣，不可方思。

翹翹錯薪，言刈其蔞。[10] 之子于歸，言秣其駒。[11] 漢之廣矣，不可泳思。江之永矣，不可方思。

注釋

1 息：亦作思，語助詞。姚際恆《詩經通論》：「喬，高也。借言喬木本可休而不可休，以況游女本可求而不可求。」2 游女：出遊的女子。3 思：語助詞。4 泳：潛行。5 永：長。6 方：本義為竹筏，引申為動詞，渡過。7 翹翹：形容詞，高揚。錯：錯雜，交錯。薪：柴。8 刈（粵：艾；普：yì）：割。楚：植物，又名荊。9 秣：用來餵馬的飼料，這裏用作動詞，即餵馬的意思。10 蔞（粵：留；普：lóu）：水中植物，即蔞蒿。11 駒：高大的馬。

賞析與點評

這是一首男子愛慕一位女子卻求之不得的情歌。首段以喬木與漢水比喻愛情那段難以接近的距離，之後想像將來與她結為連理的種種情景。

汝墳

遵彼汝墳，[1]伐其條枚。[2]未見君子，[3]惄如調飢。[4]

遵彼汝墳，伐其條肄。[5]既見君子，不我遐棄。[6]

魴魚赬尾，[7]王室如燬。[8]雖則如燬，父母孔邇。[9]

注釋

1 遵：沿着。汝：汝水。墳：濆的假借字，堤岸。2 條枚：樹枝和樹幹。3 君子：此處特指婦女對丈夫的稱呼。4 惄（粵：溺；普：nì）：感覺肚餓，一說感覺心裏難受、悲憫憂傷的樣子。調：同朝，早上。調飢，即未吃早餐而飢餓。5 肄：通「櫱」，砍後重生的小樹枝。6 不我遐棄：倒文，即不遐棄我。遐，遠。這章後二句是詩人設想相見後的快樂。7 魴魚：尾部紅色的魚。赬（粵：青；普：chēng）：紅色。魴魚赬尾。

此處以魚尾之赤喻役人勞苦。8 王室如燬：即國家在危難之時。燬，焚。9 孔：甚，很。邇：近。

賞析與點評

此詩寫婦女懷念遠征在外的丈夫，從未見到已見的情景。「遵彼汝墳」寫婦人每天在江邊等候丈夫回家，未見之時，如飢餓時思念美食般思念，到相見之時，則慶幸丈夫沒有遺忘自己。全詩刻畫女子心理變化，可謂入微。聞一多認為這是一首情詩，其中魴魚赬尾等詞多為性的暗示。其說尚不能確證。由「王室如燬」一句可以推測此詩可能作於東周早期，宗周傾覆之後不久。

麟之趾

麟之趾，[1] 振振公子，[2] 于嗟麟兮。[3]
麟之定，[4] 振振公姓，[5] 于嗟麟兮。
麟之角，振振公族，[6] 于嗟麟兮。

注釋

1 麟：麒麟。趾：蹄。2 振振：形容詞，即振奮有為或者說篤厚有信。也有解作盛多者。3 于嗟：感歎詞。4 定：頂的假借字，即額頭。5 公姓：諸侯同姓同宗之貴族。6 公族：諸侯宗族的子孫。

賞析與點評

此詩讚美在上者子孫延綿。孔子去世的前兩年，公元前四八一年，魯哀公西狩獲麟，孔子認為亂世獲麟不祥，乃作〈獲麟歌〉，有人認為就是這首詩。但在西狩獲麟之前，孔子就曾說：「詩三百，一言以蔽之，曰：思無邪！」此詩應在其中。故從詩的內容和時間判斷，〈獲麟歌〉是〈麟之趾〉的可能性不大。

召南

本篇導讀——

周初召公奭與周公旦平定三監之亂之後，曾經經略江淮流域。其後召公次子仍稱召公，子孫世襲，直至東周晚期。〈召南〉的作品，就地區而言，在周宣王時期召穆公虎所經營之地，即今河南南部及長江中游流域一帶。舊說以為作品皆寫在周初，今人如屈萬里等則認為最早不過周宣王，晚則至東周初。現從屈說。

鵲巢

維鵲有巢，[1]維鳩居之。[2]之子于歸，百兩御之。[3]

維鵲有巢，維鳩方之。[4]之子于歸，百兩將之。[5]

維鵲有巢，維鳩盈之。[6]之子于歸，百兩成之。[7]

注釋

1 維：語助詞。鵲：喜鵲。維鵲有巢，比喻男子成家立室。2 鳩：布穀鳥。3 百：極言數量之多。兩：即輛。御：訝的假借字，在這裏是迎娶的意思。4 方：佔有。5 將：陪從、保護。6 盈：滿。即陪嫁而來的人很多。7 成：即結婚之禮成。

賞析與點評

這是一首祝賀貴族女子出嫁的詩。詩中「百兩」雖是誇飾，但還是本於女子身份所設想的祝願。詩人一邊描寫布穀鳥在喜鵲巢「居之」、「方之」、「盈之」，一邊鋪敘女子出嫁時的排場，是比而兼興的一種寫法。按照古禮書記載，諸侯宴會、士大夫鄉飲酒禮和射禮都會歌唱〈關雎〉〈葛覃〉〈卷耳〉〈鵲巢〉〈采蘩〉〈采蘋〉這幾首詩。

采蘩

于以采蘩？[1]于沼于沚。[2]于以用之？公侯之事。[3]

于以采蘩？于澗之中。于以用之？公侯之宮。[4]

被之僮僮，[5]夙夜在公。[6]被之祁祁，[7]薄言還歸。[8]

注釋

1 于：在。于以，即在何處。蘩：白蒿，水生植物。2 沼：小池。沚：水中的小洲。3 事：祭祀方面的事。4 宮：宗廟。5 被：髮的假借字，即髮髢（粵：比替；普：bì dì），一種首飾，或者是用假髮編成的髻。髢字或寫作鬄。另外一種說法是被字通彼。僮僮：形容髮髢高聳的樣子。6 夙夜：早晚。周代成語，謂勤勉，往往與君侯之事和祭祀之事有關。公：宗廟。7 祁祁：形容首飾之多。8 薄、言：語助詞。《詩經》中常見「薄言」一詞，聞一多謂「薄」與「迫」通，猶言急急忙忙的。

賞析與點評

這是描述蠶婦為公侯養蠶的詩。此詩不直接寫出養蠶之事，只描繪蠶婦所戴的飾物，可說曲盡其妙。

草蟲

喓喓草蟲，[1]趯趯阜螽。[2]未見君子，憂心忡忡。[3]亦既見止，[4]亦既覯止，[5]我心則降。[6]

陟彼南山，[7]言采其蕨。[8]未見君子，憂心惙惙。[9]亦既見止，亦既覯止，我心則說。[10]

陟彼南山，言采其薇。[11]未見君子，我心傷悲。亦既見止，亦既覯止，我心則夷。[12]

注釋

1 喓（粵：腰；普：yāo）：像聲詞，草蟲鳴叫之聲。草蟲：即蟈蟈。2 趯（粵：惕；普：tì）：跳。阜螽（粵：埠中；普：fù zhōng）：蚱蜢。3 忡：心神不定。4 止：即之，指君子。下句亦然。5 覯（粵：救；普：gòu）：通遘，遇見。6 降：放下，即放心。7 陟（粵：即；普：zhì）：登上。8 蕨：山菜，可食。9 惙（粵：絕；普：chuò）：憂慮的樣子。10 說：讀為悅，意亦與悅同，高興的意思。11 薇：山菜之一種，或謂即野豌豆苗。12 夷：平靜、喜悅。

賞析與點評

此詩寫一位採薇女子思念遠征在外、久未歸家的丈夫，表達了等待期間的哀傷苦悶，以及想像見到丈夫時的和樂美滿。每段前面是實寫，後面則是幻想。有論者以為全詩均是實寫，但細味每段，似是征人依然未歸。

采蘋

于以采蘋？[1]南澗之濱。[2]于以采藻？[3]于彼行潦。[4]
于以盛之？[5]維筐及筥。[6]于以湘之？[7]維錡及釜。[8]
于以奠之？宗室牖下。[9]誰其尸之？[10]有齊季女。[11]

注釋

1 于以：即在何處。蘋：水生植物。2 澗：山澗的流水。濱：水邊。3 藻：水生植物。4 行潦：流潦。5 盛：盛載。6 維：發語詞，可解作是。筐、筥（粵：舉；普：jǔ）：竹器。筐為方形，筥為圓形。7 湘：通亨、鬺、享，是烹煮的意思。8 錡（粵：奇；普：qí）、釜：均為煮食用具，有腳的鍋叫錡，沒有腳的叫釜。9 宗室：廟。牖

（粵：有；普：yǒu）下：窗下。10 尸：周人祭祀時，有假扮祖先接受祭祀的人，一般由宗族中晚輩充任。這裏是用作動詞，主持祭祀之意。11 齊：齋的假借字，形容詞，即恭敬美好。另外，齊也有可能指齊國。齊國姜姓，與二南地區的姬姓國家常常通婚。

賞析與點評

此詩描寫貴族女子出嫁前祭祖的過程，從採集水蘋、水藻，到烹煮，再到祭祀，十分恭敬。《毛傳》：「古之將嫁女者，必先禮之於宗室，牲用魚，芼之以蘋藻。」，可作參考。

甘棠

蔽芾甘棠，[1] 勿翦勿伐，[2] 召伯所茇。[3]
蔽芾甘棠，勿翦勿敗，[4] 召伯所憩。[5]
蔽芾甘棠，勿翦勿拜，[6] 召伯所說。[7]

注釋

1 蔽芾（粵：弗；普：fú）：即芾芾、蔽弗，形容樹木枝葉茂密有遮蓋。甘棠：即棠梨，古代在社前常種植此樹。2 翦：通剪，即剪其枝葉。伐：砍伐其樹幹。3 召伯：即召康公姬奭。茇（粵：拔；普：bá）：本義為草舍，舍有居住之義，也有止義，此處作動詞，即在草地上止息。4 敗：摧毀。5 憩：休息。6 拜：拔的假借字，拔掉。7 說：喜悅、釋懷。

賞析與點評

此詩為紀念召伯而作。召伯，應是周文王的兒子召康公姬奭。詩人因召伯曾在樹下聽訟決獄，故云「勿伐」、「勿敗」、「勿拜」，可謂由人及物，盡顯禮敬之意。

另外一個說法是這裏的召伯是西周後期宣王時的召穆公虎，他經略江淮，曾休憩於甘棠樹下，故詩人詠之。

行露

厭浥行露，[1]豈不夙夜，[2]謂行多露。[3]

誰謂雀無角？[4]何以穿我屋？誰謂女無家？何以速我獄？[5]雖速我獄，室家不足！[6]

誰謂鼠無牙？[7]何以穿我墉？[8]誰謂女無家？何以速我訟？雖速我訟，亦不女從！[9]

注釋

1 厭浥（粵：醫；普：yì）：形容詞，露水多且潮濕。厭或當作湆（粵：泣；普：qì），是幽暗潮溼的意思。行：道路。2 夙夜：早晚。猶今言起早貪黑。3 謂：即說起來；一說即畏，害怕之意。4 角：動物的犄角。5 速：招致。獄：官司。6 足：充分。7 牙：壯齒。8 墉：牆。9 女從：即從汝。

賞析與點評

此詩寫出了一女子出嫁之前悔結婚約的心理矛盾。

羔羊

羔羊之皮，素絲五紽。[1] 退食自公，[2] 委蛇委蛇。[3][4]
羔羊之革，[5] 素絲五緎。委蛇委蛇，自公退食。
羔羊之縫，[6] 素絲五總。委蛇委蛇，退食自公。

注釋

1 羔羊：小曰羔，大曰羊。羔羊之皮，即貴族所穿的衣服。2 素絲：白絲。紽（粵：跎；普：tuó）：與下文「緎」（粵：域；普：yù）、「總」均為量詞。3 公：公宮。退食自公：從公宮飯後出來。4 委蛇（粵：威移；普：wēi yí）：委曲自得。此為先秦時期常見的連綿詞，都為委曲美好之貌。字或作「委移」「逶迤」「逶虵」「踒蛇」「逶佗」「蝸蛇」「逶隨」等等。〈君子偕老〉一詩中「委委佗佗」一語也是「逶迤」一詞的變化形式。5 革：去毛的獸皮，即皮板。6 縫：縫製的皮革。

賞析與點評

此詩從內容看似是讚美大夫自公宮退食，盡心政事，從容自得之貌。可是後來也有人以為這是諷刺詩，本應忙於國事的貴族只顧享受錦衣美食，卻疏於政務。現代學者也多從此說。這恐怕是刻意翻案，沒有什麼根據。

殷其靁

殷其靁，[1]在南山之陽。[2]何斯違斯，[3]莫敢或遑？[4]振振君子，[5]歸哉歸哉！

殷其靁，在南山之側。何斯違斯，莫敢遑息？[6]振振君子，歸哉歸哉！

殷其靁，在南山之下。何斯違斯，莫敢遑處？[7]振振君子，歸哉歸哉！

注釋

1 殷：雷聲。靁：即雷。一說殷字通隱，「殷其靁」就是說隱隱聽到雷聲。2 陽：山的南面。3 斯：此、這。違：離開。何斯違斯，前一「斯」字指時間，後一「斯」字指空間。4 或：有。遑：閑暇。此句言不敢有所遲疑。5 振振：振奮有為或者說篤厚有信。一說盛多貌。6 息：歇息。7 處：居住。

賞析與點評

這也是一首女子思念丈夫的詩。女子眼中這位丈夫的形象，顯得比之前幾首思婦詩中的明朗。另外，本詩大量使用疊字、疊詞，有迴環往復之妙。

摽有梅

摽有梅，[1]其實七兮。[2]求我庶士，[3]迨其吉兮。[4]

摽有梅，其實三兮。[5]求我庶士，迨其今兮。[6]

摽有梅，頃筐塈之。[7]求我庶士，迨其謂之。[8]

注釋

1 摽（粵：縹；普：biào）：落下。2 實：梅的果實。七：七成。3 庶：眾。士：年輕貴族男子。庶士一詞，從《詩經》與《尚書》等早期文獻來看，是一種與尹氏、御事等常並稱的一種職位。〈魯頌．閟宮〉中與大夫同舉，〈衛風．碩人〉中又與庶姜（齊國的公姓貴族）並稱。可見庶士也是指貴族而非一般平民青年。4 迨：趁着。吉：吉日。5 三：三成。6 今：現在。7 頃筐：即筲箕。塈（粵：氣；普：xì）：取。甲骨文中的塈字就是兩手持筐傾土或取土之形。8 謂之：即告訴、表白的意思。一說「會之」之假借，指仲春會男女，不必舉行正式婚禮，便可同居。

賞析與點評

此詩寫一位待嫁的貴族女子看見梅子落地，而生起青春將逝、還未成家的惆悵。詩中女子大膽表達愛意，可見周代社會風俗不似後世禮教森嚴。後世即以「摽梅及時」等指求偶的年齡。

小星

嘒彼小星，[1]三五在東。[2]肅肅宵征，[3]夙夜在公。[4]寔命不同！[5]

嘒彼小星，維參與昴。[6]肅肅宵征，抱衾與裯。[7]寔命不猶！[8]

注釋

1 嘒（粵：畏；普：huì）：微弱的星光。嘒字在《詩經》中多為象聲詞，形容蟬鳥之鳴和清脆悠揚的管聲和鈴聲。2 三五在東：是説三三五五，數量不多。應是指傍晚或天將亮之時。3 肅肅：急速。宵征：夜行。4 夙夜：早晚。公：朝廷。5 寔（粵：實；普：shí）：此、這。6 參（粵：心；普：shēn）、昴（粵：卯；普：mǎo）：星座名。二十八宿中的兩宿。7 衾、裯（粵：囚；普：chóu）：被子和寢衣。抱衾與裯，是帶着鋪蓋到公室忙碌。聞一多認為「抱」乃古「拋」字，指拋開被袱，不能休息。較為牽強。8 不猶：即命運不如別人。猶，若。

賞析與點評

這是一個士大夫因公務繁忙、早晚奔波，埋怨自己命運不如別人而作。《毛詩序》説此詩是歌頌君夫人不妒忌，恩惠及於賤妾等，雖非詩旨，但後世詩文中常以「小星」指如夫人。

江有汜

江有汜，[1]之子歸，[2]不我以。[3]不我以，其後也悔。
江有渚，[4]之子歸，不我與。[5]不我與，其後也處。[6]
江有沱，[7]之子歸，不我過。[8]不我過，其嘯也歌。[9]

注釋

1 汜（粵：似；普：sì）：分出又匯合的河水。2 之：此、這。之子，丈夫的新歡。歸：嫁來。3 以：交往的意思。不我以，即不以我。下文「不我與」、「不我過」句式均同。4 渚（粵：主；普：zhǔ）：水中陸地。5 與：交往。6 處：居住。7 沱：長江支流。即今四川沱江，自瀘州滙入長江。8 過：來訪。不我過，即不過我，不來看我。9 嘯：字亦作歗，蹙口而呼，如今之吹口哨；一說即號哭。

賞析與點評

此詩題旨有不同說法：《毛詩序》說是國君的媵妾因君夫人妒忌而受氣，但勤而無怨，最後感動了君夫人，令她自悔；一說寫婦人怨恨丈夫另結新歡，拋棄自己，只能獨對江水號歌；一說男子傷於所愛者另嫁，悲哀之情，溢於言表。詩中言「之子歸」云云，似是男子聲口。但後世詩文中常從詩序，引「江汜」為嫡媵間良好關係。

野有死麕

野有死麕，[1]白茅包之。[2]有女懷春，[3]吉士誘之。[4]
林有樸樕，[5]野有死鹿。白茅純束，[6]有女如玉。
舒而脫脫兮，[7]無感我帨兮，[8]無使尨也吠。[9]

注釋

1 野：郊外。麕（粵：君；普：jūn）：也可寫作麇、麏，鹿屬，無角，即獐子。2 白茅：茅草。包：動詞，包裹，本字應該寫作勹。3 懷：懷念。春：情慾。懷春，思念男子。4 吉士：善士。誘：挑逗、追求。《尚書》較早的篇章中也有「吉士」、「庶吉士」一稱，似為一個中下等級的貴族職位。5 樸樕（粵：索；普：sù）：又作槲樕，一種小樹。6 純（粵：屯；普：tún）：通屯、梱。純束，即以繩束之。7 舒而：舒遲閑適。脫脫：舒緩，脫字也作娧。8 感：即撼，讀音同。帨（粵：歲；普：shuì）：女子的佩巾。一說為縭，女子的圍裙。9 尨（粵：忙；普：máng）：多毛的狗。

賞析與點評

詩作描寫貴族男子以獵來的小鹿作為禮物求愛，從他如何細心將鹿用茅草包起，就能感受到他對心中那位女子的重視。末章改以女子視角敘事，描寫出她收到禮物後又驚又喜、若即若離的神情。如此作法，生動傳神。

何彼襛矣

何彼襛矣？[1] 唐棣之華。[2] 曷不肅雝？[3] 王姬之車。[4]

何彼襛矣？華如桃李。平王之孫，[5] 齊侯之子。[6]

其釣維何？[7] 維絲伊緡。[8] 齊侯之子，平王之孫。

注釋

1 襛（粵：農；普：nóng）：茂盛。襛字《韓詩》作莪。2 唐棣：樹名，即棠棣，又稱栘。華：花。3 曷：何，這裏是設問，為豈的意思。肅雝（粵：雍；普：yōng）：莊嚴和睦。肅雝一詞是當時成語，通常用來形容祭祀或其他重大禮儀的莊嚴肅穆。4 王姬：周王的女兒。5 平王：即周平王（公元前七八一—前七二〇）。平王之孫疑指周平王的曾孫女，周桓王（公元前七二〇—前六九七）之女，周莊王（公元前六九七—前六八二）之妹王姬。嫁給齊襄公諸兒。詩中凡後裔皆可稱孫。6 齊侯：指齊國的國君，但未說明是哪一代齊侯。疑即齊襄公諸兒的父親齊僖（釐）公祿甫（公元前七三〇—前六九八）。[7] 釣：釣魚用具。[8] 維：即惟。伊：即維或惟。緡（粵：民；普：min）：釣魚的繩。

賞析與點評

此詩描寫周王女兒出嫁的盛況。從容貌、車駕、地位多方面表現出嫁場面的華麗盛大。周王的女兒通常都稱之為王姬。這首詩歌頌的到底是哪一位王姬，是個問題。一種說法是，詩中的齊侯之子為齊莊公。歷史上有兩位齊侯謚號都是莊。前齊莊公購（公元前七九四—前七三一）生活的時代欲娶周平王孫女，似太老；而後齊莊公死於公元前五四八年，要娶周平王孫女又太幼。我懷疑這裏的齊侯之子指襄公諸兒（公元前六九八—前六八六）；而平王之孫指周平王的曾孫女，齊襄公夫人。

騶虞

彼茁者葭，[1] 壹發五豝，[2] 于嗟乎，騶虞！[3]
彼茁者蓬，[4] 壹發五豵，[5] 于嗟乎，騶虞！

注釋

1 茁：草初生貌。葭：蘆葦，指野豬出沒之處。2 壹：也作一，發語詞。發：射箭發矢。射滿十二箭為一發。五：虛數，極言其多。豝（粵：巴；普：bā）：小母豬。3 于嗟乎：感歎詞，表示驚異、讚美。于字也作吁，感歎的意思。騶虞（粵：鄒如；普：zōu yú）：古獵官。4 蓬：蓬草名。5 豵（粵：宗；普：zōng）：小豬。

賞析與點評

這是一首讚美牧獵官狩獵的詩，畫面聚焦在獵人射中獵物的剎那，洋溢着快樂和睦的氣氛。聞一多指出古代看管山林的官員叫騶虞，其音與於菟（楚人對虎的稱謂）、柷敔（古代木製虎形打擊樂器）相近而轉。古人或認為豵為一歲的小豬；豝為二歲的小豬。

邶風

本篇導讀——

邶，古國名，原為殷商首都朝歌之地，周武王克商後，將朝歌為中心的王畿一分為三，其地以北即邶，位置在今河南省淇縣以北至湯陰縣。周滅商之後，在朝歌一帶安置殷商的遺民貴族，很多都分封在邶、鄘、衞三國，由商紂王之子武庚統治，並派武王的弟弟管叔、蔡叔和霍叔監管，古稱「三監」。成王即位後，三監與武庚叛亂，為周公平定，邶、鄘二國不復存在，其土其民併入衞國。邶風中的詩，或與殷遺民所在的短命古邶國有關，或為後來併入衞的邶國所在地的詩。

柏舟

汎彼柏舟，[1]亦汎其流。耿耿不寐，[2]如有隱憂。[3]微我無酒，[4]以敖以遊。[5]

我心匪鑒，[6]不可以茹。[7]亦有兄弟，不可以據。[8]薄言往愬，[9]逢彼之怒。

我心匪石，不可轉也。我心匪席，不可卷也。[10]威儀棣棣，[11]不可選也。[12]

憂心悄悄，[13]慍于羣小。[14]覯閔既多，[15]受侮不少。靜言思之，[16]寤辟有摽。[17]

日居月諸，[18]胡迭而微？[19]心之憂矣，如匪澣衣。[20]靜言思之，不能奮飛。[21]

注釋

1 汎：漂流、漂浮。柏舟：柏樹所製之舟。2 耿耿：憂慮不安。3 如：王引之《經義述聞》：「如讀為而。惟有隱憂是以不寐，非謂若有隱憂也。」4 微：非。5 敖：同遨，遊玩。6 匪：非也。鑒：鏡子。7 茹：容納。8 據：依靠。9 薄：語助詞，有前往的意思。愬：訴說。10 我心匪石，不可轉也。我心匪席，不可卷也：《毛傳》：「石雖堅，尚可轉。席雖平，尚可卷。」鄭玄《毛詩箋》：「言己心志堅平，過於石席。」11 威儀：莊重肅穆的儀容。金文作威義。棣棣：雍容嫻雅。12 選：計算。另一說為「巽」，退讓。13 悄悄：憂心貌。14 慍：怒。15 覯（粵：救；普：gòu）：通遘，遇上。閔：痛苦。16 靜：仔細。靜言猶「靜焉」。17 寤：睡醒。辟：通擗，撫膺。摽：形容拍胸的動作。18 居、諸：語助詞。日居月諸，周代常用成語，與「日就月將」同，形容日月流轉。19 胡：為何。迭：更迭。微：昏暗不明。20 匪：是彼字的假借。澣：即浣，洗濯的意思。這兩句是說我的心情如在岸邊洗衣服一樣，中心如擣。古人指擣衣之聲使人煩亂不堪。21 不能奮飛：不能如鳥奮翼飛去。

賞析與點評

《詩經》中有兩首題為〈柏舟〉的詩，另外一首在〈鄘風〉中。這首詩一般認為是士大夫不平之鳴，所謂仁人不遇的怨憤之作。朱熹則以為詩人是女子，因失寵於丈夫，憂傷不已而寫此詩。而古人一般用「柏舟」表達文人蹭蹬不遇的感慨。

綠衣

綠兮衣兮，綠衣黃裏。[1]心之憂矣，曷維其已！[2]
綠兮衣兮，綠衣黃裳。[3]心之憂矣，曷維其亡！[4]
綠兮絲兮，女所治兮。[5]我思古人，[6]俾無訧兮！[7]
絺兮綌兮，[8]淒其以風。[9]我思古人，實獲我心！[10]

注釋

1 裏：內衣。2 曷：何。此處特指何時。維：語助詞。已：停止。3 裳：下衣。4 亡：忘記。5 治：治理紡織。6 古：即故。古人即故人，指亡妻。7 俾：使。訧：即尤，音同，過失。8 絺（粵：雌；普：chī）：細葛布。綌（粵：隙；普：xì）：粗葛布。9 凄：寒涼。其：語助詞。10 獲：得。

賞析與點評

《毛詩序》認為作者是衞莊公夫人莊姜，由於莊公寵幸賤妾，莊姜失寵，乃賦此詩以傷己。但由詩的內容看，作者從綠衣入手，睹物思人，興起物是人非的感歎，更應是士大夫的悼亡詩。

燕燕

燕燕于飛，[1]差池其羽。[2]之子于歸，[3]遠送于野。[4]瞻望弗及，[5]泣涕如雨。
燕燕于飛，頡之頏之。[6]之子于歸，遠于將之。[7]瞻望弗及，佇立以泣。
燕燕于飛，下上其音。[8]之子于歸，遠送于南。[9]瞻望弗及，實勞我心。[10]
仲氏任只，[11]其心塞淵。[12]終溫且惠，[13]淑慎其身。[14]先君之思，以勖寡人。[15]

注釋

1 燕燕：鳥名。從戰國到漢代的出土文獻中，多寫作「鶠」「妟」「嬰」「鷃」，其本字可能與燕子的「燕」字無關，而是鶠字。本義是玄鳥，一種具有神性的鳥，即鳳凰。于：往。2 差池：不整齊。3 之子：遠嫁的這個女子。4 于：於也。野：郊外曰野。5 瞻：看。6 頡頏（粵：揭杭；普：jié háng）：鳥向上飛曰頡，向下飛曰頏。7 將：送。8 音：《毛傳》：「飛而上曰上音，飛而下曰下音。」「下上」一詞從甲骨文看像是殷人的表達習慣。9 南：南郊。10 勞：精神勞累。11 仲氏：排行第二的弟弟或妹妹。只：語助詞。任字在這裏有不同的說法。一說任就是誠信可靠的意思。另外一個說法是「仲氏任」是一個詞，即姓任的二小姐。12 塞：誠實。淵：深。13 終：既。溫：溫和。惠：和順。「終……且……」即「既……又……」。14 淑：善。15 勖（粵：鬱；普：xù）：勉勵。寡人：君主自稱。

賞析與點評

這是送女子出嫁的詩。「寡人」是古代諸侯的自稱，可見這是一位國君（邶國或者衛國）送別遠嫁他方的女子。魏源認為詩中女子與《詩經．大雅．大明》中「摯仲氏任，自彼殷商，來嫁于周」的任姓的薛國「二小姐」是同一人，那麼詩中之事很可能發生在商周之際。商周之際，姜姓任姓之國最初與商王室通婚；周人代之而興，則成為周人的婚姻之國。詩中的「寡人」為最早分封於邶的商紂王之子武庚，被送的女子則是「自彼殷商，來嫁于周」的薛國任姓的二小姐。翁方綱與錢鍾書等都認為這首詩是「千古送別之祖」。

日月

日居月諸，[1]照臨下土。乃如之人兮，[2]逝不古處？[3]胡能有定？[4]寧不我顧。[5]

日居月諸，下土是冒。[6]乃如之人兮，逝不相好。[7]胡能有定？寧不我報。[8]

日居月諸，出自東方。乃如之人兮，德音無良。[9]胡能有定？俾也可忘。[10]

日居月諸，東方自出。父兮母兮，畜我不卒。[11]胡能有定？報我不述。[12]

注釋

1 居、諸：語助詞。「日居月諸」是當時成語，本源於祭祀，是說祭祀中敬持乃心，月日無怠。此一成語的變化形式有「日就月將」、「日月其除」、「日月其徂」等等。2 乃：語助詞，有歎息之意。乃如即「可是」、「至於」等，有轉折語氣。3 逝：語助詞，有歎息之意。古處：以古道相處。聞一多認為是「姑處」，暫且停留的意思。4 胡：何時。定：停止。5 寧：何。我顧：即顧我。顧，看顧。6 冒：覆蓋。7 相好：相愛。8 報：古代一種祭祀，報祭。從甲骨文和金文資料來看，是商周時期常見的一種祭祖禮。故引申為報答、回報。9 德音：美好的言辭。良：美好。詩經中每言「德音」，實際很多情況下是說祖先的言辭，引申為「音容」。「德音無良」是說音容不在，其義與「德音不忘」、「德音莫違」、「德音不已」正好相反，後者猶今之所云「音容宛在」。當然「德音」也可以指活着的人的音容，猶如後世所說的「綸言」、「綸音」。10 俾：使。也：語助詞。可忘：可以忘掉憂傷。11 畜：一說養。一說喜愛。卒：終。12 述：魯詩作「遹」，述字又通「遂」、「墜」、「墜」、「隊」等，從金文用例來看，實有「廣被」之義。

賞析與點評

今人多認為此詩寫婦人因被丈夫拋棄而哀傷憂憤，但綜合判斷，應是商朝遺民貴族的詩，口吻亦像商紂王之子武庚。詩作追憶父母、祖先，再三訴說「乃如之人兮」，所指即其先祖，一再聲稱「寧不我顧」、「寧不我報」、「報我不述」，亡國遺民，更見秋風禾黍之悲。

終風

終風且暴，[1]顧我則笑，[2]謔浪笑敖，[3]中心是悼。[4]
終風且霾，[5]惠然肯來，[6]莫往莫來，悠悠我思。
終風且曀，[7]不日有曀，[8]寤言不寐，[9]願言則嚏。[10]
曀曀其陰，[11]虺虺其雷，[12]寤言不寐，願言則懷。[13]

注釋

1 終：既。「終……且……」，猶「既……又……」。暴：指速度快之狂風。一說，日出而有風叫作暴。2 則：而。3 謔：調戲。浪：放浪。敖：放縱。謔浪笑敖即戲謔。4 中心：心中。悼：悲傷。5 霾（粵：埋；普：mái）：陰霾。一說颳風而塵土飛揚叫作霾。6 惠：和順。然：語助詞。7 曀（粵：縊；普：yì）：天陰有風。8 不日：不到一日，即很快。有：又。9 言：語助詞。10 願：思念。嚏：打噴嚏。一說忿怒。11 曀曀：陰天之貌。曀字通翳。12 虺虺：震雷之聲。13 懷：懷念。

賞析與點評

古代詩學者多以為這是衞莊公夫人莊姜諷刺莊公之詩。揣其詩義，詩中女子似被情人輕薄，既怪其孟浪，又不無思念。詩作以層遞轉折的手法描寫女子的心理變化，由最初的憤怒哀傷，到思念不置，繼而輾轉難眠，可謂細緻入微。

擊鼓

擊鼓其鏜，[1]踊躍用兵。[2]土國城漕，[3]我獨南行。[4]
從孫子仲，[5]平陳與宋。[6]不我以歸，[7]憂心有忡。
爰居爰處？[8]爰喪其馬？[9]于以求之？于林之下。
死生契闊，[10]與子成說。[11]執子之手，與子偕老。
于嗟闊兮，[12]不我活兮。[13]于嗟洵兮，[14]不我信兮。[15]

注釋

1 鏜（粵：湯；普：tāng）：擊鼓的聲音。2 踊：向上跳。躍：向前跳。兵：兵器。

3 土：築城。國：指城牆。城：城池，這裏用作動詞，指築造城池。漕：古邑名，在今河南省滑縣東南白馬城。4 我獨南行：姚際恒《詩經通論》：「因陳宋之爭而平之，故曰『平陳與宋』。陳宋在衞之南，故曰『我獨南行。』」5 孫子仲：衞國南征之將。衞武公（公元前八五三—前七五八）的孫子，又名公孫文仲。據《毛詩序》，文仲曾奉衞莊公之子州吁之命，領軍攻打陳國與宋國。6 平：調解。7 不我以歸：即不以我歸。8 此句首「爰」字指為何，下句「爰」字指何時。9 喪：喪失。10 契：合。闊：離。契闊，指離合聚散。11 成說：約誓。12 于嗟：感歎詞。13 活：聚會。14 洵（粵：殉；普：xún）：離別已久。15 信：信守。

賞析與點評

此詩寫遠征在外的衞國武士對妻子的思念。作者可能是衞武公之孫公孫文仲麾下的一名武士，隨軍討伐陳國與宋國。前三章分別從入伍、出征到戰後的境況，依序寫來，並表達軍士思歸之情及厭戰之意。後兩章回憶往日結婚盟誓種種，更突出遠征在外的感觸萬端。

凱風

凱風自南，[1] 吹彼棘心。[2] 棘心夭夭，[3] 母氏劬勞。[4]
凱風自南，吹彼棘薪。[5] 母氏聖善，[6] 我無令人。[7]
爰有寒泉，[8] 在浚之下。[9] 有子七人，母氏勞苦。[10]

睍睆黃鳥，[11]載好其音。[12]有子七人，莫慰母心。

注釋

1 凱風：南風。凱也作豈，或颽。2 棘：叢生之小棗樹。3 夭夭：樹木幼嫩美盛貌。一說夭是樹枝彎曲貌。4 母氏：母親。劬勞：力乏之病。5 薪：柴。6 聖善：聖者明達之稱，善者賢淑之稱。7 令：善。我無令人，意即兒子沒有一個成材。8 爰：發語詞，義如乃。寒泉：古泉名，在春秋衛國浚邑。9 浚：古邑名，春秋時衛地，在今河南省濮陽縣南。10 勞苦：即劬勞。11 睍睆（粵：演碗；普：xiàn huàn）：形容黃鳥的顏色美麗。12 載好其音：朱熹《詩集傳》：「言黃鳥猶能好其音以悅人，而我七子獨不能慰悅母心哉。」

賞析與點評

這首詩為兒子歌詠母親而作。首章感謝母親辛苦養育兒女成人，次章、三章、末章均言自己才德不備，辜負母親的辛勞。詩作用了大量比喻，感情真摯，傳神生動。

雄雉

雄雉于飛，[1]泄泄其羽。[2]我之懷矣，自詒伊阻。[3]
雄雉于飛，下上其音。[4]展矣君子，[5]實勞我心。
瞻彼日月，[6]悠悠我思。[7]道之云遠，[8]曷云能來？[9]
百爾君子，[10]不知德行。不忮不求，[11]何用不臧。[12]

注釋

1 雄雉于飛：雉，野雞；雄雉，比喻丈夫。喻其夫宦遊遠出。2 泄泄：鳥羽振動的聲音，這裏形容緩慢飛翔。3 詒：通貽，即遺留的意思。自詒，即自找。伊：通繄，是這個的意思。阻：通沮喪的沮，憂患的意思。4 音：《毛傳》：「飛而上曰上音，飛而下曰下音。」5 展：通亶，是確實、的確的意思。6 瞻：看。7 悠悠：長也。8 云：語助詞，下句「曷云能來」之「云」亦同。9 曷：何時。10 百：朱熹《詩集傳》：「凡也。……言凡爾君子，豈不知德行乎？」君子：當指統治者。11 忮：害人。求：貪。12 用：介詞，為。臧：善。

賞析與點評

此詩是閨中婦人思念丈夫之作。前三章以雄雉喻夫，描寫雄雉久久不還，以述相思之情。

末章卻忽然插入諸多議論，難怪有論者認為此詩可能是友人因分別互相勸勉而作。當然，諸多說理之辭，亦可能出自貴族女子之口。讀者可自行判斷哪種解讀較為可取。

匏有苦葉

匏有苦葉，[1]濟有深涉。[2]深則厲，[3]淺則揭。[4]

有瀰濟盈，[5]有鷕雉鳴。[6]濟盈不濡軌，[7]雉鳴求其牡。[8]

雝雝鳴雁，[9]旭日始旦。[10]士如歸妻，[11]迨冰未泮。[12]

招招舟子，[13]人涉卬否。[14]人涉卬否，卬須我友。[15]

注釋

1 匏（粵：刨；普：páo）：葫蘆。苦：同枯。2 濟：渡口。另一說這裏指的是濟水，源出河南省濟源縣西王屋山，後併入黃河。涉：渡水而過。3 厲：連衣涉水。一說，厲字通礪、濿，又通砅，指水中石椿，踏之可以涉水。4 揭：撩起下衣涉水。5 瀰（粵：眉；普：mí）：水滿。盈：滿。6 鷕（粵：堯；普：yǎo）：野雞的叫聲。7 濡：沾濕。軌：車軸的兩頭。8 牡：雄雉。9 雝雝（粵：雍；普：yōng）：也寫作邕、雍、噰、噰，鴻雁和鳴之聲。10 旭日：早晨的太陽。旦：明亮，此處指日出之時。11 士：未婚男子。歸妻：娶妻。12 迨：趁着。泮（粵：判；普：pàn）：散開，化開。13 招招：搖手相招。舟子：擺渡者。14 卬（粵：昂；普：áng）：通姎，是我的意思，一般為婦女自稱。15 須：等待。

賞析與點評

《毛詩序》認為此詩是諷刺衛宣公淫亂的詩，但從內容和語氣來判斷，並不像諷刺詩。

谷風

習習谷風，[1] 以陰以雨。[2] 黽勉同心，[3] 不宜有怒。[4] 采葑采菲，[5] 無以下體。[6] 德音莫違，[7] 及爾同死。

行道遲遲，[8] 中心有違。[9] 不遠伊邇，[10] 薄送我畿。[11] 誰謂荼苦，[12] 其甘如薺。[13] 宴爾新昏，[14] 如兄如弟。

涇以渭濁，[15]湜湜其沚。[16]宴爾新昬，不我屑以。[17]毋逝我梁，[18]毋發我笱。[19]我躬不閱，[20]遑恤我後。[21]

就其深矣，方之舟之。[22]就其淺矣，泳之游之。[23]何有何亡，[24]黽勉求之。凡民有喪，[25]匍匐救之。[26]

不我能慉，[27]反以我為讎。既阻我德，[28]賈用不售。[29]昔育恐育鞫，[30]及爾顛覆。[31]既生既育，[32]比予于毒。[33]

我有旨蓄，[34]亦以御冬。宴爾新昬，以我御窮。[35]有洸有潰，[36]既詒我肄。[37]不念昔者，伊余來塈。[38]

注釋

1 習習：同颯颯。谷風：山谷之風。2 以：即為、是。3 黽（粵：泯；普：mǐn）勉：即勤勉於事，往往指公侯之事。《詩經》有時用勉勉、亹亹等詞語。4 有：即又。5 葑：植物名，蕪菁、蔓菁。菲：植物名，是像蘿蔔一類的蔬菜。6 下體：根莖也。7 德音：美好的言辭。尊稱對方的音容。8 遲遲：行路緩慢。9 中心：心中。違：違背。10 伊：語助詞。邇：近。11 薄：語助詞，有勉為其難之意。12 荼：苦菜。13 薺：薺菜。14 宴：安。昬（粵：芬；普：hūn）：昏的異體字，即婚。新昬，指丈夫另娶他人。15 涇：涇河。渭：渭河支流。16 湜（粵：實；普：shí）：水清的樣子。沚：河底。

17 不我屑以：即不屑我以。不屑，不肯、不願。以通與，交往。18 逝：往。梁：攔魚的堤壩。19 笱：竹製的捕魚器具，口有倒刺，魚能進不能出。20 躬：身體；自身。閱：容納。21 遑：閑暇。恤：擔憂。後：我既去之後。22 方：木排。方和舟此處作動詞用，即以筏子渡水。23 泳、游：潛行曰泳，浮水曰游。24 亡：無。25 民：鄰人。喪：災難。26 匍匐（粵：袍白；普：pú fú）：本義為手足並行，此處引申為全力以赴。27 慉：喜愛。28 阻：阻止。德：善，即好意。29 賈（粵：古；普：gǔ）：賣。30 育：生養。恐：恐懼。鞠（粵：穀；普：jū）：窮困。育恐，生於恐懼之中；育鞠，生於困窮之際。31 顛覆：挫折、窮困。32 生：財業。育：生活。既生既育，即現在生活有了財業，好起來了。33 比：比擬。予：我。于毒：如毒。34 旨：味美。蓄：儲存的蔬菜。35 御窮：抵禦窮困。36 洸（粵：光；普：guāng）：粗暴。有洸有潰，聞一多《風詩類鈔》：「洸、潰，水激怒潰決貌，喻夫之暴怒。」37 既：全部。詒：同貽，遺留。肄（粵：義；普：yì）：勞苦。38 伊：即惟。來：語助詞。塈（粵：氣；普：xì）：通㤅，愛戴；一說通愾，怒的意思。

賞析與點評

題目為「谷風」的詩在《詩經》中有兩首，另外一首在〈小雅〉中。比較有趣的是，兩首詩內容相近，都像是棄婦之怨詩。詩中多處運用對比，如今昔、新舊等，更顯其處境之苦痛。

然而婦人在埋怨所愛的同時，亦有勸勉、盼望。

式微

式微，式微，[1]胡不歸？[2]微君之故，[3]胡為乎中露！[4]
式微，式微，胡不歸？微君之躬，[5]胡為乎泥中！[6]

注釋

1 式：發語詞，無義。微：衰弱。2 胡：為何。3 微：非，這個「微」字往往用於條件句，其意如「如果沒有」。4 中露：露中。形容處境艱難。5 躬：身體。6 泥中：泥濘路途中。

賞析與點評

本詩為對答體，從一問一答中可見當時勞役之重。

旄丘

旄丘之葛兮，[1]何誕之節兮？[2]叔兮伯兮，[3]何多日也？[4]
何其處也？[5]必有與也！[6]何其久也？必有以也！[7]
狐裘蒙戎，[8]匪車不東。[9]叔兮伯兮，靡所與同。[10]
瑣兮尾兮，[11]流離之子。[12]叔兮伯兮，褎如充耳。[13]

注釋

1 旄丘：前高後低的山丘。旄字乃堥、嵍字之音借。2 誕：蔓延。節：藤節。3 叔、伯：貴族的稱呼，猶云同姓兄弟。4 何多日也：何以很久不見相助。5 處：安居不出。6 與：盟國。7 以：原因、緣故。8 狐裘：狐皮製的外衣。《禮記・玉藻》：「錦衣狐裘，諸侯之服也。」蒙戎：也作尨茸，連綿詞，蓬鬆的樣子。9 匪：彼。10 靡：無。同：同心。靡所與同，不與我同心。11 瑣、尾：少好之貌。另一說為細小、卑微。12 流離：漂流離散。另一說為鳥名。13 褎（粵：又；普：xiù）：盛服。充耳：盛飾。另一說為堵住耳朵。

賞析與點評

舊說是黎國國君流亡到衞國，因得不到衞國援助而寫詩諷刺衞國貴族。古代黎國在商朝已存在，可能是帝堯的後代。但從詩意來看，流亡到衛國的國君應該是姬姓。

簡兮

簡兮簡兮，[1]方將萬舞。[2]日之方中，[3]在前上處。
碩人俁俁，[4]公庭萬舞。[5]有力如虎，執轡如組。[6]
左手執籥，[7]右手秉翟。[8]赫如渥赭，[9]公言錫爵。[10]
山有榛，[11]隰有苓。[12]云誰之思？西方美人。[13]彼美人兮，西方之人兮。

注釋

1 簡兮：舊說是威武的樣子，或盛大貌。其實這裏是象聲詞，形容敲鼓的聲音洪大。如《詩經・商頌・那》中云：「奏鼓簡簡，衎我烈祖。」2 方將：將要。萬舞：大型的武舞，是商朝的古樂舞。甲骨文、金文中作「万」。衛國是商遺民貴族聚集之地，故宮廷中尚保留商朝古樂。3 日：太陽。方中：正午。4 碩人：舊說高大而壯美的人。其實碩人在《詩經》中多次出現，「碩」字除了「大」以外，也是高雅和美好的意思，尤指周之貴族。俁（粵：雨；普：yǔ）俁：通麌麌，羣聚的樣子。一般動物聚集稱麌麌，人羣聚稱俁俁。這裏指舞者人數眾多。5 公庭：朝廷廟堂。6 轡（粵：秘；普：pèi）：馬韁繩。組：編織的絲線。7 籥（粵：若；普：yuè）：古樂器，編管為之，如今之排簫。8 秉：執。翟（粵：迪；普：dí）：野雞的尾羽。9 赫：形容臉面紅而有光。渥：塗抹。赭（粵：者；普：zhě）：紅土。引申為紅色的顏料，古人用以塗面。10 公：君主。錫：賜。爵：酒器。錫爵就是賜酒的意思。11 榛：榛樹。12 隰（粵：集；普：xí）：低濕之地。苓（粵：零；普：líng）：茯苓。13 西方：指周。美人：指上述之俁俁碩人，也即周之貴族。

賞析與點評

《詩經》有時說「東方」、「西方」，乃分指原殷商故地（今河南北部）和西周統治的中心宗周地區（今陝西寶雞為中心）。西方之人與東方之人往往分指新興的周貴族與原來的商遺民，而「美人」在這裏也非指女性，指的是在宗周的姬姓貴族和周貴族。此詩表達了對表演萬舞舞師的讚美。萬舞是商的大舞，而跳萬舞的人則或是商的遺民貴族。

泉水

毖彼泉水，[1]亦流于淇。[2]有懷于衛，[3]靡日不思。[4]孌彼諸姬，[5]聊與之謀。[6]

出宿于泲，[7]飲餞于禰。[8]女子有行，[9]遠父母兄弟，問我諸姑，遂及伯姊。[10]

出宿于干，[11]飲餞于言。[12]載脂載舝，[13]還車言邁。[14]遄臻于衛，[15]不瑕有害？[16]

我思肥泉，茲之永歎。[17]思須與漕，[18]我心悠悠。駕言出遊，[19]以寫我憂。[20]

注釋

1 毖（粵：庇；普：bì）：水湧流的樣子。泉水：衛國水名，即末章「肥泉」。2 淇：水名，流經衛國。3 衛：衛國。4 靡日：沒有一天。5 孌（粵：戀；普：luán）：好。姬：衛國國君的姓氏，此詩作者蓋為衛國國君之女（或藉衛女之口吻），也姓姬。這裏諸姬與作者同姓，猶言我娘家的人。6 聊：姑且。謀：商量。7 出：指當初出嫁。宿：住宿。泲（粵：濟；普：jǐ）：異文作「濟」，兩字通假。一說古地名，在春秋時衛國境內。一說即濟水。8 餞：餞行。禰：古地名，在衛國近郊。9 行：出嫁。10 問：問候，這裏是告別的意思。姑：父母的姊妹。伯姊：即大姐。11 干：古地名，在今河南省清豐縣西南。12 言：古地名。約在今河南許昌與淇縣之間。13 載：語氣詞，「載……載……」，如「式……式……」，「且……且……」，「將……將……」，都是「既……又……」之義。脂：油脂。此處作動詞，用油膏塗車軸。舝（粵：劾；

普：xiá）：車轄。古代為固定車輪而插在車軸兩端的鍵。這裏也用作動詞。14 還：掉轉過來。言：語助詞。邁：行。15 遄（粵：全；普：chuán）：快速。臻：至。16 不瑕有害：這沒有什麼害處吧？瑕，通胡，即何。17 茲：通滋，即益發。永歎：長歎。18 須、漕：衛國地名。19 駕：駕車。言：語助詞。20 寫：通瀉，宣泄。

賞析與點評

此詩寫衛國國君之女遠嫁他國，思念衛國而不得歸，從詩中地名方位來看，所嫁國很可能是齊國。齊衛世為婚姻，齊桓公的母親和兩個寵姬皆衛女。

北門

出自北門，憂心殷殷。[1]終窶且貧，[2]莫知我艱。已焉哉！[3]天實為之，謂之何哉！[4]

王事適我，[5]政事一埤益我。[6]我入自外，[7]室人交徧讁我。[8]已焉哉！天實為之，謂之何哉！

王事敦我，[9]政事一埤遺我。[10]我入自外，室人交徧摧我。[11]已焉哉！天實為之，謂之何哉！

注釋

1 般般：憂傷。2 終：即既。窶（粵：巨；普：jù）：即貧窮而不講究禮儀之義。詩中每有「終……且……」的句式，即「既……又……」。3 已焉哉：即已經這樣了。4 謂：猶奈。謂之何哉，即對它又有什麼辦法？5 王事：朝廷派遣的差事，猶言「公務」。適：到我這兒來；或通擿，投擲；推給。6 政事：衞國政事。一：全部、都。埤：堆積。益：增加。7 我入自外：即我自外入。8 室人：家人。交：更迭。徧：都。讁：也作謫（粵：擇；普：zhé），責備。9 敦：敦促、促迫。10 遺（粵：為；普：wèi）：加。11 摧：譏刺。

賞析與點評

這首詩寫一位苦於政務的大夫，抱怨公務繁重，而生活艱難，在家裏也得不到家人的諒解，種種困擾，使他苦不堪言。鄭玄說此詩是作者事奉一位昏闇的君主而遭遇困頓，良有以也。

北風

北風其涼，[1]雨雪其雱。[2]惠而好我，[3]攜手同行。[4]其虛其邪？[5]既亟只且！[6]

北風其喈，[7]雨雪其霏。[8]惠而好我，攜手同歸。[9]其虛其邪？既亟只且！

莫赤匪狐，莫黑匪烏。[10]惠而好我，攜手同車。其虛其邪？既亟只且！

注釋

1 北風：寒冷的風。涼：馬瑞辰《毛詩傳箋通釋》：「淒風、涼風喻暴虐。」2 雨：動詞，下雨或下雪，應讀去聲，讀如玉。雱（粵：旁；普：páng）：雪盛的樣子。水盛的樣子叫汸或滂。3 惠而：惠然，即順從。或說是愛的意思。4 行：道路。5 其：語助詞。虛、邪：即從容之義。虛字與舒古音同，邪讀如餘或徐。即舒遲徐行的意思。這裏的句法在《詩經》中較典型，如將遨將翔，式號式呼。6 亟：緊急。7 喈（粵：佳，普：jiē）：通湝，水寒冷的感覺。一說是風聲相和的情狀。8 其霏：即大雪。或說雪迷濛的樣子。9 同歸：到較好的地方。10 莫：無。匪：非。這句意思是狐狸都是紅色的，沒有例外。烏：烏鴉。莫赤匪狐，莫黑匪烏二句，孔穎達《毛詩正義》：「狐色皆赤，烏色皆黑，以喻衛之君臣皆惡也。」朱熹《詩集傳》：「所見無非此物，則國將危亂可知。」

賞析與點評

此詩是貴族流亡之作。第一章是說北風暴虐寒冷，雪盛而集聚；第二章說風聲漸和，雪亦瀰漫飄散，以此來喻時間的變化。三章的最後兩句「其虛其邪？既亟只且！」猶言，事已緊急，行人怎麼還在那裏磨磨蹭蹭呢！

靜女

靜女其姝，[1]俟我于城隅。[2]愛而不見，[3]搔首踟躕。[4]

靜女其孌，[5]貽我彤管。[6]彤管有煒，[7]說懌女美。[8]

自牧歸荑，[9]洵美且異。[10]匪女之為美，[11]美人之貽。

注釋

1 靜：嫻雅。一說靜女當讀靖女，即好女子。姝：美色。也作袾，或妭。2 俟（粵：自；普：sì）：等待。城隅：城角。3 愛：僾、薆的省借，隱蔽、躲藏。或說僾是彷彿的意思。4 搔：用指甲輕抓。踟躕（粵：慈廚；普：chí chú）：連綿詞，徘徊、猶豫。踟，也可寫作跱、峙、跢；躕，也可作躇、躕、跦。5 孌（粵：戀；普：luán）：好。

6 貽：贈送。彤管：歷來解說不一。一說筆管，一說樂器，一說紅色管狀的草。7 有煒：即煒煒。煒，紅而鮮明。8 說：同悅。懌（粵：亦；普：yì）：高興的意思。女：即汝，指彤管。9 牧：郊外。歸：通饋，饋贈。荑：初生的茅草。10 洵：誠然。異：《韓詩》作瘱，可愛。11 匪：非。女：即汝，指荑，茅草。

賞析與點評

此詩寫男女約會時女方贈送男方禮物，男子因人及物，即使如一根茅草，也因為是女子所贈，而倍加珍惜。除此之外，詩作寫男子等候女子時心急如焚的情狀，也是細緻入微。《毛詩序》說是諷刺衛國國君之詩，朱熹說是淫奔幽會之詩，都未必可信。

新臺

新臺有泚，[1]河水瀰瀰。[2]燕婉之求，[3]籧篨不鮮。[4]

新臺有洒，[5]河水浼浼。[6]燕婉之求，籧篨不殄。[7]

魚網之設，鴻則離之。[8]燕婉之求，得此戚施。[9]

注釋

1 **新臺**：古臺名，在今山東省甄城縣黃河北岸。**泚**（粵：此；普：cǐ）：通「玼」，本指玉色光鮮，這裏形容新臺的外觀鮮明貌。2 **瀰瀰**：水滿貌。3 **燕婉**：安順美好。燕婉之求，即想求得美好的配偶。4 **籧篨**（粵：渠廚；普：qú chú）：有醜疾不能俯身的人，引申為醜惡之屬。**鮮**：少。這句是說醜類不少。5 **洒**（粵：吹；普：cuǐ）：通漼，高峻的樣子。或說通洗，是新鮮的樣子。6 **浼**（粵：每；普：měi）：通浘，形容水很平很盛。7 **殄**（粵：tin^5；普：tiǎn）：死。這裏是絕滅的意思。8 **鴻**：鳥名。一說即癩蝦蟆。**離**：通罹，也通麗，是遭遇、附着和捕捉到的意思。9 **戚施**：舊說是身不能仰的駝背之人。聞一多說即蝦蟆，比喻面貌醜陋。

賞析與點評

此詩寫衞宣公強搶兒媳為妻之事。新臺正是他為兒媳宣姜所築。衞宣公給兒子伋迎娶齊國的公主，因見其貌美，竟然據為己有，並且築新臺以張其事。國人以宣姜的口吻作此詩來諷刺。

二子乘舟

二子乘舟，[1]汎汎其景。[2]願言思子，[3]中心養養！[4]
二子乘舟，汎汎其逝。[5]願言思子，不瑕有害？[6]

注釋

1 二子：兩人。2 汎汎：即泛泛，飄浮的樣子。景（粵：影；普：jǐng）：遠行。3 願言：每每，常常。4 中心：即心中。養：通恙或漾；養養即憂愁不安的樣子。5 逝：往。6 瑕：通胡，即何。不瑕，就是「不無」的意思。這一句的意思是「恐怕會有危險」。

賞析與點評

這是詩人為乘舟遠走的朋友而作。詩作雖然寥寥三十二字，但讀者仍可深切感受到當中憂傷的氛圍。按照《毛詩序》的說法，這首詩與衞宣公的兩個兒子有關。衞宣公誘姦父妾夷姜，生子名伋，又霸佔伋的聘妻宣姜，生子名壽、名朔。宣姜要害死伋，好立她自己的兒子為衞君，慫恿宣公叫伋出使齊國，預先叫一批人假扮盜匪劫殺伋。壽把這一陰謀告訴伋，勸他逃往別國，伋不肯。當伋將乘船赴齊時，壽想替他死，來到船上，用酒把他灌醉，自己乘船，載着使者的旗幟，繼續前行。假盜把壽殺死。伋醒後，坐船追去，假盜又把伋殺死。衞國有人作此詩，實為哀悼伋、壽二人。

鄘風

本篇導讀——

鄘，古代國名，殷商國都朝歌以東地區，即今河南省汲縣一帶。周武王滅商之後，在朝歌一帶安置殷商的遺民貴族，很多都分封在邶、鄘、衞三國，由商紂王之子武庚統治，並派武王的弟弟管叔、蔡叔和霍叔監管，古稱「三監」。成王即位後，三監與武庚叛亂，為周公平定，邶、鄘二國不復存在，其土其民併入衞國。鄘風中的詩，當出自古鄘國所在地。

柏舟

汎彼柏舟，[1]在彼中河。[2]髧彼兩髦，[3]實維我儀。[4]之死矢靡它！[5]母也天只，[6]不諒人只！[7]

汎彼柏舟，在彼河側。髧彼兩髦，實維我特。之死矢靡慝！[8]母也天只，不諒人只！

注釋

1 汎彼：即汎汎，漂流。柏舟：柏樹所製之舟。2 中河：即河中。3 髧（粵：淡；普：dàn）：頭髮下垂貌。髦（粵：毛；普：máo）：古代未成年男子垂在前額的頭髮。4 實：是。維：為。儀：古音俄。與下文「實維我特」之「特」皆為配偶之意。5 之：至。矢：通誓。靡：無。它：朱熹《詩集傳》本作「他」。靡它，即無他心，不另嫁之意。這句詩是發誓至死也無貳心。6 也、只：語氣助詞。天：指父親。這句是說「母親啊，父親啊！」7 諒：諒解，相信。8 慝（粵：剔；普：tè）：通忒、貳，更改、貳心。

賞析與點評

《詩經》中有兩篇題為「柏舟」的詩，一在〈邶風〉，一在〈鄘風〉。在〈鄘風〉中的這一首以女子的口吻，表達了對青年男子的愛慕，以及不被父母認可的痛苦。古人或以為是貞女之詩，其夫早死，女子表達誓不改嫁的忠貞之心。

牆有茨

牆有茨，[1]不可埽也。[2]中冓之言，[3]不可道也。[4]所可道也，[5]言之醜也。

牆有茨，不可襄也。[6]中冓之言，不可詳也。[7]所可詳也，言之長也。[8]

牆有茨，不可束也。[9]中冓之言，不可讀也。[10]所可讀也，言之辱也。[11]

注釋

1 茨（粵：慈；普：cí）：草名，即蒺藜，一種帶刺的植物。2 埽：同掃，掃除。3 中冓（粵：救；普：gòu）：宮廷內室。中冓之言，即閨中曖昧之言。一說冓為夜，中冓就是夜半的意思。4 道：說。5 所：代詞。或說是如果的意思。6 襄：除去，義同攘。7 詳：細說。一說通揚，宣揚。8 言之長也：就是說起來話太長之意。9 束：捆縛、聚集。10 讀：反覆地說。11 辱：恥辱。

賞析與點評

此詩諷刺衛國宮廷淫亂，道德淪喪。古人認為所指即衛宣公之妻宣姜。當然，讀者不必認定所指必為宣姜，可以理解為諷刺當時上層貴族風俗敗壞。

君子偕老

君子偕老，副笄六珈。[1]委委佗佗，[2]如山如河，[3]象服是宜。[4]子之不淑，[5]
云如之何？[6]

玼兮玼兮，[7]其之翟也。[8]鬒髮如雲，[9]不屑髢也。[10]玉之瑱也，[11]象之揥也，[12]
揚且之晳也。[13]胡然而天也？[14]胡然而帝也？[15]

瑳兮瑳兮，[16]其之展也，[17]蒙彼縐絺，[18]是紲袢也。[19]子之清揚，揚且之顏也，
展如之人兮，[20]邦之媛也！[21]

注釋

1 副：通覆，用假髮編成的髻，是古代貴族婦女頭上的一種首飾。上綴以玉。笄（粵：雞；普：jī）：簪子。馬瑞辰《毛詩傳箋通釋》：「古者男子二十而冠，女子十五而笄，女之笄猶男之冠也。」六珈：古代貴族婦女髮簪上的珠玉。2 委委佗佗：即委委蛇蛇，走路時雍容自得的樣子。與《詩經‧小雅‧羔羊》中「退食自公，委蛇委蛇」，意思相同，都是形容祭祀時貴族行走的姿態。3 如山如河：像山那樣凝重，像河那樣舒展。4 象服：綵繪的禮服，此處是后妃所穿之服。宜：適宜，即合乎國母身份。5 子：你，或曰指宣姜。淑：善。不淑，不善。6 云：語助詞。如之何：即奈之何。7 玼：色彩鮮明。8 其：宣姜。之：的。翟（粵：敵；普：dí）：是雉尾，即野雞

的尾羽，這裏指翟衣，貴族婦女穿的繪有雉羽的祭服。9 鬒（粵：眕；普：zhěn）：形容頭髮既黑且密。10 不屑：不需要。髢（粵：替；普：tì）：假髮。11 瑱（粵：琠；普：tiàn）：古人冠冕兩側的垂玉，用以塞耳。12 象：象牙。揥（粵：替；普：tì）：古時用以搔頭和綰髮的簪子。13 揚：前額寬廣方正，容貌漂亮。且：語助詞。晳（粵：析；普：xī）：膚色潔白。14 胡：為何。然：如此。而：如。天：天神、天仙。15 帝：帝女，一說上帝。「胡然而天也？胡然而帝也？」是反問的語氣，意謂這個樣子怎能像天仙和帝女。16 瑳（粵：搓；普：cuō）：玉色鮮白。這裏形容美人牙齒潔白，笑時粲然。17 展：舊說通襢，古代后妃或命婦穿的一種禮服。但我認為其字即輾的本字，《莊子》中作輾，是輾然而笑的意思。18 蒙：覆蓋。縐絺（粵：奏雌；普：zhòu chī）：夏日穿的衣服。19 紲袢（粵：屑盼；普：xiè pàn）：內衣。20 展如：即輾然，笑的樣子。之人：這個人，即宣姜。21 媛：美女。邦之媛，國色。

賞析與點評

從此詩所細緻描繪的女子的服飾、地位、容貌，可知其為貴族女子。關於詩的主旨，前人或謂讚美女子的容顏美麗，或謂諷刺衛宣姜貌美卻失德。

桑中

爰采唐矣？[1]沬之鄉矣。[2]云誰之思？[3]美孟姜矣。[4]期我乎桑中，[5]要我乎上宮，[6]送我乎淇之上矣。[7]

爰采麥矣？沬之北矣。[8]云誰之思？美孟弋矣。[9]期我乎桑中，要我乎上宮，送我乎淇之上矣。

爰采葑矣？[10]沬之東矣。[11]云誰之思？美孟庸矣。[12]期我乎桑中，要我乎上宮，送我乎淇之上矣。

注釋

1 爰（粵：元；普：yuán）：疑問代名詞，即在何處也。采：即採。唐：草名，即菟絲草。2 沬（粵：未；普：mèi）：春秋時衞國邑，即朝歌，在今河南省淇縣南。鄉：鄉村。3 云、之：語助詞。云誰之思，即思念誰。4 孟：排行第一者。姜：姓氏。孟姜，猶言「姜姓大小姐」。此處則很可能指嫁入衞國的齊國公主，或者呂、申、許等姜姓國的公主。5 期：相約。桑中：桑林中。一說地名。6 要：通邀。上宮：樓上。一說地名。7 淇：水名。淇之上，淇水邊。8 沬之北：即邶地。9 弋：通「姒」，姓氏，夏禹的後代。這裏指嫁入衞國的杞國公主。10 葑：植物名，蕪菁，蔓菁。11 沬之東：即鄘地。12 庸：即鄘；孟庸指鄘國貴族後代。

賞析與點評

這是一首貴族男子歌唱與情人相會的詩篇。後世每以「桑中」形容男女之幽會。

鶉之奔奔

鶉之奔奔，[1] 鵲之彊彊。[2] 人之無良，[3] 我以為兄！[4]

鵲之彊彊，鶉之奔奔。人之無良，我以為君！[5]

注釋

1 鶉：鳥名，即鵪鶉。奔奔：與彊彊同義，即雌雄相隨而飛貌。2 鵲：鳥名，即喜鵲。3 無良：不善。4 兄：兄長輩。5 君：君主。

賞析與點評

詩人以鵪鶉、喜鵲尚有伴侶，反比自己孤家寡人。從詩意可以看出，作者應該是衞國國君之弟。陳子展以為是衞宣公的庶弟左公子泄或右公子職輩。今人說此詩是女子對男子拋棄自己有感而發的怨抑之詞，未免牽強。後人引用此詩，有時脱離本義，用來形容官場奔競。如王世貞詩「在公慕羔羊，操憲抑奔鶉」即是。

定之方中

定之方中，[1]作于楚宮。[2]揆之以日，[3]作于楚室。[4]樹之榛栗，[5]椅桐梓漆，爰伐琴桑。[6]

升彼虛矣，[7]以望楚矣。望楚與堂，[8]景山與京。[9]降觀于桑，[10]卜云其吉，[11]終焉允臧。[12]

靈雨既零，[13]命彼倌人，[14]星言夙駕，[15]說于桑田。[16]匪直也人，[17]秉心塞淵，[18]騋牝三千。[19]

注釋

1 定：星名。二十八宿之一，北方七宿中的壁宿，即營室星。方中：在正中。2 于：即為，下文「作于楚室」亦同。楚宮：楚丘宮殿。楚丘在今河南省滑縣東。3 揆：量度。日：日影。4 楚室：周人宮殿的主要建築叫大室，楚室即楚宮之大室也。5 樹：種植。榛、栗：與下文「椅桐梓漆」皆為樹名。6 爰：即于。7 虛：通墟，丘陵。

此處特指漕墟，今河南省滑縣東。一說廢墟。8 堂：春秋時衛國邑名，在今河南省滑縣附近。9 景：大，景山即大山。一說遠行。京：人造的高山丘。10 降：從高處走下來。桑：桑田。一說地名或水名。11 卜：占卜。12 終焉：既是。允：確實。臧：善。13 靈雨：靈字通令，金文中通作靁。靈雨即好雨。零：落下。14 倌人：主管駕車的小官。15 星：指雨後之星現。言：語助詞。夙：早。夙駕即清早駕車出行。16 說：通稅，停車休息。17 匪：即非。直：特。匪直，不獨是。也：語助詞。人：人民。18 秉心：用心。塞：誠實。淵：深。19 騋（粵：來；普：lái）：高七尺以上的馬。牝（粵：臏；普：pìn）：母馬。這裏泛指雄壯的馬。

賞析與點評

此詩寫衛文公重建國家的故事。衛懿公好鶴而亡國，衛文公得齊桓公之助而復國。首章寫文公遷到楚丘，勘察地形，栽種樹木，再造宮室；次章詳寫楚丘的環境，末章寫文公躬力親為，引導百姓農桑畜牧。

蝃蝀

蝃蝀在東，[1]莫之敢指。[2]女子有行，[3]遠父母兄弟。
朝隮于西，[4]崇朝其雨。[5]女子有行，遠兄弟父母。
乃如之人也，[6]懷昏姻也。[7]大無信也，[8]不知命也！[9]

注釋

1 蝃蝀（粵：帝東；普：dì dōng）：虹。2 指：用手指點。3 行：遠行，這裏指出嫁。
4 朝：早晨。隮（粵：擠；普：jī）：通躋，上升的意思，這裏指彩虹在西邊出現。
5 崇朝：整個早上。6 乃：語助詞。之：是。7 昏姻：婚姻。8 大：即太。信：專一。9 命：父母之命。一說正理。又一說命運。又一說壽命。

賞析與點評

古人稱這是淫奔之詩。從詩的口吻來看，是出自貴族婦女，若非衛國的公主，則為嫁入衛國的他國公主，並非如今人所說此詩寫女子勇敢爭取婚姻自由。

相鼠

相鼠有皮，[1]人而無儀！[2]人而無儀，不死何為？
相鼠有齒，人而無止！[3]人而無止，不死何俟？[4]
相鼠有體，[5]人而無禮，人而無禮！胡不遄死？[6]

注釋

1 相：看。2 儀：禮儀。3 止：行為舉止。4 俟（粵：自；普：sì）：等待。5 體：即肢體。6 胡：何。遄（粵：全；普：chuán）：快速。

賞析與點評

這是諷刺統治者廉恥喪盡，連老鼠也不如。此詩在春秋時代已常被引用，如《左傳・襄公二十七年》載齊國的慶忌出使魯國而不知禮，叔孫豹就賦此詩諷刺他。

干旄

孑孑干旄，[1]在浚之郊。[2]素絲紕之，[3]良馬四之。[4]彼姝者子，[5]何以畀之？[8]

孑孑干旟，[7]在浚之都。[8]素絲組之，良馬五之。彼姝者子，何以予之？[9]

孑孑干旌，[10]在浚之城。[11]素絲祝之，良馬六之。彼姝者子，何以告之？[12]

注釋

1 孑（粵：揭；普：jié）孑：同揭揭，特出揚起貌。干：通竿，旗杆。旄（粵：毛；普：máo）：用牦牛尾做裝飾的旗。2 浚：衞邑名，在今河南省濮陽縣南。郊：野外。姚際恒《詩經通論》：「郊、都、城，由遠而近也。」3 素絲：白絲。紕（粵：皮；普：pí）：繡縫。下兩章「組」、「祝」也是指不同的編織方法。4 良馬四之：即良馬四匹。姚際恒《詩經通論》：「四、五、六，由少而多也。」5 姝：順從美麗。子：即人，通常指年輕人，男女皆可。6 畀：給予。7 旟（粵：如；普：yú）：古代畫有鳥隼圖像的軍旗。8 都：城。指遠望可見城郭之地。9 予：給予。10 旌：以五色羽毛裝飾的旗。11 城：城垣周邊。12 告：語、說。

賞析與點評

這首詩也是讚美衞文公迎娶他國公主，至城郊親迎。全詩重章疊詠，工整嚴密，由遠及近，章章遞進，頗具詩意。後人或認為這是求賢詩，不似。

載馳

載馳載驅，[1]歸唁衛侯。[2]驅馬悠悠，[3]言至于漕。[4]大夫跋涉，[5]我心則憂。[6]
既不我嘉，[7]不能旋反。[8]視爾不臧，[9]我思不遠。[10]
既不我嘉，不能旋濟。[11]視爾不臧，我思不閟。[12]
陟彼阿丘，[13]言采其蝱。[14]女子善懷，[15]亦各有行。[16]許人尤之，[17]眾穉且狂。[18]
我行其野，[19]芃芃其麥。[20]控于大邦，[21]誰因誰極？[22]大夫君子，無我有尤。[23]
百爾所思，[24]不如我所之。[25]

注釋

1 載：發語詞，「載……載……」，意即「既……又……」。馳、驅：指車馬快速行走。2 唁（粵：現；普：yàn）：弔問。衛侯：指衛懿公，因好仙鶴而身死，幾至國滅。3 悠悠：路途遙遠。4 言：語助詞。漕：衛邑名，在今河南省滑縣東南白馬城。5 大夫：職官名。周代官分卿、大夫、士三等，大夫又分上、中、下三等。跋涉：跋山涉水，形容旅途艱苦。6 憂：憂慮。指許國之大夫遠道而來追趕，要勸許穆夫人返國，故心中憂慮。7 既：已經。嘉：贊同。8 旋：回。反：同返。9 爾：即汝，指許國大夫。臧：善也。不臧即不善。10 思：謀。遠：迂遠。11 濟：渡水。指渡水而歸許。12 閟（粵：蔽；普：bì）：閉、止。13 阿丘：高高的山丘。14 言：語助詞。采：即採。蝱（粵：亡；普：méng）：藥草名。15 善：經常。懷：思念。善懷指常思念。16 行：道、道理。17 許人：許國君臣等。尤：埋怨。18 眾：眾人。穉（粵：稚；普：zhì）：幼稚。狂：狂妄。19 野：郊野。20 芃（粵：蓬；普：péng）芃：通蓬蓬，形容草木茂盛。21 控：赴告、投訴。大邦：大的國邦，指齊國。22 因：依靠。極：至，指帶兵到他國救難。23 無：即毋。有：即又。無我有尤即不要再責難我。24 百爾：形容其多。思：思考的意見。25 之：往。

賞析與點評

此詩作者可以確定為許穆夫人，是因好仙鶴而亡國的衞懿公的妹妹，嫁給了許穆公。詩作寫自己聽到衞國已亡，隨即趕到衞國流亡羣臣所在的漕邑弔唁，但遇到許國大夫攔阻，許穆夫人乃表明心跡，希望自己能力紓國難。

衛風

本篇導讀——

衛，古代國名，即今河南省北部以淇縣為中心一帶。周公平定三監之亂後，封其弟康叔於衛，併有邶鄘兩國之地。春秋早期衛懿公亡國，戴公渡河居漕邑，文公又遷其都邑於楚丘。

淇奧

瞻彼淇奧，[1]綠竹猗猗。[2]有匪君子，[3]如切如磋，如琢如磨。[4]瑟兮僩兮，[5]赫兮咺兮。[6]有匪君子，終不可諼兮。[7]

瞻彼淇奧，綠竹青青。[8]有匪君子，充耳琇瑩，[9]會弁如星。[10]瑟兮僩兮，赫兮咺兮。有匪君子，終不可諼兮。

瞻彼淇奧，綠竹如簀。[11] 有匪君子，如金如錫，如圭如璧。[12] 寬兮綽兮，[13] 猗重較兮。[14] 善戲謔兮，[15] 不為虐兮。[16]

注釋

1 瞻：視。淇：淇水。奧：水邊彎曲的地方。2 綠、竹：草名。綠又名菉，即藎草。一說：綠竹，綠色的竹子。猗（粵：衣；普：yī）猗：原是風吹竹動的樣子，我認為是連綿詞「猗那」（婀娜）變為重言的特別用法。3 匪：通彼。一說通斐，外表華麗的樣子。4 切、磋、琢、磨：古代加工玉器的技法。又據王充說：「骨曰切，象曰瑳，玉曰琢，石曰磨。」這裏形容論議研治。5 瑟：矜持莊重。僩（粵：陷；普：xiàn）：有威嚴。瑟兮僩兮，猶言瑟瑟僩僩。6 赫（粵：嚇；普：hè）：顯著顯赫。咺（粵：犬；普：xuān）：通烜，金文中作趄，威武的樣子。赫兮咺兮猶如赫赫咺咺，《詩經》中如「赫赫南仲」、「桓桓武王」，皆此意也。7 終：永遠。諼（粵：圈；普：xuān）：忘記。8 青青：通菁菁，茂盛貌。9 充耳：古代貴族男子冠飾。又稱瑱。冠的兩旁以絲懸玉或象牙，下垂至耳，用以塞耳避聽。瑩：玉色晶瑩。10 會：兩縫相合處。弁（粵：便；普：biàn）：古代貴族男子穿禮服時戴的帽子。11 簀：音義同積。一說棧，即屋頂棚。形容竹之集聚。12 金、錫、圭、璧：形容君子材質之美。13 寬：寬宏。綽：柔和。寬綽是一個詞，又作綰綽。14 猗：即倚，依靠。較：古代的車左右兩廂伸出的一彎木。重較指卿士之車。15 戲謔：戲言。16 虐：過分。一說不傷人。

賞析與點評

這是一首讚美衛國貴族的詩。首章言君子治學勤奮，次章寫其服飾之美，三章讚美君子才德俱備。舊說以為詩中人物為衛武公，可備一說。後人每以淇奧讚美君子或竹。

考槃

考槃在澗，[1]碩人之寬。[2]獨寐寤言，[3]永矢弗諼。[4]
考槃在阿，[5]碩人之薖。[6]獨寐寤歌，永矢弗過。[7]
考槃在陸，[8]碩人之軸。[9]獨寐寤宿，永矢弗告。[10]

注釋

1 考：建成。槃（粵：盆；普：pán）：木屋。2 碩人：猶言君子、大人，指周的貴族。寬：寬廣。形容君子寬和舒緩的樣子。3 獨寐寤言：嚴粲《詩緝》：「既寐而寤，既寤而言，皆獨自耳。」4 矢：即誓，發誓。諼（粵：萱；普：xuān）：忘記。5 阿：彎曲的山坡，或曰山腳下。6 薖（粵：蝌；普：kē）：款的假借字，寬和的樣子。7 過：來往。一說逾越。8 陸：高而平的陸地。9 軸：盤旋。一說寬舒。10 告：告知。

賞析與點評

全詩讚美賢者隱居山林，生活自在。後人多以考槃形容歸隱山林或致仕閑居。

碩人

碩人其頎，[1] 衣錦褧衣。[2] 齊侯之子，[3] 衛侯之妻。[4] 東宮之妹，[5] 邢侯之姨，[6] 譚公維私。[7]

手如柔荑，[8] 膚如凝脂，[9] 領如蝤蠐，[10] 齒如瓠犀，[11] 螓首蛾眉，[12] 巧笑倩兮，[13] 美目盼兮。[14]

碩人敖敖，[15] 說于農郊。[16] 四牡有驕，[17] 朱幩鑣鑣。[18] 翟茀以朝，[19] 大夫夙退，[20] 無使君勞。[21]

河水洋洋，[22] 北流活活。[23] 施罛濊濊，[24] 鱣鮪發發。[25] 葭菼揭揭，[26] 庶姜孽孽，[27]

庶士有朅。[28]

注釋

1 碩人：高貴的人，一般指貴族。此處指莊姜。頎（粵：其；普：qí）：身材修長。2 衣：動詞，穿上。錦：彩色花紋的絲織品。褧（粵：炯；普：jiǒng）：麻紗製成的單罩衣。3 齊侯：即齊莊公。子：女兒。4 衛侯：即衛莊公。5 東宮：太子所住之處，借指太子。此詩即指齊太子得臣。6 邢：邢國，在今河北省邢臺市境。邢侯即邢國國君，衛莊姜姊妹的丈夫。姨：妻之姊妹。7 譚：譚國，在今山東省濟南市東龍山鎮附近。譚公即譚國國君，衛莊姜姊妹的丈夫。維：助語詞。私：姊妹之夫。8 荑：初生的茅草。9 凝脂：凝結的油脂，比喻肌膚細滑。10 領：頸。蝤蠐（粵：囚齊；普：qiú qí）：天牛的幼蟲，身長圓而色白。此處以蝤蠐的色白及修長比喻其頸。11 瓠（粵：戶；普：hù）犀：葫蘆瓜子。12 螓（粵：秦；普：qín）：蟬的一種，體較小，額廣而方正。蛾眉：以蠶蛾比喻其眉。13 倩：笑時兩頰現出的酒窩。14 盼：眼睛轉動貌。15 敖敖：遊遨，這裏同〈齊風・載驅〉「魯道有蕩，齊子遊敖」的敖，形容閑適遊樂的樣子。16 說：通稅，止息。農郊：近郊。17 四牡：駕車的四匹雄馬。有驕：驕驕，矯健貌。18 朱幩（粵：墳；普：fén）：套在馬口兩旁鐵鑣上的紅色帶飾。鑣（粵：標；普：biāo）鑣：美盛貌。19 翟（粵：迪；普：dí）：翟車。用野雞羽毛裝飾的車子，古代貴族婦女所乘。茀（粵：弗；普：fú）：遮蓋車廂的竹簾。朝：朝見。此指莊姜見齊莊公。20 夙：早。21 君：齊莊公。22 河：黃河。洋洋：盛大。23 北流：向北流。活活：流水聲。24 施：設置。罛（粵：姑；普：gū）：即罟，捕魚的大網。濊（粵：括；普：huò）濊：擬聲詞，撒網入水聲。25 鱣（粵：戔；普：zhān）：大鯉魚。鮪（粵：賄；普：wěi）：鯉魚的一種。發發：擬聲詞，音伯，魚跳入水聲。26 葭：蘆葦。菼（粵：撢；普：tǎn）：荻。揭揭：高長貌。27 庶：眾多。庶姜：指諸多姜姓貴族。孽孽：本為子孫繁衍之義，這裏指眾多貌。28 庶士：齊國大夫。有朅（粵：揭；普：qiè）：即朅朅，威武健壯貌。

賞析與點評

此詩為讚美衛莊公夫人莊姜所作，本事見於《左傳》：「衛莊公娶於齊，東宮得臣之妹，曰莊姜。美而無子，衛人所為賦〈碩人〉也。」本詩寫莊姜之美，不在鋪陳外觀形貌，而將重心放在描繪神態上，如「巧笑倩兮，美目盼兮」，並以出嫁時車馬之盛、隨從之多襯托之。

氓

氓之蚩蚩，[1]抱布貿絲。[2]匪來貿絲，[3]來即我謀。[4]送子涉淇，[5]至于頓丘。[6]
匪我愆期，[7]子無良媒。將子無怒，[8]秋以為期。
乘彼垝垣，[9]以望復關。[10]不見復關，泣涕漣漣。[11]既見復關，載笑載言。[12]
爾卜爾筮，[13]體無咎言。[14]以爾車來，以我賄遷。[15]
桑之未落，[16]其葉沃若。[17]于嗟鳩兮！[18]無食桑葚。[19]于嗟女兮！無與士耽。[20]
士之耽兮，猶可說也。[21]女之耽兮，不可說也。
桑之落矣，其黃而隕。[22]自我徂爾，[23]三歲食貧。[24]淇水湯湯，[25]漸車帷裳。[26]
女也不爽，[27]士貳其行。[28]士也罔極，[29]二三其德。[30]
三歲為婦，靡室勞矣。[31]夙興夜寐，[32]靡有朝矣。[33]言既遂矣，[34]至于暴矣。[35]
兄弟不知，咥其笑矣。[36]靜言思之，[37]躬自悼矣。[38]
及爾偕老，[39]老使我怨。[40]淇則有岸，隰則有泮。[41]總角之宴，[42]言笑晏晏，[43]
信誓旦旦，[44]不思其反。[45]反是不思，[46]亦已焉哉！[47]

注釋

1 氓（粵：盲；普：méng）：人民，這裏指青年男子。蚩蚩：敦厚。一說無知。一說嗤笑貌。2 布：布匹。貿：交易。3 匪：即非。4 即：就、接近。謀：商量。來即我謀，鄭玄《毛詩箋》：「即，就也。此民非來買絲，但來就我，欲與我謀為室家也。」5子：你。涉：渡過。淇：水名。6頓丘：古丘名。在今河北省清豐縣西南。7愆（粵：牽；普：qiān）：拖延。8將（粵：牽；普：qiāng）：請。9乘：登上。垝（粵：鬼；普：guǐ）：毀壞；一說通危，高的意思。垣（粵：桓；普：yuán）：牆。10復關：一說地名。一說近郊地方設立的重關。11漣漣：淚流不斷。12載……載……：意即「既……又……」。13爾：你。卜：火燒龜甲觀察其裂紋以預測吉凶。筮：用蓍草占卦。14體：卦體，即占卜時所顯示的兆象。咎言：凶辭。15賄：財物。遷：搬遷。以爾車來，以我賄遷，陳奐《毛詩傳疏》：「謂男子來，以車徙財也。」16桑：桑樹。17沃若：沃然，柔美潤澤貌。沃若同「沃沃」。18于：同吁。鳩：鳥名，斑鳩。19桑葚：桑的果實。20士：男子。耽：沉溺玩樂。21說：言說的意思。一說音脱，義同，解脫。下句之「說」亦然。22隕（粵：允；普：yǔn）：落下。23徂：往。24三歲：三年。極言時間之長，不一定為實指。下文之「三歲」亦然。食貧：抵受窮困。25湯（粵：傷；普：shāng）湯：水滿貌。26漸：沾濕。帷裳：婦女車上之帷幔。27爽：差錯。28貳：有二心。29罔：無。極：準則。罔極，即無常。30德：德行。二三其德，即男子行為前後不一。31靡：無。靡室勞矣，不以勞作之事為困苦。32興：起。寐：睡。夙興夜寐，早起夜睡。33靡：無。朝：一天。靡有朝矣，沒有一天不如此。34言：語助詞，有「總算」之義。既：已經。遂：成。此指家業有成。35暴：虐待。

36 咥（粵：氣；普：xì）：大笑。37 言：語助詞。一說而。38 躬：自身。悼：悲傷。39 及：與。40 怨：怨恨。41 隰：低濕之地。泮：通畔，岸邊。42 總角：古代男女未冠笄者之髮結，形似角，即總角，代指童年。宴：遊戲。43 言笑：言語說笑。晏晏：溫柔和悅。44 信誓：真摯的誓詞。旦旦：明明白白。45 不思：想不到。反：反覆、變化。46 是：這樣，如此。47 已：止。已焉哉，即算了吧。

賞析與點評

這是一首棄婦詩。以女子悔恨的語調，追述往昔美好，歎息今日被棄。末段女子表明與丈夫決絕之情。

竹竿

籊籊竹竿，[1]以釣于淇。[2]豈不爾思？[3]遠莫致之。[4]
泉源在左，淇水在右。女子有行，遠兄弟父母。

淇水在右，泉源在左。巧笑之瑳，[5] 佩玉之儺。[6]

淇水滺滺，[7] 檜楫松舟。[8] 駕言出遊，[9] 以寫我憂。[10]

注釋

1 籊（粵：忑；普：tì）籊：形容長而尖細。2 淇：淇水。籊籊竹竿，以釣于淇，王先謙《詩三家義集疏》：「淇水衞地，此女身在異國，思昔日釣遊之樂，而遠莫能致。」3 不爾思：即不思爾。爾，或說思念中的人，或說昔日釣遊事。4 莫：不能。致：到達。5 瑳（粵：搓；普：cuō）：牙齒潔白如象牙。指女子笑容可愛。6 儺（粵：娜；普：nuó）：即娜、那，婀娜的省略詞。這裏指女子走路婀娜多姿。7 滺（粵：由；普：yōu）滺：水流動貌。8 檜（粵：潰；普：guì）楫：檜木做的槳。松舟：松木做的船。9 駕：駕車。言：語助詞。10 寫：通瀉，抒發。

賞析與點評

此詩寫女子遠嫁別國，思歸不得。作者可能是遠嫁的衞國公主。全詩首三章為作者憶述的片段。首章寫水邊釣魚的自在之樂，次章寫出嫁離家的情景，三章寫自己出嫁時的歡樂場面。至於末章，則又回歸當下，直抒思鄉之情。

芄蘭

芄蘭之支，[1]童子佩觿。[2]雖則佩觿，[3]能不我知。[4]容兮遂兮，[5]垂帶悸兮。[6]

芄蘭之葉，童子佩韘。[7]雖則佩韘，能不我甲。[8]容兮遂兮，垂帶悸兮。

注釋

1 芄（粵：元；普：wán）蘭：草名，也叫蘿藦。支：同枝。2 童子：未行冠禮的男子。佩：佩戴。觿（粵：葵；普：xī）：解繩結的錐子，未成年人所佩帶。3 則：是。4 能：乃、而。知：了解、相知。聞一多《風詩類抄》：「知，是男女之間私相愛戀，與普通知字的涵義不同。」5 容：從容。遂：安閑。一說容為儀容，遂為佩玉美好。6 悸：帶下垂貌。7 韘（粵：涉；普：shè）：射箭用來鈎弦的器具，戴在右手姆指上。8 甲：通狎，親近。

賞析與點評

舊說此詩諷刺衛惠公年幼而驕慢大臣，但細揣詩意，應是書寫貴族少年與女子兩小無猜，情竇初開時之心理。全詩似以少女口吻行文。

河廣

誰謂河廣？一葦杭之。[1] 誰謂宋遠？跂予望之。[2]
誰謂河廣？曾不容刀。[3] 誰謂宋遠？曾不崇朝。[4]

注釋

1 葦：蘆葦，猶言一葉小舟。杭：通航，乘舟渡水。2 跂（粵：企；普：qǐ）：企的假借字，踮起腳後跟。3 曾：副詞，乃。刀：通舠，小船。4 崇：終。

賞析與點評

這是描述一位居住衞國的宋人隔河思念故國的詩篇。雖然只是一條河，但詩人卻因為某些原因不能渡河返歸家園。本詩屢用誇張手法，如每段第二、四句，讓人更體會到詩人的思歸之情。舊説作者為衞文公之妹、宋桓公夫人歸衞以後作。

伯兮

伯兮朅兮，[1]邦之桀兮。[2]伯也執殳，[3]為王前驅。[4]
自伯之東，[5]首如飛蓬。[6]豈無膏沐？[7]誰適為容！[8]
其雨其雨，[9]杲杲出日。[10]願言思伯，[11]甘心首疾。[12]
焉得諼草？[13]言樹之背。[14]願言思伯，使我心痗。[15]

注釋

1 伯：周代婦女對丈夫的稱呼。朅（粵：揭；普：qiè）：威武健壯貌。2 邦：邦國。桀：通傑，優秀的人才。3 殳（粵：殊；普：shū）：古代兵器，竹木製，長一丈二尺。4 前驅：在戰車兩側保衛統帥的武士。馬瑞辰《毛詩傳箋通釋》：「執殳前驅，為旅賁之職。」旅賁，天子侍衛。5 之：往。6 蓬：蓬草。飛蓬即四處飄飛的蓬草，比喻頭髮散亂。7 膏：潤澤的油脂。沐：洗頭。8 適：音敵，匹配的意思。容：打扮。9 其：語助詞。有希望、期盼之意。10 杲（粵：稿；普：gǎo）杲：日出明亮貌。11 願：思念。言：而。12 甘心：痛心。首疾：頭痛。13 焉：何處。諼草：古人以為此草可令人忘憂，故名忘憂草。14 言：乃。樹：種植。背：即北堂。15 痗（粵：妹；普：mèi）：病。

賞析與點評

此詩是一位貴族女子思念遠征在外的丈夫，以層層遞進的手法，刻畫女子的心理狀態。

有狐

有狐綏綏，[1]在彼淇梁。[2]心之憂矣，之子無裳。[3]

有狐綏綏，在彼淇厲。[4]心之憂矣，之子無帶。[5]

有狐綏綏，在彼淇側。[6]心之憂矣，之子無服。

注釋

1 綏綏：字亦作夊夊，緩步徐行貌。2 淇：淇水。梁：橋。3 之：此、這。裳：下衣。4 厲：水涯。一說通瀨，淺水之處。又說通礪，水中石塊，用以渡河。5 帶：衣帶。6 側：旁邊。

賞析與點評

從詩中「無裳」、「無帶」、「無服」，可知這是一位女子憂心丈夫流離在外而作。三章均以詩人見狐起始，由此聯想到自己的丈夫，無衣無裳。

木瓜

投我以木瓜，[1]報之以瓊琚。[2]匪報也，[3]永以為好也！[4]

投我以木桃，[5]報之以瓊瑤。[6]匪報也，永以為好也！

投我以木李，報之以瓊玖。[7]匪報也，永以為好也！

注釋

1 投：贈送。木瓜：落葉灌木，可食。2 報：報答。瓊：美玉。琚（粵：居；普：jū）：一種佩玉。3 匪：非。4 永：永久。好：情好。5 木桃：即桃。6 瑤：美玉。7 玖：比玉稍次的黑色美石。

賞析與點評

此詩寫男女互贈禮物定情，每章末句均重複「匪報也，永以為好也」，一唱三歎，可見用情之深。

王風

本篇導讀——

王風，指東周周王國境內的作品。地區在今河南省洛陽附近，時間為公元前七七〇年周平王遷都以後。

黍離

彼黍離離，[1]彼稷之苗。[2]行邁靡靡，[3]中心搖搖。[4]知我者，謂我心憂；不知我者，謂我何求。[5]悠悠蒼天，[6]此何人哉？[7]

彼黍離離，彼稷之穗。行邁靡靡，中心如醉。[8]知我者，謂我心憂；不知我者，謂我何求。悠悠蒼天，此何人哉？

彼黍離離，彼稷之實。行邁靡靡，中心如噎。[9] 知我者，謂我心憂；不知我者，謂我何求。悠悠蒼天，此何人哉？

注釋

1 黍（粵：鼠；普：shǔ）：農作物名，即黃米。離離：一說下垂。一說茂密。2 稷（粵：即；普：jì）：農作物名，即高粱。苗：未成熟的高粱。3 行邁：遠行。靡靡：猶云遲遲，步行遲緩。4 中心：即心中。搖搖：又作愮愮，心神不安貌。5 謂我何求：鄭玄《毛詩箋》：「怪我久留不去。」6 悠悠：遙遠。蒼天：青天。7 此何人哉：何人致我於此？8 醉：心中憂悶，精神迷離。9 噎：食物堵住喉嚨之感，喻心中憂悶。

賞析與點評

此詩寫平王遷都後，國破家亡的感受。三章內容相同，滿目皆是淒涼破敗景象。後世也常以「黍離」、「離黍」代指亡國之恨。

君子于役

君子于役，[1]不知其期。[2]曷至哉？[3]雞棲于塒。[4]日之夕矣，羊牛下來。君子于役，如之何勿思！[5]

君子于役，不日不月。[6]曷其有佸？[7]雞棲于桀。[8]日之夕矣，羊牛下括。[9]君子于役，苟無飢渴？[10]

注釋

1 君子：妻子對丈夫的稱謂。2 不知其期：不知何時歸來。3 曷至：何時回來。4 塒（粵：時；普：shí）：牆上鑿成的雞窩。5「日之夕矣」四句：鄭玄《毛詩箋》：「言畜產出入尚有期節，至于行役者乃反不也。」6 不日不月：即不能以日月計算，言無盡期。7 佸（粵：活；普：huó）：相會。8 桀：雞棲息的木樁。9 括：通「适」，到來。10 苟無飢渴：猶云「會不會難免於飢渴啊」？

賞析與點評

詩中女子見牛羊黃昏自然回欄，丈夫卻多年未歸，思念之情通過對照體現出來。

君子陽陽

君子陽陽，[1]左執簧，[2]右招我由房，[3]其樂只且！[4]
君子陶陶，[5]左執翿，[6]右招我由敖，[7]其樂只且！

注釋

1 陽陽：通揚揚、洋洋，快樂得意的樣子。2 簧：樂器，指笙。3 招：招手。由房：連綿詞，即「遊放」，遊樂之義。4 只：旨的假借字。且：語助詞。5 陶陶：音遙，和樂。6 翿（粵：道；普：dào）：古代一種用鳥羽製成的舞具。大約是〈邶風．簡兮〉「左手執籥，右手秉翟」中的「翟」一類的舞具。7 由敖：連綿詞，即遊遨。

賞析與點評

此詩主要描述宮廷歌舞進行的盛況，舞者舞姿輕快，和樂歡暢。從詩的內容可以看出，舞者是男性貴族。

揚之水

揚之水，[1]不流束薪。[2]彼其之子，[3]不與我戍申。[4]懷哉懷哉，[5]曷月予還歸哉？[6]

揚之水，不流束楚。[7]彼其之子，不與我戍甫。[8]懷哉懷哉，曷月予還歸哉？

揚之水，不流束蒲。[9]彼其之子，不與我戍許。[10]懷哉懷哉，曷月予還歸哉？

注釋

1 揚：悠揚。一說激揚。2 流：漂流。束：量詞，一捆。薪：柴。聞一多《詩經通義》：「揚之水，不流束薪，蓋水喻夫，薪喻妻。夫將遠行，不能載妻與俱，猶激揚之水不能浮束薪以俱流也。」然而此詩作者未必是女子，倒像遠征的貴族武士。3 彼：那。其：語助詞，今人也解作記、己、姬、杞。之子：是子，即作者思念之人。4 戍：守衛。申：古國名，故城在今河南省南陽市境內。5 懷：思念。6 曷：何時。還：音義同旋，回來。7 楚：落葉灌木，即荊。8 甫：古國名，故城在今河南南陽縣西。9 蒲：蒲柳，即水楊。10 許：古國名，故城在今河南省許昌縣東。

賞析與點評

此詩寫軍士思歸。主人公久經戰亂，不能與家人團聚，唯有對水歎息。《詩經》中共有三首題為〈揚之水〉的詩，另外兩詩，一在〈鄭風〉，一在〈唐風〉。

中谷有蓷

中谷有蓷，[1]暵其乾矣。[2]有女仳離，[3]嘅其歎矣。[4]嘅其歎矣，遇人之艱難矣。[5]

中谷有蓷，暵其脩矣。[6]有女仳離，條其歗矣。[7]條其歗矣，遇人之不淑矣。[8]

中谷有蓷，暵其濕矣。[9]有女仳離，啜其泣矣。[10]啜其泣矣，何嗟及矣。[11]

注釋

1 中谷：即谷中。蓷（粵：推；普：tuī）：益母草。2 暵（粵：漢；普：hàn）：音義同旱，枯萎貌。3 仳（粵：鄙；普：pǐ）離：分離。4 嘅：同慨，慨歎。5 艱難：生活窮困。6 脩：肉乾，形容快要乾燥了。7 條：長，形容嘯聲之長。歗：音義同嘯。8 不淑：不善。9 濕：通曝，將乾未乾。10 啜：哭泣時抽噎的樣子。11 何嗟及矣：即嗟何及矣。

賞析與點評

此詩以旁觀者的角度，寫女子遭丈夫拋棄，更遇上荒年之時，無以為繼，只好慨歎埋怨。

兔爰

有兔爰爰，[1]雉離于羅。[2]我生之初，尚無為。[3]我生之後，逢此百罹。[4]尚寐無吪。[5]

有兔爰爰，雉離于罦。[6]我生之初，尚無造。我生之後，逢此百憂。尚寐無覺。[7]

有兔爰爰，雉離于罿。[8]我生之初，尚無庸。我生之後，逢此百凶。尚寐無聰。[9]

注釋

1 爰（粵：垣；普：yuán）爰：即「緩緩」，從容緩慢。2 離：通罹、麗，遭遇、陷入。羅：鳥網。3 尚：還。為：軍役之事。後二章的「造」與「庸」字義相近，都是指勞役之事。4 百：極言其多，非實指，下文「百憂」、「百凶」亦然。罹（粵：離；普：lí）：憂患。5 尚：庶幾。表示希望。吪（粵：俄；普：é）：動。無吪，即不想動嘴，希望睡去。6 罦（粵：浮；普：fú）：一種裝有機關的網，能自動掩捕鳥獸，也叫覆車。[7]覺：清醒。[8]罿（粵：童；普：tóng）：掩捕鳥獸的網，和罦類似。[9]聰：聞。

賞析與點評

這是一首慨歎亂世的詩。詩人追憶往日美好時光的同時，對比出今日生活的慘況，最後更透露出輕生的念頭。從這首詩，讀者可以感受到王室播遷所造成的苦難。

葛藟

緜緜葛藟，[1]在河之滸。[2]終遠兄弟，[3]謂他人父。[4]謂他人父，亦莫我顧！[5]
緜緜葛藟，在河之涘。[6]終遠兄弟，謂他人母。謂他人母，亦莫我有！[7]
緜緜葛藟，在河之漘。[8]終遠兄弟，謂他人昆。謂他人昆，亦莫我聞！[9]

注釋

[1]緜緜：即綿綿，連綿不斷。葛藟（粵：呂；普：lěi）：即葛和藟，兩種蔓生植物。[2]滸：水邊。[3]終：既。[4]謂：稱呼。[5]顧：搭理、照顧。[6]涘：水邊。[7]有：通友，友愛。[8]漘（粵：唇；普：chún）：水邊。[9]昆：即兄。聞：同問，即關心慰問。

賞析與點評

此詩寫國人流亡在外，於異地寄人籬下的苦況。每章詩結構相同，僅變更數字，重章疊句，有一唱三歎之效。前人以為是王室貴族諷刺周平王的詩，但揣其口吻，頗似遠嫁之女子。

采葛

彼采葛兮，[1] 一日不見，如三月兮！

彼采蕭兮，[2] 一日不見，如三秋兮！[3]

彼采艾兮！[4] 一日不見，如三歲兮！

注釋

1 彼：即那，指采葛事。下文「彼采」亦同。采：即採，採擇。葛：葛藤。2 蕭：一種蒿子，有香氣，古人採以供祭祀用。3 三秋：指秋天三個月，孟秋仲秋季秋。一説三秋指三個秋天，即三年。4 艾：也叫艾蒿。有香氣，開黃花，可供針灸用。

賞析與點評

這像是一首情歌，以「三月」、「三秋」、「三歲」表達自己的思念之深。

大車

大車檻檻，[1]毳衣如菼。[2]豈不爾思？[3]畏子不敢。[4]

大車啍啍，[5]毳衣如璊。[6]豈不爾思？畏子不奔。[7]

穀則異室，死則同穴。[8]謂予不信，有如皦日。[9]

注釋

1 大車：古代大夫乘坐的牛車。檻（粵：菡；普：kǎn）檻：車行聲。2 毳（粵：趣；普：cuì）：鳥獸的細毛，也指用毳毛織成的布。毳衣，即用鳥獸毛製成的衣服，一般為士大夫所穿。菼（粵：撢；普：tǎn）：即初生的蘆荻，青白色。此處以其顏色比喻毳衣的色澤。3 爾：與下文的「子」意思一樣，均指坐在大車上穿毳衣的那個男子。爾思，即思爾。4 不敢：朱熹《詩集傳》：「不敢奔也。」5 啍（粵：湍；普：tūn）啍：車行走的聲音。6 璊（粵：門；普：mén）：紅色的玉。7 奔：私奔。8 穀：活着。

穴：指墳墓。9 如：此、這。皦：音義同皎，白。

賞析與點評

這是女子向情人表明自己情意堅定的詩。女子愛上了男子，希望與他奔走天涯，且一再指天誓日。劉向《列女傳》中稱此詩作者為楚文王掠入宮中的息國夫人息嬀。

丘中有麻

丘中有麻，[1] 彼留子嗟。[2] 彼留子嗟，將其來施施。[3]

丘中有麥，彼留子國。[4] 彼留子國，將其來食。[5]

丘中有李，彼留之子。彼留之子，[6] 貽我佩玖。[7]

注釋

1 丘：小土山。麻：麻類植物，俗稱火麻。2 彼：那裏。留：通劉，姓氏。留子，即劉子，子是男子的美稱。嗟：語助詞。一説子嗟為人名。3 將其來施（粵：二；普：yì）施：應作「將其來施」。將，請。施，幫助、就食之義。4 子國：人名，《毛傳》

說是子嗟的父親。一說子是男子的美稱，國指劉氏的封邑。5 食：指來這裏就食。
6 之子：是子，指子嗟。7 貽：送贈。玖：比玉稍次的黑色美石。

賞析與點評

東周王畿內有劉子之國，每見於春秋經傳，常有助於王室，此詩或是周王或王室大夫於王室播亂之後歌頌劉子之作。

鄭風

本篇導讀——

鄭，古代國名，在今河南新鄭附近。始封鄭桓公姬友為周宣王異母弟，初封於陝西華縣西北，其子武公東遷至滎陽，後又遷至今新鄭。〈鄭風〉中的詩多為春秋時期的作品。

緇衣

緇衣之宜兮，[1]敝，予又改為兮。[2]適子之館兮，[3]還，予授子之粲兮。[4]

緇衣之好兮，[5]敝，予又改造兮。適子之館兮，還，予授子之粲兮。

緇衣之蓆兮，[6]敝，予又改作兮。適子之館兮，還，予授子之粲兮。

注釋

1 緇（粵：茲；普：zī）衣：黑色布衣，諸侯君臣視朝之服，即朝服。宜：合身。
2 敝：破舊。改：重新。為：製作。下章的「改造」、「改作」均亦此義。3 適：往。
館：宮舍，此詩中「子」的辦公之地。4 還：音義同旋，歸來。授：給予。5 好：宜。
6 蓆：寬大。

賞析與點評

這是描寫女子贈衣的詩篇。緇衣為諸侯君臣朝服，可見女子應為貴族婦人無疑。此詩句式參差，體現出當時的口語。

將仲子

將仲子兮，[1] 無踰我里，[2] 無折我樹杞。[3] 豈敢愛之？畏我父母。仲可懷也，[4] 父母之言亦可畏也。

將仲子兮，無踰我牆，[5] 無折我樹桑。[6] 豈敢愛之？畏我諸兄。仲可懷也，諸兄之言亦可畏也。

將仲子兮，無踰我園，[7]無折我樹檀。[8]豈敢愛之？畏人之多言。仲可懷也，人之多言亦可畏也。

注釋

1 將（粵：牽；普：qiāng）：希望。仲子：男子之字。或說仲子就是年輕人的意思。2 踰：越。里：古代五家為鄰，五鄰為里，里有牆有門。3 折：折斷。杞：杞柳。「樹杞」即「杞樹」的倒裝。「樹桑」、「樹檀」亦同。4 懷：懷念。5 牆：垣牆。6 桑：桑樹。7 園：種植花果、蔬菜、樹木的地方，有牆或籬笆圍繞。8 檀：檀樹。

賞析與點評

這是女子因社會諸多壓力而無奈拒絕所愛的詩歌。本詩女子本深愛着仲子，奈何因父母、兄弟、鄉人反對，只好在情人偷偷攀牆相會後，說出不再相見的違心話。

叔于田

叔于田，[1]巷無居人。[2]豈無居人？不如叔也。洵美且仁。[3]
叔于狩，[4]巷無飲酒。豈無飲酒？不如叔也。洵美且好。
叔適野，[5]巷無服馬。[6]豈無服馬？不如叔也。洵美且武。[7]

注釋

1 叔：年輕男子的通稱，一般認為這裏指莊公的弟弟大叔段。田：即畋，打獵。2 巷：里巷。在古代，直為街，曲為巷；大者為街，小者為巷。3 洵：誠然。仁：對人親善。4 狩：打獵。5 適：往。野：郊外。6 服：駕馬。古代貴族馬車，一般用四匹馬，中間的兩匹叫兩服，旁邊的叫兩驂。7 武：勇敢威武。

賞析與點評

這是一首鄭國人讚美鄭莊公弟弟大叔段出獵的詩。作者以誇張的語言「巷無居人」、「巷無飲酒」、「巷無服馬」，極言所有人都「不如叔也」。

大叔于田

大叔于田，[1]乘乘馬。[2]執轡如組，[3]兩驂如舞。[4]叔在藪，[5]火烈具舉。[6]
襢裼暴虎，[7]獻于公所。將叔勿狃，[8]戒其傷女。[9]

叔于田，乘乘黃。[10]兩服上襄，[11]兩驂雁行。[12]叔在藪，火烈具揚。[13]叔善射忌，[14]又良御忌。[15]抑磬控忌，[16]抑縱送忌。[17]

叔于田，乘乘鴇。[18]兩服齊首，[19]兩驂如手。[20]叔在藪，火烈具阜。[21]叔馬慢忌，叔發罕忌，[22]抑釋掤忌，[23]抑鬯弓忌。[24]

注釋

1 大叔：即鄭莊公的弟弟，其名「大叔段」。叔，即弟弟的意思，也是年輕男子的通稱。田：通畋，打獵。2 首「乘」（粵：成；普：chéng）字為動詞，即駕。後「乘」（粵：盛；普：shèng），古時一車四馬為一乘，所以乘即四的意思。3 轡：韁繩。組：繩帶。4 驂（粵：參；普：cān）：駕車時四匹馬中兩旁的馬。如舞：像跳舞一樣活潑。5 藪（粵：叟；普：sǒu）：沼澤地帶，多禽獸聚集。6 火烈：火盛烈貌。古代打獵時多環燒草木，逼野獸出途。具舉：即俱舉，同時舉起。7 襢裼（粵：忐錫；普：tǎn xī）：赤膊。襢字通袒。暴虎：空手搏虎。8 將（粵：牽；普：qiāng）：希望。狃（粵：妞；普：niǔ）：習以為常。9 戒：警惕。女：汝，指叔。10 乘黃：四匹黃馬。

11 服：服馬，駕車時四匹馬居中的兩匹馬。襄：通驤，馬頭時低時昂貌。上襄指馬首昂起。12 雁行：並排行走如大雁飛行時之排列。13 揚：光亮。14 忌：音己，語氣詞。15 良御：善於駕車。御通馭。16 抑：語氣詞。磬控：指勒馬緩行。17 縱送：放轡縱馬而行。18 鴇（粵：保；普：bǎo）：黑白雜色的馬。19 齊首：指馬首高低一致，並駕齊驅。20 如手：指兩旁的馬和居中的兩匹馬協調自如，如人手那樣整齊。21 阜：旺盛。22 發：發箭。罕：少。23 釋：打開。掤（粵：冰；普：bīng）：箭筒的蓋。24 鬯（粵：暢；普：chàng）：通韔，動詞，把弓裝入弓袋。

賞析與點評

此詩詳細描繪年輕獵手從駕車、射箭、打獵、捕虎到結束的經過，層層鋪陳，恰似一篇打獵的記錄，從中更突出主人公大叔段美好的身手及勇武的形象。

清人

清人在彭，[1] 駟介旁旁。[2] 二矛重英，[3] 河上乎翱翔。[4]

清人在消，[5] 駟介麃麃。[6] 二矛重喬，[7] 河上乎逍遙。[8]

清人在軸，[9] 駟介陶陶。[10] 左旋右抽，[11] 中軍作好。[12]

注釋

1 清：古時鄭國邑名，在今河南省中牟縣西。清人，清邑的人。彭：古時鄭國地名，是鄭衞交界之地，在今河南省中牟縣境內。2 駟介：披鐵甲的四匹馬。介，是甲冑的意思。旁旁：通「彭彭」，形容車輪滾動的聲音。3 矛：兵器，長柄尖刃，用於刺殺。英：飾。指矛的裝飾物，用紅色的毛羽做成。重英，每支矛加上兩重英飾。4 翺翔：比喻軍士自由自在地駕車出遊。5 消：古時鄭國地名，在黃河邊上。6 麃（粵：標；普：biāo）麃：威武貌。7 喬：矛柄上端懸纓的鉤。8 逍遙：優遊自得。9 軸：古時鄭地名。10 陶陶：驅馳。11 左旋右抽：練習擊劍時的動作。左旋，身體向左旋轉。右抽，右手拔劍。12 中軍：古代行軍作戰分左、右、中三軍，中軍是主帥發號施令的地方，也指主帥。一說軍中。作好：即作秀。

賞析與點評

本詩是為諷刺鄭國大夫高克而作。《左傳》對此詩的背景有明確記載：「鄭人惡高克，使帥師次於河上，久而弗召，師潰而歸，高克奔陳。鄭人為之賦〈清人〉。」本詩善用反襯，每章均以戰馬、武器之盛對比軍士之逸豫。

羔裘

羔裘如濡，[1]洵直且侯。[2]彼其之子，舍命不渝。[3]
羔裘豹飾，[4]孔武有力。[5]彼其之子，邦之司直。[6]
羔裘晏兮，[7]三英粲兮。[8]彼其之子，邦之彥兮。[9]

注釋

1 羔裘：羔羊皮襖，為卿士大夫所穿的衣服。如：連詞，即而。濡（粵：如；普：rú）：柔潤而有光澤。2 洵：誠然。直：順直。侯：美、好。侯是君主，故也是美好的意思。3 舍：捨棄。渝：改變。《毛傳》：「渝，變也。」4 豹飾：用豹皮作衣服邊緣上的裝飾。5 孔：很。孔武有力，很威武且有力量。6 司直：司是主管的意思，司直指負責諫正君上的過失，猶如後世的諫議大夫、御史大夫。7 晏：鮮豔。8 三英：指皮襖上的裝飾物，即上章的豹飾，因有三排，故名。9 彥：俊傑。

賞析與點評

此詩旨在讚美鄭國大夫忠誠為國。詩作末章三用「兮」字，加重語氣，讓感情更加強烈。「舍命不渝」、「孔武有力」，至今仍是我們慣用的成語，後因以「羔裘」喻大臣盡心王事。

遵大路

遵大路兮，[1] 摻執子之袪兮。[2] 無我惡兮，[3] 不寁故也！[4]
遵大路兮，摻執子之手兮。無我䰩兮，[5] 不寁好也！[6]

注釋

1 遵：沿着。2 摻（粵：閃；普：shǎn）：拉着。袪（粵：驅；普：qū）：衣襟。3 惡：憎惡。無我惡，即無惡我。4 寁（粵：斬；普：zǎn）：速去。5 䰩：即今醜字。6 好：情好。

賞析與點評

這是一首棄婦詩。詩作非常簡短，聚焦在男子拋棄女子的剎那，婦人苦苦哀求他留下來的畫面。

女曰雞鳴

女曰：「雞鳴。」士曰：「昧旦。[1]」「子興視夜，[2]明星有爛。[3]」「將翱將翔[4]，弋鳧與雁。[5]」

「弋言加之，[6]與子宜之。[7]宜言飲酒，與子偕老。」琴瑟在御，[8]莫不靜好。[9]

「知子之來之，[10]雜佩以贈之；[11]知子之順之，[12]雜佩以問之；[13]知子之好之，[14]雜佩以報之。」

注釋

1 昧旦：黎明。2 興：起。此處指睡醒起來。視夜：看着夜色。3 明星：指啟明星，黎明時分，僅此星明亮。爛：明亮。4 翱、翔：指下句中的鳧與雁，展翅迴旋地飛。古代連綿詞，詩中多可拆用，如「將翱將翔」，「以遨以遊」，「猗與那與」等等。5 弋（粵：亦；普：yì）：射。鳧（粵：符；普：fú）：野鴨。6 言：語助詞，下同。加：射中目標。7 宜：做成菜餚。8 御：演奏。9 靜好：和諧友好。10 子：此處指妻子。來：殷勤。11 雜佩：古人身上佩戴的飾物。12 順：和順。13 問：贈送。14 好：相愛。

賞析與點評

這是一首新婚男女以對話展開的詩篇。作品通過詳細描寫新婚生活，讓讀者感受男女之間那份溫潤的感情。從詩中所言的琴瑟等來看，應是出自貴族文人之手。

有女同車

有女同車，顏如舜華。[1] 將翱將翔，[2] 佩玉瓊琚。[3] 彼美孟姜，[4] 洵美且都。[5]

有女同行，顏如舜英。[6] 將翱將翔，佩玉將將。[7] 彼美孟姜，德音不忘。[8]

注釋

1 顏：容顏。舜：或作蕣，牽牛花。華：即花。2 翱、翔：本意為鳥展翅迴旋地飛翔，此處比喻女子步履輕盈，優遊自適。3 瓊：美玉。琚（粵：居；普：jū）：一種佩玉。4 孟姜：姜家大小姐。孟，指在家中排行第一。5 洵：誠然。都：雍容嫻雅。6 英：即花。7 將將：金、玉撞擊聲。字亦作鎗鎗、鏘鏘、嗆嗆。8 德音：美好的音容笑貌。

賞析與點評

此詩為鄭國的貴族（可能是國君或公子）讚美同車女子所作。詩中女子在男子眼中，不但有外在美，更有內在美。孟姜在此或指嫁入鄭國的齊國公主，或是其他姜姓國如呂、申的公主。

山有扶蘇

山有扶蘇，[1]隰有荷華。[2]不見子都，[3]乃見狂且。[4]
山有喬松，[5]隰有游龍。[6]不見子充，[7]乃見狡童。[8]

注釋

1 扶蘇：樸樕，一種小樹。一說扶蘇即扶疏之義，指枝葉繁茂貌。2 隰：低濕的地方。荷華：即荷花。3 子都：古代的美男子，在鄭國或為人所熟知，如後世人皆知潘安、宋玉等。4 狂：狂妄無知。且：通戱、狙。且字在金文中常常用戱字形，而戱字又通狙。這裏指年輕男子調皮得像猴子一樣。5 喬：高。喬松，高高的松樹。6 游：枝葉舒展貌。龍：草名，也叫葒草、馬蓼，生於近水處。7 子充：古代的美男子。8 狡童：狡猾的青年。

賞析與點評

詩作寫女子等不到意中人，因而大發牢騷。詩中的子都、子充，未必真有其人，只是意中人的代名詞。短短八句，道盡女主人公那種既期待，復失望；既懊惱，又不捨的情狀。

蘀兮

蘀兮蘀兮，[1]風其吹女。[2]叔兮伯兮，[3]倡予和女。[4]

蘀兮蘀兮，風其漂女。[5]叔兮伯兮，倡予要女。[6]

注釋

1 蘀（粵：托；普：tuò）：落葉。2 女：即汝，指蘀。3 叔、伯：對同輩男子的稱呼。4 倡：即唱。女：即汝，指叔、伯。倡予和女，即予倡女和。5 漂：同飄。6 要：和，會合。

賞析與點評

這是男女相會時的唱詞，作品以風比男，落葉比女，表達雙方期望相會的願望。

狡童

彼狡童兮，[1]不與我言兮。維子之故，[2]使我不能餐兮。[3]

彼狡童兮，不與我食兮。維子之故，使我不能息兮。[4]

注釋

1 狡童：狡猾的青年。2 維：因為。3 餐：用餐。下文「食」與此義同。4 息：休息。

賞析與點評

這首是女子失戀之作，因深受打擊，所以寢、食皆難安。

褰裳

子惠思我，[1]褰裳涉溱。[2]子不我思，[3]豈無他人？狂童之狂也且！[4]

子惠思我，褰裳涉洧。[5]子不我思，豈無他士？[6]狂童之狂也且！

注釋

1 惠：愛。2 褰（粵：牽；普：qiān）：提起。裳：裙，下衣。涉：渡水。溱（粵：津；普：zhēn）：河流名，源出河南省密縣。3 子不我思：即子不思我。4 狂：狂妄。童：少年。也且：語氣詞。且字又通狙字，故所謂狂童之狂也且，猶言這個狂童狡猾得呀像猴子一樣。5 洧（粵：賄；普：wěi）：河流名，即雙洎河。源出河南省登封縣陽城山。6 士：青年男子。

賞析與點評

此詩是女子責備男子之詞。每章用字直接，像反覆責難情人的語氣。豈無他人、豈無他士，明白指出自己可以另覓佳偶，如此看來，怨偶一詞，古今一例。

丰

子之丰兮，[1]俟我乎巷兮，[2]悔予不送兮。[3]
子之昌兮，[4]俟我乎堂兮，[5]悔予不將兮。[6]
衣錦褧衣，[7]裳錦褧裳。[8]叔兮伯兮，[9]駕予與行。[10]
裳錦褧裳，衣錦褧衣。叔兮伯兮，駕予與歸。[11]

注釋

1 丰：容貌豐潤。2 俟：待。巷：門外。3 悔：後悔。送：跟隨去。4 昌：身體健壯美好。5 堂：前室。古代宮室分庭、堂、室、廂等部分。室前寬敞明亮，叫堂。6 將：與上章「送」同義。7 衣：動詞，穿上。錦：彩色花紋的絲織品。褧（粵：炯；普：jiǒng）：麻紗製成的單罩衣。8 裳錦褧裳：程俊英、蔣見元《詩經注析》：「按婦女穿的衣和裳是連起來的，詩為了押韻，把衣和裳分開成兩句。」9 叔、伯：指迎親之人。10 駕：駕着親迎的車來。行：指出嫁。11 歸：與上章「行」同義。

賞析與點評

此詩寫女子對婚事反覆多變的心情。本來男子迎娶時，女子裝作不願同行；當人家真的離去，女子又突然後悔，換上新婚衣服，希望情人能回頭，再迎娶她。詩作寫女子的心理變化，非常細微。

東門之墠

東門之墠，[1]茹藘在阪。[2]其室則邇，[3]其人甚遠。

東門之栗，[4]有踐家室。[5]豈不爾思？子不我即！[6]

注釋

1 東門：城東門。墠（粵：善；普：shàn）：平整的場地。2 茹藘：茜草。阪：山坡。3 室：情人的家。則：雖然。4 栗：栗樹。5 有踐：踐踐，行列整齊貌。6 即：接近。

賞析與點評

本詩描述情人之間可望而不可即的相思之情。詩作只有兩章，是詩經最短的篇章之一。

風雨

風雨淒淒，[1] 雞鳴喈喈。[2] 既見君子，[3] 云胡不夷？[4]
風雨瀟瀟，[5] 雞鳴膠膠。[6] 既見君子，云胡不瘳？[7]
風雨如晦，[8] 雞鳴不已。[9] 既見君子，云胡不喜？

注釋

1 淒淒：寒冷。2 喈喈：雞鳴聲。3 既：已經。君子：此處指丈夫。4 云：語助詞。胡：為什麼。夷：平，指心情平靜。5 瀟瀟：風雨急驟聲。6 膠膠：通嘐嘐，雞鳴聲。7 瘳（粵：抽；普：chōu）：病癒。8 如：而。晦：昏暗。9 已：停止。

賞析與點評

此詩寫夫人在風雨之日，重遇久別的丈夫，情景在此成為反比，以哀景寫喜悅之情，比一般詩篇更進一層。古人或以為這是一首求賢的詩。

子衿

青青子衿，[1]悠悠我心。[2]縱我不往，[3]子寧不嗣音？[4]

青青子佩，[5]悠悠我思。縱我不往，子寧不來？

挑兮達兮，[6]在城闕兮。[7]一日不見，如三月兮。

注釋

1 青青：青色的。衿（粵：金；普：jīn）：襟。2 悠悠：憂思不已。3 縱：縱使。4 寧：難道。嗣：給。音：音訊。5 佩：佩玉。6 挑、達：獨自走來走去。7 闕：城門兩旁的樓觀。

賞析與點評

古人或以為這是諷刺學校荒廢的詩，但無論怎麼讀，都難以成立。朱熹認為是淫奔之作，今人則解讀為女子思念情人之作。

揚之水

揚之水，[1]不流束楚。[2]終鮮兄弟，[3]維予與女。[4]無信人之言，[5]人實迋女。[6]
揚之水，不流束薪。[7]終鮮兄弟，維予二人。[8]無信人之言，人實不信。

注釋

1 揚：悠揚。一說激揚。2 流：漂流。束：量詞，一捆。楚：落葉灌木，即荊。3 終：既、已。鮮：少。4 維：只有。女：同汝。下同。5 言：他人離間之言。6 迋（粵：旺；普：guàng）：欺騙。7 薪：柴火。8 二人：《毛傳》：「同心也。」

賞析與點評

《詩經》中共有三首題為〈揚之水〉的詩，另外兩詩，一在〈王風〉，一在〈唐風〉。〈王風〉

中的與〈鄭風〉中的句式十分相似，二者似有某種關聯。這是一首勸勉對方相信自己，不要為外人所惑的詩。歷來論者也說是男女情事、朋友贈答，更有論者比附為政治勸諫。無論如何，詩的感染力還是來自詩人默默訴說被流言蜚語離間的心情。

出其東門

出其東門，[1]有女如雲。[2]雖則如雲，匪我思存。[3]縞衣綦巾，[4]聊樂我員。[5]
出其闉闍，[6]有女如荼。[7]雖則如荼，匪我思且。[8]縞衣茹藘，[9]聊可與娛。[10]

注釋

1 東門：東城門，為鄭國遊人聚集處。2 有女如雲：喻女子極多。3 匪：即非。思存：思念之所在。4 縞：白色的絹，引申為白色。綦（粵：其；普：qí）：青灰色。巾：佩巾，類似現今圍裙。縞衣綦巾，為古代女子儉樸的服飾。5 聊：姑且。員：友、親愛。一說語助詞，即云之古字。6 闉闍（粵：因都；普：yīn dū）：城門。7 荼：茅、葦的花。喻女子像花般美麗且多。8 且（粵：曹；普：cú）：通徂，所在。9 茹藘：茜草。此處為借代，指佩巾。10 娛：樂。聊可與娛，姑且和她一起歡樂。

賞析與點評

此詩描述男子於城門等候的畫面，雖然那裏往來的女子眾多，但詩人卻堅定不移地說「雖則如雲，匪我思存」，「雖則如荼，匪我思且」，表明所思所愛僅此一人。

野有蔓草

野有蔓草，[1]零露漙兮。[2]有美一人，清揚婉兮。[3]邂逅相遇，[4]適我願兮。[5]

野有蔓草，零露瀼瀼。[6]有美一人，婉如清揚。[7]邂逅相遇，與子偕臧。[8]

注釋

1 蔓：蔓延。2 零：落下。漙（粵：團；普：tuán）：露水多貌。3 清揚：面貌清秀。本義為美目流盼，〈齊風．猗嗟〉：「美目揚兮」、「美目清兮」可證。婉：嫵媚。4 邂逅：碰巧相會。5 適：符合。6 瀼（粵：攘；普：ráng）瀼：露水多貌。7 如：而。8 偕：都。臧：善，滿意。偕臧，大家都滿意。

賞析與點評

這是一首男女在早晨田野相會的情歌。清涼的背景，襯托了清純美麗的女子，如此構圖，可謂曲盡風致。

溱洧

溱與洧，[1]方渙渙兮。[2]士與女，[3]方秉蕑兮。[4]女曰：「觀乎？」士曰：「既且。[5]」「且往觀乎？[6]洧之外，洵訏且樂。[7]」維士與女，[8]伊其相謔，[9]贈之以勺藥。[10]

溱與洧，瀏其清矣。[11]士與女，殷其盈矣。[12]女曰：「觀乎？」士曰：「既且。」「且往觀乎？洧之外，洵訏且樂。」維士與女，伊其將謔，[13]贈之以勺藥。

注釋

1 溱：（粵：津；普：zhēn）：河流名，源出河南省密縣。洧（粵：賄；普：wěi）：河流名，即雙洎河。源出河南省登封縣陽城山。2 方：正。渙渙：水盛大貌。3 士與女：指出遊的男女。下文「維士與女」亦然。「女曰」和「士曰」則是專指單一男子和女子在對話。4 秉：拿、持。蕑（粵：諫；普：jiān）：蘭，香草名。5 既：已經。且（粵：曹；普：cú）：通徂，是往的意思。6 且：姑且。7 洵：誠然。訏：舊說以為廣大的意思，但不通，應是談笑的意思。8 維：語助詞。9 伊：通咿，嘻笑。相謔：相互調笑。10 勺藥：木勺藥。11 瀏：水流深而清。12 般：眾多。13 將謔：即相謔。

賞析與點評

這是一首再現鄭國上巳節男女相約遊玩習俗的詩篇。《太平御覽》引《韓詩內傳》載：「鄭國之俗，三月上巳之日，於兩水上招魂續魄，祓除不祥也。」

齊風

本篇導讀——

齊，古代國名，為姜太公之子丁公伋的封地，初都營丘，後遷至臨淄，即今山東淄博一帶。作品多寫在東周初至春秋時期。

雞鳴

「雞既鳴矣，[1]朝既盈矣。[2]」「匪雞則鳴，蒼蠅之聲。[3]」

「東方明矣，朝既昌矣。[4]」「匪東方則明，月出之光。」

「蟲飛薨薨，[5]甘與子同夢。[6]」「會且歸矣，[7]無庶予子憎。[8]」

注釋

1 既：已經。2 朝：朝廷。盈：滿。此處指上朝的人都到齊了。3 匪：不是。則：之。下章「匪東方則明」的「則」亦然。「匪雞」兩句：是丈夫留戀牀笫，以蒼蠅之聲來推託，應付妻子。4 昌：盛多貌。此處指上朝的人已很多了。5 薨薨：擬蟲飛聲。6 甘：樂意。同夢：同睡。7 會：朝會。且：即將。歸：散朝歸去。8 庶：庶幾；也許可以。予：給。子：即你，指丈夫。憎：討厭。全句是說或許你不要怪我。

賞析與點評

這是一首夫妻對答的詩歌，描述妻子催促丈夫趕快更衣上朝，但丈夫依然慵懶不起。全篇以對話推動情節發展，可謂匠心獨運。

還

子之還兮，[1] 遭我乎峱之間兮。[2] 並驅從兩肩兮，[3] 揖我謂我儇兮。[4]
子之茂兮，[5] 遭我乎峱之道兮。並驅從兩牡兮，[6] 揖我謂我好兮。
子之昌兮，[7] 遭我乎峱之陽兮。[8] 並驅從兩狼兮，揖我謂我臧兮。[9]

注釋

1 還：輕快敏捷。2 遭：遇見。乎：在。峱（粵：撓；普：náo）：齊國山名，在今山東省臨淄縣南。3 並驅：兩人一起騎馬。從：追逐。肩：通豜，三歲的獸；大獸。4 揖：拱手行禮。儇（粵：圈；普：xuān）：技巧嫻熟。一說美好。5 茂：美好。6 牡：雄性的鳥獸。7 昌：健壯、美好。8 陽：山的南面。9 臧：善。

賞析與點評

本詩通過長短不一的句子，重點刻畫打獵者的神態形象，讀者可以從騎馬、捕獵等情節，看出兩位獵者惺惺相惜、互相讚美之情。《毛詩序》認為是諷刺齊哀公好畋獵而荒於政事。

著

俟我于著乎而，[1] 充耳以素乎而，[2] 尚之以瓊華乎而。[3]
俟我于庭乎而，[4] 充耳以青乎而，[5] 尚之以瓊瑩乎而。
俟我于堂乎而，[6] 充耳以黃乎而，[7] 尚之以瓊英乎而。

注釋

1 俟：等待。著：大門和屏風之間。乎而：齊方言，語助詞。2 充耳：古代貴族男子冠飾。冠的兩旁以絲懸玉或象牙，下垂至耳，用以塞耳避聽。繫在冠上的絲線叫紞，絲線垂到耳邊打成一個綿球樣的結叫纊，纊下懸玉叫瑱，紞、纊、瑱三部分合起來叫充耳。素：白色的紞。3 尚：加。瓊華：和下文「瓊瑩」、「瓊英」一樣，均指充耳。4 庭：庭院。5 青：綠色的紞。6 堂：堂屋。7 黃：黃色的紞。

賞析與點評

全詩三章，結構相同，只變更數字，重疊吟詠，着重渲染氣氛，表達女子等待丈夫迎親時候的喜悅之情。古人多認為這首詩關乎成婚時的親迎之禮。

東方之日

東方之日兮，[1] 彼姝者子，[2] 在我室兮。在我室兮，履我即兮。[3]

東方之月兮，彼姝者子，在我闥兮。[4] 在我闥兮，履我發兮。[5]

注釋

1 東方之日：此處指東方初升之日的光。2 姝：美麗。子：指女子。3 履：踐履，躡。即：相就的意思。4 闥（粵：撻；普：tà）：門內。5 發：行走的意思。履我發，謂躡我之跡而行。

賞析與點評

古人認為此詩是諷刺齊哀公君臣失道、男女淫奔。從內容來看，此詩從男子的角度寫女子大膽追求情人，通過描寫女子的細微動作，可見她主動求愛的神情。

東方未明

東方未明，顛倒衣裳。[1] 顛之倒之，[2] 自公召之。[3]
東方未晞，[4] 顛倒裳衣。倒之顛之，自公令之。[5]
折柳樊圃，[6] 狂夫瞿瞿。[7] 不能辰夜，[8] 不夙則莫。[9]

注釋

1顛倒衣裳：急於起身，連衣裳都穿倒。2之：指衣裳。3自：從。公：公所。召：召喚。4晞：朝陽初升。5令：號令。6柳：楊柳。樊：動詞，編築籬笆圍繞。圃：菜園。7狂夫：女子罵丈夫之詞。瞿瞿：瞪視貌。8辰：看伺、守時不失。一說早晨。如訓辰為前者，則此句專指不能守夜。如訓辰為後者，則此句指早晚皆不能守時。9夙：早上。莫：即暮，夜晚。

賞析與點評

這是以一首描述早出晚歸、勞於公務的詩，作者不得而知。首兩章的畫面聚焦在因公務繁忙，衣裳也顛倒了，由此可見他的勞苦。末章則抱怨不是早出便是晚歸。

南山

南山崔崔，[1]雄狐綏綏。[2]魯道有蕩，[3]齊子由歸。[4]既曰歸止，[5]曷又懷止？[6]

葛屨五兩，[7]冠緌雙止。[8]魯道有蕩，齊子庸止。[9]既曰庸止，曷又從止？[10]

蓺麻如之何？[11]衡從其畝。[12]取妻如之何？必告父母。既曰告止，曷又鞠止？[13]

析薪如之何？[14] 匪斧不克。[15] 取妻如之何？匪媒不得。既曰得止，曷又極止？[16]

注釋

1 南山：齊國山名，也叫牛山，今山東省臨淄縣南。崔崔：高大險峻。2 雄狐：古代認為雄狐是淫獸。綏綏：字亦作夂夂，徐行貌。3 魯道：指齊國通向魯國的道路。有蕩：即蕩蕩，平坦。4 齊子：指文姜。此詩即言其與同父異母兄長齊襄公私通之事。由歸：即從此道路出嫁。歸，嫁。5 止：語助詞。下同。6 懷：想念。7 葛屨（粵：據；普：jù）：麻布鞋，夏日所穿。五：通伍，行列。兩：量詞，雙。五兩，即並排成雙。王夫之《詩經稗疏》：「言陳履者必以兩為一列也，乃與冠緌必雙，男女有匹之義合。」8 緌（粵：銳；普：ruí）：帽帶打結後下垂的部分。9 庸：用。10 從：跟隨。11 蓺（粵：藝；普：yì）：藝的異體字，種植的意思。12 衡：通橫，與縱相對。從：縱的本字。13 鞠：窮、極。14 析：剖開木柴。薪：柴。15 匪：非。16 極：至。

賞析與點評

這首詩譴責齊襄公與同父異母妹妹文姜淫亂。文姜嫁到魯國，為魯桓公夫人，後與桓公訪齊，復與其兄齊襄公私通，為魯桓公發現，齊襄公又遣其庶弟公子彭生扼殺桓公。〈齊風〉中〈載驅〉、〈敝笱〉都是描寫文姜嫁魯的詩。

甫田

無田甫田，[1]維莠驕驕。[2]無思遠人，勞心忉忉。[3]
無田甫田，維莠桀桀。[4]無思遠人，勞心怛怛。[5]
婉兮孌兮，[6]總角丱兮。[7]未幾見兮，[8]突而弁兮！[9]

注釋

1 無：不要。前一「田」字指耕種。甫田：即大田。2 維：語助詞。莠（粵：酉；普：yǒu）：狗尾草，田間常見的雜草。驕驕：高而茂盛。3 忉（粵：刀；普：dāo）忉：憂愁不安。4 桀桀：高而長。5 怛（粵：妲；普：dá）怛：憂愁不安。6 婉、孌：年少而美好。兮：語助詞。7 總角：名詞，古代少年以頭髮紮成的兩個抓髻。丱（粵：慣；普：guàn）：兩髻對稱豎起。8 未幾：不久。9 突而：突然。弁（粵：便；普：biàn）：戴冠。古時男子二十歲舉行冠禮，表示成人。

賞析與點評

這是一首懷人詩。作者用甫田起興，回憶往日在田裏的勞作與農作物的成長，懷念第三章所說的那位以前兩髻還是對稱豎起的男子，現在再見，應該已經是成年人了。

盧令

盧令令，[1]其人美且仁。[2]
盧重環，[3]其人美且鬈。[4]
盧重鋂，[5]其人美且偲。[6]

注釋

1 盧：黑色的獵犬。令令：通鈴鈴，環聲。2 其人：指獵人。仁：和藹寬厚。3 重環：子母環，即大環上套一個小環。4 鬈（粵：權；普：quán）：頭髮鬈曲美觀，引申為美好。5 重鋂（粵：梅；普：méi）：大連環。一大環套兩小環。6 偲（粵：思；普：cāi）：有才能。

賞析與點評

這首詩捕捉了獵人與獵犬結伴而行的畫面，每章只有兩句，然描摹人物形態，生動活潑。

敝笱

敝笱在梁，[1]其魚魴鰥。[2]齊子歸止，[3]其從如雲。[4]
敝笱在梁，其魚魴鱮。[5]齊子歸止，其從如雨。
敝笱在梁，其魚唯唯。[6]齊子歸止，其從如水。

注釋

1 敝：破舊。笱（粵：苟；普：gǒu）：捕魚器具，口有倒刺，魚能進不能出。梁：攔魚的堤壩。2 魴（粵：防；普：fáng）：魚名，即鯿魚。鰥（粵：關；普：guān）：魚名，即鯤魚。3 齊子：指文姜。此詩即言其與兄長齊襄公私通之事。歸：回齊國。止：語助詞。4 從：隨從之人。如雲：極言人數之多。5 鱮（粵：序；普：xù）：魚名。即鰱魚。6 唯唯：自由出入。

賞析與點評

這是一首諷刺齊文姜的詩，描寫她私德不檢，放浪敗行。詩作以雲、雨、水比喻她隨從之多，超越禮法。更自由出入宮禁，與兄私通。悖德不倫，如魚輕鬆衝破敝笱。

載驅

載驅薄薄，[1]簟茀朱鞹。[2]魯道有蕩，[3]齊子發夕。[4]

四驪濟濟，[5]垂轡濔濔。[6]魯道有蕩，齊子豈弟。[7]

汶水湯湯，[8]行人彭彭。[9]魯道有蕩，齊子翱翔。[10]

汶水滔滔，[11]行人儦儦。[12]魯道有蕩，齊子遊敖。[13]

注釋

1 載：語助詞，無義。驅：驅馳、趕着車馬疾行。薄薄：車馬急馳聲。2 簟（粵：餂；普：diàn）：方紋竹席。茀（粵：弗；普：fú）：遮蓋車廂的竹簟。朱：紅色。鞹（粵：擴；普：kuò）：去毛的皮。3 魯道：指齊國通向魯國的道路。有蕩：即蕩蕩，平坦。4 齊子：指哀姜，齊襄公最小的女兒。發：旦、早。夕：日暮。5 驪（粵：梨；普：lí）：黑色的馬。濟濟：整齊美好。6 轡：韁繩。濔（粵：你；普：nǐ）濔：柔軟。7 豈（粵：凱；普：kǎi）弟：即愷悌、闓圛之假借，和樂平易。8 汶水：水名，春秋時經過齊南魯北的地方。湯湯：水勢盛大。9 彭彭：本指車輪滾動的聲音，這裏形容隨行的人眾多。10 翱翔：自由自在地走，此處特指不進魯國。11 滔滔：大水瀰漫洶湧。12 儦（粵：標；普：biāo）儦：形容隨行的人眾多。13 遊敖：即遨遊。

賞析與點評

此詩寫齊國公主哀姜出嫁魯國，卻遲遲不入境的史事。詩作屢用疊字，造成一種拖沓的效果，與詩作描述哀姜久未完婚的內容，正好配合。一說，此詩也是諷刺齊襄公和文姜淫亂的。

猗嗟

猗嗟昌兮，[1]頎而長兮。[2]抑若揚兮，[3]美目揚兮，[4]巧趨蹌兮，[5]射則臧兮。[6]

猗嗟名兮，[7]美目清兮。儀既成兮，[8]終日射侯，[9]不出正兮，[10]展我甥兮。[11]

猗嗟孌兮，[12]清揚婉兮。[13]舞則選兮，[14]射則貫兮，[15]四矢反兮，[16]以禦亂兮。

注釋

1 猗嗟：感歎詞，表示讚美。昌：美盛。2 頎（粵：其；普：qí）而：即頎然，身材修長。3 抑：懿的假借，美。抑若，即抑而。揚：前額寬廣方正、容貌漂亮。4 美目揚：眼睛好看。「美目揚兮」當與下章「美目清兮」合觀，實際上是把連綿詞「清揚」分開表述。5 趨：快步走。蹌（粵：槍；普：qiāng）：行走從容有節。6 則：連詞。下章「射則」亦同。臧：熟練。7 名：明的假借，明亮。8 儀：射箭的姿勢、儀式。

成：完成。9 侯（粵：勾；普：gōu）：箭靶。10 正：箭靶的中心。11 展：誠實。甥：外甥。這裏指齊國君主的內弟，另外一個諸侯國的君主。12 孌：壯美。13 清揚：面貌清秀。14 選：端正、整齊。15 貫：射中、穿透。16 反：重複在一起。

賞析與點評

這是一首讚美兩君相見時比較射藝、舉行射禮的詩。可能是齊國的甥舅之國如鄭、魯、衞的國君訪問齊國時作。詩作層層鋪陳，從靜態的容貌描繪、拉弓未發之時，到直中紅心，具體細微。

魏風

本篇導讀——

魏，古代國名，姬姓，即今山東芮城東北一帶。公元前六六一年被晉文公所滅，然後分封給了功臣畢萬，即戰國時魏國的祖先。這裏的詩篇皆在魏亡前所作，即春秋時代作品。

葛屨

糾糾葛屨，[1]可以履霜？[2]摻摻女手，[3]可以縫裳？要之襋之，[4]好人服之。[5]

好人提提，[6]宛然左辟，[7]佩其象揥。[8]維是褊心，[9]是以為刺。[10]

注釋

1 糾糾：繩索交錯纏繞貌。葛屨（粵：據；普：jù）：麻布鞋，夏日所穿。2 可：何的假借字。屨：踩、踏。下章「可以縫裳」亦同。3 摻摻：通纖纖，纖細。4 要：同腰，繫衣的帶子。襋（粵：棘；普：jí）：上衣領。此處作動詞用，即提領。5 好人：指貴族男子。6 提提：安詳貌。7 宛然：轉身迴避。左辟：向左閃開。8 佩：戴。象揥（粵：替；普：tì）：象牙簪子。9 維：《魯詩》作惟，即因為。是：這，代名詞，指「好人」。褊心：心胸狹窄。10 是以：以是的倒文。是：代詞，即此詩。刺：諷刺。

賞析與點評

此詩描述了縫衣女子辛苦不堪地幫貴族編織衣裳，但還遭到挑剔，內心隱隱有不平之氣。

汾沮洳

彼汾沮洳，[1]言采其莫。[2]彼其之子，[3]美無度。[4]美無度，殊異乎公路。[5]

彼汾一方，[6]言采其桑。彼其之子，美如英。[7]美如英，殊異乎公行。[8]

彼汾一曲，[9]言采其藚。[10]彼其之子，美如玉。美如玉，殊異乎公族。[11]

注釋

1 汾：水名，即汾河。沮洳（粵：咀預；普：jù rù）：水旁低濕之地。2 言：語助詞。采：即採。莫（粵：冒；普：mù）：野菜名，俗名牛舌頭。3 彼、之：均為代名詞，指採菜的人。其：語助詞，無義。4 度：尺寸、限度。5 殊：即異。乎：即於。公路：即公輅，指國君所乘的輅車，與下文「公行」、「公族」一樣，指與國君同行。6 方：旁。7 英：花朵。8 行：指行列。9 曲：水流彎曲處、河灣。10 藚（粵：續；普：xù）：草名，即澤蕮。11 公族：指國君同宗貴族。

賞析與點評

近人多認為這是女子讚美異姓貴族男子的歌，說他比那些在上位的國姓貴族更有才有德。

園有桃

園有桃，其實之餚。[1] 心之憂矣，我歌且謠。[2] 不知我者，謂我士也驕。[3] 彼人是哉，[4] 子曰何其？[5] 心之憂矣，其誰知之？其誰知之，蓋亦勿思！[6]

園有棘，[7] 其實之食。心之憂矣，聊以行國。[8] 不知我者，謂我士也罔極。[9]

彼人是哉，子曰何其？心之憂矣，其誰知之？其誰知之，蓋亦勿思！

注釋

1 實：桃的果實。之：是。餚：吃。2 歌、謠：兩者均泛指歌唱。3 士：貴族知識分子。也：語助詞。驕：驕傲。4 彼人：執政者。是：正確。5 子：你，指那位士。何其：為何。6 蓋：通盍，何不。亦：語助詞。7 棘：酸棗樹。8 聊：姑且。行國：行遊城中。9 罔：無。極：準則。罔極即無常。

賞析與點評

作者是滿懷怨望的貴族公子，他生活潦倒，只能在園中採果子充飢。作者慨歎世人不理解自己，朝野之間，他孤身一人，心裏的憂鬱，怎麼樣都難以排遣。

陟岵

陟彼岵兮，[1] 瞻望父兮。[2] 父曰：[3] 嗟！予子行役，夙夜無已。[4] 上慎旃哉，[5]

猶來無止！[6]

陟彼屺兮，[7]瞻望母兮。母曰：嗟！予季行役，[8]夙夜無寐。[9]上慎旃哉，猶來無棄！[10]

陟彼岡兮，[11]瞻望兄兮。兄曰：嗟！予弟行役，夙夜必偕。[12]上慎旃哉，猶來無死！

注釋

1 陟（粵：職；普：zhì）：登上。岵（粵：戶；普：hù）：沒有草木的山。2 瞻：往前或往上看。3 程英俊、蔣見元《詩經注析》：「這句以下均是詩人想像他父親在家中說的話。下章『母曰』、『兄曰』等語皆同。」4 已：停止。5 上：通尚，希望。慎：謹慎。旃（粵：箋；普：zhān）：虛詞，之。6 猶來：即還是歸來。止：停留。7 屺（粵：起；普：qǐ）：有草木的山。8 季：小兒子。9 寐：睡着。10 棄：拋棄。11 岡：山脊。12 偕：共同。

賞析與點評

這是一首征人思歸的詩篇。《毛傳》序曰：「〈陟岵〉，孝子行役，思念父母也。國迫而數侵削，役乎大國，父母兄弟離散，而作是詩也。」大致符合詩意。本詩不直接寫出自己思念家鄉之情，反而從父母兄長盼望他歸家的角度設想，婉轉曲折，更具含蓄蘊藉之效。

十畝之間

十畝之間兮，[1]桑者閑閑兮，[2]行與子還兮。[3]
十畝之外兮，[4]桑者泄泄兮，[5]行與子逝兮。[6]

注釋

1 十畝之間：房屋牆邊或附近種桑麻之處。2 桑者：指採桑者。閑閑：從容不迫貌。3 行：將、且。子：同去之人。還：歸來。4 外：外面。5 泄泄：和樂貌。6 逝：往。

賞析與點評

這是一首採桑婦人吟唱的詩篇。詩作選擇採桑人回家的畫面作為描寫對象，和樂而歡欣。

伐檀

坎坎伐檀兮，[1]寘之河之干兮。[2]河水清且漣猗。[3]不稼不穡，[4]胡取禾三百廛兮？[5]不狩不獵，胡瞻爾庭有縣貆兮？[6]彼君子兮，[7]不素餐兮！[8]

坎坎伐輻兮，[9]寘之河之側兮。[10]河水清且直猗。[11]不稼不穡，胡取禾三百億兮？[12]不狩不獵，胡瞻爾庭有縣特兮？[13]彼君子兮，不素食兮！[14]

坎坎伐輪兮，寘之河之漘兮。[15]河水清且淪猗。[16]不稼不穡，胡取禾三百囷兮？[17]不狩不獵，胡瞻爾庭有縣鶉兮？[18]彼君子兮，不素飧兮！[19]

注釋

1 坎坎：伐木聲。檀：檀樹，木質堅硬，可作車的輪或軸。2 寘：即置，放下。干：通岸，河岸。3 漣：風吹水面形成波紋。猗：通兮，語氣詞。4 稼：耕種。穡（粵：昔；普：sè）：收割。5 胡：為何。三百：極言其多，非確數。廛（粵：前；普：chán）：古代一個成年男子所耕種的一百畝田，為平民一家所居的房地。6 瞻：望見。爾：你，即在位者。庭：庭院。縣：通懸，掛。貆（粵：垣；普：huán）：動物，狗獾。7 君子：即上文的「爾」，在位者。8 素餐：即白飲白吃不做事。9 輻：輻條，車輪中連接車轂和車輞的直條。10 側：旁邊。11 直：指水流平直。12 億：量詞。十萬為億，此處泛言極多。13 特：三歲的獸，泛指大獸。14 素食：和素餐同義。15 漘

（粵：唇；普：chún）：水邊。16 淪：水上的小波紋。17 囷（粵：坤；普：qūn）：圓形的穀倉。18 鶉（粵：唇；普：chún）：鳥名，即鵪鶉。19 素飧（粵：孫；普：sūn）：和素餐同義。

賞析與點評

這是諷刺貴族不勞而獲的詩。詩人每章末均用感情濃烈的字句，抒發對上位者的不滿。

碩鼠

碩鼠碩鼠，[1]無食我黍！三歲貫女，[2]莫我肯顧。[3]逝將去女，[4]適彼樂土。[5]樂土樂土，爰得我所。[6]

碩鼠碩鼠，無食我麥！三歲貫女，莫我肯德。[7]逝將去女，適彼樂國。樂國樂國，爰得我直。[8]

碩鼠碩鼠，無食我苗！三歲貫女，莫我肯勞。[9]逝將去女，適彼樂郊。樂郊樂郊，誰之永號？[10]

注釋

1 碩：大。2 三歲：極言多年，非確數。貫：通宧，服侍。女：即汝，指鼠，實指執政者。3 莫我肯顧：即莫肯顧我的倒文。下文「莫我肯德」、「莫我肯勞」皆然。莫，不。4 逝：發誓。去：離開。5 適：往。6 爰：乃、於是。所：處所。7 德：報德、感恩。8 直：通職，處所。9 勞：慰勞。10 永：長。號：號叫。

賞析與點評

本詩以貪得無厭的老鼠比喻在上位者，詩人更在詩裏用懇求的口吻勸諭老鼠離開，之後直接痛斥老鼠，謂多年來供其所需卻無益於自己，明顯語帶雙關。

唐風

本篇導讀——

唐，古國名，在今山西省太原一帶。西周時，周公平定三監之亂，乃封其弟叔虞於唐，後因臨晉水而改稱晉。其詩大多是東周時期晉國的作品。

蟋蟀

蟋蟀在堂，[1]歲聿其莫。[2]今我不樂，日月其除。[3]無已大康，[4]職思其居。[5]好樂無荒，[6]良士瞿瞿。[7]

蟋蟀在堂，歲聿其逝。今我不樂，日月其邁。[8]無已大康，職思其外。[9]好樂無荒，良士蹶蹶。[10]

蟋蟀在堂，役車其休。[11] 今我不樂，日月其慆。[12] 無已大康，職思其憂。[13] 好樂無荒，良士休休。[14]

注釋

1 堂：房內。2 聿（粵：曰；普：yù）：語助詞。其：語助詞。下文「其逝」與「其休」亦同。莫：即暮。3 日月：指時光。其：語助詞。除：逝去。4 無：毋。已：過度。大：即泰。康：安樂。無已大康，不要過度追求安樂。5 職：應。居：指所擔任的職位。6 好：動詞，喜好。樂：逸樂。荒：荒廢、懈怠。7 良：善。瞿瞿：驚視，有小心謹慎之意。8 邁：流逝。9 外：職務以外之事。10 蹶蹶：行動敏捷。11 役車：服役的車輛。其休：將要休息。12 慆：滔的假借字，逝去。13 憂：可憂之事。14 休休：安閑自得。

賞析與點評

此詩寫一年將盡，詩人有感光陰易逝，應及時行樂，但又不願意沉迷淪落，認為應該發奮向上。作品描述詩人於這兩種對立的心理中掙扎，最後覺悟理想的生活應該「好樂無荒」，在節制中尋求平衡。近年出土的清華簡〈耆夜〉篇記載此詩乃周公所作，時代是滅商以前武王伐耆時。

山有樞

山有樞，[1]隰有榆。[2]子有衣裳，弗曳弗婁。[3]子有車馬，弗馳弗驅。[4]宛其死矣，[5]他人是愉。[6]

山有栲，[7]隰有杻。[8]子有廷內，[9]弗洒弗埽。[10]子有鐘鼓，弗鼓弗考。[11]宛其死矣，他人是保。[12]

山有漆，[13]隰有栗。子有酒食，何不日鼓瑟？且以喜樂，[14]且以永日。[15]宛其死矣，他人入室。

注釋

1 樞：樹的一種，也叫刺榆。2 隰：低濕的地方。榆：榆樹。3 曳（粵：夜；普：yè）：拉。婁：摟的假借字，拉、扯。4 馳、驅：孔穎達《毛詩正義》：「走馬謂之馳，策馬謂之驅。」此處二字均泛言乘車。5 宛：枯萎。6 愉：快樂。7 栲：樹名，山樗。8 杻（粵：紐；普：niǔ）：樹名，也叫檍。9 廷：即庭，院子。內：堂室。10 洒：灑。埽：掃。11 鼓：敲打演奏。考：敲、擊。12 保：佔有。13 漆：漆樹。14 且：姑且。15 永：動詞，延長。

賞析與點評

此詩是諷刺在上位者，他擁有衣裳、車馬、廳堂、鐘鼓、酒食、琴瑟，卻不會和人分享。詩作勸勉人及時行樂、與眾同歡。

揚之水

揚之水，[1]白石鑿鑿。[2]素衣朱襮，[3]從子于沃。[4]既見君子，[5]云何不樂？[6]

揚之水，白石皓皓。[7]素衣朱繡，[8]從子于鵠。[9]既見君子，云何其憂？

揚之水，白石粼粼。[10]我聞有命，[11]不敢以告人。[12]

注釋

1 揚：悠長。2 鑿鑿：鮮明。3 素衣：白色的綢衣。朱：紅色。襮（粵：博；普：bó）：繡有花紋的衣領，為古代諸侯的服飾。4 子：你，即晉大臣潘父。于：往。沃：曲沃，春秋時為晉國大邑，在今山西省聞喜縣東。5 君子：指桓叔。6 云：語助詞。7 皓皓：潔白。8 繡：錦繡。9 鵠：即安鵠，地屬曲沃。10 粼粼：清澈明淨。11 命：成命。12 不敢以告人：嚴粲《詩緝》：「言不敢告人者，乃所以告昭公。」

賞析與點評

此詩是根據當時晉國的歷史所寫。朱熹《詩集傳》言：「晉昭侯封其叔父成師於曲沃，是為桓叔。後沃盛強而晉微弱，國人將叛而歸之，故作此詩。」歷代論者有說是諷刺晉國國君，有說是諷刺桓叔。《詩經》中有三首題為〈揚之水〉的詩，另外兩首一在〈王風〉，一在〈鄭風〉。

椒聊

椒聊之實，[1]蕃衍盈升。[2]彼其之子，[3]碩大無朋。[4]椒聊且，遠條且。[5]

椒聊之實，蕃衍盈匊。[6]彼其之子，碩大且篤。[7]椒聊且，遠條且。

注釋

1 椒聊：即椒。聊：語助詞。2 蕃衍：《文選》李善注兩處引《詩》均作「蔓延」，即逐漸增多。盈：滿。升：即枡，古代容器，也是量詞。3 其：語助詞。4 碩：即大。無朋：無比。5 且：音居，語助詞。條：長。椒聊且，遠條且，指香氣傳得很遠。6 匊（粵：菊；普：jū）：掬的古字，意為兩手合捧。7 篤：厚實，指肌體豐滿厚實。

賞析與點評

這是一首讚美婦女多子的作品。「椒聊」在古代多用來祝福女子多子，「蕃衍」一詞也語帶雙關，既是實指眼前植物，也是虛寫女子多子。

綢繆

綢繆束薪，[1]三星在天。[2]今夕何夕，見此良人？[3]子兮子兮，[4]如此良人何？[5]

綢繆束芻，[6]三星在隅。[7]今夕何夕，見此邂逅？[8]子兮子兮，如此邂逅何？

綢繆束楚，[9]三星在戶。[10]今夕何夕，見此粲者？[11]子兮子兮，如此粲者何？

注釋

1 綢繆：纏繞。束：量詞。薪：柴。2 三星：天空中明亮而接近的三顆星。一說，即參星，二十八宿之一。3 良人：古代婦女對丈夫的稱呼。一說，良人就是指美人。4 子兮：祝賀客人鬧新房時對新人的稱謂。一說，子通嗞，感歎詞。5 如……何：意為把……怎麼樣。6 芻：結婚時餵迎親馬匹的草。7 隅：天空的東南方。8 邂逅：巧遇喜愛的人。[9]楚：荊。[10]戶：房門。朱熹《詩集傳》：「戶必南出，昏現之星至此，則夜分矣。」[11]粲者：美人。

賞析與點評

這是一首祝賀新婚的詩篇。詩作提到夫妻之處，均出現薪、芻、楚這些植物，當是古代婚嫁時所備的物件。

杕杜

有杕之杜，[1]其葉湑湑。[2]獨行踽踽。[3]豈無他人？不如我同父。[4]嗟行之人，[5]胡不比焉？[6]人無兄弟，胡不佽焉？[7]

有杕之杜，其葉菁菁。[8]獨行睘睘。[9]豈無他人？不如我同姓。嗟行之人，胡不比焉？人無兄弟，胡不佽焉？

注釋

1 杕（粵：第；普：dì）：樹木孤生獨立。杜：果樹，即棠梨。2 湑（粵：須；普：

xǖ）湑：茂盛。3 踽（粵：舉；普：jǔ）踽：孤獨。4 同父：兄弟。5 嗟：嗟歎。行：道路。6 比：親密。7 佽（粵：次；普：cì）：幫助。8 菁（粵：精；普：jīng）菁：茂盛。9 睘（粵：瓊；普：qióng）睘：通「嬛」、「煢」，孤獨無依貌。

賞析與點評

這首詩表達一個君主不得與兄弟宗族相親，孤苦無依的感情。《詩經》有兩首題為〈杕杜〉的詩，另外一首在〈小雅〉。

羔裘

羔裘豹祛，[1] 自我人居居。[2] 豈無他人？維子之故。[3]
羔裘豹褎，[4] 自我人究究。[5] 豈無他人？維子之好。[6]

注釋

1 羔裘：羔羊皮襖。豹祛（粵：區；普：qū）：有豹皮裝飾的袖口。2 自：於，對於的意思。我人：這是對自己的稱謂。居居：倨倨的假借字，指傲慢。3 維：即惟，只有。子：你，指這個穿羔裘的大夫。之：語助詞。故：一說舊情。一說愛戀。4 褎：字同袖，音義同。5 究究：通宄宄、仇仇，心懷惡意不相親近的樣子。一說態度傲慢，義同居居。6 好：喜愛。

賞析與點評

從「羔裘豹祛」、「羔裘豹褎」來看，詩作描寫的男子應是貴族無疑。至於詩篇的主人公，口吻則似一位女子。關於本詩主旨，歷來眾說紛紜，從字面看來，本詩像是一位女子指責貴族男子寡情薄幸。《詩經》中有三首題為〈羔裘〉的詩，另外兩首一在〈鄭風〉，一在〈檜風〉。

鴇羽

肅肅鴇羽，[1] 集于苞栩。[2] 王事靡盬，[3] 不能蓺稷黍。[4] 父母何怙？[5] 悠悠蒼天，曷其有所？[6]

肅肅鴇翼，集于苞棘。[7] 王事靡盬，不能蓺黍稷。父母何食？悠悠蒼天，曷其有極？[8]

肅肅鴇行，[9]集于苞桑。王事靡盬，不能蓺稻粱。父母何嘗？[10]悠悠蒼天，曷其有常？[11]

注釋

1 肅肅：鳥振翅聲。鴇（粵：保；普：bǎo）：鳥名，像雁而大，善走不善飛。2 集：棲息。苞：叢生的草木。肅肅鴇羽，集于苞栩，鄭玄《毛詩箋》：「喻君子當居安平之處，今下從征役，其為危苦如鴇之樹止。」3 王事：征役。靡：沒有。盬（粵：古；普：gǔ）：止息。4 蓺（粵：毅；普：yì）：種植。5 怙（粵：戶；普：hù）：依靠。6 曷：何時。所：處所。7 棘：酸棗樹。8 極：盡頭。9 行：行列。10 嘗：即嚐。11 常：與變相對而言，即常態。

賞析與點評

此詩寫征人的慨歎。戰禍頻仍的亂世，勞役沉重，農田荒廢，生活艱難，令人徒呼蒼天。

無衣

豈曰無衣？七兮。[1]不如子之衣，安且吉兮！[2]

豈曰無衣？六兮。不如子之衣，安且燠兮！[3]

注釋

1 七：泛言衣服多，非實數。下章「六」亦然。2 安：安逸。吉：美善。3 燠：暖和。

賞析與點評

《毛詩序》認為是晉武公大夫向周天子請命之作，觀其口吻，不像。此詩作者睹物思人，因看見故人為他縫製的衣服，想起物是人非，心中感慨萬千。《詩經》有兩首題為〈無衣〉的詩，另一首在〈秦風〉。

有杕之杜

有杕之杜，[1]生于道左。彼君子兮，噬肯適我？[2]中心好之，[3]曷飲食之？[4]

有杕之杜，生于道周。[5]彼君子兮，噬肯來遊？[6]中心好之，曷飲食之？

注釋

1 杕（粵：第；普：dì）：樹木孤生獨立。杜：果樹，即棠梨。2 噬：句首助詞，通逝，無義。適：來到。3 中心：即心中。好：愛好。4 曷：何不。5 周：右的假借字。《韓詩》用「右」字。6 遊：看望。

賞析與點評

此詩古人多認為是求賢詩，今人則以為是寫女子向心儀的男子表達愛意的情詩。

葛生

葛生蒙楚，[1]蘞蔓于野。[2]予美亡此，[3]誰與？[4]獨處。[5]
葛生蒙棘，蘞蔓于域。[6]予美亡此，誰與？獨息。[7]
角枕粲兮，[8]錦衾爛兮。[9]予美亡此，誰與？獨旦。[10]
夏之日，冬之夜。百歲之後，[11]歸于其居。[12]

冬之夜，夏之日。百歲之後，歸于其室。[13]

注釋

[1] 葛：葛藤。蒙：覆蓋。楚：荊樹。[2] 蘞（粵：斂；普：liǎn）：草名，又名五爪龍、木竹藤、五月五。蔓：蔓延。[3] 予美：即我的愛人。[4] 誰與：誰和我相伴。[5] 獨處：一個人孤獨在家。[6] 域：墳地。[7] 息：休息。[8] 角枕：以獸角裝飾的枕頭。粲：同燦。[9] 錦衾：錦製的被子。[10] 旦：到達天明。黃焯《毛詩鄭箋平議》：「此詩首章云『誰與獨處』，與次章之『獨息』，三章之『獨旦』，互足為義，意謂予所美之人不在此，吾誰與居乎？惟旦夕獨處獨息耳。」[11] 百歲之後：死後。[12] 居：墳墓。[13] 室：墳墓。

賞析與點評

《毛詩序》說這是諷刺晉獻公好戰的詩。從內容上看，是一首悼亡詩，男子悼念亡妻之作。

采苓

采苓采苓，[1] 首陽之巔。[2] 人之為言，[3] 苟亦無信。[4] 舍旃舍旃，[5] 苟亦無然。[6]

人之為言，胡得焉？[7]

采苦采苦，[8]首陽之下。人之為言，苟亦無與。[9]舍旃舍旃，苟亦無然。人之為言，胡得焉？

采葑采葑，[10]首陽之東。人之為言，苟亦無從。舍旃舍旃，苟亦無然。人之為言，胡得焉？

注釋

1 采：採。苓：甘草，也叫大苦。2 首陽：山名，在今山西省永濟縣南，即雷首山。巔：山頂。3 為：即偽。為言即譌言。4 苟：誠然。無：不要。5 舍：即捨，丟開。旃（粵：戔；普：zhān）：「之焉」的合音。6 無然：不正確。7 胡：何。8 苦：野菜，味苦，也叫荼。9 無與：即毋以，不要贊同。10 葑：蕪菁、蔓菁，大頭菜一類的蔬菜。

賞析與點評

此詩勸勉人不要誤信流言蜚語。全詩每章僅換一個字，音韻上反覆迴旋，與內容叮囑的語氣配合。馬瑞辰《毛詩傳箋通釋》謂詩中植物皆非首陽山所有，又正好比喻譌言的似是實非。

秦風

本篇導讀——

秦，古代國名，嬴姓。周平王東遷，秦襄公護駕有功，被封於宗周故地，其地在今陝西、甘肅大部分。〈秦風〉中作品多為春秋時期所寫。

車鄰

有車鄰鄰，[1] 有馬白顛。[2] 未見君子，寺人之令。[3]
阪有漆，[4] 隰有栗。[5] 既見君子，並坐鼓瑟。[6] 今者不樂，逝者其耋。[7]
阪有桑，隰有楊。[8] 既見君子，並坐鼓簧。[9] 今者不樂，逝者其亡。[10]

注釋

1 鄰鄰：通轔轔，車行聲。2 顛：頭頂。3 寺人：古代宮中供使喚的小臣，類似後代的宦官。令：傳令。4 阪：山坡。漆：漆樹。5 隰：低濕的地方。6 竝：同並。鼓：彈奏。7 逝者：將來。和上句今者相對。耋（粵：迭；普：dié）：七八十歲的年紀。8 楊：楊樹。9 簧：樂器，即大笙。10 亡：死亡。

賞析與點評

此詩寫得見朋友的歡樂。歷來論者以為所見或是女子，或是秦國國君。

駟驖

駟驖孔阜，[1] 六轡在手。[2] 公之媚子，[3] 從公于狩。[4]

奉時辰牡，[5] 辰牡孔碩。[6] 公曰左之，[7] 舍拔則獲。[8]

游于北園，[9] 四馬既閑。[10] 輶車鸞鑣，[11] 載獫歇驕。[12]

注釋

1 駟：即四。驖（粵：鐵；普：tiě）：赤黑色的馬。孔：很、甚。阜：肥大。2 轡：韁繩。[3] 公：秦襄公。媚子：寵愛之人。[4] 于：往。[5] 奉：進獻。時：是。辰：應時。牡：公獸。[6] 碩：大。[7] 左之：向左邊。胡承珙《毛詩後箋》：「公曰左之者，蓋獸自遠奔突而來，公命御者旋當其左，以便於射耳。」[8] 舍：射箭。拔：箭尾。獲：獵得鳥獸。舍拔則獲，鄭玄《毛詩箋》：「舍拔則獲，言公善射。」[9] 北園：秦國園林名。[10] 閑：通嫻，熟習。[11] 輶（粵：油；普：yóu）車：古代一種輕便的車。鸞：即鑾，車鈴。鑣：勒馬的器具。[12] 獫（粵：險；普：xiǎn）：長嘴獵狗。歇驕：短嘴獵狗。

賞析與點評

這是一首讚美國君的作品。詩人描述君主親自率人狩獵，在整個過程體現出狩獵隊伍車馬之盛、隨從之眾、御術之精、射術之高，表現了秦國尚武的風俗。

小戎

小戎俴收，[1] 五楘梁輈。[2] 游環脅驅，[3] 陰靷鋈續。[4] 文茵暢轂，[5] 駕我騏馵。[6]
言念君子，[7] 溫其如玉。在其板屋，[8] 亂我心曲。[9]

四牡孔阜，[10]六轡在手。[11]騏駵是中，[12]騧驪是驂。[13]龍盾之合，[14]鋈以觼軜。[15]
言念君子，溫其在邑。[16]方何為期？[17]胡然我念之！[18]

俴駟孔羣，[19]厹矛鋈錞。[20]蒙伐有苑，[21]虎韔鏤膺。[22]交韔二弓，[23]竹閉緄縢。[24]
言念君子，載寢載興。[25]厭厭良人，[26]秩秩德音。[27]

注釋

1 小戎：古代一種兵車。俴（粵：踐；普：jiàn）：淺。收：古代束住車廂的木頭，也叫軫。小戎俴收，程俊英、蔣見元《詩經注析》：「按古人登車，必自車後。此句似專指車後橫木而言，它較其他三面的橫木來得較低，所以稱為收。」2 楘（粵：冒；普：mù）：皮革束紮車轅叫作楘，既是裝飾，又可使轅更堅固。梁輈（粵：舟；普：zhōu）：車轅。因形狀如屋樑，故名。3 游環：設在服馬背上的皮圈，使馬不得外出。脅驅：駕車馬之鞍具。4 陰：車軾前面的橫板，也叫掩軌。靷（粵：引；普：yǐn）：拉車前行的皮帶。鋈（粵：沃；普：wù）續：白銅製的環。鋈是白銅的意思。5 文茵：覆於車軾上的虎皮，一說是帶花紋的裀褥。暢：長。轂（粵：穀；普：gǔ）：車輪中心的圓木，中有圓孔，可以插軸。6 騏：青黑色紋理的馬。馵（粵：注；普：zhù）：後左腳白色的馬。7 言：語助詞。君子：即乘小戎從軍之人。8 板屋：指在西戎用木板建造的房屋。此處則借代為西戎。9 心曲：心坎。10 牡：公獸。孔：很、甚。阜：肥大。11 轡：韁繩。嚴粲《詩緝》：「此謂把握其轡，能制馬之遲速，惟手之是聽。」

12 駵：同騮，赤身黑鬃的馬。中：四匹馬中間的兩匹馬，即服。13 騧（粵：嘩；普：guā）：黃身黑嘴的馬。驪：黑色的馬。驂：轅馬兩旁的馬。古人用四匹馬拉車，中間的兩匹叫兩服，旁邊的叫兩驂。14 龍盾：龍形花紋的盾。合：把兩盾合在一處放在車上。15 觼（粵：決；普：jué）：有舌的環，用以繫轡。軜（粵：納；普：nà）：驂馬內側的轡繩。鋈以觼軜，鄭玄《毛詩箋》：「鋈以觼軜，觼之軜以白金為飾也。」16 邑：西戎縣邑。17 方：將。18 胡然：為什麼。19 俴駟：不披鎧甲的四匹馬。或説用其他野獸的皮披在馬背上，便於奔走迴旋。俴駟猶言少披鎧甲。羣：調和。20 厹（粵：求；普：qiú）矛：有三棱鋒刃的矛。錞（粵：對；普：duì）：矛戟柄下端的平底金屬套。21 蒙：雜色花紋。伐：通瞂，盾。有苑：即苑苑，花紋美麗。22 虎韔（粵：暢；普：chàng）：虎皮製的弓袋。鏤：雕刻。膺：弓袋的正面。23 交韔二弓：將兩把弓順倒交叉地放在弓袋。24 閉：通柲，校正弓的器具。緄（粵：滾；普：gǔn）：繩。縢（粵：騰；普：téng）：纏束。25 載：語助詞。興：起身。26 厭（粵：閹；普：yān）厭：安閑。良人：即好人，女子對丈夫的稱謂。27 秩秩：恭敬有次序。德音：好聲譽。

賞析與點評

舊説這是秦襄公時期討伐西戎，秦國婦人懷念丈夫的詩。此詩特別之處是對戰馬兵器的細緻描繪，且女子更帶着欣賞的口吻。這恐怕與秦風尚武有很大關係。

蒹葭

蒹葭蒼蒼，[1]白露為霜。[2]所謂伊人，[3]在水一方。[3]遡洄從之，[4]道阻且長。[6]
遡游從之，宛在水中央。[7]
蒹葭淒淒，[8]白露未晞。[9]所謂伊人，在水之湄。[10]遡洄從之，道阻且躋。[11]
遡游從之，宛在水中坻。[12]
蒹葭采采，[13]白露未已。[14]所謂伊人，在水之涘。[15]遡洄從之，道阻且右。[16]
遡游從之，宛在水中沚。[17]

注釋

1 蒹（粵：兼；普：jiān）：水草，即荻。葭（粵：加；普：jiā）：初生的蘆葦。蒼蒼：茂盛。2 露：露水。霜：露水遇冷凝成的冰粒。3 伊：指示代詞，此、彼。4 方：旁。一方即一邊。5 遡（粵：素；普：sù）：即溯。遡洄，逆流而上。從：尋找。之：即伊人。6 阻：險阻。7 宛：好像。8 淒淒：濕潤。9 晞（粵：希；普：xī）：乾。10 湄：岸邊。11 躋（粵：擠；普：jī）：高。12 坻（粵：遲；普：chí）：水中小沙洲。13 采采：眾多。14 已：止。此處指白露未乾。15 涘（粵：寺；普：sì）：岸邊。16 右：迂迴。17 沚（粵：止；普：zhǐ）：水中小沙灘。

賞析與點評

這是《詩經》情詩的名篇之一。詩人追求的對象永遠在可望而不可即的距離，無論如何求索，都尋覓不到，而女子的形象又模糊不清，隱藏在蒹葭與露水之間。作品瀰漫着朦朧飄渺的格調，意境高遠。詩序說是刺秦襄公之作，似不可理解。古人也有人認為這是一首國君求賢的詩，伊人則指隱居在山林間的賢士。

終南

終南何有？[1]有條有梅。[2]君子至止，[3]錦衣狐裘。[4]顏如渥丹，[5]其君也哉！

終南何有？有紀有堂。[6]君子至止，黻衣繡裳。[7]佩玉將將，[8]壽考不忘！[9]

注釋

1 終南：山名，又名中南，在今陝西省西安市南。2 條：樹名，山楸。梅：一說梅樹，亦有說楠木。3 至止：即來到終南山。4 錦衣：錦製的衣服。狐裘：狐皮製的外衣。《禮記・玉藻》：「錦衣狐裘，諸侯之服也。」5 渥：塗抹。丹：朱砂。6 紀：杞的假借字，即杞柳。堂：棠的假借字，即棠樹。7 黻（粵：弗；普：fú）衣：黑青兩色相間的禮服。黼裳：有五色花紋的下衣。8 將將：玉撞擊聲。9 壽考：即年老。亡：即忘。

賞析與點評

這是一首貴族陪同秦君行至終南山，用以歌頌國君的詩篇。詩中祝賀的對象「錦衣狐裘」、「黻衣繡裳」，所穿為諸侯禮服，又說「其君也哉」，可知必為國君無疑。

黃鳥

交交黃鳥，[1] 止于棘。[2] 誰從穆公？[3] 子車奄息。[4] 維此奄息，[5] 百夫之特。[6] 臨其穴，[7] 惴惴其慄。[8] 彼蒼者天，殲我良人！[9] 如可贖兮，[10] 人百其身！[11]

交交黃鳥，止于桑。誰從穆公？子車仲行。[12] 維此仲行，百夫之防。[13] 臨其穴，惴惴其慄。彼蒼者天，殲我良人！如可贖兮，人百其身！

交交黃鳥，止于楚。誰從穆公？子車鍼虎。[14] 維此鍼虎，百夫之禦。[15] 臨其穴，惴惴其慄。彼蒼者天，殲我良人！如可贖兮，人百其身！

注釋

1 交交：即咬咬，鳥鳴聲。黃鳥：黃雀。2 止：棲息。棘：酸棗樹。3 穆公：秦穆公。4 子車奄息：人名，秦國大夫，即《史記》中的子輿。5 維：即惟。6 特：人傑。7 臨：走近。穴：墓穴。8 惴惴：恐懼。慄：發抖。9 殲：滅絕。良人：即好人。10 贖：換回。11 人百其身：願用一百人來代他殉葬。12 仲行：奄息的兄弟，秦國大夫。13 防：比。14 鍼（粵：鉗；普：qián）虎：奄息的兄弟，秦國大夫。15 禦：抵擋。

賞析與點評

這首詩的歷史背景在《左傳》有明確記載：「秦伯任好卒，以子車氏之三子奄息、仲行、鍼虎為殉，皆秦之良也。國人哀之，為之賦〈黃鳥〉。」秦伯任好即秦穆公。本詩哀悼殉葬的三位大臣，後人稱他們為子車氏三良。《詩經》中名〈黃鳥〉之詩有兩篇，另一篇在〈小雅〉。

晨風

鴥彼晨風，[1] 鬱彼北林。[2] 未見君子，憂心欽欽。[3] 如何如何，[4] 忘我實多！
山有苞櫟，[5] 隰有六駮。[6] 未見君子，憂心靡樂。[7] 如何如何，忘我實多！

山有苞棣，[8]隰有樹檖。[9]未見君子，憂心如醉。[10]如何如何，忘我實多！

注釋

1 鴥（粵：屈；普：yù）：鳥疾飛。晨風：即鸇鳥。2 鬱：茂密。3 欽欽：憂心不已。欽欽是鐘鼓敲打的聲音，這裏形容心跳。4 如何：即奈何。5 苞：草木叢生。櫟：樹名，又名棫、栩，俗稱柞櫟或麻櫟。6 隰：低濕的地方。六：即蓼的假借字，長大。駮（粵：駁；普：bó）：樹名，梓榆。7 靡：不。8 棣：樹名，唐棣。9 樹：直立貌。檖：山梨。10 如醉：憂心不已。

賞析與點評

這首詩描述女子等候情人久久未至，心情焦躁難安。

無衣

豈曰無衣？與子同袍。[1]王于興師，[2]修我戈矛，[3]與子同仇！[4]

豈曰無衣？與子同澤。[5]王于興師，修我矛戟，與子偕作！[6]

豈曰無衣？與子同裳。[7]王于興師，修我甲兵，[8]與子偕行！[9]

注釋

1 袍：相當於現代的披風或斗篷。2 王：即秦君。于：語助詞。興師：起兵。3 修：修理。4 同仇：同心合力。5 澤：汗衣。6 作：起來。7 裳：下衣。8 甲：鎧甲。9 兵：兵器。9 偕行：陳奐《毛詩傳疏》：「言奉王命而偕往征也。」

賞析與點評

此詩寫武士之間的情誼。作品語氣高昂，表現了秦人尚武的精神。根據《左傳》記載，伍子胥率吳師滅楚，申包胥求救於秦，秦哀公曾賦此詩。《詩經》有兩首題為〈無衣〉的詩，另外一首在〈唐風〉。

渭陽

我送舅氏，[1]曰至渭陽。[2]何以贈之？路車乘黃。[3]
我送舅氏，悠悠我思。何以贈之？瓊瑰玉佩。[4]

注釋

1 舅氏：舅父。2 渭陽：渭水北岸。3 路車：古代諸侯所坐的車，也稱大輅、戎輅、大路、戎路。乘黃：四匹黃色馬。4 瓊：形容玉石之美。瑰：美石。玉佩：佩玉。

賞析與點評

此詩描述了秦國太子罃（秦康公）送別親舅晉文公（公子重耳）的場景。此時重耳在外流亡數十年，即將離開秦國，返回闊別數十年的晉國。太子送至渭水之北。

權輿

於我乎，[1]夏屋渠渠，[2]今也每食無餘。于嗟乎，[3]不承權輿！[4]
於我乎，每食四簋，[5]今也每食不飽。于嗟乎，不承權輿！

注釋

1 於：同烏、嗚，感歎詞。2 夏屋：大屋。渠渠：高大。3 于嗟：表示感慨。4 承：繼承。權輿：當初。5 簋（粵：鬼；普：guǐ）：古代食器，圈足兩耳或四耳，方座，青銅製或陶製。

賞析與點評

這是一首貴族慨歎今不如昔的作品。詩人經過簡單的對照，寫出以前和現今食物的情形，反映出沒落貴族的悲哀。周禮有鼎簋制度，天子八簋，諸侯六，大夫四，士二。作者顯然是秦國的一位大夫。

陳風

本篇導讀——

陳，古代國名，周武王滅商以後，封舜之後裔胡公媯滿於陳，其地在今河南省東部及安徽省北部一帶，公元前四七八年為楚國所滅。作品多與愛情、祭祀、歌舞等有關。

宛丘

子之湯兮，[1]宛丘之上兮。[2]洵有情兮，[3]而無望兮。[4]

坎其擊鼓，[5]宛丘之下。無冬無夏，值其鷺羽。[6]

坎其擊缶，[7]宛丘之道。無冬無夏，值其鷺翿。[8]

注釋

1 子：指在跳舞的巫女。湯：即蕩，音義同，是遊冶的意思。2 宛丘：陳國丘名，在陳國都城東南，即今河南省淮陽縣。3 洵：確實。4 無望：沒有希望。5 坎其：即坎坎。象聲詞，初形容木器撞擊的聲音，後用於形容打擊樂器。6 值：通植，手持。鷺羽：以鳥翅膀上的長毛製成的舞具，形似扇子或雨傘，也叫翳。7 缶（粵：否；普：fǒu）：瓦盆。古人有時以缶為打擊樂器。8 鷺翿（粵：道；普：dào）：即鷺羽。

賞析與點評

這首詩意旨難測，今人多說是愛情詩篇，古人則以為與陳國巫覡之風有關。詩作描寫一位巫者在宛丘之上舞蹈祈祝，但勞而無功。

東門之枌

東門之枌，[1]宛丘之栩。[2]子仲之子，[3]婆娑其下。[4]
穀旦于差，[5]南方之原。[6]不績其麻，[7]市也婆娑。[8]
穀旦于逝，[9]越以鬷邁。[10]視爾如荍，[11]貽我握椒。[12]

注釋

1 東門：陳國城門，在宛丘旁。枌：樹名，即白榆。2 宛丘：陳國丘名，在陳國都城東南，在今河南省淮陽縣境內。栩：櫟樹。3 子仲：人名，應該是某貴族的字。子：女兒。4 婆娑：翩翩起舞。5 穀旦：即吉日。于：語助詞。差：選擇。6 原：原野。7 績：紡織。8 市：市場。9 逝：往，前去。10 越以：發語詞。鬷（粵：宗；普：zōng）：多次。邁：往。11 荍（粵：橋；普：qiáo）：植物名。也叫錦葵或荊葵，花冠淡紫紅色。12 貽：贈送。握椒：即花椒。

賞析與點評

此詩寫秋天收穫後祭社的盛況，描繪出男女共聚，一片喜悅安逸的境況。

衡門

衡門之下，[1]可以棲遲。[2]泌之洋洋，[3]可以樂飢。[4]
豈其食魚，必河之魴？[5]豈其取妻，[6]必齊之姜？[7]
豈其食魚，必河之鯉？[8]豈其取妻，必宋之子？

注釋

1 衡門：橫木為門，指簡陋的房屋。2 棲遲：停留、止息。3 泌（粵：秘；普：bì）：泉水名。洋洋：盛大。4 樂：通瘵，治療。5 魴：魚名，即鯿魚。6 取：古「娶」字。7 姜：齊國貴族的姓氏，借代為齊國貴族的女子。下章「宋之子」亦然，意為宋國貴族的女子。8 鯉：鯉魚。

賞析與點評

此詩古人多以為出自一位安貧寡欲的隱士。從內容來看，詩作寫男子感情空虛卻無法尋求理想伴侶，像是出自一個失戀或是單相思的男子。

東門之池

東門之池，[1]可以漚麻。[2]彼美淑姬，[3]可與晤歌。[4]
東門之池，可以漚紵。[5]彼美淑姬，可與晤語。[6]
東門之池，可以漚菅。[7]彼美淑姬，可與晤言。[8]

注釋

1東門：陳國城門，在宛丘旁。池：護城河。2漚（粵：歐；普：òu）：長時間地浸泡。3淑：善。姬：古代婦女的美稱。4晤：面對面。晤歌即對唱。5紵（粵：柱；普：zhù）：即苧麻，材質較麻為細。6晤語：對話。7菅（粵：奸；普：jiān）：即巴茅，漚之使柔，可以織席編筐。8晤言：談天。

賞析與點評

這是一首男子向女子表白情意的詩篇，三章反覆吟詠，可見一往情深。

東門之楊

東門之楊，[1]其葉牂牂。[2]昏以為期，[3]明星煌煌。[4]
東門之楊，其葉肺肺。[5]昏以為期，明星晢晢。[6]

注釋

1東門：陳國城門，在宛丘旁。楊：楊樹。2牂（粵：髒；普：zāng）牂：枝葉茂盛。3昏：黃昏。期：約會。4明星：啟明星，即金星。煌煌：明亮。5肺（粵：配；

普：pèi）胏：枝葉茂盛。6 晳（粵：祭；普：zhé）晳：明亮。晳字通晰。

賞析與點評

此詩寫情人約定在東門相見，但等到黃昏了，還不見情人蹤影。詩作寫出了時間與地點，惟獨對人物含糊其詞，不知是男子還是女子在等待。

墓門

墓門有棘，[1]斧以斯之。[2]夫也不良，[3]國人知之。知而不已，[4]誰昔然矣。[5]

墓門有梅，[6]有鴞萃止。[7]夫也不良，歌以訊之。[8]訊予不顧，[9]顛倒思予。[10]

注釋

1 墓門：墓道的門。棘：酸棗樹，有刺。2 斯：劈開。3 夫：那人。4 不已：不止，引申為不改。5 誰昔：即往昔。然：就是這樣。6 梅：應為「棘」字。馬瑞辰《毛詩傳箋通釋》：「棘，梅二木，美惡大小不相類，非詩取興之指。梅，古作槑。《玉篇》：『古之梅作槑。』槑、棘形似，棘蓋誤作槑，因之《毛詩》作梅，又作楳耳。」7 鴞

（粵：囂；普：xiāo）：即貓頭鷹，古人以為是不祥之鳥。萃：聚集。止：語助詞。8 訊：阜陽漢簡《詩經》作誶，音碎，意為勸諫。9 訊予：予訊的倒文。10 顛倒：禍亂敗亡。顛倒思予，鄭玄《毛詩箋》：「汝不顧念我言，至於破滅顛倒之急，乃思我言，言其晚也。」

賞析與點評

這是一首婦人勸諫丈夫的作品。丈夫有諸多不良之行，婦人規勸，奈何丈夫不聽，只有獨自嗟歎。

防有鵲巢

防有鵲巢，[1] 邛有旨苕。[2] 誰侜予美？[3] 心焉忉忉。[4]
中唐有甓，[5] 邛有旨鷊。[6] 誰侜予美？心焉惕惕。[7]

注釋

1 防：堤防。一說陳國邑名，在今河南省淮陽縣北。2 邛（粵：窮；普：qióng）：土丘。旨：味美。苕（粵：條；普：tiáo）：豆科植物，苕菜，可食。3 侜（粵：周；普：zhōu）：誑騙。予美：即我所美之人，指作者的情人。4 焉：語助詞。忉忉：憂愁不安。5 唐：古代朝堂前或宗廟門內的甬道。中唐即唐中，庭中之路。甓（粵：辟；普：pì）：磚瓦。6 鷊（粵：奕；普：yì）：草名，即綬草。7 惕惕：擔心。

賞析與點評

本詩寫一位即將結婚的男子，不知何故，被情人拋棄。

月出

月出皎兮，[1] 佼人僚兮。[2] 舒窈糾兮，[3] 勞心悄兮。[4]

月出皓兮，[5] 佼人懰兮。[6] 舒懮受兮，[7] 勞心慅兮。[8]

月出照兮，[9] 佼人燎兮。[10] 舒夭紹兮，[11] 勞心慘兮。[12]

注釋

1 皎：形容月光潔白明亮。2 佼：通姣，美好。僚：美好。3 舒：遲緩、從容。窈糾

（粵：夭久；普：yǎo jiǔ）：體態輕盈、柔美多姿。連綿詞，後世變為夭矯。4 勞心：即憂心。悄：憂愁。5 皓：明亮、潔白。6 懰（粵：蔞；普：liǔ）：妖媚。7 懮（粵：有；普：yǒu）受：形容女子步履舒徐多姿。與夭紹、要紹義相類，也是同一連綿詞。8 慅（粵：草；普：cǎo）：憂慮不安。9 照：光明。10 燎（粵：聊；普：liáo）：通嫽，嫽美。11 夭紹：即逍遙之倒文，形容步履舒徐閑適。12 慘：應作懆，憂愁不安。

賞析與點評

詩人見月起興，想到自己在遠方的意中人，一面鋪陳她美麗的形象，一面更感難忘所愛，憂鬱惆悵。

株林

胡為乎株林？[1] 從夏南？[2] 匪適株林，[3] 從夏南。
駕我乘馬，[4] 說于株野。[5] 乘我乘駒，[6] 朝食于株！[7]

注釋

1 株：邑名，陳國夏氏的食邑，今河南省西華縣夏亭鎮北。林：即野，指郊外。2 從：跟從。夏南：即夏徵舒，字子南，春秋時陳國人。其母夏姬和陳靈公、孔寧、儀行父等私通，他一氣之下，把陳靈公殺死。3 匪：不是。適：往。4 我：即陳靈公。乘：量詞。義同四。古時一車四馬為乘。5 說：通稅，音同，停車休息。6 前「乘」字為動詞，駕車。駒：陸德明《經典釋文》作驕，六尺高的馬。7 朝食：吃早飯。王先謙《詩三家義集疏》：「靈公初往夏氏，必託為遊株林。自株林至株野，乃稅其駕。然後微服入株邑，朝食於株邑。此詩乃實賦其事也。」

賞析與點評

這首詩諷刺陳靈公私通夏姬。首章交待靈公來往株林的緣由，二章寫在這個原本渺無人煙的郊外居然車馬繁多，一彰一隱，極諷靈公醜事。

澤陂

彼澤之陂，[1]有蒲與荷。[2]有美一人，傷如之何？[3]寤寐無為，[4]涕泗滂沱。[5]

彼澤之陂，有蒲與蕑。[6]有美一人，碩大且卷。[7]寤寐無為，中心悁悁。[8]
彼澤之陂，有蒲菡萏。[9]有美一人，碩大且儼。[10]寤寐無為，輾轉伏枕。[11]

注釋

1 澤：池塘。陂（粵：悲；普：bēi）：堤岸。2 蒲：蒲草。也叫香蒲，水生植物，莖可製席。荷：指荷葉。3 傷：當作陽，即我。一說，傷即思念的意思。4 寤：醒。寐：睡。無為：無法達到目的。5 涕：眼淚。泗：鼻涕。滂沱：涕淚交流貌。6 蕑：音簡，《魯詩》作蓮，蓮蓬。7 碩大：高大，這裏是高貴的意思。卷：美好。8 悁悁：憂愁不安。9 菡萏（粵：檻啖；普：hàn dàn）：泛指荷花。10 儼：《太平御覽》引《韓詩》作嬒，雙下巴。11 輾轉：古人說半轉曰輾。輾轉意為翻來覆去，臥不安席。

賞析與點評

《毛詩序》認為這是諷刺陳靈公荒淫無道的詩，而「陽」是女子自稱，所以這首詩可能寫女子愛上一位男子，卻不能表白，只能獨自憂傷。

檜風

本篇導讀——

檜（粵：潰；普：kuài），古代國名，又名鄶，妘姓，祝融氏之後。其地在今河南省密縣東北一帶，公元前七六九年被鄭國所滅。四篇作品中，三首為西周晚期作品，〈匪風〉為春秋初期作品。也有可能四首都作於春秋時期，檜為鄭所滅之後。

羔裘

羔裘逍遙，[1]狐裘以朝。[2]豈不爾思？勞心忉忉。[3]

羔裘翱翔，[4]狐裘在堂。[5]豈不爾思？我心憂傷。

羔裘如膏，[6]日出有曜。[7]豈不爾思？中心是悼。[8]

注釋

1 羔裘：士大夫的朝服。逍遙：悠閑地走來走去。2 狐裘：士大夫的朝服。朝：在朝。3 勞心：即憂心。忉（粵：滔；普：dāo）：憂勞的樣子。4 翱翔：義同逍遙。5 在堂：義同在朝。6 膏：油脂。7 有曜（粵：耀；普：yào）：即曜曜，明亮。8 悼：悲傷。

賞析與點評

古人認為這是檜國大夫要離開檜君而作，今人則多以為這是一首女子思念貴族男子的情詩。從詩的內容判斷，則像是士大夫悼念亡友之作。《詩經》中有三首題為〈羔裘〉的詩，另外兩首一在〈鄭風〉，一在〈唐風〉。

素冠

庶見素冠兮，[1] 棘人欒欒兮，[2] 勞心慱慱兮。[3]
庶見素衣兮，我心傷悲兮，聊與子同歸兮。[4]
庶見素韠兮，[5] 我心蘊結兮，[6] 聊與子如一兮。[7]

注釋

1 庶：庶幾，即幸而。素：白色。冠：帽。2 棘：古「瘠」字，即瘦。欒（粵：孿；普：luán）欒：瘦瘠。3 勞心：即憂心。慱（粵：團；普：tuán）慱：一作團團，憂勞的樣子。4 聊：願。子：你，指死者。同歸：同死。5 韠（粵：畢；普：bì）：古代官服上的裝飾，繫在衣服前面，形如圍裙，居喪者為白色。6 蘊結：鬱悶不解。7 如一：同生同死。

賞析與點評

這是一首懷人詩。詩作首先描繪所懷之人的衣飾、體態及心情，由外及內。從內容來看，詩人懷念的應是一位亡故的貴族，而作者則或是好友，或是一位對男子愛慕有加的女子。

隰有萇楚

隰有萇楚，[1]猗儺其枝。[2]夭之沃沃，[3]樂子之無知。[4]
隰有萇楚，猗儺其華。[5]夭之沃沃，樂子之無家。[6]
隰有萇楚，猗儺其實。[7]夭之沃沃，樂子之無室。

注釋

1 隰：低濕的地方。萇（粵：長；普：cháng）楚：即羊桃、獼猴桃。2 猗儺：音義同「婀娜」。枝：樹枝。3 夭：幼嫩的草木。沃沃：肥美有光澤。4 樂：羨慕。子：指萇楚。無知：沒有知覺。5 華：花朵。6 無家：與下章「無室」一樣，均指沒有妻兒的拖累。7 實：果實。

賞析與點評

此詩似寫不堪家室之累，又似遭遇困頓之後的憂憤之詞。其旨難明。

匪風

匪風發兮，[1] 匪車偈兮。[2] 顧瞻周道，[3] 中心怛兮。[4]

匪風飄兮，[5] 匪車嘌兮。[6] 顧瞻周道，中心弔兮。[7]

誰能亨魚？[8] 漑之釜鬵。[9] 誰將西歸？懷之好音。[10]

注釋

1 匪：通彼，那。發（粵：撥；普：bō）：風疾吹聲。2 偈（粵：竭；普：jiē）：車馬疾馳。3 顧：回頭看。周道：大路。4 中心：即心中。怛（粵：妲；普：dá）：悲痛。5 飄：旋風。6 嘌（粵：飄；普：piāo）：快速。7 弔：悲傷。8 亨：即烹。9 溉：洗滌。釜：鍋。鬵（粵：尋；普：xún）：大鍋。10 懷：通饋，送給。好音：好消息。

賞析與點評

此詩寫外出服役的征人。周道，即大道，為軍事用途，可知本詩作者要外出服役。首章寫別離家國的情景，次章寫出發車輛漸行漸遠，自己則呆望良久。末章寫人已離去，只能期望以後戰勝歸來，傳以好音。

曹風

本篇導讀——

曹，古代國名，周武王滅商以後，封其弟叔振鐸於曹，在今山西省西部。公元前四八七年曹國為宋國所滅。作品為春秋時期所寫。

蜉蝣

蜉蝣之羽，[1]衣裳楚楚。[2]心之憂矣，於我歸處。[3]
蜉蝣之翼，采采衣服。[4]心之憂矣，於我歸息。
蜉蝣掘閱，[5]麻衣如雪。[6]心之憂矣，於我歸說。

注釋

1 蜉蝣：蟲名。幼蟲生活在水中，成蟲褐綠色，能飛，常在夏天日落後成羣飛舞。成蟲後只有幾天的壽命。2 楚楚：鮮明。3 於：即與。歸處：死去，下章「歸息」和「歸說（粵：稅；普：shuì）」同義。4 采采：茂盛、鮮明。5 掘閱：昆蟲穿穴而出。6 麻衣：本指白色的布衣，此處用以借代蜉蝣的羽翼。如雪：指蜉蝣的羽翼潔白。

賞析與點評

此詩寫蜉蝣壽命短暫，以此作喻，說明人亦如此，不禁提問百年後何處才是人的歸宿。

候人

彼候人兮，[1]何戈與祋。[2]彼其之子，[3]三百赤芾。[4]
維鵜在梁，[5]不濡其翼。[6]彼其之子，不稱其服。[7]
維鵜在梁，不濡其咮。[8]彼其之子，不遂其媾。[9]
薈兮蔚兮，[10]南山朝隮。[11]婉兮孌兮，[12]季女斯飢。[13]

注釋

1 候人：古代負責迎送賓客的官。2 何：《齊詩》作荷，即舉起。戈、祋（粵：對；普：duì）：古代兵器。3 其：《韓詩》作己，音己，語助詞。之子：指下文戴赤芾的新貴。4 赤芾（粵：佛；普：fú）：紅色蔽膝。革製，長方形，上窄下寬，繫在衣服前面。赤芾常常是周天子賞賜貴族之物，這裏是說「候人」也在周王剛剛賞賜的三百貴族之列。芾字也通市、黻、帗。5 維：發語詞，無義，下同。鵜（粵：啼；普：tí）：水鳥名，即鵜鶘，善捕魚。梁：攔魚的堤壩。6 濡：沾濕。7 稱（粵：趁；普：chèn）：相稱。8 咮（粵：宙；普：zhòu）：鳥嘴。9 遂：一說久。一說相稱。媾（粵：垢；普：gòu）：一說厚遇。一說寵愛。10 薈、蔚：草木繁茂，引申為盛多燦爛。11 南山：曹國山名，在今山東省濟陰縣東二十里。朝隮（粵：劑；普：jī）：日出時出現的彩虹。12 婉、孌：年少美好。13 季女：即少女，此處指候人的情人。斯：語助詞。

賞析與點評

此詩似以一個愛慕「候人」的女子的口吻，描寫了既愛之深，又責之切的心理活動。

鳲鳩

鳲鳩在桑，[1]其子七兮。[2]淑人君子，其儀一兮。[3]其儀一兮，心如結兮。[4]

鳲鳩在桑，其子在梅。[5]淑人君子，其帶伊絲。[6]其帶伊絲，其弁伊騏。[7]

鳲鳩在桑，其子在棘。[8]淑人君子，其儀不忒。[9]其儀不忒，正是四國。[10]

鳲鳩在桑，其子在榛。[11]淑人君子，正是國人。[12]正是國人，胡不萬年？[13]

注釋

1 鳲鳩：布穀鳥。鳲讀為尸。《荀子》、《淮南子》中高誘注引作「尸鳩」。2 七：極言其多，非實數。3 儀：言行。4 結：固結不散，比喻堅貞不貳。5 梅：梅樹。6 帶：束衣的帶子，以絲製的大帶，圍於腰間。伊：是。絲：白絲。7 弁（粵：便；普：biàn）：古代貴族男子穿禮服時戴的帽子。騏：一說青黑色。一說通玉璂，古代帽子的玉飾。8 棘：酸棗樹。9 忒（粵：惕；普：tè）：差錯。10 正：領導。四國：各國。11 榛：樹叢。12 國人：全國百姓，一般指貴族。13 胡：何。胡不萬年，朱熹《詩集傳》：「胡不萬年，願其壽考之辭也。」

賞析與點評

此詩讚美君子才德兼備。全詩均以鳲鳩待子女平等無異起興，表達君子言行始終如一。

首章讚美其情志專一，次章讚美其日用有度，三章讚美其德行卓越，四章讚美其領導有方。

下泉

洌彼下泉，[1]浸彼苞稂。[2]愾我寤歎，[3]念彼周京。[4]

洌彼下泉，浸彼苞蕭。[5]愾我寤歎，念彼京周。

洌彼下泉，浸彼苞蓍。[6]愾我寤歎，念彼京師。

芃芃黍苗，[7]陰雨膏之。[8]四國有王，[9]郇伯勞之。[10]

注釋

1 洌：寒冷。下泉：從地下流出的水源。2 苞：叢生。稂（粵：郎；普：láng）：一種草。3 愾：感慨、歎息。寤：醒着。4 周京：即周朝國都。下章「京周」、「京師」義同。5 蕭：蒿子。有香氣，古人採以供祭祀用。6 蓍（粵：師；普：shī）：菊科植物，古人用蓍草莖來占卦。7 芃（粵：篷；普：péng）芃：草木茂盛。8 膏：動詞，潤澤。9 四國：即各國。王：指周天子。10 郇：通荀，音同荀。郇伯，即荀伯，指荀躒，晉國大夫。周景王死後，敬王與王子朝爭奪王位。荀躒領兵打敗王子朝，保護周敬王進入王城。之後，荀躒又保護敬王返回成周。勞：勤勞。

賞析與點評

此詩為東周遷都後，百姓思念西周京師而作。前三章起首寫稂、蕭、蓍被水浸淹，暗喻周王朝被傾覆，情調蒼涼。另一種説法是：由於詩中提到郇伯，古人多以為這首詩講述的是周敬王（公元前五一九—前四七七）時期，晉國大夫荀躒率師勤王，平定王子朝叛亂事。那麼這首詩可能是《詩經》中時代最晚的詩篇，大約作於公元前五一六年。

豳風

本篇導讀——

豳，古地名，在今陝西省彬縣附近，周滅商以前是周人聚居的地方，西周時期是周人直接統治的區域；春秋時為秦國之地。作品的年代難以細考，很可能是西周時期。

七月

七月流火，[1]九月授衣。[2]一之日觱發，[3]二之日栗烈。[4]無衣無褐，[5]何以卒歲？[6]三之日于耜，[7]四之日舉趾。[8]同我婦子，[9]饁彼南畝。[10]田畯至喜。[11]

七月流火，九月授衣。春日載陽，[12]有鳴倉庚。[13]女執懿筐，[14]遵彼微行，[15]爰求柔桑。[16]春日遲遲，[17]采蘩祁祁。[18]女心傷悲，殆及公子同歸。[19]

七月流火，八月萑葦。[20] 蠶月條桑，[21] 取彼斧斨。[22] 以伐遠揚，[23] 猗彼女桑。[24]
七月鳴鵙，[25] 八月載績。[26] 載玄載黃，[27] 我朱孔陽，[28] 為公子裳。
四月秀葽，[29] 五月鳴蜩。[30] 八月其穫，[31] 十月隕蘀。[32] 一之日于貉，[33] 取彼狐狸，為公子裘。二之日其同，[34] 載纘武功。[35] 言私其豵，[36] 獻豜于公。[37]
五月斯螽動股，[38] 六月莎雞振羽。[39] 七月在野，八月在宇，[40] 九月在戶，十月蟋蟀入我牀下。[41] 穹窒熏鼠，[42] 塞向墐戶。[43] 嗟我婦子，[44] 曰為改歲，[45] 入此室處。[46]
六月食鬱及薁，[47] 七月亨葵及菽。[48] 八月剝棗，[49] 十月穫稻。[50] 為此春酒，[51] 以介眉壽。[52] 七月食瓜，八月斷壺，[53] 九月叔苴，[54] 采荼薪樗，[55] 食我農夫。
九月築場圃，[56] 十月納禾稼。[57] 黍稷重穋，[58] 禾麻菽麥。嗟我農夫，我稼既同，[59] 上入執宮功。[60] 晝爾于茅，[61] 宵爾索綯，[62] 亟其乘屋，[63] 其始播百穀。[64]
二之日鑿冰沖沖，[65] 三之日納于凌陰。[66] 四之日其蚤，[67] 獻羔祭韭。[68] 九月肅霜，[69] 十月滌場。[70] 朋酒斯饗，[71] 曰殺羔羊，[72] 躋彼公堂。[73] 稱彼兕觥，[74] 萬壽無疆！

注釋

1 流：向下移動。火：大火星，即二十八宿的心宿。六月中、七月向西流下。2 授：給予。3 一之日：指周曆正月的日子。下文「二之日」、「三之日」等亦然。觱（粵：

必；普：bì）發（粵：撥；普：bō）：寒風凜冽聲。4 栗烈：同凓冽，寒冷。5 褐（粵：喝；普：hè）：粗布製成的衣服。6 卒：終。7 于：為，此處特指修理。耜（粵：寺；普：sì）：犁頭。8 舉趾：舉足下田。9 同：會合。我：農夫自稱。10 饁（粵：醃；普：yè）：送飯。南畝：泛指農田。11 田畯：舊説周代農官，但實際上是指田神。《周禮・春官・宗伯》：「龡《豳雅》，擊土鼓，以樂田畯。國祭蜡，則龡《豳頌》，擊土鼓，以息老物。」與老物相對舉，則為神祇無疑。韋昭《國語》注：「農正，后稷之佐田畯也。」這個田畯當指周人先祖后稷時的農官，後奉祀為神。12 春日：指夏曆三月。載：開始。陽：天氣暖和。13 有：發語詞，無義。倉庚：黃鶯。14 懿：深。筐：盛東西的方形竹器。15 遵：沿着。微行：小路。16 爰（粵：元；普：yuán）：於是。柔桑：柔嫩的桑葉。17 遲遲：緩慢。18 采：即採。蘩（粵：凡；普：fán）：白蒿。祁祁：盛多。19 殆：副詞，只怕。20 萑（粵：桓；普：huán）、葦：蘆葦一類的植物。21 蠶月：夏曆三月。這是養蠶的月份，故稱蠶月。條：即挑，採摘。22 斨（粵：槍；普：qiāng）：柄孔方形的斧。23 遠揚：過長過高的樹枝。24 猗：通掎，牽引、攀枝摘取。女桑：同柔桑。俞樾《詩經平議》：「女桑乃桑之小者，故以手引而采之，並無繩束之義。」25 鵙（粵：決；普：júe）：鳥名，名伯勞。26 載：開始。績：動詞，把麻搓成線。27 玄：黑中帶赤的顏色。28 朱：深紅色。孔：非常。陽：鮮明。29 秀：指草類結籽。葽（粵：腰；普：yāo）：一種蔓草，又名遠志。30 蜩（粵：條；普：tiáo）：蟬。

31 其：將要。穫：收穫莊稼。32 隕：墜落。蘀（粵：托；普：tuò）：落葉。33 于：往。貉（粵：鶴；普：hé）：動物名，即狗獾。形如狐而體胖，皮毛是珍貴裘料。34 同：指冬天集合打獵。35 纘（粵：轉高上；普：zuǎn）：繼續。武功：田獵之事。36 言：語助詞，無義。私：動詞，私人佔有。豵（粵：宗；普：zōng）：一歲的小豬。37 豜（粵：堅；普：jiān）：三歲的大豬。38 斯螽（粵：宗；普：zhōng）：蚱蜢。動股：即翅膀摩擦聲。39 莎雞：蟲名，即紡織娘。振羽：抖動翅膀。40 宇：屋簷。41 十月蟋蟀入我牀下：程俊英、蔣見元《詩經注析》：「這四句都是寫蟋蟀，但是直到第四句才出現主語蟋蟀。這在修辭上稱為『探下省略法』。描寫蟋蟀的鳴聲，由遠而近，以見天氣逐漸寒冷。」42 穹：打掃。窒：堵塞。熏鼠：用煙趕走老鼠。43 塞：堵塞。向：北向的窗。墐（粵：近；普：jìn）：用泥塗上。戶：門戶。44 嗟：感歎詞。45 曰：發語詞。改歲：即過年。46 處：居住。47 鬱：果名，即唐棣。薁（粵：郁；普：yù）：即野葡萄。48 亨：同烹，即煮。葵：莧菜。菽：大豆。49 剝：通撲，敲打。50 穫稻：收割稻米。51 春酒：春天釀成的酒，故稱春酒。52 介：通匄，乞求。眉壽：高壽。53 斷：折斷。壺：葫蘆。54 叔：拾取。苴（粵：沮；普：jū）：大麻的種子，可吃。55 采：即採。荼：苦菜。薪：動詞，燒。樗（粵：抒；普：chū）：臭椿樹。56 築：修建。場：打穀場。圃：菜園。57 納：收藏。58 重：音童，早種晚熟的穀類。穋（粵：六；普：lù）：晚種早熟的穀類。59 同：集中。60 上：同尚，即還要。執：服役。宮功：即為貴族修建宮室。61 晝：白天。爾：語助詞。于：取。茅：茅草，用以蓋屋。62 宵：夜。索：用手搓。綯：繩。63 亟：同急，趕快。乘：登上。64 其始：將要開始。播：播種。65 沖沖：鑿冰的聲音。66 凌陰：藏冰的地窖。67 蚤：通早，指早朝，古代一種祭祀儀式。68 羔：小羊。韭：韭菜。69 肅霜：同肅爽，天高氣爽。王國維《肅霜滌場說》：「肅霜，滌場皆互為雙聲，乃古之聯綿字，不容分別釋之。肅霜猶言肅爽，滌場猶言滌蕩也。……『九月肅霜』，謂九月之氣清高顥白而已，至十月則萬物搖落無餘矣。」70 滌場：即滌蕩，形容秋天樹木蕭瑟。見上注。71 朋酒：即兩壺酒。斯：語助詞，無義。饗：以酒食供奉，這裏是款待的意思。72 曰：發語詞。73 躋：登上。公堂：明堂。古代國君行禮、理政、祭神、教育的地方。74 稱：舉起。兕觥：犀牛酒杯。

賞析與點評

這首詩描述當時農業生活的實況，為〈國風〉篇幅最長的敘事詩。首章泛寫季節、氣候及相應的農耕生活。次章寫春天時候女子採桑情事。三章鋪陳婦女養蠶、製衣經過。四章季節轉到秋天，敍述莊稼收穫之後，外出打獵。五章寫農夫忙亂收拾、整理房屋，以便過冬。六章則寫不同節令的食物。七章描述秋天收割農作物的喜悅與冬天服役建造宮室的痛苦，兩相對照。末章重點刻畫貴族歲末生活，飲酒吃肉，慶賀新年。

鴟鴞

鴟鴞鴟鴞，[1]既取我子，無毀我室。[2]恩斯勤斯，[3]鬻子之閔斯。[4]
迨天之未陰雨，[5]徹彼桑土，[6]綢繆牖戶。[7]今女下民，[8]或敢侮予？[9]
予手拮据，[10]予所捋荼，[11]予所蓄租，[12]予口卒瘏，[13]曰予未有室家。[14]
予羽譙譙，[15]予尾翛翛，[16]予室翹翹，[17]風雨所漂搖，[18]予維音嘵嘵！[19]

注釋

1 鴟鴞（粵：雌囂；普：chī xiāo）：貓頭鷹。2 室：居室，即雀巢。3 恩：通殷。恩勤即殷勤，辛勤勞苦。斯：語助詞，無義。4 鬻（粵：欲；普：yù）：幼。鬻子即幼子。閔：病、傷害。5 迨：及、趁着。6 徹：剝取。土：通杜，音杜，樹根。桑土即桑根。7 綢繆：纏繞。牖戶：即門窗，此處特指鳥巢的破洞。8 女：即汝。下民：因鳥棲息樹上，故稱樹下的人為下民。9 或敢侮予：即還會欺負我嗎。10 拮据：手病不能屈伸。11 捋（粵：劣；普：luō）：用手指取物。荼：茅、葦的花。12 蓄、租：積聚。13 卒：音義同悴。瘏（粵：圖；普：tú）：和卒相同，指勞累致病。14 曰：發語詞。15 譙譙：羽毛稀疏脱落。16 翛（粵：消；普：xiāo）翛：羽毛乾枯凋敝。17 翹翹：高而危險。18 漂搖：同飄搖，在空中隨風搖晃。19 予維：應作維予。維，發語詞，無義。嘵（粵：囂；普：xiāo）嘵：驚恐的叫聲。

賞析與點評

這是一首描寫禽鳥的詩，全篇以母鳥的視角，敘述親生小鳥被鴟鴞抓去的悲慘景況。本詩歷來被認為是有所寄託，但所託之事為何，則至今難明。古人一般認為這是周公被誤解之後，給成王的詩，用以自白。

東山

我徂東山，[1]慆慆不歸。[2]我來自東，零雨其濛。[3]我東曰歸，我心西悲。[4]制彼裳衣，[5]勿士行枚。[6]蜎蜎者蠋，[7]烝在桑野。[8]敦彼獨宿，[9]亦在車下。[10]

我徂東山，慆慆不歸。我來自東，零雨其濛。果臝之實，[11]亦施于宇。[12]伊威在室，[13]蠨蛸在戶。[14]町畽鹿場，[15]熠燿宵行。[16]不可畏也，伊可懷也。[17]

我徂東山，慆慆不歸。我來自東，零雨其濛。鸛鳴于垤，[18]婦歎于室。[19]洒掃穹室，[20]我征聿至。[21]有敦瓜苦，[22]烝在栗薪。[23]自我不見，于今三年。

我徂東山，慆慆不歸。我來自東，零雨其濛。倉庚于飛，[24]熠燿其羽。之子于歸，[25]皇駁其馬。[26]親結其縭，[27]九十其儀。[28]其新孔嘉，[29]其舊如之何？[30]

注釋

1 徂（粵：曹；普：cú）：往。東山：山名，即魯國的蒙山。在今山東省費縣。2 慆慆：音滔滔，指時間長久。3 零：落雨。其濛：即濛濛，細雨。4 我東曰歸，我心西悲：指詩人懷念自己在西邊的故鄉。5 制：同製，縫製。裳衣：便服。6 士：通事，即從事。行：行陣，指作戰。枚：古代行軍時，戰馬銜在口裏的小木根，以免發出聲音，驚動敵人。7 蜎（粵：冤；普：yuān）蜎：指蟲類屈曲蠕動貌。蠋（粵：竹；普：zhú）：像蠶一樣的桑蟲。8 烝：長久。9 敦（粵：堆；普：duī）：蜷縮成一團。10 車下：兵車之下。11 果臝（粵：裸；普：luǒ）：即栝樓、瓜蔞，根和果實供藥用。12 施（粵：易；普：yì）：蔓延。宇：屋簷。13 伊威：生活在牆根或缸甕底下的小蟲，即地蝨蟲。14 蠨蛸（粵：消梢；普：xiāo shāo）：長腳小蜘蛛。15 町畽（粵：挺盾；普：tǐng tuǎn）：也作町疃，禽獸踐踏的空地。鹿場：鹿棲息之地。16 熠燿（粵：邑耀；普：yì yào）：閃閃發光貌。宵行：螢火蟲。17 伊：是。伊可懷也，俞樾《古書疑義舉例》：「言室中久無人，荒穢如此，可畏亦可懷也。」18 鸛（粵：灌，普：guàn）：水鳥。也叫鸛雀，日留溪旁，夜宿高樹。垤（粵：秩；普：dié）：水邊土丘。19 婦：詩人的妻子。20 洒掃：打掃房間。穹：打掃。窒：堵塞。21 我征：我的征人，此為詩人妻子呼喚詩人之辭。聿：語助詞，義同乃。22 有敦：即敦敦，蜷縮成一團。瓜苦：即苦瓜。23 烝：長久。栗：苦蓼。24 倉庚：黃鸝。25 于歸：出嫁。26 皇：《魯詩》作騜，毛色黃白。駁：毛色紅白相雜。27 親：妻子的母親。結：繫上。縭：女子繫的圍裙。

28 九十：虛數，言結婚時禮數之多。儀：結婚的禮儀。29 新：新婚。孔：非常。嘉：美滿。30 舊：指久別之後。

賞析與點評

此詩寫一位跟隨周公東征平亂的武士，征戰歸來途中的所見所感。

破斧

既破我斧，[1]又缺我斨。[2]周公東征，四國是皇。[3]哀我人斯，[4]亦孔之將。[5]

既破我斧，又缺我錡。[6]周公東征，四國是吪。[7]哀我人斯，亦孔之嘉。[8]

既破我斧，又缺我銶。[9]周公東征，四國是遒。[10]哀我人斯，亦孔之休。

注釋

1 破：毀壞。下文「缺」，義同。2 斨（粵：槍；普：qiāng）：柄孔方形的斧。3 四國：泛指各國。皇：通惶，恐懼。4 哀：可憐。我人：士兵自稱。斯：語助詞，無義。吳闓生《詩義會通》：「哀我人斯，乃作者慰閔征士之詞，非謂周公哀四國之人也。言東征之勞可哀閔矣。」[5]孔：非常。將：大、好。[6]錡（粵：其；普：qí）：一種鑿。[7]吪（粵：鵝；普：é）：感化。一說震動。[8]嘉：美好。下文「休」，義同。[9]銶（粵：求；普：qiú）：鍬。[10]遒：約束。一說安定。

賞析與點評

舊說此詩乃周公平定三監叛亂東征的時候，被征服地區的大夫所作。

伐柯

伐柯伐柯，[1]匪斧不克。[2]取妻如何？[3]匪媒不得。
伐柯伐柯，其則不遠。[4]我覯之子，[5]籩豆有踐。[6]

注釋

[1]伐：砍伐。柯：斧柄。[2]匪：通非。克：能夠。[3]取：通娶。[4]則：法則。[5]覯（粵：救；普：gòu）：遇見。之子：指其妻。[6]籩（粵：邊；普：biān）：古代祭祀或宴會時盛果脯的竹器。豆：古代盛肉或熟菜的食器。有踐：排成行列。

賞析與點評

這是男子新婚時吟唱的詩篇。全篇以伐柯比喻媒人，後世也常以「作伐」比喻作媒。

九罭

九罭之魚，[1]鱒魴。[2]我覯之子，[3]袞衣繡裳。[4]
鴻飛遵渚，[5]公歸無所，[6]於女信處。[7]鴻飛遵陸，[8]公歸不復，[9]於女信宿。
是以有袞衣兮，[10]無以我公歸兮，[11]無使我心悲兮。

注釋

1 罭（粵：域；普：yù）：一種細眼的魚網。九：形容網眼多而密。2 鱒：赤眼鱒，也叫鱭，鯉科魚類的一種。魴：即鯿魚。3 覯（粵：救；普：gòu）：遇見。之子：這個人。4 袞衣：古代王和公侯穿的繡有捲龍的禮服。5 鴻：黃鵠。遵：沿着。渚：水中小洲。6 公：客人。無所：沒有一定的處所。7 女：此地。信：兩晚。信處，住兩晚。下文「信宿」義同。8 陸：陸地。9 不復：不再回來。10 有：藏。程俊英、蔣見元《詩經注析》：「這句意為（因為要留客，）所以藏起了你的袞衣。」11 以：使。

賞析與點評

過去多以為這是讚美周公的詩，聞一多《風詩類鈔》說此詩主旨：「這是燕飲時，主人所賦留客的詩。」今從此說。詩人以「九罭」比喻自己意欲挽留客人，「鱒魴」、「鴻飛」比喻客人的尊貴。

狼跋

狼跋其胡，[1]載疐其尾。[2]公孫碩膚，[3]赤舄几几。[4]
狼疐其尾，載跋其胡。公孫碩膚，德音不瑕？[5]

注釋

1 跋：踩踏。胡：獸頷下的垂肉。2 載：再、又。疐（粵：恣；普：zhì）：即躓，絆倒。3 公孫：即國君之孫，對男性貴族的通稱。碩：舊解是「大」的意思，但應該是高貴的意思。膚：美。碩膚，形容公孫身份高貴。4 赤舄（粵：息；普：xì）：以金為裝飾的紅鞋，為貴族穿禮服時所用。几：通絇，鞋子上的裝飾。一說又通「掔」，是堅固的意思。5 德音：品德聲譽。瑕：瑕疵。

賞析與點評

這是一首諷刺貴族的詩，以老狼走路艱難的神態比喻公孫進退不得的處境。

雅

小雅

本篇導讀——

《詩經》中有〈小雅〉和〈大雅〉。所謂「雅」也稱為「夏」，是周人所標榜的自己的文化。其作品大都產生於西周時期，即西周王都鎬京一帶的詩歌。〈小雅〉有作品七十四篇，多涉及貴族飲宴、祭祀、愛情方面，亦有不少作品批判國政得失、抒發個人牢騷。作品多作於西周宣王、幽王時期，也有少部分東周時期的。

鹿鳴

呦呦鹿鳴，[1]食野之苹。[2]我有嘉賓，[3]鼓瑟吹笙。[4]吹笙鼓簧，[5]承筐是將。[6]
人之好我，[7]示我周行。[8]

呦呦鹿鳴，食野之蒿。[9] 我有嘉賓，德音孔昭。[10] 視民不恌，[11] 君子是則是傚。[12] 我有旨酒，[13] 嘉賓式燕以敖。[14]

呦呦鹿鳴，食野之芩。[15] 我有嘉賓，鼓瑟鼓琴。鼓瑟鼓琴，和樂且湛。[16] 我有旨酒，以燕樂嘉賓之心。

注釋

1 呦呦：鹿叫聲。2 苹：古人或稱之為馬帚、蘋蕭，與稱為浮萍的水草不同。3 嘉：善。賓：客人。這裏嘉賓指君主宴請的諸侯或大夫。4 鼓：彈奏。笙：樂器，用裝有簧的竹管和一根吹氣管裝在鍋形的座子上。5 簧：笙管中用以振動發聲的葉片。6 承：捧着。筐：盛幣帛的方形竹器。將：送。7 人：指客人。好我：即愛我。8 示：指示。周行：指周先王之大道也。一說，周行指正道。9 蒿：青蒿、香蒿。10 德音：美好的音容。《詩經》每言「德音」，往往是說你（們）的音容笑貌。孔：很。昭：光明。11 視：三家《詩》作示。恌（粵：挑；普：tiāo）：輕薄、輕浮。12 君子：貴族。是：指嘉賓。傚：三家《詩》作效，模仿。13 旨：美好。14 式：語助詞，無義。燕：安適。敖：通遨，快樂。15 芩：草名，即蔓草。16 湛（粵：眈；普：dān）：通耽，盡情歡樂。

賞析與點評

這是周天子宴請羣臣的詩。詩中的「嘉賓」即指諸侯或卿士大夫。孔子兩歲的時候，魯國大夫叔孫豹出使晉國，晉平公先用「肆夏」之樂，再用「文王」迎接，叔孫豹都不答謝。只是到演奏〈鹿鳴〉、〈四牡〉、〈皇皇者華〉這三篇的時候，才答拜。按照叔孫豹的說法，〈鹿鳴〉一詩是「君（晉侯）所以嘉寡君（魯侯）也」。

四牡

四牡騑騑，[1] 周道倭遲。[2] 豈不懷歸？王事靡盬，[3] 我心傷悲。

四牡騑騑，嘽嘽駱馬。[4] 豈不懷歸？王事靡盬，不遑啟處。[5]

翩翩者鵻，[6] 載飛載下，[7] 集于苞栩。[8] 王事靡盬，不遑將父。[9]

翩翩者鵻，載飛載止，集于苞杞。[10] 王事靡盬，不遑將母。

駕彼四駱，載驟駸駸。[11] 豈不懷歸？是用作歌，[12] 將母來諗。[13]

注釋

1 四牡：駕車的四匹雄馬。騑（粵：非；普：fēi）騑：馬行不停貌。2 周道：大路。倭遲：即連綿詞「逶迤」，紆迴蜿蜒。3 靡：沒有。盬：止息。4 嘽（粵：灘；普：tān）嘽：喘息。駱馬：鬃毛黑色的白馬。5 不遑：沒有閑暇。啟處：猶言安居。6 翩翩：飛貌。鵻（粵：追；普：zhuī）：鵓子。7 載：發語詞。載飛載下即飛上飛下。8 集：棲息。苞：叢生的草木。栩：櫟樹。9 將：奉養。10 杞：枸杞。11 駱：鬃毛黑色的白馬。驟：奔跑。駸駸：音侵，馬疾行貌。12 是用：即用是。用，因。是，此。13 來：語助詞，等同是。諗：念之假借。

賞析與點評

此詩是使臣出使在外思歸不得的感慨之作。〈鹿鳴〉、〈四牡〉、〈皇皇者華〉三首詩常用於宴饗、兩君相見、慰勞使臣等禮儀中。

皇皇者華

皇皇者華，[1] 于彼原隰。[2] 駪駪征夫，[3] 每懷靡及。[4]

我馬維駒，[5]六轡如濡。[6]載馳載驅，[7]周爰咨諏。[8]

我馬維騏，[9]六轡如絲。[10]載馳載驅，周爰咨謀。

我馬維駱，[11]六轡沃若。[12]載馳載驅，周爰咨度。

我馬維駰，[13]六轡既均。[14]載馳載驅，周爰咨詢。

注釋

1 皇皇：通煌煌，顏色鮮明。華：即花。2 原：高的平原。隰：低濕地。3 駪（粵：身；普：shēn）駪：眾多疾行。征夫：使臣。4 每：經常。懷：思念。靡及：不及。5 駒：高大的馬。6 轡（粵：臂；普：pèi）：馬韁繩。如：連詞，即而。濡（粵：如；普：rú）：柔而有光澤。7 載：發語詞，即則。馳、驅：指車馬快速行走。8 周：普遍。爰：於。咨：訪問。諏（粵：鄒；普：zōu）：徵求意見。下文「謀」、「度」、「詢」，意亦類近。姚際恆《詩經通論》：「大抵諏為聚議之意，謀為計劃之意，度為酌量之意，詢為究問之意。」9 騏：青黑色紋理的馬。10 如絲：指四馬六轡的調和、勻稱。11 駱：鬃毛黑色的白馬。12 沃若：沃然，柔美潤澤。13 駰：黑白相雜的馬。14 均：調和、勻稱。

賞析與點評

此詩寫使臣盡心工作，不辭勞苦，是自勉之詞。

常棣

常棣之華，[1]鄂不韡韡。[2]凡今之人，莫如兄弟。
死喪之威，[3]兄弟孔懷。[4]原隰裒矣，[5]兄弟求矣。
脊令在原，[6]兄弟急難。[7]每有良朋，[8]況也永歎。[9]
兄弟鬩于牆，[10]外禦其務。[11]每有良朋，烝也無戎。[12]
喪亂既平，既安且寧。雖有兄弟，不如友生？[13]
儐爾籩豆，[14]飲酒之飫。[15]兄弟既具，[16]和樂且孺。[17]
妻子好合，[18]如鼓瑟琴。兄弟既翕，[19]和樂且湛。[20]
宜爾室家，[21]樂爾妻帑。[22]是究是圖，[23]亶其然乎？[24]

注釋

1 常棣：樹名，也叫唐棣，即鬱李。華：即花。余冠英《詩經選》：「詩人以常棣的花比兄弟，或許因其每兩三朵彼此相依，所以聯想。」2 鄂：通「萼」。不：通「苶」、「拊」。皆指根莖。韡（粵：偉；普：wěi）韡：通「煒」，鮮明茂盛貌。3 威：通畏，指可怕的事。4 孔：非常。懷：思念。5 原：高的平原。隰：低濕地。裒（粵：抔；普：póu）：聚集。原隰裒矣，黃焯《毛詩鄭箋平議》：「『原隰裒矣』句與上文『死喪之威』連屬言之，意謂人當羣聚於郊野之時，遇生死患難之可畏，則甚思求兄之相助也。」6 脊令：鳥名，體小，喙尖，行走時尾巴不斷搖動。陳奐《毛詩傳疏》：「脊令喻兄弟，脊令言飛行不捨。」7 急：動詞，搶救。難：危難。8 每：雖。9 況：義同「茲」。10 鬩（粵：益；普：xì）：爭吵、相爭。11 外：外敵。禦：抵禦。務：即「侮」的假借。12 烝：長久。戎：幫助。13 友生：即友人。14 儐：陳設。爾：你。籩（粵：邊；普：biān）：古代祭祀或宴會時盛果脯的竹器。豆：古代盛肉或熟菜的食器。15 之：即是，語助詞。飫：古代國君宴請同姓貴族的私宴。16 具：通俱。既具，已經都來齊了。17 和樂：和睦快樂。孺：親愛。18 好合：即相愛相配合。19 翕（粵：邑；普：xī）：和睦。20 湛（粵：眈；普：dān）：通耽，盡情歡樂。21 宜：善。22 樂：喜歡。帑：子女。23 究：深思。圖：考慮。24 亶（粵：坦；普：dǎn）：誠然。其：指「宜爾室家，樂爾妻帑」。然：如此。

賞析與點評

此詩歌詠兄弟情誼。「凡今之人，莫如兄弟」即本詩主旨。但是《詩經》中所說的「兄弟」與金文中的意義相近，往往指周王的同姓諸侯。

伐木

伐木丁丁，[1]鳥鳴嚶嚶。[2]出自幽谷，[3]遷于喬木。[4]嚶其鳴矣，[5]求其友聲。
相彼鳥矣，[6]猶求友聲。矧伊人矣，[7]不求友生？神之聽之，終和且平。[8]

伐木許許，[9]釃酒有藇！[10]既有肥羜，[11]以速諸父。[12]寧適不來，[13]微我弗顧。[14]
於粲洒掃，[15]陳饋八簋。[16]既有肥牡，[17]以速諸舅。[18]寧適不來，微我有咎。[19]

伐木于阪，[20]釃酒有衍。[21]籩豆有踐，[22]兄弟無遠。[23]民之失德，[24]乾餱以愆。[25]
有酒湑我，[26]無酒酤我。[27]坎坎鼓我，[28]蹲蹲舞我。[29]迨我暇矣，[30]飲此湑矣。

注釋

1 丁丁：伐木聲。2 嚶嚶：鳥鳴聲。3 幽谷：深谷。4 遷：登上。喬木：高樹。5 嚶其：即嚶嚶。6 相：看。7 矧（粵：哂；普：shěn）：何況。伊：這。8 之：語助詞，無義。終：既。神之聽之，終和且平，神明會關注我們，音樂和平。9 許許：伐木聲。10 釃（粵：師；普：shī）：濾。有藇（粵：序；普：xù）：即藇藇，形容酒味美。11 羜（粵：苧；普：zhù）：出生五個月的小羊，泛指小羊。12 速：邀請。諸父：對同宗長輩的通稱，這裏指來助祭的同姓諸侯輩份長於周王者。13 寧：寧可。適：恰好。14 微：不是。顧：念。15 於：音烏，感歎詞。粲：鮮明潔淨。16 陳：陳列。饋：食物。簋（粵：鬼；普：guǐ）：古代食器圈足，兩耳或四耳，方座，青銅製或陶製。八簋，為當時最高規格的宴會，周禮天子八簋、諸侯六、大夫四、士二。17 牡：此指公羊。18 諸舅：對母姓長輩的通稱。這裏指來助祭的婚姻之國的諸侯，如齊、薛、陳、宋等。19 咎：過錯。20 阪：山坡。21 有衍：即衍衍，盈滿。22 籩（粵：邊；普：biān）：古代祭祀或宴會時盛果脯的竹器。豆：古代盛肉或熟菜的食器。有踐：即踐踐，排成行列。23 兄弟：同輩親友。無遠：不要疏遠。24 失德：失去民心。25 乾餱：乾糧。愆：過錯。民之失德，乾餱以愆，指失去民心，百姓有怨言，一點小事也會動輒得咎。26 湑（粵：須；普：xǔ）：濾酒去渣。27 酤：買酒。28 坎坎：擊鼓聲。29 蹲（粵：存；普：cún）蹲：通「壿」，舞貌。30 迨：及、趁。

賞析與點評

這是一首天子宴請諸侯的詩。所謂「友聲」指政治上的同盟，諸父、兄弟指同姓諸侯，諸舅指異姓婚姻之國的國君。「嚶其鳴矣，求其友聲」後世也用為成語，有時簡略作「嚶鳴求友」。

天保

天保定爾，[1]亦孔之固。[2]俾爾單厚，[3]何福不除？[4]俾爾多益，[5]以莫不庶。[6]
天保定爾，俾爾戩穀。[7]罄無不宜，[8]受天百祿。降爾遐福，[9]維日不足。[10]
天保定爾，以莫不興。[11]如山如阜，[12]如岡如陵，如川之方至，以莫不增。[13]
吉蠲為饎，[14]是用孝享。[15]禴祠烝嘗，[16]于公先王。[17]君曰「卜爾，萬壽無疆！[18]」
神之弔矣，[19]詒爾多福。[20]民之質矣，[21]日用飲食。羣黎百姓，[22]徧為爾德。[23]
如月之恆，[24]如日之升。如南山之壽，不騫不崩。[25]如松柏之茂，無不爾或承。[26]

注釋

1 保定：保全。爾：即你，指君王。2 孔：很。固：完善。3 俾：使。單厚：又好又多的福氣。4 除：給予。5 多益：又多又好的福利。6 莫：無。庶：多。7 戩（粵：展；普：jiǎn）：福。穀：祿。8 罄：所有、全部、盡。9 遐福：永久的福氣。一說，遐通嘏，也是福氣的意思。10 維日不足：感到每天賜福還不足夠。維，語助詞。11 莫不興：什麼都興盛。12 阜（粵：覆；普：fù）：土山。13 如川之方至，以莫不增：指福祿如山川之水灌流到海裏，不曾停止增加。14 吉：吉日。蠲（粵：捐；普：juān）：潔淨。15 是用：即用是。孝享：孝敬。16 禴（粵：若；普：yuè）：夏祭。祠：春祭。

烝：秋祭。嘗：冬祭。17 于：獻祭於。18 萬壽無疆：西周中期出現的吉祥祝福語。19 弔：至。20 詒：音義同貽，給予。21 質：安定。22 羣黎：老百姓。百姓：指周人諸多貴族。23 徧為爾德：都是因為你的恩德。24 恆：懸掛。25 騫（粵：牽；普：qiān）：虧損。26 或：是。承：承續不斷。無不爾或承，都是因為你而承續不斷。

賞析與點評

這是一首祝福、讚美君王的詩。其中「萬壽無疆」一詞，在《詩經》與金文中都常見，從金文中的用法來看，是西周中期形成的一個成語。

采薇

采薇采薇，[1]薇亦作止。[2]曰歸曰歸，[3]歲亦莫止。[4]靡室靡家，[5]玁狁之故；[6]不遑啟居，[7]玁狁之故。

采薇采薇，薇亦柔止。[8]曰歸曰歸，心亦憂止。憂心烈烈，[9]載飢載渴。[10]我戍未定，[11]靡使歸聘。[12]

采薇采薇，薇亦剛止。[13] 曰歸曰歸，歲亦陽止。[14] 王事靡盬，[15] 不遑啟處。憂心孔疚，[16] 我行不來。

彼爾維何？維常之華。[17] 彼路斯何？[18] 君子之車。[19] 戎車既駕，[20] 四牡業業。[21] 豈敢定居，一月三捷。[22]

駕彼四牡，四牡騤騤。[23] 君子所依，[24] 小人所腓。[25] 四牡翼翼，[26] 象弭魚服。[27] 豈不日戒？[28] 玁狁孔棘。[29]

昔我往矣，楊柳依依。[30] 今我來思，雨雪霏霏。[31] 行道遲遲，[32] 載渴載飢。我心傷悲，莫知我哀！

注釋

1 薇：野菜。2 作：生。止：語氣詞。下同。3 曰：語助詞，無義。4 莫：即暮。歲莫即指一年將盡。5 靡：無。6 玁狁：亦名嚴狁、獫狁，王國維認為即漢代匈奴的前身。7 不遑：無暇。啟居：安居。8 柔：柔弱，指野菜剛生長時的情況。9 烈烈：憂心。10 載：即又。11 戍：戍守。12 歸聘：回家慰問。13 剛：挺直，指野菜成長的情況。14 陽：十月。15 靡盬：沒有止息。16 孔：很、非常。疚：痛心。17 維常：植物名，即車簾。華：花。18 路：通輅，車。19 君子：主帥。下同。20 戎車：兵車，主帥所乘。21 四牡：四匹公馬。業業：壯健。22 一月三捷：一個月之內打仗數次。三言其多，不一定是確數。23 騤（粵：攜；普：kuí）騤：強壯。24 依：即倚。25 小人：士兵。腓（粵：肥；普：féi）：迴避。一說排列在車兩排。26 翼翼：行列整齊的樣子。27 象弭：以象牙裝飾末梢的弓。魚服：魚皮製的箭袋。28 日戒：時刻戒備。29 棘：急。30 依依：茂盛。也有可能是「猗那」一詞變化而來的，指楊柳之婀娜。31 霏霏：大雪貌。32 遲遲：緩慢。

賞析與點評

這是邊疆武士在回家路上所寫的作品。六朝時謝安問家族子弟，《毛詩》中哪一句最好，其姪謝玄就最推崇「昔我往矣，楊柳依依；今我來思，雨雪霏霏」，後世用為闊別家鄉的意象，且不斷翻新。

出車

我出我車，[1] 于彼牧矣。[2] 自天子所，[3] 謂我來矣。[4] 召彼僕夫，[5] 謂之載矣。
王事多難，維其棘矣。[6]

我出我車，于彼郊矣。[7]設此旐矣，[8]建彼旄矣。[9]彼旟旐斯，[10]胡不旆旆？[11]
憂心悄悄，[12]僕夫況瘁。[13]

王命南仲，[14]往城于方。[15]出車彭彭，[16]旂旐央央。[17]天子命我，城彼朔方。
赫赫南仲，[18]玁狁于襄。[19]

昔我往矣，黍稷方華。[20]今我來思，雨雪載塗。[21]王事多難，不遑啟居。[22]豈
不懷歸？畏此簡書。[23]

喓喓草蟲，[24]趯趯阜螽。[25]未見君子，憂心忡忡。既見君子，我心則降。[26]赫
赫南仲，薄伐西戎。[27]

春日遲遲，[28]卉木萋萋。[29]倉庚喈喈，[30]采蘩祁祁。[31]執訊獲醜，[32]薄言還歸。[33]
赫赫南仲，玁狁于夷。[34]

注釋

1 出：推出。2 于：往。我出我車，于彼牧矣，《毛傳》：「出車就馬於牧地。」3 自：從。天子：周王。所：處所。4 謂：使、令。5 僕夫：車夫。6 維：發語詞。棘：通亟，急。7 郊：近郊。8 設：陳列。旐（粵：兆；普：zhào）：畫有龜蛇圖案的旗。9 建：樹立。旄（粵：毛；普：máo）：用旄牛尾做裝飾的旗。10 旟（粵：魚；普：yú）：古代畫着鳥隼的軍旗。斯：語氣詞。11 胡：為何。不：語助詞，無義。旆（粵：

佩；普：pèi）旆：旌旗下垂。一說旌旗飄揚。12 悄悄：憂心的樣子。13 況瘁：病、憔悴。14 南仲：人名，周宣王時大臣，曾率兵征伐玁狁，取得勝利。15 城：動詞，築城。方：指朔方，約今寧夏回族自治區靈武縣一帶。16 彭彭：同「傍傍」、「龐龐」，車輪滾動的聲音。這裏形容車駕眾多。17 旂（粵：其；普：qí）：畫有龍形圖案的旗。央央：音義同英英，鮮明。18 赫赫：顯著、顯赫。19 玁狁：亦名嚴狁、獫狁，王國維認為即匈奴的前身。襄：除去。20 黍稷方華：借代初夏。21 載：滿。塗：即途的假借字，征途。雨雪載途，借代嚴冬。22 遑：閑暇。啟：本指跪坐，此處指安居。23 簡書：盟書。24 喓（粵：腰；普：yāo）喓：擬聲詞，草蟲鳴叫之聲。草蟲：即蟈蟈。25 趯（粵：惕；普：tì）趯：跳躍的樣子。阜螽（粵：埠中；普：fù zhōng）：蚱蜢。26 降：放下，即放心。27 薄：發語詞。一說薄是往的意思。赫赫南仲，薄伐西戎：指南仲既討伐北方的玁狁，又用兵於西戎。28 遲遲：白天長日。29 卉：草木。萋萋：形容詞，茂盛。30 倉庚：黃鶯。31 蘩（粵：凡；普：fán）：菊科植物，也叫白蒿。祁祁：盛多。32 執：逮捕。訊：俘虜。獲：馘之假借，意謂誅殺。醜：對異國敵人的惡稱。此詞金文中亦多見。33 薄言：發語詞。還：音義同旋，回去。34 夷：平定。

賞析與點評

此詩寫南仲奉命征伐外族的經過。詩人用倒敘手法，多次變換場景，從受命、出征、歸途等等，以征戰一事貫穿所有情節，層次井然。

杕杜

有杕之杜，[1]有睆其實。[2]王事靡盬，[3]繼嗣我日。[4]日月陽止，[5]女心傷止，征夫遑止。[6]

有杕之杜，其葉萋萋。[7]王事靡盬，我心傷悲。卉木萋止，女心悲止，征夫歸止！

陟彼北山，[8]言采其杞。[9]王事靡盬，憂我父母。檀車幝幝，[10]四牡痯痯，[11]征夫不遠！

匪載匪來，[12]憂心孔疚。[13]斯逝不至，[14]而多為恤。[15]卜筮偕止，[16]會言近止，[17]征夫邇止！[18]

注釋

1 有杕（粵：第；普：dì）：杕杕，獨立生長。杜：赤棠。2 有睆（粵：豌；普：wān）：睆睆，果實美好貌。實：果實。3 靡盬：沒有止息。4 繼：繼續。嗣：延長。

我日：我孤獨的時日。5 日月：歲月。陽：十月。止是句尾虛詞，無義。6 遑：閑暇。7 萋萋：茂盛。8 陟：登上。9 杞：枸杞。10 檀車：檀木造的兵車，極堅固。幝（粵：淺；普：chǎn）幝：破舊。11 四牡：四匹公馬。痯（粵：管；普：guǎn）痯：疲憊。12 匪載匪來：「匪」字是否定連詞；載，以車載物；來，人回來。這裏是指人和車俱不歸。13 孔：很、非常。疚：痛心。14 斯逝不至：相約的期限已過，而未出現。15 而：乃。恤：苦惱。16 偕：都。止：句尾虛詞，無義。卜筮偕止，卜筮結果都說丈夫快回家了。17 會：三人合卜為會。18 邇：即近。

賞析與點評

此詩寫婦人盼望丈夫從戰地歸來。當中，妻子多次占卜，可見她對丈夫的思念。

魚麗

魚麗于罶，[1] 鱨鯊。[2] 君子有酒，[3] 旨且多。[4]

魚麗于罶，魴鱧。[5] 君子有酒，多且旨。

魚麗于罶，鰋鯉。[6]君子有酒，旨且有。[7]
物其多矣，[8]維其嘉矣！[9]
物其旨矣，維其偕矣！[10]
物其有矣，維其時矣！[11]

注釋

1 麗：通離、罹，意謂魚被捕捉到。罶（粵：柳；普：liǔ）：一種捕魚的竹簍，有倒鬚，魚能進不能出。2 鱨（粵：嘗；普：cháng）：魚名，即黃頰魚。鯊：一種淡水小魚。3 君子：指主人。4 旨：味美。旨且多、多且旨、旨且有，均指酒。5 魴（粵：防；普：fáng）：魚名，即鯿魚。鱧（粵：禮；普：lǐ）：鯇魚。6 鰋（粵：偃；普：yǎn）：鯰魚。7 有：即多。下文「物其有矣」同。8 物：指宴會上的食物。其：那樣。下文同。9 維：發語詞。嘉：善。10 偕：齊備。11 時：得時。一說也是善的意思。

賞析與點評

這是飲宴賓客讚美主人的作品。

南有嘉魚

南有嘉魚[1]，烝然罩罩[2]。君子有酒，嘉賓式燕以樂[3]。

南有嘉魚，烝然汕汕[4]。君子有酒，嘉賓式燕以衎[5]。

南有樛木[6]，甘瓠纍之[7]。君子有酒，嘉賓式燕綏之[8]。

翩翩者鵻[9]，烝然來思。君子有酒，嘉賓式燕又思[10]。

注釋

1 嘉魚：美好的魚。2 烝：多的意思。罩罩：特出。《說文》引詩作「鯙鯙」。形容魚游動的樣子。3 式：語助詞。燕：即宴。4 汕汕：游動的樣子。5 衎（粵：漢；普：kàn）：通侃，快樂。6 樛木：向下彎曲的樹木。7 甘瓠（粵：胡；普：hù）：甜的葫蘆。纍：纏繞。8 綏：安樂。9 翩翩：飛貌。鵻（粵：追；普：zhuī）：鳥名，鵓鴣。10 又：侑的假借，勸酒。

賞析與點評

這是一首描述貴族飲宴時快樂歡暢場面的詩篇。根據《禮記》和《儀禮》的記載，周王及諸侯宴饗時常用此詩。金文常用為「用侃用享」，「以宴以喜」等，又用「喜侃」、「侃喜」、「喜侃樂」等，皆飲宴娛神之義。

南山有臺

南山有臺，[1]北山有萊。[2]樂只君子，[3]邦家之基。[4]樂只君子，萬壽無期。

南山有桑，[5]北山有楊。[6]樂只君子，邦家之光。[7]樂只君子，萬壽無疆。

南山有杞，[8]北山有李。[9]樂只君子，民之父母。樂只君子，德音不已。[10]

南山有栲，[11]北山有杻。[12]樂只君子，遐不眉壽。[13]樂只君子，德音是茂。[14]

南山有枸，[15]北山有楰。[16]樂只君子，遐不黃耇。[17]樂只君子，保艾爾後。[18]

注釋

1 臺：通薹，多年生草本植物，生於水田，葉扁平而長，可製蓑衣。2 萊：草名，也叫藜、胭脂菜、灰天莧，嫩葉可煮食。3 樂：開心。只：語氣詞。君子：此指受祝頌的周王。4 基：根本。5 桑：桑樹。6 楊：楊樹。7 光：光榮。8 杞：枸杞。9 李：李子樹。10 德音：美好的聲譽。不已：不止。11 栲：即臭椿樹。12 杻（粵：紐；普：niǔ）：樹名，也叫檍。13 遐：何。眉壽：高壽。14 茂：美好。15 枸（粵：舉；普：jǔ）：木名。即枳椇，俗名枴棗，花梗肥大可吃。16 楰（粵：俞；普：yú）：鼠梓樹。17 黃耇（粵：紐；普：niǔ）：高壽。18 保：保護。艾：通乂，金文中作辥，義為撫養。一說治理的意思。爾：你的。後：後代。

賞析與點評

這是一首祝賀周天子的詩。全詩以南山、北山的草木起興，祝願君王長壽、邦家康寧。

蓼蕭

蓼彼蕭斯，[1]零露湑兮。[2]既見君子，我心寫兮。[3]燕笑語兮，[4]是以有譽處兮。[5]

蓼彼蕭斯，零露瀼瀼。[6]既見君子，為龍為光。[7]其德不爽，[8]壽考不忘。[9]

蓼彼蕭斯，零露泥泥。[10]既見君子，孔燕豈弟。[11]宜兄宜弟，[12]令德壽豈。[13]

蓼彼蕭斯，零露濃濃。[14]既見君子，鞗革沖沖。[15]和鸞雝雝，[16]萬福攸同。[17]

注釋

1 蓼（粵：六；普：liǎo）：長大貌。蕭：植物，蒿。斯：語氣詞。2 零：落下。湑（粵：須；普：xǔ）：濕。3 寫：舒暢。4 燕：即宴，和諧歡樂的意思。笑語：有說有笑。5 譽：通豫，安。譽處，安樂。6 瀼（粵：洋；普：ráng）瀼：濕。7 龍：即寵。龍光即光榮。8 爽：差錯。9 考：老。不忘：不已，不會停止。10 泥泥：濕。11 孔燕：非常快樂。燕通宴。豈：通愷。弟（粵：替；普：tì）：通悌。豈弟同愷悌，和樂。12 宜兄宜弟：無論是對哥哥或者弟弟，都一樣友愛。13 令德：美德。豈：通愷，快樂。14 濃濃：非常濕的樣子。15 鞗（粵：條；普：tiáo）革：馬繮繩的頭部。又名攸勒、鋚勒。沖沖：下垂。16 和鸞：掛在馬身上的銅鈴。雝（粵：翁；普：yōng）雝：銅鈴的聲音。字也作噰、嗈。17 攸：所。同：歸。

賞析與點評

這是一篇下級對上級頌讚的作品，可能是諸侯朝見周天子的作品。

湛露

湛湛露斯，[1] 匪陽不晞。[2] 厭厭夜飲，[3] 不醉無歸。

湛湛露斯，在彼豐草。厭厭夜飲，在宗載考。[4]

湛湛露斯，在彼杞棘。顯允君子，[5] 莫不令德。[6]

其桐其椅，[7] 其實離離。[8] 豈弟君子，莫不令儀。[9]

注釋

1湛（粵：嶄；普：zhàn）湛：露水盛貌。2匪：無。陽：太陽。晞（粵：希；普：xī）：蒸發、乾。3厭厭：安樂。4宗：宗廟。載：則。考：留住。5顯：明。允：信。顯允，誠實守信。6令：善。下同。7桐、椅：樹名。8實：果實。離離：下垂。9令儀：美好的威儀。

賞析與點評

這是描述貴族飲宴的作品。

彤弓

彤弓弨兮，[1]受言藏兮。[2]我有嘉賓，中心貺之。[3]鐘鼓既設，一朝饗之。[4]
彤弓弨兮，受言載兮。[5]我有嘉賓，中心喜之。鐘鼓既設，一朝右之。[6]
彤弓弨兮，受言櫜之。[7]我有嘉賓，中心好之。鐘鼓既設，一朝醻之。[8]

注釋

1彤弓：紅色的弓。諸侯立功，天子會賞賜此弓作為獎賞。弨（粵：超；普：chāo）：

放鬆。2受言：即受焉。焉，之。3中心：即心中。貺（粵：況；普：kuàng）：讚美。4一朝：一說整天，一說立刻。饗：宴請。5載：珍藏。6右：通侑，勸酒。7櫜（粵：高；普：gāo）：藏弓入弓袋。8醻（粵：酬；普：chóu）：敬酒。

賞析與點評

這首詩寫天子賞賜諸侯功臣，設宴招待的場面。莊嚴之中，亦不失歡樂。

菁菁者莪

菁菁者莪，[1]在彼中阿。[2]既見君子，[3]樂且有儀。[4]

菁菁者莪，在彼中沚。[5]既見君子，我心則喜。

菁菁者莪，在彼中陵。[6]既見君子，錫我百朋。[7]

汎汎楊舟，[8]載沉載浮。[9]既見君子，我心則休。[10]

注釋

1 菁菁：茂盛。莪（粵：俄；普：é）：植物，蘿蒿。2 中阿：阿中。阿，山陵。3 君子：指賢者。4 儀：威儀。5 中沚：沚中。沚，小沙洲。6 中陵：陵中。7 錫：通賜，賞賜。朋：古代貨幣。或為貝殼，或為玉。一朋是兩串，百朋，極言其多，不一定是確數。8 汎汎：漂流不定。楊舟：楊木製成的船。9 載：又。10 休：安寧。

賞析與點評

這是一首描寫求賢的詩篇。後世也將詩中的「菁莪」比喻學校。

六月

六月棲棲，[1] 戎車既飭。[2] 四牡騤騤，[3] 載是常服。[4] 玁狁孔熾，[5] 我是用急。[6] 王于出征，[7] 以匡王國。[8]

比物四驪，[9] 閑之維則。[10] 維此六月，既成我服。我服既成，于三十里。[11] 王于出征，以佐天子。

四牡脩廣，[12] 其大有顒。[13] 薄伐玁狁，[14] 以奏膚公。[15] 有嚴有翼，[16] 共武之服。[17]

共武之服，以定王國。[18]

玁狁匪茹，[19]整居焦穫。[20]侵鎬及方，[21]至于涇陽。[22]織文鳥章，[23]白旆央央。[24]元戎十乘，[25]以先啟行。[26]

戎車既安，如輊如軒。[27]四牡既佶，[28]既佶且閑。薄伐玁狁，至于大原。[29]文武吉甫，[30]萬邦為憲。[31]

吉甫燕喜，[32]既多受祉。來歸自鎬，我行永久。飲御諸友，[33]炰鱉膾鯉。[34]侯誰在矣？[35]張仲孝友。[36]

注釋

1 棲棲：慌張不安。2 飭（粵：戚；普：chì）：整頓。3 四牡：四匹公馬。騤騤：壯健。4 常服：戎裝。5 玁狁：亦名嚴狁、獫狁，北方遊牧民族，常與周為敵。王國維認為即後世之匈奴。孔：很、非常。熾：囂張。6 用：即以。急：緊急。我是用急，即我以是急。7 于：一說通吁，呼喚；一說于是往的意思。8 匡：救。9 比：齊一。物：選取有力氣的馬。四驪（粵：梨；普：lí）：四匹黑馬。10 閑：訓練。之：指馬。維：以。則：法則。維則，指有法則。11 成：製成。服：戎裝。于三十里：一日走三十里。12 脩：即修，長。廣：肥壯。13 有顒（粵：容；普：yóng）：即顒顒，高大。14 薄伐：立即討伐。15 以奏：即以為。一說奏是進獻的意思。膚公：大功。16 有嚴：

即嚴嚴，威嚴。有翼：翼翼，誠敬謹慎。17 共武之服：努力於戰事。共，古通恭。服，事。18 定：安定。19 匪：無。茹：透徹看見。這裏指玁狁不可測。20 整：全部。居：佔領。焦穫：古代地名，今陝西省涇陽縣西北。21 鎬、方：地名。22 涇陽：涇水之北。23 織：即幟，旗幟。文：同紋，花紋。鳥章：鷹隼的圖案。24 白旆（粵：配；普：pèi）：帛旆，即用長條的布帛製成的旗幟。央央：鮮明。25 元戎：大車，又稱戎車、戎輅、路車、輅車、大輅等。26 以先啟行：用它（指車）來開路。27 輊（粵：志；普：zhì）：低，指車從後門看的情形。軒：高，指車從前面看的情形。28 佶（粵：吉；普：jí）：壯健。29 大原：即太原。30 文武：文武雙全。吉甫：尹吉甫，周宣王大臣，奉命出征玁狁。31 憲：法。32 燕：即宴。燕喜，安然和樂。33 御：進，指飲食。飲御，即招呼客人來飲宴。34 炰（粵：炮；普：páo）：煮。鱉（粵：別；普：biē）：甲魚。膾：細切。35 侯誰在矣：有誰在這裏。36 張仲：人名。張仲孝友，指以孝順父母、友愛兄弟聞名的張仲。

賞析與點評

此詩寫宣王時代大臣尹吉甫奉命出征玁狁後勝利歸來，與朋友飲宴的場面。

采芑

薄言采芑，[1]于彼新田，[2]于此菑畝。[3]方叔涖止，[4]其車三千。師干之試，[5]方叔率止，[6]乘其四騏，[7]四騏翼翼。[8]路車有奭，[9]簟茀魚服，[10]鉤膺鞗革。[11]

薄言采芑，于彼新田，于此中鄉。[12]方叔涖止，其車三千，旂旐央央。[13]方叔率止，約軝錯衡，[14]八鸞瑲瑲。[15]服其命服，[16]朱芾斯皇，[17]有瑲葱珩。[18]

鴥彼飛隼，[19]其飛戾天，[20]亦集爰止。[21]方叔涖止，其車三千，師干之試。方叔率止，鉦人伐鼓，[22]陳師鞠旅。[23]顯允方叔，[24]伐鼓淵淵，[25]振旅闐闐。[26]

蠢爾蠻荊，[27]大邦為讎。[28]方叔元老，克壯其猶。[29]方叔涖止，執訊獲醜。[30]戎車嘽嘽，[31]嘽嘽焞焞，[32]如霆如雷。顯允方叔，征伐玁狁，蠻荊來威。[33]

注釋

1 薄言：語助詞。采：即採。芑（粵：起；普：qǐ）：苦菜。2 于：往。新田：開墾兩載的新田。3 菑（粵：次；普：zī）畝：開墾一載的新田。《毛傳》：「田，一歲曰菑，二歲曰新田，三歲曰畬。」4 方叔：宣王時大夫。涖：來臨。止：語助詞。5 師：眾人，指軍隊。干：盾。之：是。試：操練。師干之試，指兵士練習戈矛。6 率：率領。7 騏：青黑色的馬。8 翼翼：壯健貌。9 路車：即輅車、戎輅，統帥乘坐的兵車。奭（粵：息；普：shì）：紅色。10 簟茀（粵：忽；普：fú）：蔽車的竹席。魚服：

魚獸之皮製作而成的箭袋。11 鉤膺：馬帶。鞗（粵：條；普：tiáo）革：又稱攸勒、鋚勒，革製的馬勒子，末端以金為飾。12 中鄉：新田當中之處。13 旂（粵：其；普：qí）：畫有龍形圖案的旗。旐（粵：兆；普：zhào）：畫有龜蛇圖案的旗。央央：音義同英英，鮮明。14 約：約束。軧（粵：奇；普：qí）：車轂兩端有皮革裝飾的部分。錯衡：有紋彩的橫木。15 鸞：銅鈴。瑲瑲：鈴聲。瑲字通鏘、嗆、將，象聲詞，通常形容樂器和鳥鳴的聲音。16 服：穿上。命服：官服。鄭玄《毛詩箋》：「命服者，命為將，王命之服也。」17 朱芾（粵：佛；普：fú）：紅色蔽膝。革製，長方形，上窄下寬，繫在衣服前面。斯皇：即煌煌，光明。18 有瑲：即鏘鏘，玉佩撞擊的聲音。蔥珩：青色的佩玉。19 鴥（粵：屈；普：yù）：鳥疾飛貌。隼：鷹隼。20 戾：至。21 亦：語助詞。集：棲息。爰止：休止。22 鉦人：擊鼓傳令者。鉦原指錞于，古時軍旅中的青銅桶狀樂器。23 陳：列。鞫：宣告。《毛傳》：「鉦以靜之，鼓以動之。鞫，告也。」24 顯允：顯赫。25 淵淵：擊鼓聲。26 振旅：整頓軍隊備戰。闐（粵：田；普：tián）闐：擊鼓聲。27 蠢：無知。28 大邦：周朝。為讎：侵略。29 壯：大。猶：通「猷」，謀略。30 執：擒拿。訊：俘虜。獲：馘之假借，殺戮。醜：對異國敵人的惡稱。31 嘽（粵：灘；普：tān）嘽：眾多而威武貌。32 焞（粵：推；普：tūn）焞：盛貌。33 威：即畏，畏懼。

賞析與點評

此詩記載周宣王時派大臣方叔率軍南征蠻荊，當中重點刻畫征伐之前，方叔的備戰情況，可見其軍容盛大。讚美之餘，亦暗示此戰將凱旋。

車攻

我車既攻，[1]我馬既同。[2]四牡龐龐，[3]駕言徂東。[4]
田車既好，[5]田牡孔阜。[6]東有甫草，[7]駕言行狩。[8]
之子于苗，[9]選徒囂囂。[10]建旐設旄，[11]搏獸于敖。[12]
駕彼四牡，四牡奕奕。[13]赤芾金舄，[14]會同有繹。[15]
決拾既佽，[16]弓矢既調。[17]射夫既同，[18]助我舉柴。[19]
四黃既駕，[20]兩驂不猗。[21]不失其馳，[22]舍矢如破。[23]
蕭蕭馬鳴，[24]悠悠旆旌。[25]徒御不驚？[26]大庖不盈？[27]
之子于征，[28]有聞無聲。[29]允矣君子，[30]展也大成！[31]

注釋

1 攻：通工，整治、準備。2 同：齊同，指各馬速度相同。3 牡：公馬。龐（粵：彭；普：páng）龐：即彭彭，車輪滾動聲，這裏形容車馬之盛。4 言：語助詞。徂：往、去。5 田車：打獵時所乘的車。田字通畋，即狩獵。6 孔阜：非常高大肥壯。孔，甚。7 甫草：甫田之草。甫田一名圃田，一名原圃，地名，宣王時其地在王畿之內。8 行狩：田獵。9 之子：此人。于：往。苗：狩獵。古人春天打獵叫蒐，夏天叫苗，秋天叫獮，冬天叫狩。10 選：動詞，計數。嚻（粵：囂；普：xiāo）：古同「囂」，嚻嚻，人數眾多貌。11 旐（粵：兆；普：zhào）：畫有龜蛇圖案的旗。旄（粵：毛；普：máo）：用旄牛尾做裝飾的旗。建：樹立。12 搏獸：捕獲野獸。敖：山名。13 奕奕：精神奕奕。14 赤芾（粵：佛；普：fú）：諸侯朝服的一部分。金舄（粵：悉；普：xì）：黃朱色的鞋。也叫赤舄。15 會同：諸侯盟會的專稱。有繹（粵：亦；普：yì）：即繹繹，有秩序的樣子。繹字乃抽絲連續不斷之義，這裏形容人數多且整飭。此句與前句均描寫諸侯會盟情形。16 決：射時鉤弦之具，用象骨製成，套在左手拇指。拾：又名遂，熟製獸皮製成的臂套，穿戴在左臂上。佽（粵：次；普：cì）：便利之義，這裏引申為準備停當。17 調：指箭和弓配合得當。18 射夫：參與打獵的男子，一說指諸侯。同：一同前往。19 柴：堆積物，指捕獲的野獸。柴字也通骴。20 四黃：四匹黃色馬。21 驂（粵：參；普：cān）：拉車四匹馬中左右兩側的馬。不猗：即不倚，偏側。22 馳：指車馬快速行走。23 舍：捨，即放箭。破：射中目標。24 蕭蕭：馬鳴聲。25 悠悠：長貌。26 徒：步行者。御：駕車者。不：作反問詞使用，義似「豈不」，下同。驚：當作「警」。徒御不驚，指車上車下都在警戒，等候周王。27 大庖：指周王的廚房。盈：多。28 征：行。29 有聞無聲：人們只聞打獵之事，不見打獵之聲。指隊伍嚴肅整齊。30 允：誠然。31 展：誠然。

賞析與點評

此篇讚美周王打獵收穫豐盛，更讚美其指揮得宜，行旅莊嚴，故受諸侯一致擁戴。〈小雅．車攻〉文字與春秋早期秦國石鼓文〈吾車〉一篇有很多相似的地方。

吉日

吉日維戊，[1]既伯既禱。[2]田車既好，[3]四牡孔阜。[4]升彼大阜，[5]從其羣醜。[6]

吉日庚午，[7]既差我馬。[8]獸之所同，[9]麀鹿麌麌。[10]漆沮之從，[11]天子之所。

瞻彼中原，其祁孔有。[12]儦儦俟俟，[13]或羣或友。[14]悉率左右，[15]以燕天子。

既張我弓，既挾我矢。發彼小豝，[16]殪此大兕。[17]以御賓客，[18]且以酌醴。[19]

注釋

1 戊：剛日。古人認為十干中，甲、丙、戊、庚、壬是剛日，乙、丁、己、辛、癸是柔日。《禮》云：「外事以剛日。」田獵為外事，故選剛日為吉日進行。2 既伯：祭祀馬祖。伯是馬祖，這裏用作動詞，指祭祀馬祖。3 田車：田獵之車。4 牡：公馬。孔：非常。阜：強壯。5 升：上。大阜：陸地。6 從：跟蹤。醜：野獸。7 庚：剛日。8 差：選擇。9 同：聚集。10 麀（粵：優；普：yōu）鹿：母鹿。麌（粵：雨；普：yǔ）麌：獸羣聚貌。字一作噳。11 漆沮（粵：罪；普：jū）：古代水名，在今陝西省境內。一說漆沮分別是兩條水名。12 祁：眾多貌。13 儦（粵：標；普：biāo）儦：眾貌。俟（粵：自；普：sì）俟：獸行走貌。14 或羣或友：形容野獸數目。《毛傳》：「趨則儦儦，行則俟俟。獸三曰羣，二曰友。」15 燕：即宴，設宴款待。16 豝（粵：巴；普：bā）：母豬。17 殪（粵：意；普：yì）：死。兕（粵：自；普：sì）：野牛。18 賓客：指與會的諸侯。19 醴（粵：禮；普：lǐ）：甜酒。

賞析與點評

此篇歌詠田獵，一般認為是宣王時期的詩。

鴻雁

鴻雁于飛，[1]肅肅其羽。[2]之子于征，[3]劬勞于野。[4]爰及矜人，[5]哀此鰥寡！[6]
鴻雁于飛，集于中澤。[7]之子于垣，[8]百堵皆作。[9]雖則劬勞，其究安宅。[10]
鴻雁于飛，哀鳴嗷嗷。[11]維此哲人，[12]謂我劬勞。維彼愚人，謂我宣驕。[13]

注釋

1 鴻雁：鴻與雁同物異稱，候鳥。2 肅肅：鳥振翅聲。3 之子：這些人，指安撫百姓的貴族。4 劬勞：力乏之病。5 爰：乃。矜人：可憐人，指流民。6 鰥寡：老而無配偶者。曾運乾《毛詩說》：「此文倒語，順文當為『哀此鰥寡，爰及矜人』，倒文以取韻也。」7 集：棲息。中澤：倒文，即澤中。8 垣：城牆。9 百堵：即一百方丈。牆的長度和高度各一丈叫堵。作：製作。10 究：終於。安宅：安居。11 哀鳴：指災民的哭聲。嗷嗷：愁苦聲。12 哲人：智者。13 宣驕：驕傲、傲慢。

賞析與點評

此詩描寫難民流離失所，無依無靠，於是貴族前往救濟安撫，築城以供百姓安居。

庭燎

夜如何其？[1]夜未央，[2]庭燎之光。[3]君子至止，[4]鸞聲將將。[5]

夜如何其？夜未艾，[6]庭燎晣晣。[7]君子至止，鸞聲噦噦。[8]

夜如何其？夜鄉晨，[9]庭燎有煇。[10]君子至止，言觀其旂。[11]

注釋

1 其：音基，語尾助詞。2 未央：指時間尚早。3 庭燎：宮廷中照亮的火炬。4 君子：諸侯。至：來。止：語尾助詞。5 鸞：鈴。此為旂上的鈴。將（粵：槍；普：qiāng）將：鈴聲。6 艾：盡。7 晣：「晢」的異體字。晣晣，明亮。8 噦（粵：慧；普：huì）噦：同嘒嘒，鈴聲。9 鄉：音義同「向」。10 煇：通輝。11 言：語助詞。旂（粵：奇；普：qí）：繪有龍圖案的旗幟。

賞析與點評

舊說此詩為歌頌宣王之詩，純用白描，敍述天未亮君王已經關心朝政，唯恐有所耽誤。庭燎是宮廷院內的火炬，古人有時以此作為接待尊貴客人的禮儀，齊桓公就曾以此禮招徠天下賢才。此詩很可能為迎賓之詩。

沔水

沔彼流水，[1]朝宗于海。[2]鴥彼飛隼，[3]載飛載止。[4]嗟我兄弟，[5]邦人諸友。[6]
莫肯念亂，誰無父母？[7]

沔彼流水，其流湯湯。[8]鴥彼飛隼，載飛載揚。[9]念彼不跡，[10]載起載行。[11]
心之憂矣，不可弭忘。[12]

鴥彼飛隼，率彼中陵。[13]民之訛言，[14]寧莫之懲？[15]我友敬矣，[16]讒言其興。[17]

注釋

1 沔（粵：免；普：miǎn）：水流盛滿。2 朝宗：指百川匯聚入海。3 鴥（粵：屈；普：yù）：鳥疾飛貌。隼：鷹隼。4 載飛載止：又飛又停。5 嗟：感歎詞。兄弟：指周王的同姓諸侯。6 邦人：即國人，指異姓諸侯。7 莫肯念亂，誰無父母：程俊英、蔣見元《詩經注析》：「誰無父母，言亂之既生，有父母的人，將更加憂慮。」念，止。下同。8 湯（粵：傷；普：shāng）湯：水盛貌。9 揚：升高。10 跡：法度。不跡，即不遵守法度。11 載起載行：憂慮。12 弭忘：忘卻。13 率：沿着。中陵：即陵中。14 訛言：謠言。15 寧：乃。懲：止。16 敬：通警，警惕，警戒。17 其：將。興：起。

賞析與點評

此詩勸誡友人在動蕩之世，不要誤信離間大家感情的讒言。

鶴鳴

鶴鳴于九皋，[1]聲聞于野。[2]魚潛在淵，[3]或在于渚。[4]樂彼之園，爰有樹檀，[5]其下維蘀。[6]他山之石，[7]可以為錯。[8]

鶴鳴于九皋，聲聞于天。魚在于渚，或潛在淵。樂彼之園，爰有樹檀，其下維穀。[9]他山之石，可以攻玉。

注釋

1 皋（粵：高；普：gāo）：沼澤。九皋，深澤。2 聞：讀音「問」，遠達。聲聞于野，《毛傳》：「言身隱而名著也。」3 潛：沉。淵：水深處。魚潛在淵，《毛詩正義》：「以魚之出沒，喻賢者之進退。」4 渚：水中小洲。5 樹檀：所種的檀木。6 維：語氣詞。蘀（粵：拓；普：tuò）：落葉。7 他山：《鄭箋》：「他山，喻異國。」8 錯：琢玉用的粗磨石。9 穀：《毛詩正義》引陸機疏：「幽州人謂之穀桑，荊楊人謂之穀，中州人謂之楮……擣以為紙，謂之穀皮紙。」

賞析與點評

此詩共二章，共用了四個比喻，表達國君亟欲招致人才為國所用，可說是招隱求賢之作。名言「他山之石，可以攻玉」，即出自此篇。

祈父

祈父！[1]予王之爪牙。[2]胡轉予于恤，[3]靡所止居？[4]

祈父！予王之爪士。[5]胡轉予于恤，靡所厎止？[6]

祈父！亶不聰！[7]胡轉予于恤，有母之尸饔！[8]

注釋

1 祈父：官名，即司馬。2 予：武士自稱。3 胡：為何。恤：憂。4 靡：無。止居：安居。5 爪士：爪牙之士。6 厎（粵：止；普：zhǐ）止：意思與止居同。7 亶（粵：坦；普：dǎn）：誠然。7 不聰：林義光《詩經通解》：「不聰，謂不聞人民疾苦。」

8 尸：通屍，陳列的意思。饔（粵：翁；普：yōng）：熟食。尸饔即陳列祭物的意思。這句詩的意思是說，征戰在外，不能陪侍老母，供奉祭物給死去的父親。

賞析與點評

這是周朝武臣抒發內心不滿的詩。傳統學者以為是諷刺周宣王任用大司馬祈父之作。方玉潤《詩經原始》：「禁旅責司馬征調失常也。」意謂管理軍事的司馬私自無理調度，令軍士連母親也不能服侍。

白駒

皎皎白駒，[1] 食我場苗。[2] 縶之維之，[3] 以永今朝。[4] 所謂伊人，[5] 於焉逍遙。[6]

皎皎白駒，食我場藿。[7] 縶之維之，以永今夕。所謂伊人，於焉嘉客。[8]

皎皎白駒，賁然來思。[9] 爾公爾侯，[10] 逸豫無期。[11] 慎爾優游，[12] 勉爾遁思。[13]

皎皎白駒，在彼空谷。[14] 生芻一束，[15] 其人如玉。[16] 毋金玉爾音，[17] 而有遐心！[18]

注釋

1 皎皎：白貌。2 場：圃。3 縶（粵：執；普：zhí）：絆馬兩足。維：繫。之：那匹馬。4 永：終。5 謂：望、思念。伊人：騎馬而來之人。6 於：當為于字。焉：此。逍遙：優遊閑適貌。7 藿（粵：霍；普：huò）：初生的豆。8 嘉客：賓客。9 賁（粵：奔；普：bēn）然：趕快。10 爾公爾侯：指伊人。11 逸：安。豫：樂。無期：無盡期。12 慎：謹慎。優游：即逍遙。13 勉：免，即免去、打消。另一說為抑止。遁：離去。14 空谷：深谷。15 生芻：新生之草。16 其人如玉：言其人之德美如玉。17 毋金玉爾音：此為詩人對伊人謂：別太珍惜你的音信如金玉那般。18 遐心：疏遠我的心。

賞析與點評

此詩共分兩層。前三章描寫主人如何設法把客人留住，以延長歡樂時光。末章為第二層，寫客人離去後，主人的獨白，希望客人能再回來。詩中既寫與朋友宴飲之樂，又勸勉自己勿耽於逸豫。

黃鳥

黃鳥！[1]黃鳥！無集于穀！[2]無啄我粟！此邦之人，不我肯穀。[3]言旋言歸，[4]復我邦族。

黃鳥！黃鳥！無集于桑！無啄我粱！此邦之人，不可與明。[5]言旋言歸，復我諸兄。

黃鳥！黃鳥！無集于栩！[6]無啄我黍！此邦之人，不可與處。[7]言旋言歸，復我諸父。[8]

注釋

1 黃鳥：即黃雀，此處比喻在上位者，暗喻所嫁的君主。2 集：棲息。穀：樹名。3 穀：訓作養。不我肯穀，即不善待我。4 言：語助詞。旋：回來。5 明：曉諭。不可與明，即不可理喻。6 栩：即橡樹。7 處：相處。8 諸父：同姓長輩。

賞析與點評

此篇作者應該是遠嫁於周的異姓諸侯國公主。其詩也是棄婦之辭，與〈邶風·谷風〉〈小雅·谷風〉〈小雅·我行其野〉有異曲同工之妙。《詩經》中題為「黃鳥」之詩，還有一首在〈秦風〉。

我行其野

我行其野，蔽芾其樗。[1]昏姻之故，言就爾居。爾不我畜，[2]復我邦家。[3]

我行其野，言采其蓫。[4]昏姻之故，言就爾宿。爾不我畜，言歸斯復。

我行其野，言采其葍。[5]不思舊姻，求爾新特。[6]成不以富，[7]亦祇以異。

注釋

1 蔽芾（粵：費；普：fèi）：茂盛貌。樗（粵：書；普：chū）：惡木。2 畜：包容。爾不我畜，即爾不畜我，指不容我。3 復：回去。邦家：故鄉的家。4 采：採。蓫（粵：族；普：zhú）：草名，羊蹄菜。《毛傳》謂：「惡菜也。」5 葍（粵：福；普：fú）：草名。朱熹《詩集傳》：「葍，惡菜也。」6 舊姻：猶言舊室。特：匹配，配偶。新特猶云新人。7 成：《論語》作誠。

賞析與點評

這像是一首棄婦詩，作者似為被周王或者國君休了的諸侯國公主。《詩經》中同類詩尚有〈邶風・谷風〉、〈小雅・谷風〉等。

斯干

秩秩斯干，[1]幽幽南山。[2]如竹苞矣，[3]如松茂矣。兄及弟矣，式相好矣，[4]
無相猶矣。[5]

似續妣祖，[6]築室百堵，[7]西南其戶。[8]爰居爰處，[9]爰笑爰語。

約之閣閣，[10]椓之橐橐。[11]風雨攸除，[12]鳥鼠攸去，君子攸芋。[13]

如跂斯翼，[14]如矢斯棘，[15]如鳥斯革，[16]如翬斯飛，[17]君子攸躋。[18]

殖殖其庭，[19]有覺其楹。[20]噲噲其正，[21]噦噦其冥，[22]君子攸寧。[23]

下莞上簟，[24]乃安斯寢。[25]乃寢乃興，[26]乃占我夢。吉夢維何？[27]維熊維羆，[28]
維虺維蛇。[29]

大人占之：[30]維熊維羆，男子之祥；維虺維蛇，女子之祥。[31]

乃生男子，載寢之牀，[32]載衣之裳，載弄之璋。[33]其泣喤喤，[34]朱芾斯皇，[35]
室家君王。[36]

乃生女子，載寢之地，[37]載衣之裼，[38]載弄之瓦。[39]無非無儀，[40]唯酒食是議，[41]
無父母詒罹。[42]

注釋

1 秩秩：水流清澈；一說偉岸的樣子。斯：語助詞，義如這、之。干：通澗，夾在兩山間的水流。2 幽幽：深遠。南山：即終南山。3 如：有。苞：茂盛。4 式：發語詞。相：互相。5 猶：通猷，即謀，欺詐。6 似：通嗣，續、繼承。妣：泛指女性祖先。7 堵：古代築牆的單位。百堵，極言建築房室之多。8 西南其戶：指東邊房室有向西開的門戶。9 爰：於是。10 約：捆紮。閣閣：繩索捆紮築版的聲音。11 椓（粵：啄；普：zhuó）：擊、築。橐（粵：托；普：tuó）橐：用力築牆的聲音。12 攸：於是。除：去。13 芋：通宇，居住。14 跂：通企。斯：語助詞。翼：端正。15 棘：棱角。16 革：通鞹，翅膀。17 翬（粵：揮；普：huī）：錦雞。如鳥斯革，如翬斯飛，朱熹《詩集傳》：「其棟宇峻起，如鳥之警而革也；其簷阿華采而軒翔，如翬之飛而矯其翼也。」18 君子：指周王。躋：登。19 殖殖：平坦方正。庭：前庭。20 有覺：即覺覺，高大。楹：堂上之柱。21 噲噲：寬敞明亮。正：白天。22 噦（粵：惠；普：huì）噦：深廣。23 寧：安。24 莞：蒲草編的席子。簟（粵：店；普：diàn）：方紋竹席。25 乃：於是。26 興：早起。27 維：是。下二句同。維何，即是什麼。28 羆（粵：卑；普：pí）：熊名，體高大，能爬樹，會游泳，膽可入藥。29 虺（粵：毀；普：huǐ）：毒蛇。30 大人：周代占夢和卜筮的官。31 祥：吉兆。下同。朱熹《詩集傳》：「熊羆，陽物在山，強力壯毅，男子之祥也。虺蛇，陰物穴處，柔弱隱伏，女子之祥也。」32 載：則、就。載寢之牀，鄭玄《毛詩箋》：「男子生而卧於牀，尊之也。」33 弄：用手把玩。璋：一種貴重玉器，形狀像圭的一半。古代帝王或大臣拿在手裏，用作符信。34 喤喤：嬰兒哭聲。35 朱芾（粵：佛；普：fú）：紅色蔽膝。芾字也作韍、市。革製，長方形，上窄下寬，繫在衣服前面。斯皇：即煌煌，光明。36 室家：一家之內。37 載寢之地：鄭玄《毛詩箋》：「臥於地，卑之也。」38 裼（粵：錫；普：tì）：包嬰兒的衣被。39 瓦：陶製紡錘。40 非：違背。儀：謀劃。41 議：商議。42 詒：留給。罹（粵：離；普：lí）：憂慮、憂患。

賞析與點評

這首詩讚美周王新建宮室。這是中國古代最早關於建造宮室的記錄，每一步都詳細刻畫，讓今人都能感受到當時建造宮殿的盛況。詩中的「弄璋」、「弄瓦」，後用來指生兒、生女。

無羊

誰謂爾無羊？三百維羣。[1] 誰謂爾無牛？九十其犉。[2] 爾羊來思，[3] 其角濈濈。[4] 爾牛來思，其耳濕濕。[5]

或降于阿，[6]或飲于池，或寢或訛。[7]爾牧來思，[8]何蓑何笠，[9]或負其餱。[10]
三十維物，[11]爾牲則具。[12]
爾牧來思，以薪以蒸，[13]以雌以雄。[14]爾羊來思，矜矜兢兢，[15]不騫不崩。[16]
麾之以肱，[17]畢來既升。[18]
牧人乃夢，衆維魚矣，[19]旐維旟矣。[20]大人占之：[21]衆維魚矣，實維豐年；[22]
旐維旟矣，室家溱溱。[23]

注釋

1 三百：虛數，極言其多。維：是。2 九十：虛數，極言其多。犉（粵：純；普：chún）：黑嘴唇的黃牛。3 思：語氣詞，無義。下同。4 濈（粵：輯；普：jí）濈：即戢戢，聚集的樣子。5 濕濕：牛反芻時耳朵搖動貌。一說，濕潤的意思。牲畜健康時耳朵是濕的。6 或：有的。下同。阿：丘陵。7 訛：通吪，動。8 牧：放養牲畜之人。9 何：通荷，扛。蓑：蓑衣。笠：斗笠。10 餱：乾糧。11 三十：虛數，極言其多。物：雜色牛。12 具：具備。13 以：用。下句同。薪：祭祀中用於燃燒的柴草，這裏用作動詞，指準備柴草祭祀。蒸：祭祀中點燃柴草。14 雌、雄：均指禽獸。15 矜矜、兢兢：堅持。16 騫：部分走失。崩：全部失散。17 麾：指揮。肱：臂。18 畢、既：盡、完全。升：登，此處特指羊羣入圈。19 維：與。下句同。20 旐（粵：兆；

普：zhào）：通兆，量詞，十億或萬億，泛言極多。旟（粵：如；普：yú）：古代畫有鳥隼圖像的軍旗。21 大人：周代占夢和卜筮的官。22 實：是。23 溱溱：眾多。

賞析與點評

此詩讚美周王畜牧興盛。

節南山

節彼南山，[1] 維石巖巖。[2] 赫赫師尹，[3] 民具爾瞻。[4] 憂心如惔，[5] 不敢戲談。[6]
國既卒斬，[7] 何用不監？[8]

節彼南山，有實其猗。[9] 赫赫師尹，不平謂何！[10] 天方薦瘥，[11] 喪亂弘多！[12]
民言無嘉，[13] 憯莫懲嗟。[14]

尹氏大師，維周之氐；[15] 秉國之均，[16] 四方是維，[17] 天子是毗，[18] 俾民不迷。
不弔昊天，[19] 不宜空我師！[20]

弗躬弗親，庶民弗信。弗問弗仕，勿罔君子。[21] 式夷式已，[22] 無小人殆。[23] 瑣瑣姻亞，[24]則無膴仕。[25]

昊天不傭，[26]降此鞠訩。[27]昊天不惠，降此大戾。[28]君子如居，[29]俾民心闋。[30]君子如夷，惡怒是違。[31]

不弔昊天，亂靡有定。式月斯生，[32]俾民不寧。憂心如酲，[33]誰秉國成？不自為政，卒勞百姓。[34]

駕彼四牡，四牡項領。[35]我瞻四方，蹙蹙靡所騁。[36]

方茂爾惡，[37]相爾矛矣。[38]既夷既懌，[39]如相醻矣。[40]

昊天不平，我王不寧。不懲其心，[41]覆怨其正。[42]

家父作誦，以究王訩。[43]式訛爾心，[44]以畜萬邦。[45]

注釋

1 節：高峻貌。2 巖巖：山石堆積貌。3 赫赫：勢位顯盛貌。師：官名，太師。尹：指尹氏，也是官名。4 具：俱。瞻：視。5 惔（粵：譚；普：tán）：炎的借字，《韓詩》作炎。如惔即如焚。6 戲談：隨便戲謔。此指人民畏懼尹氏的威虐。7 國：指周朝。卒：終。斬：絕。這句是說國家已到危險邊緣。8 用：即以。監：監察。9 實：滿。言草木充實。猗：長。言草木茂盛。10 謂何：奈何。11 薦：重複不斷。瘥（粵：鋤；普：cuó）：病、災患。薦瘥，即屢次降災。12 弘：大。13 嘉：美言。14 憯（粵：慘；

普：cǎn）：曾。懲：戒。嗟：語助詞。憯莫懲嗟，指尹氏還未曾警醒悔改過。15 氏（粵：底；普：dǐ）：同柢，根本。16 秉：執。均：通鈞，製陶之器，此處指國家大政。17 維：維護。18 毗（粵：皮；普：pí）：輔佐。19 不弔：不善。弔字為叔字之訛。叔即淑，是善的意思。20 空：窮。師：眾。不宜空我師，即不要再把我們推向絕境。21 勿：語助詞。罔：欺。君子：指賢臣，和下文「小人」相對。22 式：語助詞。夷：平。已：止。式夷式已，指現在艱難的情況可以停止。23 無：切勿。殆：近。即希望君王疏遠尹氏。24 瑣瑣：小貌。姻亞：婿父為姻，兩婿相謂曰亞，亦作婭，因尹氏和周室有姻親關係，故言。25 膴（粵：夫；普：wǔ）：厚。膴仕，高官厚祿。26 不傭：不公平。27 鞠（粵：菊；普：jū）：窮。訩：凶。鞠訩，即大災。28 戾：惡。大戾，即鞠訩。29 屆：至、到。30 闋：平息。指如果賢者執政，人民的憤怒就可以平息。31 違：去。指君子如沒有什麼不平，人民的暴怒亦會消除。32 式：語助詞。月：抈的省借字，摧折。抈斯生，即摧殘百姓。33 酲（粵：呈；普：chéng）：病酒。34 國成：國政的成規。卒：瘁的假借字，即病。以上三句謂天子不親問政事，讓小人掌權，百姓受苦。35 項：大。領：頸。項領，指馬肥大。36 蹙（粵：速；普：cù）蹙：局縮貌。聘：聘問，出使。靡所聘，無可存問之處。37 茂：勉勵。爾：尹氏。方茂爾惡，當憤怒未平之時。38 相爾矛：用武。39 夷：和好。懌（粵：譯；普：yì）：亦和好。40 醻：賓主以酒互敬曰醻。41 不懲其心：其心不懲的倒文。指天子無懲戒之意。42 覆：反。

其正：正道。43 家父：或作嘉父、嘉甫，人名，本篇的作者。誦：詩。究：舉發。訩：音義同凶。王凶，指尹氏。以上二句為詩人自述作詩用意，乃在揭發天子身邊的小人。44 訛：變化。爾：指天子。45 畜：養。

賞析與點評

此詩寫作年代為兩周之際，幽王末平王初，指責的對象是幽王及其權臣尹氏，作者則為自稱家父的大夫。《左傳．昭公二年》曾記，韓宣子聘於魯，魯國大夫季武子曾賦此詩最後一章，表達了對韓宣子糾正魯政之失的期望。

正月

正月繁霜，[1]我心憂傷。民之訛言，[2]亦孔之將[3]。念我獨兮，憂心京京。[4]哀我小心，癙憂以痒。[5]

父母生我，胡俾我瘉！[6]不自我先，不自我後。[7]好言自口，莠言自口。[8]憂心愈愈，[9]是以有侮。[10]

憂心惸惸，[11]念我無祿。[12]民之無辜，并其臣僕。[13]哀我人斯，于何從祿？瞻烏爰止？于誰之屋？[14]

瞻彼中林，[15]侯薪侯蒸。[16]民今方殆，視天夢夢。[17]既克有定，靡人弗勝。[18]有皇上帝，[19]伊誰云憎？[20]

謂山蓋卑？為岡為陵。[21]民之訛言，寧莫之懲。[22]召彼故老，訊之占夢。具曰「予聖」，[23]誰知烏之雌雄？[24]

謂天蓋高？不敢不局。謂地蓋厚？不敢不蹐。[25]維號斯言，[26]有倫有脊。[27]哀今之人，胡為虺蜴。[28]

瞻彼阪田，有菀其特。[29]天之扤我，如不我克。[30]彼求我則，[31]如不我得。執我仇仇，[32]亦不我力。[33]

心之憂矣，如或結之。今茲之正，[34]胡然厲矣？[35]燎之方揚，[36]寧或滅之？赫赫宗周，[37]褒姒烕之！[38]

終其永懷，[39]又窘陰雨。[40]其車既載，乃棄爾輔。[41]載輸爾載，[42]將伯助予。[43]

無棄爾輔，員于爾輻。[44]屢顧爾僕，[45]不輸爾載。終踰絕險，曾是不意。[46]

魚在于沼，[47]亦匪克樂。[48]潛雖伏矣，[49]亦孔之炤。[50]憂心慘慘，念國之為虐！

彼有旨酒，又有嘉殽。洽比其鄰，[51]昏姻孔云。[52]念我獨兮，憂心慇慇。[53]

仳仳彼有屋，蔌蔌方有穀。[54]民今之無祿，夭夭是椓。[55]哿矣富人，[56]哀此惸獨！[57]

注釋

1 正月：夏曆四月，周曆六月。繁霜：多霜凍。正月繁霜，是反常現象，古人認為乃上天示警。2 訛：偽。訛言，謠言。3 孔：甚。將：廣大。指謠言流傳極廣。4 京京：憂慮不能消去。京也通景，大的意思；也通倞，強烈的意思。5 癙（粵：鼠；普：shǔ）：憂。痒：病。6 俾：使。瘉：病。7 不自我先，不自我後：言憂患不先不後，我剛好碰上。8 莠：醜惡。9 愈愈：病貌。10 有侮：指憂國之人反被嫉恨。11 惸（粵：瓊；普：qióng）惸：憂愁貌。惸字通煢。12 無祿：沒有福祿，不幸。13 并：並的古字。臣僕：奴隸及僕從。民之無辜，并其臣僕，云一旦亡國，無罪之民都將成為奴隸。14 于誰之屋：指烏鴉不知將止息在誰家屋上，比喻國人將無家可歸。15 中林：即林中。16 侯：維。薪：柴草。蒸：細的柴草。這句謂準備柴草點燃，用於祭祀。17 夢夢：不明。指天子昏昧無知，無視民間苦況。18 靡：沒。此句指天意是人力不能勝過的。19 有皇：即皇皇，大。20 伊：語助詞。憎：惡。21 蓋（粵：合；普：hé）：通何，下同。岡：山脊。陵：大阜。岡陵均為高處。以上二句云山本高何嘗變卑？比喻訛言無憑。22 寧：乃。懲：止。23 具：通俱。聖：聰明。這句言故老、占夢者均自以為聰明。24 誰知烏之雌雄：指烏的形狀毛色雌雄無別。比喻故老和占夢者是非難分。

25局：屈曲不伸。字亦通跼。厚：大。蹐（粵：脊；普：jí）：小步。以上四句云天高地厚，人在其中，必須畏懼。跼蹐是一個連綿詞，此處詩人分言之。意謂佝僂着身子小心行走。26號：呼。斯言：指上述四句。27倫：道理。脊：道理。28虺（粵：委；普：huǐ）蜴：即蜥蜴。蜥蜴見人即逃，比喻人的屈曲不伸。29阪田：山坡上的田，一般均為崎嶇之地，收成不佳。菀（粵：屈；普：yù）：茂盛貌。特：特出之苗。以上二句指阪田不佳，仍有特出之苗，反襯朝廷無良臣。30扤（粵：歹；普：wù）：搖動、摧折。我：作者自稱。克：制勝。以上二句指天要危害我，無所不用其極。31彼：周王。則：語尾助詞。這句與下句云王要求我的時候惟恐得不到。32仇仇：緩。或謂傲慢的樣子。33不我力：不用力把握我。34正：政。35胡然：為何如此。厲：惡。36燎：火燒。揚：盛。37赫赫：盛大。宗周：指鎬京，本為西周王畿，此借指西周王朝。38褒姒：人名，西周時褒國女子，周幽王納為妃。幽王因寵愛她終於亡國。威：滅的古字。《左傳》引作「滅」。39終：既。永懷：長憂。40窘：困。41輔：大車載物時用來載物的板，比喻國家輔佐之臣。42載輸爾載：上「載」字是語助詞。下「載」字指所載之物。輸，墮。43將（粵：槍；普：qiāng）：請。伯：男子的尊稱。44員：加大。輻：音福，支輪輞的細柱。員字通隕通圜，指車輪固定車輻的外框；輻字指車輪上的輻條。員于爾輻，比喻鞏固邊疆防衛。45顧：視。僕：御車者。46曾：竟。不意：不放在心上。47沼：池。48匪：非。克：能。49潛雖伏矣：即雖潛伏矣。潛，深藏。50炤（粵：招；普：zhāo）：《中庸》引作昭，明白。51洽：融洽和諧。字亦作協。比：親近。52昏姻：姻親。這裏指與周王室世代有婚姻關係的異姓諸侯。云：即芸，多。53慇：音殷。慇慇，痛貌。54仳（粵：此；普：cǐ）仳：小貌。蔌（粵：速；普：sù）蔌：摩穀之聲。以上二句指小人都有屋有穀。55夭夭：《韓詩》作夭夭，少壯貌。椓（粵：琢；普：zhuó）：打擊。56哿（粵：哥；普：gě，又讀粵：可；普：kě）：意即可；一說是嘉的意思。57惸獨：孤獨。

賞析與點評

這是一首政治怨刺詩，當作於西周剛剛滅亡或即將滅亡之際。詩作描寫了三種人對亂世的不同態度：一是天子，對現實視若無睹。二是朝野的小人，平日巧言令色，嫉賢妒能，卻得到君王的寵幸，享有高官厚祿。三是平民百姓，他們在暴政之下只能忍痛存活。

十月之交

十月之交，[1]朔月辛卯。[2]日有食之，[3]亦孔之醜。[4]彼月而微，此日而微；[5]

今此下民，[6]亦孔之哀。[7]

日月告凶，[8]不用其行。[9]四國無政，[10]不用其良。[11]彼月而食，[12]則維其常；[13]此日而食，于何不臧。[14]

爗爗震電，[15]不寧不令。[16]百川沸騰，[17]山冢崒崩。[18]高岸為谷，深谷為陵。[19]哀今之人，胡憯莫懲？[20]

皇父卿士，[21]番維司徒，[22]家伯維宰，[23]仲允膳夫，[24]棸子內史，[25]蹶維趣馬，[26]楀維師氏。[27]豔妻煽方處。[28]

抑此皇父，[29]豈曰不時？[30]胡為我作，[31]不即我謀？[32]徹我牆屋，[33]田卒汙萊。[34]曰予不戕，[35]禮則然矣。[36]

皇父孔聖，[37]作都于向。[38]擇三有事，[39]亶侯多藏。[40]不憖遺一老，[41]俾守我王。[42]擇有車馬，以居徂向。[43]

黽勉從事，[44]不敢告勞。無罪無辜，讒口囂囂。[45]下民之孽，[46]匪降自天。噂沓背憎，[47]職競由人。[48]

悠悠我里，[49]亦孔之痗。[50]四方有羨，[51]我獨居憂。[52]民莫不逸，[53]我獨不敢休。天命不徹，[54]我不敢傚我友自逸。[55]

注釋

1 之交：指日蝕或月蝕。2 朔月辛卯：指周幽王六年十月一日，即公元前七七六年九月六日。這一天發生日食。3 有：又。4 孔：非常。之：的。醜：惡。5 微：昏暗不明，特指日蝕或月蝕。6 下民：下面的人，即老百姓。7 亦孔之哀：十分值得憐憫。8 告凶：凶兆，指日蝕。9 用：使用。行：軌道。10 四國：泛指各國。無政：無善政。11 良：善人。12 而：之。食：日蝕或月蝕。13 維：是。常：平常。14 于何：即如何。臧：善。15 爗（粵：葉；普：yè）爗：閃閃貌。震：即雷。16 寧：安。令：善。雷電交加，天下不安寧，與政事紛亂有關。17 沸騰：河水湧起溢出。18 冢：山頂。崒：通碎，崩壞。19 高岸為谷，深谷為陵：謂高岸變成深谷，深谷變成丘陵。這些大自然的變異都代表人世的災難。20 胡：何。憯（粵：慘；普：cǎn）：副詞，通朁、曾，意為怎麼。胡憯，怎麼。懲：止。莫懲，不止。21 皇父：指號石父，周幽王執政大臣。卿士：總管王朝政事的大臣，類似後代的宰相。22 番：姓。即潘，或說即樊。維：是。下句同。司徒：官名，主管土地戶口和力役。23 家伯：人名，周幽王大臣。宰：冢宰，掌管典籍。24 仲允：人名，周幽王的佞臣。膳夫：主管飲食。25 棸（粵：鄒；普：zōu）：姓，通掫。內史：管理爵祿廢置等政務。26 蹶（粵：桂；普：guì）：姓。通橛，即〈大雅・韓奕〉中「韓侯迎止，于蹶之里」的蹶父。後以字為氏。趣馬：掌養馬。27 楀（粵：矩；普：jǔ）：姓，通萬、踽。師氏：主管監察朝政得失。一說宮廷中的女官。28 豔妻：指褒姒。煽：氣勢熾盛。方：並。處：居。29 抑：通噫，歎詞。30豈：難道。曰：語助詞。時：通是，善。31我作：即役使我工作。32即：就。謀：商量。33徹：拆毀。34卒：盡。汙：濁水停積不流。萊：生滿雜草。35曰：說。予：皇父自稱。戕：傷害。36禮：等級制度，及相應的禮節儀式。則然：就是如此。禮則然矣，是皇父的自辯之詞。37孔：非常。聖：聰明。38都：城邑。作都，建設城邑。向：古邑名，在今河南省尉氏縣。39擇：選擇。三有事：即三有司，指三卿。三卿，司徒、司馬、司空。金文中作嗣土、嗣馬、嗣工。40亶（粵：坦；普：dǎn）：誠然。侯：語助詞，相當於維。藏：積蓄財貨。41憖（粵：刃；普：yìn）：願意。遺：留下。一老：一個老臣，指詩人自己。42俾：使。守：保衛。43徂：往。44黽（粵：泯；普：mǐn）勉：努力。45囂囂：讒言眾多貌。46下民：下面的人，即老百姓。孽：災禍。47噂（粵：轉；普：zǔn）：聚集。沓：合。背：背後。憎：憎恨。噂沓背憎，馬瑞辰《毛詩傳箋通釋》：「言小人之情，聚則相合，背則相憎。」48職：主。競：爭。49悠悠：憂思不已。里：通悝，憂病。50亦：發語詞。孔：非常。痗（粵：妹；普：méi）：病。51羨：多餘。52居：語助詞，義如「云」。53逸：安逸。54徹：遵循軌道。55傚：音效，三家《詩》作效，模仿。我友：指詩中所述皇父等七人。自逸：自求安逸。

賞析與點評

此詩諷刺幽王失德，信小人、寵豔妻。全詩以災異乃上天示警為主旨，描述了日食、地震等自然災禍。詩中許多名句，後世皆用為成語。如「高岸為谷，深谷為陵」，「黽勉從事」。孔子去世時，魯哀公往弔唁，也引用了此詩中「不憖遺一老」一語。

雨無正

浩浩昊天，[1]不駿其德。[2]降喪饑饉，[3]斬伐四國。昊天疾威，[4]弗慮弗圖。[5]舍彼有罪，既伏其辜。[6]若此無罪，淪胥以鋪。[7]

周宗既滅，[8]靡所止戾。[9]正大夫離居，[10]莫知我勩。[11]三事大夫，[12]莫肯夙夜。邦君諸侯，莫肯朝夕。庶曰「式臧」，[13]覆出為惡。[14]

如何昊天，辟言不信？[15]如彼行邁，則靡所臻。[16]凡百君子，[17]各敬爾身。[18]胡不相畏，[19]不畏于天？

戎成不退，[20]饑成不遂。[21]曾我暬御，[22]憯憯日瘁。[23]凡百君子，莫肯用訊。[24]聽言則答，[25]譖言則退。[26]

哀哉不能言，匪舌是出，[27]維躬是瘁。哿矣能言，[28]巧言如流，俾躬處休。[29]
維曰予仕，[30]孔棘且殆。[31]云不可使，得罪于天子；亦云可使，怨及朋友。
謂爾遷于王都，[32]曰：「予未有室家。」鼠思泣血，[33]無言不疾。[34]昔爾出居，
誰從作爾室？

注釋

1 昊：大貌。《詩經》中有「昊天」，亦有「旻天」一詞，可能「昊」與「旻」字因形近而訛。金文中也有「旼天」一詞，與「昊天」、「旻天」是一個意思。2 駿：即「畯」，金文中作「畹」，義通「允」。不駿其德，即其德行不能取信。3 饑饉：朱熹《詩集傳》：「穀不熟曰饑，蔬不熟曰饉。」4 旻天：疑即「昊天」。疾威：暴虐。威即畏懼的畏。「旻天疾威」係當時成語，《詩經》中多次出現，應該就是金文中的「昊天疾畏」、「旼天疾畏」等。5 慮、圖：謀劃。6 伏：王引之《經義述聞》卷六：「伏者，藏也，隱也。」7 淪：率。胥：相繼。鋪：痛苦。8 周宗：即宗周，鎬京。9 戾：定。10 正大夫：長官大夫。11 勩（粵：二；普：yì）：通肄，疲勞的意思。12 三事：朱熹《詩集傳》：「三事，三公也。大夫，六卿及中下大夫也。」13 庶：庶幾。式：語助詞。臧：善。14 覆出為惡：嚴粲《詩緝》：「庶幾曰：王今改過用善，乃反出而為惡，威虐愈甚也。」15 辟言：合法之言。不信：不獲採信。16 臻：至。17 凡百君子：指在朝為官者，下同。18 敬：警戒。19 胡不：為何不。20 戎：兵。21 遂：安。22 暬（粵：

褻；普：xiè）御：近侍。23 憯（粵：慘；普：cǎn）：同慘，憂貌。瘁：病。下同。24 訊：進諫。25 聽言：順從的話。26 譖（粵：浸；普：zèn）言：諫言。27 匪舌是出：匪字通彼，出字通絀、拙。意思是舌頭不能說話。28 哿（粵：哥；普：gě，又讀粵：可；普：kě）：通嘉，喜樂。29 休：福祿。30 予：或作于，往。31 孔：甚。孔棘且殆，何楷《詩經世本古義》：「言人皆曰：往仕耳，殊不知仕途甚多荊棘，動輒遭刺，且有凶危也。」32 謂：使。33 鼠思：憂思。鼠字通「癙憂」的癙。34 無言不疾：沒有話不惹你討厭的。

賞析與點評

歷代很多人都懷疑詩題與詩意不合。姚際恒《詩經通論》即說：「此篇名《雨無正》不可考，或誤，不必強論。」全詩通以直接敘述的方式來表達對國是的不滿。

小旻

旻天疾威，[1]敷于下土。[2]謀猶回遹，[3]何日斯沮？[4]謀臧不從，[5]不臧覆用。[6]

我視謀猶，亦孔之邛。[7]

潝潝訿訿，[8]亦孔之哀。謀之其臧，則具是違。[9]謀之不臧，則具是依。我視謀猶，伊于胡底？[10]

我龜既厭，不我告猶。[11]謀夫孔多，是用不集。[12]發言盈庭，誰敢執其咎？[13]如匪行邁謀，[14]是用不得于道。[15]

哀哉為猶！匪先民是程，[16]匪大猶是經。[17]維邇言是聽，[18]維邇言是爭。[19]如彼築室于道謀，是用不潰于成。[20]

國雖靡止，或聖或否。[21]民雖靡膴，或哲或謀，或肅或艾。[22]如彼泉流，無淪胥以敗。[23]

不敢暴虎，不敢馮河。[24]人知其一，莫知其他。戰戰兢兢，如臨深淵，如履薄冰。

注釋

1 旻：大貌。疾威：暴虐。威即畏懼的畏。「旻天疾威」係當時成語，《詩經》與金文中多次出現。2 敷：佈滿。下土：下地。3 謀：通誨，也是謀劃的意思。猶：通猷，謀劃。回：姦回。遹（粵：月；普：yù）：邪僻。4 斯：乃。沮：止。5 臧：善。6 不臧覆用：壞的計謀反而採用。覆，反。7 孔：甚、非常。邛（粵：窮；普：qióng）：

病。8 潝（粵：給；普：xì）潝：相互附和貌。訿（粵：止；普：zǐ）訿：相互批評。9 具：俱。下同。10 伊：發語詞。厎（粵：止；普：zhǐ）：至。11 我龜既厭，不我告猶：古人用龜甲占卜，不停地用龜占卜，龜亦厭之，不復告我吉凶。12 用：以。是用即所以。集：成功、成就。13 誰敢執：無人能夠承擔引發出來的禍害。14 匪：彼。行邁：路人。15 是用：即所以。用，以。道：正道。16 程：法、規範。17 大猶：大道。經：行。18 邇言：淺見。聽：聽從。19 爭：採取。20 潰：遂。21 聖：明。22 靡：不是。膴（粵：母；普：wǔ）：大、多。肅：恭肅。艾（粵：義；普：yì）：幹練。民雖靡膴，或哲或謀，或肅或艾，意為百姓人雖不多，但其中有智者，有謀略者，有恭肅者，有幹練者。23 淪胥以敗：牽連受苦。淪胥是周人成語，如「淪胥以鋪」、「淪胥以亡」，馬瑞辰謂是「沉溺」之義。24 暴虎：空手搏虎。馮：音義同憑，憑河，即徒步過河。

賞析與點評

詩作抒發對國是的感慨。「如臨深淵，如履薄冰」，曾記載於《論語・泰伯》。古人或以為這首詩的作者是太子宜臼，即後來的周平王。

小宛

宛彼鳴鳩，[1]翰飛戾天。[2]我心憂傷，念昔先人。明發不寐，[3]有懷二人。[4]

人之齊聖，[5]飲酒溫克。[6]彼昏不知，[7]壹醉日富。[8]各敬爾儀，[9]天命不又。[10]

中原有菽，[11]庶民采之。螟蛉有子，[12]蜾蠃負之。[13]教誨爾子，式穀似之。[14]

題彼脊令，[15]載飛載鳴。我日斯邁，而月斯征。[16]夙興夜寐，[17]毋忝爾所生。[18]

交交桑扈，[19]率場啄粟。[20]哀我填寡，宜岸宜獄。[21]握粟出卜，[22]自何能穀？[23]

溫溫恭人，[24]如集于木。[25]惴惴小心，[26]如臨于谷。[27]戰戰兢兢，如履薄冰。

注釋

1 宛：小。鳴鳩：鳥名，即斑鳩。2 翰：高。戾：厲之假借。戾天，摩天。3 明發：醒而不寐。4 懷：思念。二人：父母。5 齊：思想敏捷。聖：通達明理。6 溫：蘊藉。克：克制。7 昏：糊塗。不知：無知之人。8 壹：一心一意。壹醉即一心求醉。富：更甚，指飲食更多。9 敬：慎重。儀：威儀。10 又：再。又也可通右、佑，保佑的意思。11 中原：即原中，田野中。菽：大豆。12 螟蛉：螟蛾的幼蟲。13 蜾蠃（粵：果裸；普：guǒ luǒ）：細腰土蜂，常捕捉螟蛉餵幼蟲。負：養育。14 式：語助詞，無義。穀：善。似：通嗣，繼承。15 題：通睼、睇，視、看。脊令：鳥名，體小，喙尖，行走時尾巴不斷搖動。陳奐《毛詩傳疏》：「脊令喻兄弟，脊令言飛行不捨。」16 日：每天。斯：語助詞，無義。邁：行。而：你，指兄弟。月：每月。征：義與邁同。這兩句是說每日每月如此辛勞。17 興：起。寐：睡。夙興夜寐，早起夜睡。18 忝：辱、有愧於。19 交交：象聲詞，通「咬咬」，像鳥的鳴叫聲。桑扈：鳥名，也叫竊脂、青雀。20 率：沿着。場：農場。21 填寡：貧病之人。填，通「瘨」，一說通「矜」、「鰥」。宜：通殆，或許。岸：通犴，獄訟。獄：此處專指都城牢獄。這兩句是說似我這般貧病之人，乃有獄訟之事。22 握粟出卜：馬瑞辰《毛詩傳箋通釋》：「此有二義。一謂以粟祀神……一謂以粟酬卜。」23 自：從。何：如何。穀：善。24 溫溫：溫和柔順。恭人：恭謹之人。25 如集于木：即如鳥棲息在樹上，深恐墜落。26 惴惴：恐懼的樣子。27 如臨于谷：嚴粲《詩緝》：「如臨於谷而恐隕。」

賞析與點評

此詩主旨歷來眾說紛紜，朱熹《詩集傳》謂：「此大夫遭時之亂，而兄弟相戒以免禍之詩。」可以參考。從詩的內容來看，像是周王的兄弟所作。

小弁

弁彼鸒斯，[1]歸飛提提。[2]民莫不穀，[3]我獨于罹。[4]何辜于天？[5]我罪伊何？[6]心之憂矣，云如之何！[7]

踧踧周道，[8]鞫為茂草。[9]我心憂傷，惄焉如擣。[10]假寐永歎，[11]維憂用老。[12]心之憂矣，疢如疾首。[13]

維桑與梓，[14]必恭敬止。[15]靡瞻匪父，[16]靡依匪母。[17]不屬于毛，不罹于裏？[18]天之生我，我辰安在？[19]

菀彼柳斯，[20]鳴蜩嘒嘒，[21]有漼者淵，[22]萑葦淠淠。[23]譬彼舟流，[24]不知所居，[25]心之憂矣，不遑假寐。

鹿斯之奔，維足伎伎。[26]雉之朝雊，[27]尚求其雌。譬彼壞木，疾用無枝。心之憂矣，寧莫之知。[28]

相彼投兔，[29]尚或先之。[30]行有死人，[31]尚或墐之。[32]君子秉心，[33]維其忍之。[34]心之憂矣，涕既隕之。[35]

君子信讒，如或醻之。[36]君子不惠，[37]不舒究之。[38]伐木掎矣，析薪扡矣。[39]舍彼有罪，予之佗矣。[40]

莫高匪山，莫浚匪泉。[41]君子無易由言，[42]耳屬于垣。[43]無逝我梁，[44]無發我笱。[45]我躬不閱，遑恤我後。[46]

注釋

1 弁（粵：盤；普：pán）：鳥飛拍翼貌。鸒（粵：魚；普：yù）：鳥名，一名卑居，雅烏，小而腹下白。斯：語助詞。2 歸飛：飛回來。提提：羣飛貌。3 穀：善。4 于：語助詞。罹：苦難。5 辜：罪。6 伊：是。7 云：語助詞。如之何：如何是好。8 踧（粵：敵；普：dí）踧：平易貌。周道：大道。9 鞫（粵：菊；普：jū）：一說阻塞，一說盈滿。10 惄（粵：溺；普：nì）：憂思。擣：音義同搗，撞擊。11 假寐：不脫衣而寐。永歎：長歎。12 維：發語詞。用：以。維憂用老，即憂愁使人衰老。13 疢（粵：趁；普：chèn）：熱病。如：而。心之憂矣，疢如疾首，指憂愁時煩熱而頭痛。14 維：發語詞。桑、梓：居宅旁常栽的樹。桑梓容易引起對父母的懷念，故言。15 止：語助詞。16 靡：沒有，此處指沒有人。瞻：尊仰。匪：不。17 依：依戀。這兩句是倒裝，應為「靡匪瞻父」，「靡匪依母」，是說沒有人不仰望自己的父親，依戀自己的母親。18 屬：音主，連屬、依附。罹：唐石經作離，依附。以上二句以衣裘為喻，毛喻父，裏喻母。19 辰：時，指良時。20 菀（粵：屈；普：yù）：茂盛貌。斯：語助詞。21 蜩（粵：條；普：tiáo）：蟬。嘒（粵：畏；普：huì）嘒：蟬聲。22 漼（粵：吹；普：cuǐ）：深貌。23 萑（粵：援；普：huán）葦：荻類植物。淠（粵：譬；普：pì）：

草木眾盛貌。24 舟流：言無人操縱隨舟自流。25 屆：至。26 伎（粵：奇；普：qí）伎：奔貌。字通「跂」。27 雊：野雞。雊（粵：究；普：gòu）：雉鳴。朝雊，早上鳴叫。28 樹木疾而無枝與人憂而莫知有雙關意。29 相：視。投兔：投網之兔。30 先：掀開，指開網放走兔子。31 行：道路。32 墐（粵：僅；普：jìn）：埋葬。33 君子：父母。秉：持。34 忍之：即殘忍地加害。35 隕：落下。36 醻：賓主以酒互敬曰醻。37 惠：愛。38 舒：緩。究：察。39 掎（粵：己；普：jǐ）：牽引。伐木時用繩牽着樹頭，要樹向東倒就得向西牽，讓它慢慢倒下。析薪：劈柴。扡（粵：此；普：chǐ）：通杝，按着木的紋理劈柴。以上二句為比喻。指君子聽信讒言，沒有依理分析，還不如伐木之人。40 舍：即捨。佗（粵：跎；普：tuó）：加。舍彼有罪，予之佗矣，有罪的人不管，反而將罪過強加在我身上。41 匪：即非。浚：深。這兩句是說山無不高，水無不深。42 君子無易由言：君子不要輕易發言。43 屬：音主，連屬、依附。耳屬于垣，指隔牆有耳。44 逝：往。梁：魚樑。45 發：打開。笱（粵：苟；普：gǒu）：捕魚的竹簍。46 躬：自己。閱：見容。這兩句是說我自己活着都不見容，何況我身後。

賞析與點評

這是一首憂憤情緒濃厚的詩，最後四句亦見於〈邶風・谷風〉，可能是當時習用的套語，用以比擬悽慘的境遇。此詩的作者，古人或以為是平王，或以為是平王的老師，或云是平王的舅父申侯。總之是平王做太子時因其父幽王信讒，而欲廢太子，故有此作。也有人認為與平王無關，而與尹吉甫之子伯奇有關。

巧言

悠悠昊天，[1]曰父母且。[2]無罪無辜，亂如此憮。[3]昊天已威，[4]予慎無罪。[5]昊天泰憮，[6]予慎無辜。

亂之初生，僭始既涵。[7]亂之又生，君子信讒。君子如怒，[8]亂庶遄沮。[9]君子如祉，[10]亂庶遄已。[11]

君子屢盟，[12]亂是用長。[13]君子信盜，[14]亂是用暴。[15]盜言孔甘，[16]亂是用餤。[17]匪其止共，[18]維王之邛。[19]

奕奕寢廟，[20]君子作之。[21]秩秩大猷，[22]聖人莫之。[23]他人有心，[24]予忖度之。[25]躍躍毚兔，[26]遇犬獲之。

荏染柔木，君子樹之。[27]往來行言，[28]心焉數之。[29]蛇蛇碩言，[30]出自口矣。巧言如簧，[31]顏之厚矣。

彼何人斯？[32]居河之麋。[33]無拳無勇，[34]職為亂階。[35]既微且尰，[36]爾勇幾何？為猶將多，[37]爾居徒幾何？[38]

注釋

1 悠悠：遙遠。昊天：即上天。2 曰：語助詞，無義。且：語氣詞。3 幠（粵：呼；普：hū）：大。4 昊天：即上天，此處暗指周王。已：甚。威：暴虐。5 慎：誠然。予慎無罪，鄭玄《毛詩箋》：「予誠無罪而罪我。」6 泰：即太。幠：此處解傲慢。7 僭（粵：占；普：jiàn）：通譖，讒言。涵：容納。8 如：假如。怒：怒斥讒言。9 庶：庶幾、也許可以。遄：迅速。沮：阻止。10 如：假如。祉：福祉。11 已：停止。12 屢盟：言盟約之多。諸侯之間屢盟則無信。13 是用：因此。長：增長。14 盜：指讒佞小人。15 暴：猛烈。16 孔甘：非常甜美。17 餤（粵：談；普：tán）：加劇。18 匪：不能。止：職位。共：同供，供其職。19 維：為，造成。邛（粵：窮；普：qióng）：病。20 奕奕：高大。寢：祖廟。廟：宗廟。《禮記》鄭玄注：「凡廟，前曰廟，後曰寢。」21 君子：此處特指周初君王。作：建造。22 秩秩：偉大明智。猷：謀略。23 聖人：指周初輔助的大臣。莫：通謨，謀劃。24 他人：指讒佞小人。有心：別有用心。25 忖（粵：喘；普：cǔn）度：揣測。26 躍（粵：惕；普：tì）躍：同趯趯，迅速跳躍。毚（粵：讒；普：chán）兔：狡兔，指讒佞小人。27 荏染：柔弱。柔木：柔韌、美好的樹木。樹：種植。28 往來：無定。行：道路。言：謠言。29 心：詩人之心。數：辨別。

30 蛇（粵：移；普：yí）蛇：形容詞，說大話欺騙人，蛇通訑。碩：美好的意思，碩言猶巧言。31 簧：樂器，大笙。32 何人：什麼人。斯：語氣詞。33 麋：通湄，音湄，水邊。34 拳：勇力。下面「勇」字義同。35 職：只。階：階梯。36 微：腳脛生濕瘡。尰（粵：腫；普：zhǒng）：腳腫。37 猶：欺詐。將：且。38 居：語助詞。徒：同黨。幾何：多少。

賞析與點評

此詩諷刺周幽王寵信小人導致禍亂頻生。

何人斯

彼何人斯？其心孔艱。[1] 胡逝我梁，不入我門？伊誰云從？[2] 維暴之云。[3]

二人從行，誰為此禍？胡逝我梁，不入唁我？[4] 始者不如今，云不我可。

彼何人斯？胡逝我陳？[5] 我聞其聲，不見其身。不愧于人？不畏于天？

彼何人斯？其為飄風。[6] 胡不自北？胡不自南？胡逝我梁？祇攪我心。[7]

爾之安行，[8]亦不遑舍。[9]爾之亟行，[10]遑脂爾車？[11]壹者之來，云何其盱？[12]
爾還而入，我心易也。[13]爾還不入，否難知也。[14]壹者之來，俾我祇也。[15]
伯氏吹壎，[16]仲氏吹篪。[17]及爾如貫，[18]諒不我知。[19]出此三物，[20]以詛爾斯。[21]
為鬼為蜮，[22]則不可得。有靦面目，[23]視人罔極。[24]作此好歌，以極反側。[25]

注釋

1 艱：陰險。2 云：是。從：同行。伊誰云從，即誰是同行者。3 暴：姓暴之人。暴為古國名，其地在後來的鄭國境內。西周晚期有暴辛公，傳說善於做壎。4 唁：慰問。5 陳：堂前的路。6 飄風：暴起之風、旋風。朱熹《詩集傳》：「言其往來之疾若飄風然。」7 攪：翻動。8 安行：緩行。9 遑：閑暇。舍：停息。10 亟行：疾行。11 脂：膏油，此處指潤滑。12 壹者：乃者、向者。盱（粵：虛；普：xū）：張目而望。13 易：悅。14 否：同丕，即甚、非常。15 祇：安。16 伯氏：兄長，老大。壎（粵：勳；普：xūn）：古代陶製樂器。17 仲氏：弟弟，老二。篪（粵：持；普：chí）：古代竹製樂器。18 如貫：如物件那般串連在一起。19 諒：誠。20 三物：《毛傳》：「三物，豕（豬）犬雞也。」21 詛：刺血盟誓。22 蜮（粵：域；普：yù）：短狐。23 靦（粵：忝；普：tiǎn）：即靦，露面見人，引申為羞於見人。24 視：即示。視人罔極，意謂終須見人。25 極：正，此處指糾正。反側：即反覆無常之人。

賞析與點評

《世本》：「暴辛公作壎，蘇成公作篪。」二人為周平王時人。這首詩舊說多從《毛詩序》說，以為是「蘇公刺暴公」之作，今人多指是詩人諷刺好友因攀附權貴而反覆無常。詩人明知他所謂的「何人」是誰，卻欲言又止，引起讀者懸念，並且帶出下文對友人的批評。

巷伯

萋兮斐兮，成是貝錦。[1]彼譖人者，亦已大甚！[2]

哆兮侈兮，[3]成是南箕。[4]彼譖人者，誰適與謀？[5]

緝緝翩翩，[6]謀欲譖人。慎爾言也，謂爾不信。[7]

捷捷幡幡，[8]謀欲譖言。豈不爾受？既其女遷。[9]

驕人好好，[10]勞人草草。[11]蒼天蒼天，視彼驕人，[12]矜此勞人。[13]

彼譖人者，誰適與謀？取彼譖人，投畀豺虎。[14]豺虎不食，投畀有北。[15]有北不受，投畀有昊！[16]

楊園之道，[17]猗于畝丘。[18]寺人孟子，[19]作為此詩。凡百君子，[20]敬而聽之。[21]

注釋

1 萋：《韓詩》作緀，錯雜相間。斐：花紋。萋斐，花紋錯雜。貝錦：貝形花紋。萋兮斐兮，成是貝錦，是說小人編織罪名。2 亦：發語詞。已：太。已、大、甚，三字同義，均指過份。3 哆（粵：齒；普：chǐ）：口張大貌。侈：義同哆。4 南箕：星名，即箕星，因在南方，稱南箕。5 適：音敵，喜歡。6 緝（粵：輯；普：qì）緝：通咠咠，附耳私語貌。翩翩：花言巧語貌。7 慎：謹慎。爾：指讒佞小人。信：可信任。慎爾言也，謂爾不信，朱熹《詩集傳》：「譖人者自以為得意矣，然不慎爾言，聽者有時而悟，且將以爾為不信矣。」8 捷捷：巧辯貌。幡（粵：番；普：fān）幡：反覆無常貌。9 既：終於。女：指讒佞小人。遷：轉移。這兩句是說，一開始也信小人的話，後來還是會醒悟過來。10 驕人：驕傲得志之小人。好好：得意。11 勞人：被讒之人。草草：憂愁。12 視：審察。13 矜：同情。14 投：拋棄。畀：給。15 有：名詞詞頭。下文「有昊」同。有北，北方寒冷不毛的地方。16 昊：昊天。鄭玄《毛詩箋》：「付與昊天，制其罪也。」17 楊園：園名。道：道路。18 猗（粵：椅；普：yǐ）：即倚，依靠。畝丘：丘名。19 寺人：古代宮中供使喚的小臣，類似後代的宦官。孟子：寺人名字。也有可能詩人姓「子」，家中排行老大。周人滅商以後，多用殷商貴族從事文化活動。商王子姓，則孟子亦有可能為殷商遺族。20 百：泛言所有。君子：指執政的官員。21 敬：警戒。聽：聽取。

賞析與點評

此詩是宮中小臣孟子為批評那些中傷自己的小人而寫。

谷風

習習谷風，[1] 維風及雨。將恐將懼，維予與女。將安將樂，女轉棄予。
習習谷風，維風及頽。[2] 將恐將懼，寘予于懷。[3] 將安將樂，棄予如遺。[4]
習習谷風，維山崔嵬。[5] 無草不死，無木不萎。忘我大德，思我小怨。

注釋

1 習習：同颯颯。谷風：山谷之風。2 頽：暴風由上而下。3 寘：即置。鄭玄《毛詩箋》：「置我於懷，言至親己也。」4 如遺：鄭玄《毛詩箋》：「如遺者，如人行道遺忘物，忽然不省存也。」5 崔嵬：山高峻貌。

賞析與點評

從詩的內容考察，這可能是一首棄婦詩。陳子展說：「此詩風格絕類〈國風〉，蓋以合樂入於〈小雅〉。〈邶風・谷風〉，棄婦之詞。或疑〈小雅・谷風〉亦為棄婦之詞。毋題同，內容往往同，此歌謠常例。《後漢・陰皇后紀》，光武詔書云：『吾微賤之時，娶於陰氏。因將兵征伐，遂各別離。幸得安全，俱脫虎口。……（〈小雅〉曰：）「將恐將懼，維予與女。將安將樂，女轉棄予。」風人之戒，可不慎乎！』此可證此詩早在後漢之初，已有人視為棄婦之詞矣。」讀者可以參考。

蓼莪

蓼蓼者莪，[1] 匪莪伊蒿。[2] 哀哀父母，[3] 生我劬勞。[4]

蓼蓼者莪，匪莪伊蔚。[5] 哀哀父母，生我勞瘁。[6]

缾之罄矣，[7] 維罍之恥。[8] 鮮民之生，[9] 不如死之久矣！無父何怙？[10] 無母何恃？出則銜恤，入則靡至。[11]

父兮生我，母兮鞠我。[12] 拊我畜我，[13] 長我育我，顧我復我，出入腹我。[14] 欲報之德。昊天罔極！[15]

南山烈烈，[16]飄風發發。[17]民莫不穀，[18]我獨何害？
南山律律，[19]飄風弗弗。[20]民莫不穀，我獨不卒！[21]

注釋

1 蓼（粵：六；普：lù）蓼：長大貌。莪（粵：俄；普：é）：野草名。2 匪：非。伊：是。3 哀哀：鄭玄《毛詩箋》：「哀哀者恨不得終養父母，報其生長己之苦。」4 劬（粵：渠；普：qú）：勞苦。5 蔚：野草名，牡蒿。6 瘁：病。7 缾（粵：平；普：píng）：同瓶。罄：盡、空。8 罍（粵：雷；普：léi）：酒器。9 鮮：寡。胡承珙《毛詩後箋》：「鮮民猶言孤子，即下無父無母之謂。」10 怙（粵：戶；普：hù）：依靠。11 銜恤：懷着憂愁。出則銜恤，入則靡至，是說父母在我外出時一直憂恤記掛；我回來之後則關懷無所不至。12 鞠：養育。13 拊：三家詩作撫，撫育。畜：養育。14 顧、復、腹：鄭玄《毛詩箋》：「顧，旋視。復，反覆。腹，懷抱也。」何楷《詩經世本古義》：「自少至長，卷卷置之於懷，出入以之，不暫釋也。鞠、拊、畜三事，次於生之後，皆以養言。育、顧、復三事，次於長之後，皆以教育言。出入腹我，則總括教養而言。」15 昊天罔極：王引之《經義述聞》卷六：「言我方欲報是德，而昊天罔極，降此鞠凶，使我不得終養也。」16 烈烈：高大貌。17 飄風：旋風。發（粵：波；普：bō）發：形容風疾吹聲。18 穀：養、善。19 律律：高大威壯貌。律字通嵂。前言「南山烈烈」，此句又言「南山律律」，則「律律烈烈」是一個詞，即連綿詞「栗烈」之重文。「栗烈」見〈豳風・七月〉。20 弗（粵：畢；普：bì）弗：迅疾貌。「弗弗」與前文之「發發」是連綿詞「弗發」（觱發）的重文。「觱發」見〈豳風・七月〉。21 卒：終也，這裏是說為父母養老送終。

賞析與點評

這是一首懷念已逝父母的詩。

大東

有饛簋飧，[1] 有捄棘匕。[2] 周道如砥，[3] 其直如矢。君子所履，[4] 小人所視。[5]
睠焉顧之，[6] 潸焉出涕。[7]

小東大東，[8] 杼柚其空。[9] 糾糾葛屨，[10] 可以履霜。[11] 佻佻公子，[12] 行彼周行。[13]
既往既來，[14] 使我心疚。[15]

有冽氿泉，[16]無浸穫薪。[17]契契寤歎，[18]哀我憚人。[19]薪是穫薪，[20]尚可載也。[21]哀我憚人，亦可息也。

東人之子，職勞不來。[22]西人之子，粲粲衣服。[23]舟人之子，[24]熊羆是裘。[25]私人之子，[26]百僚是試。[27]

或以其酒，[28]不以其漿。[29]鞙鞙佩璲，[30]不以其長。維天有漢，[31]監亦有光。[32]跂彼織女，[33]終日七襄。[34]

雖則七襄，不成報章。[35]睆彼牽牛，[36]不以服箱。[37]東有啟明，西有長庚。[38]有捄天畢，[39]載施之行。[40]

維南有箕，[41]不可以簸揚。[42]維北有斗，[43]不可以挹酒漿。[44]維南有箕，載翕其舌。[45]維北有斗，西柄之揭。[46]

注釋

1 有饛（粵：蒙；普：méng）：即饛饛，食物豐盛。簋（粵：鬼；普：guǐ）：古代食器圈足，兩耳或四耳，方座，青銅製或陶製。飧（粵：孫；普：sūn）：飯。2 有捄（粵：救；普：qiú）：即捄捄，長而彎曲。棘匕：酸棗樹製成的湯匙。3 周道：大路。砥：磨刀石。如砥，即像磨刀石般平滑。4 君子：指西周貴族。履：行走。5 小人：東方各國平民。視：察看。6 睠（粵：眷；普：juàn）：回頭看。顧：看。7 潸（粵：山；

普：shān）：淚流貌。涕：眼淚。8 小東、大東：均指東方諸侯國家，因西周首都在今陝西，離周都遠為大東，近為小東。朱熹《詩集傳》：「小東大東，東方小大之國也，自周論之，則諸侯之國皆在東方。」9 杼、柚：織布機上的構件。其空：即空空。杼柚其空，陳奐《毛詩傳疏》：「杼柚盡空，則是傷於財也。」10 糾糾：繩索交錯纏繞。葛屨（粵：據；普：jù）：麻布鞋，夏日所穿。11 可：何的假借，如何。履：踩。12 佻佻：輕佻。公子：指西周貴族。13 行：走。周行：大道。14 既：又。馬瑞辰《毛詩傳箋通釋》：「既往既來，謂數數往來，疲於道路。」15 疚：病、痛苦。16 有洌：即洌洌，寒冷。氿泉：從側面流出的泉水。17 浸：濕。穫：收割。薪：柴。18 契契：憂愁苦悶。19 憚：通癉，勞苦。20 首「薪」字，鄭玄《毛詩箋》訓為「析」：「析是穫薪也。」為動詞，劈木成柴。是：這。後「薪」字指柴。21 尚：庶幾、也許。載：裝載。22 東人：指殷商舊地的貴族。職：只。勞：服勞役。來：通賚、勑，慰勞。23 西人：指從西邊過來的以周為主的新貴族。粲：同燦，華美鮮明。24 舟人：即周人。25 羆（粵：卑；普：pí）：熊名，體高大，能爬樹，會游泳，膽可入藥。熊羆是裘，對應前面所說的，「西人之子，粲粲衣服」。26 私人：奴僕。指被俘虜的殷商舊族。27 百僚：各種事務職位。試：任用。周人滅商以後，多用殷商舊族以為祝、宗、卜、史等從事文化工作。28 或：即有人，指東人。29 漿：酸味的飲料，古人用以代酒。30 鞙鞙：佩玉貌。佩璲：瑞玉。31 維：發語詞。漢：天河。32 監：即鑑的古字。古人盛水的大盆，用以照人。33 跂：分歧、成三角形。織女：星名，位於銀河北，與銀河南之牽牛星相對。織女共三星，形如等邊三角形。34 襄：移動。七襄，一天移動七次。35 報：反復往來。章：紡織品的紋理。報章，指梭子引線反復往來織布。36 睆（粵：碗；普：huàn）：星光明亮。牽牛：亦名河鼓，牽牛星。37 服：一說駕。一說背。箱：車廂。38 啟明、長庚：均指金星。早晨出現在東方，叫啟明，傍晚出現在西方，叫長庚，實則是同一顆星。39 有捄（粵：救；普：qiú）：即捄捄，長而彎曲。天畢：即畢星，共八星，形如長柄的網。40 載：則。施：設置。行：道路。41 箕：星名，有四星，形似簸箕。42 簸（粵：跛；普：bǒ）揚：上下顛動簸箕，揚去穀米中的糠皮或雜物。43 斗：星名。北斗，共六顆星。44 挹（粵：邑；普：yì）：舀。45 翕（粵：泣；普：xī）：吸引。舌：指箕宿下二星。46 西柄：器物的把兒。揭：高舉。

賞析與點評

此詩反映了西周晚期東方諸侯的不滿。詩中所謂「西人之子」指周人殖民到中原各國的新貴族，而東人之子則是被征服的東方舊族。西周晚期政事不興、民生凋敝之後，新舊貴族之間的矛盾隨之加劇。

四月

四月維夏，[1]六月徂暑。[2]先祖匪人，[3]胡寧忍予？[4]
秋日淒淒，[5]百卉具腓。[6]亂離瘼矣，[7]爰其適歸？[8]
冬日烈烈，[9]飄風發發。[10]民莫不穀，[11]我獨何害！
山有嘉卉，[12]侯栗侯梅。[13]廢為殘賊，莫知其尤。[14]
相彼泉水，載清載濁。[15]我日構禍，[16]曷云能穀？[17]
滔滔江漢，[18]南國之紀。[19]盡瘁以仕，[20]寧莫我有。[21]
匪鶉匪鳶，[22]翰飛戾天。[23]匪鱣匪鮪，[24]潛逃于淵。
山有蕨薇，[25]隰有杞桋。[26]君子作歌，維以告哀。

注釋

1 四月：夏曆四月，為夏季開始之時。2 徂：始。3 匪人：人通仁，即不仁。4 胡寧：為何。忍予：意謂忍心見我受苦。5 淒淒：寒涼。6 卉：花草。腓（粵：肥；普：féi）：枯萎。7 離：離亂。瘼（粵：莫；普：mò）：病。8 爰：一作奚，即何。其：語助詞。適：往。9 烈烈：凜冽、栗烈。10 飄風：旋風。發（粵：波；普：bō）發：象聲詞，形容風的聲音。11 穀：善。下同。12 嘉：善。卉：草木。13 侯：發語詞。義同維。14 尤：過錯。15 載：又。16 構：通覯，遭遇。17 曷：何。云：語助詞。

18 滔滔：大水貌。19 之：是。紀：綱紀。20 瘁：病、勞。仕：事。21 寧：乃。有：通友，親信。22 匪：通彼，下同。鶉：雕。鳶：鷹。23 翰：羽。戾：至。24 鱣（粵：淺；普：zhān）、鮪（粵：賄；普：wěi）：魚名。25 蕨、薇：植物名，可食。26 隰：低濕之地。杞：枸杞。桋（粵：疑；普：yí）：木名。

賞析與點評

「君子作歌，維以告哀」，是全篇主旨。詩人抒發自己遭逢亂世、流離異地的悲苦。一般學者認為這首詩是西周晚期幽王時的作品。

北山

陟彼北山，[1]言采其杞。[2]偕偕士子，[3]朝夕從事。王事靡盬，[4]憂我父母。
溥天之下，[5]莫非王土；率土之濱，[6]莫非王臣。大夫不均，我從事獨賢。[7]
四牡彭彭，[8]王事傍傍。[9]嘉我未老，[10]鮮我方將。[11]旅力方剛，[12]經營四方。[13]

或燕燕居息，[14]或盡瘁事國；[15]或息偃在牀，[16]或不已于行。[17]

或不知叫號，[18]或慘慘劬勞；[19]或棲遲偃仰，[20]或王事鞅掌。[21]

或湛樂飲酒，[22]或慘慘畏咎；[23]或出入風議，[24]或靡事不為。[25]

注釋

1 陟（粵：即；普：zhì）：登上。2 言：發語詞。杞：枸杞。3 偕偕：強壯貌。士子：詩人自稱。4 王事：征役。靡：沒有。盬：止息。5 溥：通普，普遍。6 率：沿着。濱：邊境。7 賢：多、勞苦。8 四牡：駕車的四匹雄馬。彭彭：車輪滾動的聲音，形容奔走不息。9 傍傍：繁忙。10 嘉：誇讚。11 鮮：誇讚。將：壯。鄭玄《毛詩箋》：「王善我年未老乎？善我方壯乎？何獨久使我也。」12 旅力：同膂力，體力、力量。方：正。剛：強。13 經營四方：金文中也有「經維四方」的成語，見宣王時期的虢季子白盤。14 或：有人。燕燕：通宴宴，安逸。居息：居家休息。15 盡瘁：盡心竭力，不辭勞苦。16 偃：仰臥。17 不已：不停。行：道路。18 或不知叫號：朱熹《詩集傳》：「不知叫號，深居安逸，不聞人聲也。」19 慘慘：憂愁不安。劬（粵：渠；普：qú）勞：勞苦。20 棲遲：停留止息。偃仰：躺着休息。21 鞅掌：事務繁忙。鞅掌本義是說馬蹄行走不止。22 湛（粵：眈；普：dān）：通眈，盡情歡樂。23 畏咎：怕犯錯獲罪。24 風議：發議論。25 靡事不為：無所不為，指什麼事都要做。

賞析與點評

此詩寫官吏埋怨工作分配不均，別人逍遙快活，自己卻奔波勞累。

無將大車

無將大車，[1] 祇自塵兮。[2] 無思百憂，祇自疧兮。[3]

無將大車，維塵冥冥。[4] 無思百憂，不出于熲。[5]

無將大車，維塵雝兮。[6] 無思百憂，祇自重兮！[7]

注釋

1 將：推。2 祇：適。塵：這裏作動詞，指塵埃滿身。3 疧（粵：其；普：qí）：憂病。4 冥冥：塵飛貌。5 熲（粵：泳；普：jiǒng）：光明。6 雝：通壅，蔽。7 重：沉重、勞累。

賞析與點評

全詩三章，每章均以推車起興。詩作以人幫着推車前進而不見四方為喻，謂人生在世若能不焦慮、不憂懷，自能逍遙自在。至於詩人的身份，一般認為是古代行役者。

小明

明明上天，[1]照臨下土。我征徂西，[2]至于艽野。[3]二月初吉，[4]載離寒暑。[5]心之憂矣，其毒大苦。[6]念彼共人，[7]涕零如雨。[8]豈不懷歸？[9]畏此罪罟！[10]

昔我往矣，日月方除。[11]曷云其還？[12]歲聿云莫。[13]念我獨兮，[14]我事孔庶。[15]心之憂矣，憚我不暇。[16]念彼共人，睠睠懷顧！[17]豈不懷歸？畏此譴怒。[18]

昔我往矣，日月方奧。[19]曷云其還？政事愈蹙。[20]歲聿云莫，采蕭穫菽。[21]心之憂矣，自詒伊戚。[22]念彼共人，興言出宿。[23]豈不懷歸？畏此反覆。[24]

嗟爾君子，[25]無恆安處。[26]靖共爾位，[27]正直是與。[28]神之聽之，[29]式穀以女。[30]

嗟爾君子，無恆安息。靖共爾位，好是正直。[31]神之聽之，介爾景福。[32]

注釋

1 明明：明智、明察，乃歌頌上天之辭。2 征：行役。徂西：往鎬京以西。3 艽（粵：求；普：qiú）：荒野。4 初吉：指初一至初七、初八日。5 載：語助詞。離：

經歷。6 毒：指行役之毒害。大：即太。7 共人：恭謹的人。共通恭。8 涕：眼淚。零：落下。9 懷：思。10 罪罟（粵：古；普：gǔ）：指罪責、責難。罟，通辜。11 除：逝去。12 曷：何，何時。云：語助詞。其：將會。13 聿（粵：曰；普：yù）：語助詞，通遹。莫：暮本字，此處指歲暮，即一年將盡。14 獨：孤獨。15 孔庶：很多。庶，繁多。16 憚：通癉，勞苦。17 睠（粵：眷；普：juàn）睠：反顧依戀。18 此：這，指統治者。譴：譴責。19 奧：通燠，暖、熱。20 蹙：急促。21 蕭：一種蒿子，有香氣，古人採以供祭祀用。菽：大豆。22 自詒：即自找。伊：此。戚：憂愁。23 興：起身。言：語助詞。出宿：因失眠，故到外面過夜。24 反覆：變動無常以致亂加罪名。25 嗟：歎詞。26 恆：常。27 靖：專一。共：通恭，恭於、忠於。28 與：親近。29 首「之」字是襯詞，后「之」字是代詞，指前四句。30 式：用。穀：俸祿。31 好：愛好。是：此。正直：指正直之人。32 介：通丐、匄，祈求的意思。景：大。介爾景福，當時祭祀中常用的成語。

賞析與點評

這是遭流放服役的大臣抒發悲苦之情的詩篇。

鼓鐘

鼓鐘將將，[1]淮水湯湯，[2]憂心且傷。淑人君子，[3]懷允不忘。[4]

鼓鐘喈喈，[5]淮水湝湝，[6]憂心且悲。淑人君子，其德不回。[7]

鼓鐘伐鼛，[8]淮有三洲，[9]憂心且妯。[10]淑人君子，其德不猶。[11]

鼓鐘欽欽，[12]鼓瑟鼓琴，笙磬同音。[13]以雅以南，[14]以籥不僭。[15]

注釋

1 鼓：敲擊。將將：鐘聲。2 淮水：淮河。湯（粵：傷；普：shāng）湯：水盛貌。3 淑人、君子：即有美德之人。4 懷：念。允：助詞，無實義。一說允為誠信的意思。5 喈（粵：佳；普：jiē）喈：鐘聲和諧。6 湝（粵：佳；普：jiē）湝：水流盛大。7 回：邪僻。8 鼛（粵：高；普：gāo）：大鼓。9 三洲：即三個小島。10 妯（粵：抽；普：chōu）：悲傷。11 猶：通瘉，有毛病。12 欽欽：鐘聲。13 笙：樂器，用裝有簧的竹管和吹氣管裝在半圓形底座上。磬：石製的打擊樂器。14 以：即為，演奏。雅：指宗周常用的樂鐘。南：指鎛，多見於南方江漢流域的樂器名。15 籥（粵：若；普：yuè）：古代樂器，形狀像笛。僭（粵：占；普：jiàn）：差錯。

賞析與點評

詩人撫今追昔，由懷念王室禮樂，聯想到往日君臣品德美好，國家興旺。

楚茨

楚楚者茨，[1]言抽其棘，[2]自昔何為？[3]我蓺黍稷。[4]我黍與與，[5]我稷翼翼。
我倉既盈，我庾維億。[6]以為酒食，[7]以享以祀，[8]以妥以侑，[9]以介景福。[10]

濟濟蹌蹌，[11]絜爾牛羊，[12]以往烝嘗。[13]或剝或亨，[14]或肆或將。[15]祝祭于祊，[16]
祀事孔明。[17]先祖是皇，[18]神保是饗。[19]孝孫有慶，[20]報以介福，萬壽無疆！

執爨踖踖，[21]為俎孔碩，[22]或燔或炙。[23]君婦莫莫，[24]為豆孔庶。[25]為賓為客，[26]
獻酬交錯。[27]禮儀卒度，[28]笑語卒獲。[29]神保是格，[30]報以介福，萬壽攸酢！[31]

我孔熯矣，[32]式禮莫愆。[33]工祝致告，[34]徂賚孝孫。[35]苾芬孝祀，[36]神嗜飲食。
卜爾百福，[37]如幾如式。[38]既齊既稷，[39]既匡既敕。[40]永錫爾極，[41]時萬時億！[42]

禮儀既備，鐘鼓既戒，[43]孝孫徂位，[44]工祝致告，神具醉止，[45]皇尸載起。鼓鐘送尸，神保聿歸。[46]諸宰君婦，[47]廢徹不遲。[48]諸父兄弟，備言燕私。[49]

樂具入奏，[50]以綏後祿。[51]爾殽既將，[52]莫怨具慶。[53]既醉既飽，[54]小大稽首。[55]

神嗜飲食，使君壽考。孔惠孔時，[56]維其盡之。[57]子子孫孫，勿替引之！[58]

注釋

1 楚楚：繁盛眾多。茨（粵：慈；普：cí）：草名，即蒺藜。2 言：發語詞。抽：除去。棘：草木上的刺。3 自昔：自古。何為：這是為何。4 我：祭者自稱。蓺（粵：毅；普：yì）：種植。黍、稷：穀物。5 與與：茂盛。下文之翼翼義同。6 庾：露天堆放的穀囤。維：是。億：本指量詞，此處指滿。7 以：用。下同。8 享：奉獻祭品、祭祀。9 妥：周代禮制，祭祀時有人裝神，叫尸。當尸走上他的位置時，主祭者跪拜，請尸安坐，叫妥。侑：佐尸勸食或勸飲。10 介：通匄、丐。景：大。這句是祭祀常用成語。11 濟濟、蹌蹌：整齊眾多。12 絜：潔淨。13 烝、嘗：鄭玄《毛詩箋》：「冬祭曰烝，秋祭曰嘗。」14 或：有人。下同。剝：剝皮。亨：烹本字，煮熟。15 肆：陳設。將：通鬺，將食物放入鼎內，引申為奉獻。16 祝：祭祀時司祭禮向神禱告之官。祊（粵：崩；普：bēng）：古代宗廟門內設祭之處。17 孔：非常。明：完備。18 是：代詞，這裏用於強調的語氣。皇：光耀。19 神保：即尸。古代祭祀時代替祖先受祭的活人。錢鍾書《管錐篇》：「神保者，降神之巫也……本篇下文又曰『神保是格，報以介福』，『神嗜飲食，卜爾百福』，『神具醉止，皇尸載起。鼓鍾送尸，神保聿歸』，

『神嗜飲食，使君壽考』。神保、神、尸，一指而三名，一身而二任。」饗：指代表鬼神的尸享用祭品。20 孝孫：指周王。慶：有可賀之事。21 爨（粵：寸；普：cuàn）：灶。執爨即掌管炊事的人。踖（粵：即；普：jí）踖：恭敬而行動敏捷。22 俎：古代祭祀盛牲體的禮器。碩：精美。23 燔：燒肉。炙：烤肉。24 君婦：天子或諸侯之妻。莫莫：清靜敬謹。25 豆：古代盛肉的禮器，此處借代菜餚。庶：很多。26 賓：指助祭的人。27 獻：主人向客人敬酒。酬：主人再次向賓客敬酒。朱熹《詩集傳》：「主人酌賓曰獻，賓飲主人曰酢，主人又自飲而復飲賓曰酬。」28 卒度：完全合乎法度。29 獲：通矱，亦指合乎法度。30 格：來。31 攸：語助詞。酢：報答。32 熯：謹之假借，音義同，恭敬。33 式：發語詞。莫：沒有。愆：過錯。34 工祝：祝官，主持祭祀的司儀。35 徂：往。賚（粵：來；普：lài）：賞賜。36 苾芬：芬芳。孝祀：祭祀。37 卜：賜予。38 如：合。幾：通期，日期。式：法度。39 齊：整齊一致。稷：通亟，迅速。40 匡：端正。敕：戒慎。陳奐《毛詩傳疏》：「敕讀為飭。……齊、稷、匡、敕，皆祭祀肅敬之意，所謂如法也。」41 錫：賜。極：善。42 時：通是，指福氣。43 戒：告，指鐘鼓演奏以告禮成。44 徂位：程俊英、蔣見元《詩經注析》：「指主人回到原來的西面的位子上。」45 具：皆。醉：指尸而言。止：語助詞。46 聿（粵：曰；普：yù）：語助詞。歸：指神的魂魄離尸而去。47 宰：家臣。48 廢徹：廢，去；徹，退。廢徹即收去祭祀禮品。49 備：完備。燕私：私宴。燕，即宴。50 具：即俱，完全。51 綏：安享。後祿：將來的福祿。[52]將：美、好。[53]莫怨具慶：鄭玄《毛詩箋》：「同姓之臣無有怨者而皆慶君。是其歡也。」[54]既：已。[55]小大：長幼。稽：磕頭。[56]孔：非常。惠：順利。時：善。[57]維：同唯。其：代詞，指主人。[58]替：廢除。引：延續。之：代詞，指祭祀。

賞析與點評

這是一首祭祀祖先的詩篇。首章鋪陳酒食之盛，次章集中描述作為祭品的牛羊，三章敍述祭祀禮儀，四章寫祭祀神靈的經過，五章寫祭禮完畢送走神靈的恭敬，六章寫祭禮之後的親族宴會。全詩氣派不凡，主持者或者就是周天子。姚際恆指出，此詩可與《禮記・郊特牲》、《儀禮・少牢饋食禮》合觀。

信南山

信彼南山，[1]維禹甸之。[2]畇畇原隰，[3]曾孫田之。[4]我疆我理，南東其畝。[5]

上天同雲，[6]雨雪雰雰，[7]益之以霢霂。[8]既優既渥，既沾既足，[9]生我百穀。

疆埸翼翼，[10] 黍稷彧彧。[11] 曾孫之穡，[12] 以為酒食。畀我尸賓，[13] 壽考萬年。
中田有廬，[14] 疆埸有瓜。是剝是菹，[15] 獻之皇祖。曾孫壽考，受天之祜。[16]
祭以清酒，從以騂牡，[17] 享于祖考。執其鸞刀，[18] 以啟其毛，取其血膋。[19]
是烝是享，[20] 苾苾芬芬。[21] 祀事孔明，[22] 先祖是皇。[23] 報以介福，[24] 萬壽無疆！

注釋

1 信：讀如申，重複的意思，這裏指山形重疊。2 甸：治理，劃定疆域。3 畇（粵：魂；普：yún）畇：平坦整齊貌。隰：低濕之地。4 曾孫：朱熹《詩集傳》：「曾孫，主祭者之稱。曾，重也。自曾祖以至無窮，皆得稱之也。」田：耕種。5 疆、理、畝：朱熹《詩集傳》：「疆者，為之大界也。理者，定其溝塗也。畝，壟也。」6 同：重。朱熹《詩集傳》：「同雲，雲一色也，將雪之候如此。」7 雰（粵：分；普：fēn）雰：紛紛。朱熹《詩集傳》：「雰雰，雪貌。豐年之冬必有積雪。」8 益：加。霢霂（粵：脈木；普：mài mù）：小雨，或者說是雨雪之後的水汽。霢通霡。9 渥、沾：朱熹《詩集傳》：「優、渥、沾、足，皆饒洽之意也。」10 埸（粵：亦；普：yì）：畔，田界。翼翼：整齊貌。11 彧（粵：沃；普：yù）彧：茂盛貌。12 穡：收穫的穀物。13 畀（粵：祕；普：bì）：給予。尸：代表先祖受祭的人，往往是年輕的裔孫。賓：參與祭祀的人，多為諸侯卿士大夫。14 中田：田中。廬：蘆之假借字，蘿蔔。15 菹（粵：追；

普：zǔ）：鹽漬。16 祜（粵：塢；普：hù）：福也。17 騂（粵：星；普：xīng）：毛皮紅色的馬或牛。18 鸞刀：有鈴的刀。19 膋（粵：了；普：liáo）：脂膏。20 烝（粵：蒸；普：zhēng）：進。享：獻。一說烝是冬祭。古代四時祭祀，曰春祠，夏禴，秋嘗，冬烝。21 苾（粵：必；普：bì）苾芬芬：鄭玄《毛詩箋》：「既有牲物而進獻之，苾苾芬芬然香，祀禮於是則明也。」22 孔：甚。明：備。23 皇：歸往。24 介福：大福。

賞析與點評

這首詩與〈小雅·楚茨〉同屬周天子祭祖祈福的樂歌。此篇時序則重在秋收之際，表現出周朝的農耕文化。

甫田

倬彼甫田，[1] 歲取十千。[2] 我取其陳，[3] 食我農人。[4] 自古有年。[5] 今適南畝，[6]
或耘或耔。[7] 黍稷薿薿，[8] 攸介攸止，[9] 烝我髦士。[10]
以我齊明，[11] 與我犧羊，[12] 以社以方。[13] 我田既臧，[14] 農夫之慶。[15] 琴瑟擊鼓，以御田祖。[16] 以祈甘雨，以介我稷黍，[17] 以穀我士女。[18]
曾孫來止，[19] 以其婦子。饁彼南畝，[20] 田畯至喜。[21] 攘其左右，[22] 嘗其旨否。[23]
禾易長畝，[24] 終善且有。[25] 曾孫不怒，農夫克敏。[26]
曾孫之稼，如茨如梁。[27] 曾孫之庾，[28] 如坻如京。[29] 乃求千斯倉，[30] 乃求萬斯箱。[31] 黍稷稻粱，農夫之慶。報以介福，萬壽無疆。

注釋

1 倬：廣大貌。甫田：大田。2 取：收稅。十千：《毛傳》：「言多也。」3 我：天子自稱。陳：舊，此處指舊粟。4 食（粵：寺；普：sì）：給與食物。5 自古：多年以來。有年：豐年。6 適：往。7 耘：除草。耔：培土。8 薿（粵：以；普：nǐ）薿：繁茂貌。9 攸：乃。介：通界，也是止的意思。止：至。「攸介攸止」是詩中成語，也見〈大雅．生民〉。有止息或與民休息的意思。10 烝：接見。髦士：俊彥之士。這裏指天子會見的卿士大夫。11 齊明：祭器所盛之穀物。齊字通齋，也通粢，指祭器中的實物，「齊明」即「粢盛」。12 犧：純色之羊。13 社：土神。這裏用作動詞，指祭祀土地。方：四方神靈。這裏也用作動詞。14 臧：善。15 慶：福。16 御：迎接。田祖：神靈。17 介：音丐，義亦同，求。18 穀：養。士女：男女。19 曾孫：主祭者。止：語助詞。20 饁（粵：葉；普：yè）：送飯。21 田畯：田神，周先祖后稷之佐。見〈豳風．七月〉

注釋。22 攘：取。23 嘗：即嚐。旨否：甘美與否。24 易：治理。長畝：整個田畝。25 終：既。有：多。26 克：能。敏：敏捷，意即勤勉。27 茨：草屋頂。梁：屋樑。指穀物堆積起來，與屋頂屋樑齊。28 庾：屯積。29 坻（粵：持；普：chí）水中之高地。京：高丘。30 斯：語助詞。下同。31 箱：車廂。

賞析與點評

本詩反映了當時社會的農業面貌，在描寫收穫景象之時，也刻畫了對祭祀和天子重視農業的描寫。《詩經》中題為〈甫田〉者有兩篇，一在〈齊風〉，一在〈小雅〉，皆與農事有關。

大田

大田多稼，[1]既種既戒，[2]既備乃事。[3]以我覃耜，[4]俶載南畝。[5]播厥百穀，[6]既庭且碩，[7]曾孫是若。[8]

既方既皁，[9]既堅既好，不稂不莠。[10]去其螟螣，[11]及其蟊賊，[12]無害我田穉。[13]田祖有神，秉畀炎火。[14]

有渰萋萋，[15]興雨祁祁。[16]雨我公田，[17]遂及我私。[18]彼有不穫穉，此有不斂穧；彼有遺秉，此有滯穗。伊寡婦之利。[19]

曾孫來止，以其婦子。饁彼南畝，田畯至喜。來方禋祀，[20]以其騂黑，[21]與其黍稷。以享以祀，以介景福。[22]

注釋

1 多稼：收成多。2 種：選種子。戒：修治農具。3 既備：准備妥當。乃事：從事下文所述工作。4 覃：剡（粵：掩；普：yǎn）的假借字，銳利。耜（粵：似；普：sì）：農具，似犁。5 俶（粵：促；普：chù）：始。載：從事。6 厥：其。7 庭：一說生出，一說直。8 曾孫：主祭者，這里指周王。若：順從。9 方：房。皁（粵：做；普：zào）：穀實剛結成貌。10 稂（粵：狼；普：láng）：野草。莠（粵：有；普：yǒu）：草名。兩者均對農作物有害。11 螟（粵：冥；普：míng）：小菜蟲。螣（粵：特；普：tè）：食葉的蟲。12 蟊（粵：矛；普：máo）：吃苗根的蟲。賊：吃苗節的蟲。13 穉：幼苗。14 田祖：神靈。秉：持。畀（粵：比；普：bì）：交付。以上二句謂田祖若是有靈，請將這些害蟲投到火裏吧。15 渰（粵：掩；普：yǎn）：雲起貌。萋萋：淒淒的假借字，《韓詩外傳》作淒淒。盛多的樣子。16 祁祁：徐徐。17 公田：公家之田。18 私：私人之田。19 不穫穉：未收割的禾。穧（粵：劑；普：jì）：收割。不斂穧，已割而未及收取的禾。遺秉：成把被遺漏的禾。滯穗：遺漏在稻田的穗。伊：是。以上五句，指有遺下的穗粒，可以讓窮苦的寡婦拾取維生。20 方：四方之神。禋（粵：因；普：yīn）祀：祭祀的一種。21 騂（粵：星；普：xīng）：赤色牲。黑：黑色牲。22 介（粵：丐；普：gài）：通匄、丐，求的意思。景：大。

賞析與點評

此詩與〈小雅．甫田〉相同，均是周王祭祀田祖的詩篇。詩作提到的除蟲法，後世依然沿用。另外，當中談及的公田與私田，也讓讀者了解到古代井田制度的細節。

瞻彼洛矣

瞻彼洛矣，[1]維水泱泱。[2]君子至止，[3]福祿如茨。[4]韎韐有奭，[5]以作六師。[6]

瞻彼洛矣，維水泱泱。君子至止，鞞琫有珌。[7]君子萬年，保其家室。

瞻彼洛矣，維水泱泱。君子至止，福祿既同。[8]君子萬年，保其家邦。

注釋

1 洛：水名。2 維：發語詞。泱泱：水深廣貌。3 君子：天子。4 茨：草屋頂，此處喻多。5 韎韐（粵：魅隔；普：mèi gé）：紅色皮製蔽膝。奭（粵：式；普：shì）：赤色。6 作：興。六師：六軍，即天子六軍。7 鞞琫（粵：比綳；普：bǐ běng）：有紋飾的刀鞘。珌（粵：畢；普：bì）：佩刀下飾。8 同：會集。

賞析與點評

朱熹《詩集傳》云：「此天子會諸侯於東都以講武事，而諸侯美天子之詩，天子御戎服而起六師也。」周初軍隊有西六師、成周八師、殷八師等。西六師是原周人的軍隊，滅商以後又有所謂成周八師、殷八師，則是收編了被征服的軍隊，如滿清入關時八旗與綠營之分。

裳裳者華

裳裳者華，[1] 其葉湑兮。[2] 我覯之子，[3] 我心寫兮。[4] 我心寫兮，是以有譽處兮。[5]

裳裳者華，芸其黃矣。[6] 我覯之子，維其有章矣。[7] 維其有章矣，是以有慶矣。

裳裳者華，或黃或白。我覯之子，乘其四駱。[8] 乘其四駱，六轡沃若。[9]

左之左之，[10]君子宜之。右之右之，君子有之。維其有之，是以似之。[11]

注釋

1 裳裳：花豐盛貌。華：花。2 湑（粵：須；普：xū）：茂盛貌。3 覯（粵：夠；普：gòu）：遇見。之子：那個人。4 寫：舒放。5 譽處：安樂。譽，通豫，是安逸的意思。6 芸：花葉眾多貌。7 章：有才華。8 駱：黑鬃的白馬。9 轡：繮繩。沃若：溫潤有光澤貌。10 左之右之：即輔助。11 似：嗣、延續。

賞析與點評

詩作前三章結構相似，每章前兩句寫花起興，引出詩人對「之子」的情感。第四章節奏變得舒緩，配合對君子的讚美，相得益彰。

桑扈

交交桑扈，[1]有鶯其羽。[2]君子樂胥，[3]受天之祜。[4]

交交桑扈，有鶯其領。[5]君子樂胥，萬邦之屏。[6]

之屏之翰，[7]百辟為憲。[8]不戢不難，[9]受福不那。[10]
兕觥其觩，[11]旨酒思柔。[12]彼交匪敖，[13]萬福來求。[14]

注釋

1 交交：鳥鳴聲。桑扈：鳥名，即青雀。2 鶯：文采貌。3 君子：諸侯。胥：語助詞。4 祜（粵：護；普：hù）：福祿。5 領：頸。6 屏：屏障。原義為君主身後的屏風。7 之：是。翰：屏障。原義為君主身後上方的雉羽。8 辟：國君。憲：法度。9 不：語助詞。後一句同。戢（粵：執；普：jí）：收藏。難（粵：挪；普：nuó）：通戁，恐懼。10 那：音挪，多。11 觩（粵：求；普：qiú）：角彎貌。兕觥（粵：似轟；普：sì gōng）：爵，牛形酒器。12 旨酒：美酒。思：語助詞。柔：善。13 交敖：連綿詞，即逍遙。匪：通彼，語氣詞。這句的意思是君子逍遙。14 求：聚。

賞析與點評

這也是天子請諸侯飲宴時歌唱的詩篇。前兩章均以鳥起興，渲染來朝諸侯仁德之美，三章直言諸侯們的美德，四章回歸飲宴主題，並以祝願作結，莊重得體。

鴛鴦

鴛鴦于飛，[1]畢之羅之。[2]君子萬年，[3]福祿宜之。[4]
鴛鴦在梁，[5]戢其左翼。[6]君子萬年，宜其遐福。[7]
乘馬在廄，[8]摧之秣之。[9]君子萬年，福祿艾之。[10]
乘馬在廄，秣之摧之。君子萬年，福祿綏之。[11]

注釋

1 于飛：在飛。2 畢、羅：朱熹《詩集傳》：「畢，小網長柄也。羅，網也。」二字在此皆作動詞用。3 君子：天子。4 福祿宜之：馬瑞辰《毛詩傳箋通釋》：「福祿宜之，猶言福祿綏之，宜、綏皆安也。」5 梁：魚樑。6 戢（粵：及；普：jí）：收斂。7 遐：長久。一說，遐通嘏，也是福的意思。8 乘馬：四馬。廄（粵：究；普：jiù）：馬棚。9 摧（粵：錯；普：cuò）：鍘碎的草。秣：餵馬的雜穀。10 艾：通乂，也是安定的意思。金文中通辪。11 綏：安定。金文中寫作妥。

賞析與點評

此詩題旨，歷來說法有二，一是認為乃諷刺周幽王而作，另一是判定為賀人新婚詩。

頍弁

有頍者弁，[1]實維伊何？[2]爾酒既旨，爾殽既嘉。[3]豈伊異人？[4]兄弟匪他。[5]
蔦與女蘿，[6]施于松柏。[7]未見君子，憂心奕奕。[8]既見君子，庶幾說懌。[9]

有頍者弁，實維何期？[10]爾酒既旨，爾殽既時。[11]豈伊異人？兄弟具來。[12]蔦與女蘿，施于松上。未見君子，憂心怲怲；[13]既見君子，庶幾有臧。[14]

有頍者弁，實維在首。[15]爾酒既旨，爾殽既阜。[16]豈伊異人？兄弟甥舅。如彼雨雪，[17]先集維霰。[18]死喪無日，無幾相見。樂酒今夕，君子維宴。

注釋

1 有頍（粵：虧；普：kuǐ）：字義通跂，指帽子上面的角。弁（粵：卞；普：biàn）：皮帽。2 實：是。維：為。伊：語助詞。3 旨、嘉：美也。4 伊：彼。5 匪：不是。兄弟在這裏指同姓諸侯。6 蔦（粵：鳥；普：niǎo）：植物名，即寄生草。女蘿：植物名，一名菟絲。7 施：音易，蔓延。8 奕奕：心神不定貌。通弈弈，義為搖搖。9 庶幾：差不多。說：通悅。懌：歡喜。10 期（粵：機；普：jī）：語助詞。何期，為何。11 時：善、美。12 異人：他人，如今語之外人。具：俱。13 怲（粵：並；普：bǐng）怲：憂愁貌。14 臧：善。15 在首：戴在頭上。16 阜：音富，盛多。17 雨：音玉，落。雨雪，下雪。18 集：落下。霰（粵：線；普：xiàn）：初凝固的雪。

賞析與點評

此篇是一首天子飲宴諸侯的詩。兄弟指同姓諸侯；甥舅指常與周室通婚的異姓諸侯。

車舝

間關車之舝兮，[1]思孌季女逝兮。[2]匪飢匪渴，德音來括。[3]雖無好友，式燕且喜。[4]

依彼平林，[5]有集維鷮。[6]辰彼碩女，[7]令德來教。[8]式燕且譽，[9]好爾無射。[10]

雖無旨酒，式飲庶幾。[11]雖無嘉殽，式食庶幾。雖無德與女，[12]式歌且舞。

陟彼高岡，[13]析其柞薪。[14]析其柞薪，其葉湑兮。[15]鮮我覯爾，[16]我心寫兮！[17]

高山仰止，[18]景行行止。[19]四牡騑騑，[20]六轡如琴。[21]覯爾新昏，[22]以慰我心。

注釋

1 間關：車聲。舝（粵：瞎；普：xiá）：車軸兩頭的鍵。戴震《毛鄭詩考證》：「車行則轂端鐵與舝相切，有聲間關然。」2 孌（粵：戀；普：luán）：美貌。季女：最小的女兒。逝：前往、離開。3 德音：美好的音容。括：至。4 式：發語詞。燕：通宴，宴飲。式……且……與「既……且……」同。5 依：靠近。平林：在平地的林木者。6 維：語助詞。鷮（粵：驕；普：jiāo）：野雞。7 辰：美善貌。碩：原是高大的意思，但詩中往往以形容高貴，如「碩人」、「碩女」、「公孫碩膚」等等，往往用來稱美周的貴族，即所謂「西人之子」。8 令：美。來：是。令德來教，被教以美德。9 譽：歡樂。10 好：喜好。射（粵：義；普：yì）：厭棄。11 庶幾：林義光《詩經通解》：「庶幾，願望之詞。願其飲食歌舞。」12 與：給。女：音義同汝。13 陟：升、登。高岡：高山。14 析：砍伐。柞（粵：昨；普：zuò）：樹名。15 湑（粵：須；普：xū）：茂盛。16 鮮：少。覯（粵：夠；普：gòu）：見。17 寫：舒暢。18 仰：擡頭望。仰止：仰之。19 景行：大道。行：行走。行止：行之。20 牡：雄馬。騑（粵：非；普：fēi）騑：馬行不止。21 轡：繮繩。如琴：朱熹《詩集傳》：「如琴，謂六轡調和如琴瑟也。」22 爾：新婚婦人。昏：即婚。

賞析與點評

這是一首描寫新婚的詩篇，從男子角度寫娶妻途中的喜樂及對妻子的愛慕之情。分析其口吻，似為一諸侯君主迎娶周天子的小女兒。

青蠅

營營青蠅，[1]止于樊。[2]豈弟君子，[3]無信讒言。
營營青蠅，止于棘。[4]讒人罔極，[5]交亂四國。[6]
營營青蠅，止于榛。[7]讒人罔極，搆我二人。[8]

注釋

1 營營：往來飛的聲音。2 樊：竹籬笆。3 豈弟（粵：凱替；普：kǎi tì）：即愷悌，和樂平易也。君子：天子。4 棘：荊棘。5 罔極：何楷《詩經世本古義》：「罔極，謂陰險變幻，無所底極。人罔極，則其言亦罔極也。」6 交亂：交互攪亂，即挑撥離間。四國：四方。7 榛：叢林。8 搆：構陷，挑撥離間。

賞析與點評

詩作將蒼蠅比作進讒之人，並以此層層推進。第一章規勸君子不要去聽信讒言，第二章批評讒言攪亂四鄰各國關係，第三章抨擊讒言挑撥人際關係。全篇明白如話，直言無忌。

賓之初筵

賓之初筵，[1]左右秩秩。[2]籩豆有楚，[3]殽核維旅。[4]酒既和旨，[5]飲酒孔偕。[6]
鐘鼓既設，舉醻逸逸。[7]大侯既抗，[8]弓矢斯張。射夫既同，[9]獻爾發功。[10]發
彼有的，[11]以祈爾爵。[12]

籥舞笙鼓，[13]樂既和奏。烝衎烈祖，[14]以洽百禮。[15]百禮既至，[16]有壬有林。[17]
錫爾純嘏，[18]子孫其湛。[19]其湛曰樂，各奏爾能。[20]賓載手仇，[21]室人入又。[22]
酌彼康爵，[23]以奏爾時。[24]

賓之初筵，溫溫其恭。[25]其未醉止，[26]威儀反反。[27]曰既醉止，威儀幡幡。[28]
舍其坐遷，[29]屢舞僊僊。[30]其未醉止，威儀抑抑。[31]曰既醉止，威儀怭怭。[32]是
曰既醉，不知其秩。[33]

賓既醉止，載號載呶。[34]亂我籩豆，屢舞僛僛。[35]是曰既醉，不知其郵。[36]側
弁之俄，[37]屢舞傞傞。[38]既醉而出，並受其福。醉而不出，是謂伐德。[39]飲酒孔嘉，
維其令儀。[40]

凡此飲酒，[41]或醉或否。既立之監，[42]或佐之史。[43]彼醉不臧，[44]不醉反恥。
式勿從謂，[45]無俾大怠。[46]匪言勿言，[47]匪由勿語。[48]由醉之言，俾出童羖。[49]
三爵不識，[50]矧敢多又。[51]

注釋

1初：初席。2秩秩：恭敬有序。3籩（粵：邊；普：biān）：古代祭祀或宴會時盛果脯的竹器。豆：古代盛肉或熟菜的食器。有楚：即楚楚，盛貌。4殽：同餚，肉。核：乾果。旅：陳列。5和：調。旨：美。6孔：甚。偕：好。7醻：通酬，敬酒。逸逸：往來不斷。8侯（粵：勾；普：gōu）：箭靶。抗：舉。9射夫：眾射手。同：會聚。10獻：進獻。發功：射箭的本領。11彼：指箭。的：射中目標。12祈：求。爵：鄭玄《毛詩箋》：「爵，射爵也。射之禮，勝者飲不勝者。」13籥（粵：若；普：yuè）：樂器，編管為之。籥舞為周代禮制中的文舞，左手執籥，右手執雉羽。14烝（粵：蒸；普：zhēng）：周代四時祭祀中的冬祭，這裏用作動詞，泛指祭祀。衎（粵：漢；普：kàn）：通侃，讓人高興。烈祖：有功業之先祖。烈字通剌，金文中皆稱「剌且」。15洽（粵：合；普：qià）：合、協。16至：具備。17壬：大。林：多。朱熹《詩集傳》：「壬，大。林，盛也。言禮之盛大也。」18錫：賜。爾：主祭者。純：大，金文中作「屯」。嘏（粵：古；普：gǔ）：金文中通「魯」，福祿。19湛：樂。20奏：進獻。能：身手、才能。21載：則。手：揖讓的意思。仇：一起參與射禮的對手。周代射禮，對手間「揖讓而登，下而飲」。22室人：主人。又：通侑，勸酒的意思。23康：大。24時：中。以奏爾時，奏樂恭賀你這位射中的人。25溫溫：柔和。26止：語助詞。27反反：慎重。通板、昄。28幡幡：失威儀。29舍：捨棄。遷：離去。這句是說醉了以後，不安於位。30僊僊：輕舉貌。31抑抑：慎密貌。32怭（粵：必；普：

bì）恀：輕薄粗鄙貌。33 秩：秩序。34 號：呼號。呶（粵：撓；普：náo）：喧嘩。35 僛（粵：希；普：qī）僛：身體歪斜貌。36 郵：即尤，過錯。37 側、俄：鄭玄《毛詩箋》：「側，傾。俄，傾貌。」38 傞（粵：疏；普：cuō）傞：舞不止貌。39 伐德：敗德。40 令儀：美好的儀態。41 凡此飲酒：鄭玄《毛詩箋》：「飲酒於有醉者，有不醉者，則立監使視之，又助之以史使督酒，欲令皆醉也。」42 監：酒監，如後世之酒正，飲酒之監督者。43 史：記事者。44 臧：善。45 式：發語詞。從謂：聽從別人再勸酒。46 俾：使。大：音太。47 匪：不是。下同。48 由：法度。49 童羖（粵：古；普：gǔ）：無角的黑色公羊，這裏是男童的意思。50 不識 ：不省人事。51 矧（粵：哂；普：shěn）：況且。又：侑之假設字，勸酒。

賞析與點評

此詩描述西周射禮中飲酒饗宴的情況。如與近年出土的清華簡〈耆夜〉對讀，則此詩似是戰爭之後飲酒慶功的飲至禮。其中有酒監、有史，與《耆夜》所描述的一樣。

魚藻

魚在在藻，[1]有頒其首。[2]王在在鎬，[3]豈樂飲酒。[4]
魚在在藻，有莘其尾。[5]王在在鎬，飲酒樂豈。
魚在在藻，依于其蒲。[6]王在在鎬，有那其居。[7]

注釋

1 藻：水草。2 頒（粵：墳；普：fén）：大頭貌。于省吾認為頒通斑白的斑。有頒即頒頒然。3 鎬：鎬京。4 豈（粵：凱；普：kǎi）：同愷，歡樂。5 莘：長貌。6 蒲：蒲草。7 那（粵：挪；普：nuó）：安閑貌。

賞析與點評

《毛詩序》以為此詩是為諷刺幽王而作，可是細味文字，似是讚美君臣百姓和樂融洽的詩。

采菽

采菽采菽，[1]筐之筥之。[2]君子來朝，[3]何錫予之？[4]雖無予之，路車乘馬。[5]
又何予之？玄袞及黼。[6]

觱沸檻泉，[7]言采其芹。[8]君子來朝，言觀其旂。[9]其旂淠淠，[10]鸞聲嘒嘒。[11]
載驂載駟，[12]君子所屆。[13]

赤芾在股，[14]邪幅在下。[15]彼交匪紓，[16]天子所予。[17]樂只君子，天子命之。
樂只君子，福祿申之。[18]

維柞之枝，[19]其葉蓬蓬。[20]樂只君子，殿天子之邦。[21]樂只君子，萬福攸同。[22]
平平左右，[23]亦是率從。[24]

汎汎楊舟，[25]紼纚維之。[26]樂只君子，天子葵之。[27]樂只君子，福祿膍之。[28]
優哉游哉，亦是戾矣！[29]

注釋

1 菽（粵：蜀；普：shū）：大豆。2 筐：方形竹器。筥（粵：舉；普：jǔ）：圓形竹器。3 君子：指來朝之諸侯。4 錫：即賜之假借。金文中作易。5 路車：諸侯所乘之車。也稱戎車、戎輅、大路、大輅。6 玄袞：有捲龍圖紋的衣服。黼（粵：撫；普：fǔ）：黑白相間的禮服。7 觱（粵：必；普：bì）沸：泉水翻騰貌。連綿象聲詞，形容水、火、風等的聲音，即〈豳風・七月〉中的觱發。檻（粵：見；普：jiàn）泉：泉正出貌。檻，通濫，水湧出的樣子。8 采：即採。芹：水菜名。9 言：發語詞。旂（粵：奇；普：qí）：繪有龍圖案的旗幟。10 淠（粵：譬；普：pì）淠：風吹動的聲音。11 鸞：鈴聲。嘒（粵：慰；普：huì）嘒：馬車上的鑾鈴聲。12 驂（粵：參；普：cān）：駕車時四匹馬中兩旁的馬。駟：四馬。載驂載駟，指四匹馬同時奔跑。13 所：語助詞。屆：至。14 芾（粵：忽；普：fú）：通巿、韍，禮服中的蔽膝。15 邪幅：綁腿。16 交：通絞，祭祀中的禮服，這裏指上句中的邪幅。紓：通紵，指禮服的材質，一種細麻。這裏指詩中的赤芾。17 所予：指天子所賜的赤芾、邪幅。18 申：重、又。19 柞：櫟樹。20 蓬蓬：盛貌。21 殿：安撫、鎮定。22 攸：所。同：聚。23 平平：《韓詩》作便便，嫻雅貌。左右：朱熹《詩集傳》：「諸侯之臣也。」24 亦是：於是。下同。率從：相隨而至。25 汎汎：浮動貌。26 紼（粵：忽；普：fú）：繫船的麻繩。纚（粵：麗；普：lí）：拉船的竹索。維：繫。27 葵：通揆，度量。28 膍（粵：皮；普：pí）：厚。29 戾：止。

賞析與點評

這是一首描寫諸侯來朝之詩。詩中「彼交匪紓」一語以前皆不得其解，我認為「交」與「紓」皆為天子賞賜的禮服。「交」指「絞衣」，屬玄衮一類；「紓」即「紵」，是細麻織成的禮服。

角弓

騂騂角弓，[1]翩其反矣。[2]兄弟昏姻，無胥遠矣。[3]
爾之遠矣，民胥然矣。爾之教矣，民胥傚矣。[4]
此令兄弟，[5]綽綽有裕。[6]不令兄弟，交相為瘉。[7]
民之無良，相怨一方。[8]受爵不讓，[9]至于已斯亡。[10]
老馬反為駒，[11]不顧其後。如食宜饇，[12]如酌孔取。[13]
毋教猱升木，[14]如塗塗附。[15]君子有徽猷，[16]小人與屬。
雨雪瀌瀌，[17]見晛曰消。[18]莫肯下遺，[19]式居婁驕。[20]
雨雪浮浮，[21]見晛曰流。[22]如蠻如髦，[23]我是用憂。[24]

注釋

1 騂（粵：星；普：xīng）騂：調和貌。角弓：以角飾弓。2 翩：相反貌。朱熹《詩集傳》：「弓之為物，張之則內向而來，馳之則外反而去。」3 胥：互相。4 傚：效。5 令：善。6 綽綽：寬貌。有裕：氣量寬大。7 瘉：病，引申為怨恨。8 相怨一方：互相埋怨而不責備自己。9 受爵不讓：《毛傳》：「爵祿不以相讓，故怨禍及之。」10 亡：通忘。11 駒：健壯之馬。12 饇（粵：酗；普：yù）：飽。何楷《詩經世本古義》：「言其惟以得爵祿為快，如食者但知其饇飽之欲，酌者但知多取，曾不少加斟量也。」

13 酌：飲酒。孔：甚。孔取，過量無益。14 猱：猿。15 首塗字為名詞，泥土。後塗字為動詞，塗上。馬瑞辰《毛詩傳箋通釋》：「猱性善升，塗性善附，皆以興小人之性易於從善也。」16 徽：美好。猷：道，即修養、本領。17 雨（粵：玉；普：yù）：落下。瀌（粵：標；普：biāo）瀌：盛貌。18 晛（粵：演；普：xiàn）：日氣。曰：語助詞。19 莫肯下遺：不肯謙虛相隨人意。20 式：發語詞。婁：屢次。陳奐《毛詩傳疏》：「婁，數也。莫肯下遺，式居婁驕，言小人之行不肯卑下加禮於人，惟數數驕慢好自用也。」21 浮浮：盛貌。22 流：流逝，也是消失的意思。24 髦：西南部族名。25 用：以。我是用憂，即我用是憂，我因此而擔心。

賞析與點評

關於此詩，一般論者多從《毛詩序》：「父兄刺幽王也。不親九族而好讒佞，骨肉相怨，故作是詩也。」現在審視內容，雖然所指是否幽王難以判別，但詩提及兄弟，可見是指周王宗族內骨肉相怨無疑。

菀柳

有菀者柳，[1]不尚息焉。[2]上帝甚蹈，[3]無自暱焉。[4]俾予靖之，[5]後予極焉。[6]
有菀者柳，不尚愒焉。[7]上帝甚蹈，無自瘵焉。[8]俾予靖之，後予邁焉。[9]
有鳥高飛，亦傅于天。彼人之心，于何其臻？[10]曷予靖之？[11]居以凶矜。[12]

注釋

1 菀（粵：鬱；普：yù）：茂盛貌。有菀，即菀菀然。2 尚：差不多。息：休息於柳下。3 蹈：動。甚蹈，變幻無常。4 暱：近。5 俾：使。靖：治。下同。6 後：後來。極：即亟、殛，誅、處死。7 愒：音義同憩，休息。8 瘵（粵：債；普：zhài）：病。9 邁：行，即放逐。10 彼人：在上位者。傅、臻：鄭玄《毛詩箋》：「傅、臻，皆至也。鳥之高飛，極至於天耳，幽王之心，於何所至乎？言其心轉側無常，人不知其所屆。」11 曷：為何。12 矜：危境。

賞析與點評

這首詩旨在批評統治者喜怒無常，致使諸侯不敢朝見。《毛詩序》認為是「刺幽王也」。

都人士

彼都人士，[1] 狐裘黃黃。[2] 其容不改，出言有章。[3] 行歸于周，[4] 萬民所望。

彼都人士，臺笠緇撮。[5] 彼君子女，綢直如髮。[6] 我不見兮，我心不說。[7]

彼都人士，充耳琇實。[8] 彼君子女，謂之尹吉。[9] 我不見兮，我心苑結。[10]

彼都人士，垂帶而厲。[11] 彼君子女，卷髮如蠆。[12] 我不見兮，言從之邁。[13]

匪伊垂之，[14] 帶則有餘。匪伊卷之，髮則有旟。[15] 我不見兮，云何盱矣。[16]

注釋

1 都：王都，鎬京。2 黃黃：狐裘的顏色。3 章：華彩。指都人士言辭優美。4 周：王都，鎬京。5 臺：通薹，莎草。臺笠，莎草製的笠。緇：黑色。撮（粵：猝；普：cuō）：帶子。6 綢：通稠，多。直：髮直。如：其。綢直如髮，言其髮又多又直。7 說：即悦。8 充耳：古代貴族男子冠飾。冠的兩旁以絲懸玉或象牙，下垂至耳，用以塞耳避聽。琇（粵：秀；普：xiù）：美石。實：塞耳。9 尹：誠。吉：善。10 苑（粵：遇；普：yù）：通菀，鬱結。11 而：如。厲：通裂，指帶之下垂部分。12 卷：髮束翹起。蠆（粵：猜高去；普：chài）：蟲名，尾巴上翹。13 言：發語詞。邁：行。14 伊：發語詞。15 旟（粵：如；普：yú）：揚起。16 云：發語詞。盱（粵：需；普：xū）：張目遠望。

賞析與點評

這是一首感慨遭遇離亂之作。朱熹《詩集傳》言：「亂離之後，人不復見昔日都邑之盛、人物儀容之美，而作此詩以歎惜之也。」現今學者大都同意這是平王東遷之後，懷古傷今之作。

采綠

終朝采綠，[1]不盈一匊。[2]予髮曲局，[3]薄言歸沐。[4]

終朝采藍，[5]不盈一襜。[6]五日為期，六日不詹。[7]

之子于狩，[8]言韔其弓。[9]之子于釣，言綸之繩。[10]

其釣維何？[11]維魴及鱮。[12]維魴及鱮，薄言觀者。[13]

注釋

1 終朝：整個早上。綠：通菉，草名。2 盈：滿。匊（粵：菊；普：jū）：掬的古字，意為兩手合捧。3 局：彎曲。4 薄、言：語助詞。沐：洗頭。胡承珙《毛詩後箋》：「庶幾其君子之歸，而沐以待之也。」5 藍：靛草，可作染料。6 襜（粵：尖；普：chān）：繫在衣服前面的圍裙。7 詹：一說至。一說通瞻，看見。8 之子：君子，行役中的丈夫。狩：狩獵。9 言：語助詞。韔（粵：暢；普：chàng）：本指弓袋。此處作動詞，即把弓裝入弓袋。10 綸：動詞，糾繩理絲。11 維：是。12 魴（粵：防；普：fáng）：魚名，即鯿魚。鱮（粵：序；普：xù）：魚名，即鰱魚。13 觀：多。鄭玄《毛詩箋》：「觀，多也，此美其君子之有技藝也。」者：即哉，語氣詞。

賞析與點評

這是寫女子思念丈夫服役在外的詩篇。

黍苗

芃芃黍苗，[1] 陰雨膏之。[2] 悠悠南行，[3] 召伯勞之。[4]
我任我輦，[5] 我車我牛。[6] 我行既集，[7] 蓋云歸哉。[8]
我徒我御，[9] 我師我旅。[10] 我行既集，蓋云歸處。[11]
肅肅謝功，[12] 召伯營之。烈烈征師，[13] 召伯成之。
原隰既平，[14] 泉流既清。[15] 召伯有成，王心則寧。[16]

注釋

1 芃（粵：蓬；普：péng）芃：草木茂盛。2 膏：動詞，潤澤。3 悠悠：路途遙遠。4 召伯：指召穆公，周宣王時大臣。5 我：詩人自稱。任：背負。輦（粵：璉；普：niǎn）：用人推挽的車，此處用作動詞，指用人推車或挽車。6 車：大車。牛：牽牛之人。這裏都用作動詞。7 集：完成。8 蓋：通「盍」，何不。云：語助詞。歸：回朝。9 徒：步兵。御：駕車的人。10 師、旅：古代軍隊編制單位，二千五百人為師。旅，一旅為五百人。11 歸處：安居。12 肅肅：嚴正。謝：古邑名，故城在今河南信陽市。功：工程。13 烈烈：威武。征師：行進中的隊伍。14 原：高原。隰：低濕之地。15 清：動詞，清亮。16 寧：安。

賞析與點評

此詩讚美召伯率兵平定叛亂、築城防禦的事情。召穆公虎是召康公姬奭的後人，為周宣王時大臣，曾受命南征，討伐南淮夷。

隰桑

隰桑有阿，[1]其葉有難。[2]既見君子，其樂如何？
隰桑有阿，其葉有沃。[3]既見君子，云何不樂！
隰桑有阿，其葉有幽。[4]既見君子，德音孔膠。[5]
心乎愛矣，遐不謂矣！[6]中心藏之，何日忘之！

注釋

1 隰：低濕之地。阿：與下句最後一字「難」是一個連綿詞，即婀娜。形容桑樹枝葉搖動的樣子。2 難：通娜、儺、那，意即婀娜的娜。3 沃：柔美。有沃，即沃然、沃若。4 幽：即黝，色青而近黑。有幽，即幽然。5 德音：美好的言辭，指對方的音容。孔：非常。膠：高揚。6 遐不：即何不。謂：告訴。

賞析與點評

這首詩是〈小雅〉中少有的愛情詩。全詩前三章疊唱，寫的是女子設想遇見君子時的情景和心緒，最後一章是詩人的獨白，道出愛慕之情藏於心中，欲說不說的矛盾。

白華

白華菅兮，[1]白茅束兮。之子之遠，[2]俾我獨兮。[3]
英英白雲，[4]露彼菅茅。[5]天步艱難，[6]之子不猶。[7]
滮池北流，[8]浸彼稻田。嘯歌傷懷，念彼碩人。[9]
樵彼桑薪，[10]卬烘于煁。[11]維彼碩人，實勞我心！
鼓鐘于宮，[12]聲聞于外。念子懆懆，[13]視我邁邁。[14]
有鶖在梁，[15]有鶴在林。維彼碩人，實勞我心！
鴛鴦在梁，戢其左翼。[16]之子無良，二三其德。[17]
有扁斯石，[18]履之卑兮。之子之遠，俾我疷兮。[19]

注釋

1 白華：野麻。菅（粵：奸；普：jiān）：浸在水中之後，變得柔軟，叫菅。2 之子：這個人，下同，這裏指遠行的男子。之遠：去遠方。3 俾：使。獨：孤獨。4 英英：盛貌。5 露：潤濕。6 天步：時運。7 猶：如。8 滮（粵：標；普：biāo）池：古河流名。王夫之《詩經稗疏》：「蓋滮池在咸陽縣之南境，地在渭水之南，與今縣治隔渭，故北流入鎬，以合於渭。」9 碩人：碩是大的意思，碩人在《詩經》裏多指身份高貴之人，一般指周的貴族。此處指那遠行的貴族男子。10 樵：動詞，採樵。11 卬（粵：昂；普：

áng）：我。烘：燒。煁（粵：岑；普：shén）：可移動的火爐。12 鼓：敲擊。13 懆懆：不安。14 邁邁：不悅。15 鶖（粵：秋；普：qiū）：水鳥名。16 戢（粵：輯；普：jí）：收斂。17 二三其德：三心二意。18 扁：卑薄。19 疷（粵：示；普：qí）：病。

賞析與點評

這是一首棄婦詩。從內容看，敍述者應是一位貴族女子。《毛詩序》說是幽王娶申女以為后，又得褒姒而廢黜申后，所以周人作此詩。

緜蠻

緜蠻黃鳥，[1] 止于丘阿。[2] 道之云遠，[3] 我勞如何。飲之食之，教之誨之。命彼後車，[4] 謂之載之。[5]

緜蠻黃鳥，止于丘隅。[6] 豈敢憚行，[7] 畏不能趨。[8] 飲之食之，教之誨之。命彼後車，謂之載之。

緜蠻黃鳥，止于丘側。豈敢憚行，畏不能極。[9]飲之食之，教之誨之。命彼後車，謂之載之。

注釋

1 緜：同綿。緜蠻，連綿詞，文采繁密貌。2 丘阿：山坡凹陷處。3 云：語助詞。
4 後車：諸侯出行時的從車，又叫副車。5 謂：告訴。6 隅：角落。7 憚：害怕。
8 趨：快走。9 極：至。

賞析與點評

本詩結構複沓，風格近國風，因此龔自珍之子龔橙在其《詩本誼》中把它歸入風類。今人陳子展在《詩經直解》中從作法與內容探究：「全詩三章只是一個意思，反覆詠歎。先自言其勞困之事，鳥猶得其所止，我行之艱，至於畏不能極，何以人而不如鳥乎？後託為在上者之言，實為幻想，徒自道其願望。飲之食之，望其周恤也；教之誨之，望其指示也；謂之載之，望其提攜也。」詩每章前半部分敘事節奏較慢，呼應行役心情；後半部分節奏加快，對照歸途時的快樂。

瓠葉

幡幡瓠葉，[1]采之亨之。[2]君子有酒，酌言嘗之。[3]
有兔斯首，[4]炮之燔之。[5]君子有酒，酌言獻之。[6]
有兔斯首，燔之炙之。[7]君子有酒，酌言酢之。[8]
有兔斯首，燔之炮之。君子有酒，酌言醻之。[9]

注釋

1 幡（粵：翻；普：fān）幡：反覆翻動貌。瓠（粵：護；普：hù）：葫蘆。2 采：採集。亨：即烹。3 言：語助詞。嘗：陳奐《詩毛氏傳疏》：「嘗者，主人未獻於賓，先自嘗也。」4 斯：白。下同。5 炮：帶毛裹泥燒之。燔（粵：凡；普：fán）：加於火上烤之。6 獻：嚴粲《詩緝》：「獻者，主人酌賓也。」7 炙：烤肉。8 酢（粵：昨；普：zuò）：回敬。9 醻：即酬，鄭玄《毛詩箋》：「主人既卒酢爵，又酌自飲卒爵，復酌進賓，猶今俗之勸酒。」馬瑞辰《毛詩傳箋通釋》：「按古者合獻、酢、酬為一獻之禮。」

賞析與點評

這是一首描述燕飲的詩。從內容可以了解當時貴族飲酒饗宴的風俗習慣，可說是一幅生動的生活圖景。

漸漸之石

漸漸之石，[1]維其高矣。[2]山川悠遠，維其勞矣。[3]武人東征，[4]不遑朝矣。[5]
漸漸之石，維其卒矣。[6]山川悠遠，曷其沒矣？[7]武人東征，不遑出矣。[8]
有豕白蹢，烝涉波矣。[9]月離于畢，[10]俾滂沱矣。[11]武人東征，不遑他矣。[12]

注釋

1 漸漸：同巉巉，山石高峻。漸字通嶄、嶃。2 維：是。下同。其高：即高高。3 勞：通遼，其勞，即勞勞，遼遠。一說勞苦之意。4 武人：軍人。5 遑：閑暇。朝：早上。馬瑞辰《毛詩傳箋通釋》：「古者戰多以朝，詩言不遑朝者，甚言其東征急迫，言不暇至朝也。」這句是成語，如《詩經》常見的成語「不遑啟居」。6 卒：通崒，高峻。7 曷：何時。沒：盡頭。8 出：脫離。胡承珙《毛詩後箋》：「山川長遠，何時可盡，而入險而不暇出險，軍行死地，勞困可知。」9 豕：豬。蹢（粵：滴；普：dí）：蹄。烝：進。《毛傳》：「烝，進也；中蹢，蹄也。將雨則豕進涉水波。」10 離：通麗，附着。畢：星宿名，共八星，形如長柄的網。11 滂沱：大雨。12 他：其他的事。

賞析與點評

此詩為周人貴族寫軍旅行役之苦。

苕之華

苕之華，[1]芸其黃矣。[2]心之憂矣，維其傷矣。[3]
苕之華，其葉青青。知我如此，不如無生。
牂羊墳首，[4]三星在罶。[5]人可以食，鮮可以飽。

注釋

1 苕（粵：跳；普：tiáo）：凌霄花，花黃赤色。2 芸：繁盛之貌。3 維：即何。4 牂（粵：裝；普：zāng）：母綿羊。墳：大。羊瘦則顯得頭大。5 罶（粵：柳；普：liǔ）：一種捕魚的竹簍，有倒鬚，魚能進不能出。三星在罶，朱熹《詩集傳》：「罶中無魚而水靜，但見三星之光而已。」

賞析與點評

詩作批評統治者無能，導致年年災害，人民不能溫飽。王照圓《詩說》云：「舉一羊而陸物之蕭索可知，舉一魚而水物之凋耗可想。」這種文學藝術的舉一反三，比直接控訴更有感染力。

何草不黃

何草不黃？[1]何日不行？[2]何人不將？[2]經營四方。[3]
何草不玄？[4]何人不矜？[5]哀我征夫，[6]獨為匪民。[7]
匪兕匪虎，[8]率彼曠野。[9]哀我征夫，朝夕不暇。
有芃者狐，[10]率彼幽草。[11]有棧之車，[12]行彼周道。[13]

注釋

1 黃：枯萎。2 將：行。胡承珙《毛詩後箋》：「《毛傳》多訓將為行，此言萬民無不從役，當亦訓將為行。」3 經營四方：西周成語，金文中也有「經維四方」一語，見宣王時期的虢季子白盤。4 玄：赤黑色，亦指枯萎。5 矜：通鰥，無妻。6 哀：可憐。7 匪：不是。下文同。匪民，不是人。8 兕：犀牛。9 率：沿着。10 有芃（粵：蓬；普：péng）：即芃芃，草木茂盛。11 幽草：草的深處。12 有棧：即棧棧，車高貌。車：役夫所坐之車。13 道：大路。

賞析與點評

這首詩以一位貴族武士的口吻，表達了對軍旅生涯的概歎。

大雅

本章導讀——

大雅，多為西周中後期作品。作者均為貴族，內容則與國家大事有關。其內容包括歌頌周王朝的史詩、祭祀、婚姻、宴饗、征戍、怨刺等等。後面的作品多抑鬱不平之氣，與王室的衰微有關。

文王

文王在上，[1]於昭于天。[2]周雖舊邦，[3]其命維新。[4]有周不顯，[5]帝命不時。[6]

文王陟降，[7]在帝左右。

亹亹文王，[8]令聞不已。[9]陳錫哉周，[10]侯文王孫子。[11]文王孫子，本支百世，[12]
凡周之士，[13]不顯亦世。[14]

世之不顯，[15]厥猶翼翼。[16]思皇多士，[17]生此王國。王國克生，[18]維周之楨；[19]
濟濟多士，[20]文王以寧。[21]

穆穆文王，[22]於緝熙敬止。[23]假哉天命，有商孫子。商之孫子，其麗不億。上
帝既命，侯于周服。[24]

侯服于周，天命靡常。[25]殷士膚敏，[26]祼將于京。[27]厥作祼將，常服黼冔。[28]
王之藎臣。[29]無念爾祖。[30]

無念爾祖，聿修厥德。[31]永言配命，[32]自求多福。殷之未喪師，[33]克配上帝。
宜鑒于殷，[34]駿命不易！[35]

命之不易，無遏爾躬。[36]宣昭義問，[37]有虞殷自天。[38]上天之載，[39]無聲無臭。[40]
儀刑文王，[41]萬邦作孚。[42]

注釋

1 文王：周文王。2 於：音烏，歎詞。昭：顯現。3 舊邦：舊國。4 命：天命。維：是。其命維新，朱熹《詩集傳》：「是以周邦雖自后稷始封，千有餘年，而受其天命則自今始也。」5 有：詞頭，無義。下句同。不：通丕，大。6 時：通是，善。一說

時，持久也。7 陟：上升。陟降是當時成語，王國維認為有時強調上升，有時是下降的意思。8 亹（粵：尾；普：wěi）亹：勤勉不倦。9 令聞：美好的名譽。10 陳：通申，不斷重複的意思。錫：即賜，賞賜。11 侯：即維，是。12 本：本宗，指有血緣關係的嫡系子孫。13 士：貴族士大夫。14 不、亦：語助詞。一說僅「亦」為語助詞，不，通丕，大。15 不：見上注。16 厥：其。猶：謀略。翼翼：恭敬謹慎。17 思：發語詞。皇：美好。18 克：能。19 維：是。楨：骨幹。20 濟濟：整齊美好。21 寧：安寧。22 穆穆：恭敬嚴肅。23 於：音烏，歎詞。緝熙：持續廣大的意思。敬：恭敬。止：語助詞。24 侯：乃。服：臣服。于周服，即「服于周」的倒文。25 靡常：即無常。26 殷士：殷商之貴族士大夫。膚敏：即黽勉。于省吾《澤螺居詩經新證》：「膚敏乃黽勉的轉語。膚與黽，敏與勉並係雙聲。……此詩是說，殷士助祭於周，但興亡之感，不能無動於衷，只有俯首就範，黽勉從事而已。」27 裸：祭禮名，以酒灌地以求降神。《左傳》：「君冠，必以裸享之禮行之。」將：舉行。于：往。京：周的國都。28 常：通尚，仍然。服：穿戴。黼（粵：甫；普：fǔ）：黑白相間斧形花紋的禮服，為殷商禮服。冔（粵：許；普：xǔ）：殷商時期貴族戴的冠。29 藎：通進。藎臣即所進之臣，指商之舊臣。一說藎字即「餘」的意思，藎臣就是殷遺餘民。30 無念爾祖：周人勸誡殷商舊臣不要再放不下自己的先祖。31 聿（粵：日；普：yù）：通「遹」，即「述」的意思。32 言：語助詞。命：天命。33 喪：失去。師：民眾。34 鑒：借鑒。鄭玄《毛詩箋》：

「宜以殷王賢愚為鏡。」[35] 駿：長久。不易：不容易。[36] 遏：中止。命之不易，無遏爾躬，朱熹《詩集傳》：「遏，絕。言天命之不易保，故告之使無若紂之自絕於天。」[37] 宣昭：宣揚昭明。義：美。義問即美好的聲譽。[38] 有：同又。虞：考慮。殷：依的假借，依從。[39] 載：事。[40] 臭：氣味。[41] 儀刑：動詞，效法。[42] 作：則。孚：信服。

賞析與點評

這是一首讚頌周文王的詩。詩作特別強調文王取得天下是受之天命，並告誡後人要以殷商滅亡為鑒，才能江山永保。詩作多用頂真，結構井然有致。

大明

明明在下，[1] 赫赫在上。[2] 天難忱斯，[3] 不易維王。[4] 天位殷適，[5] 使不挾四方。[6]

摯仲氏任，[7] 自彼殷商，來嫁于周，曰嬪于京。[8] 乃及王季，[9] 維德之行。[10]

大任有身，[11] 生此文王。

維此文王，小心翼翼。昭事上帝，[12]聿懷多福。[13]厥德不回，[14]以受方國。[15]
天監在下，[16]有命既集。[17]文王初載，[18]天作之合。[19]在洽之陽，[20]在渭之涘。[21]
文王嘉止，[22]大邦有子。[23]

大邦有子，俔天之妹。[24]文定厥祥，[25]親迎于渭。[26]造舟為梁，[27]不顯其光。[28]
有命自天，命此文王。于周于京，[29]纘女維莘。[30]長子維行，[31]篤生武王。[32]
保右命爾，[33]燮伐大商。[34]

殷商之旅，[35]其會如林。[36]矢于牧野，[37]維予侯興。[38]上帝臨女，[39]無貳爾心。[40]
牧野洋洋，[41]檀車煌煌，[42]駟騵彭彭。[43]維師尚父，[44]時維鷹揚。[45]涼彼武王，[46]
肆伐大商，[47]會朝清明。[48]

注釋

1 明明：光明。在下：人間。2 赫赫：顯著、顯赫。在上：天上。3 天：天命。忱：通諶，信任。斯：語氣詞。天難忱斯謂上天難以倚信。4 維：是。不易維王，《韓詩外傳》：「言為王之不易也。」5 位：立。于省吾《澤螺居詩經新證》：「位、立古同字，金文位字皆作立。天立殷適，使不挾四方，言天立殷嫡，使不能挾有四方也。」殷適：即殷的嫡子，紂。適，通嫡。6 挾：擁有。7 摯：古諸侯國名，任姓，殷商屬國。仲氏：第二個女兒。任：姓。8 曰：發語詞。嬪：出嫁。9 王季：文王之父。10 行：

列，指齊等。11 大任：即摯君之女，任姓。王季之妻：文王之母。有身：懷孕。12 昭：光明。13 聿（粵：曰；普：yù）：語助詞。懷：招來。14 厥：其。回：違反。15 方國：四方來依附之國。16 監：監視。17 有：詞頭，無義。有命，即天命。集：歸向。朱熹《詩集傳》：「言天之監照，實在於下，其命既集於周矣。」18 初載：即位初年。19 作：作成。合：配偶。20 洽（粵：合；普：hé）：古水名，也作「郃」，今名金水河，源出陝西省合陽縣西北。陽：河流北面。21 渭：渭水。涘：水邊。22 嘉止：即嘉禮，婚禮。止通之，句尾虛詞，無義。23 大邦：大國。子：女子，指太姒。24 俔（粵：演；普：qiàn）：譬如。天之妹：天女。25 文：禮儀。祥：吉祥。26 親迎：古代婚禮「六禮」之一，指新郎親到女家迎娶。27 造舟：連接船隻搭成浮橋。造通艁。梁：水橋。28 不：一說發語詞，無義。一說通丕，大。光：光彩。29 于：在。周：周國。京：周之京都。30 纘（粵：纂；普：zuǎn）：美好。莘：古代諸侯國名，在今陝西渭南縣，周文王妃太姒即莘國之女。31 長子：即長女，指太姒。行：列，指齊等。32 篤：厚。33 右：音義同祐，保佑。命：命令。爾：指武王。34 燮：應天順人。35 旅：古代軍隊編制單位，一旅為五百人。36 會：通旝，旌旗。37 矢：誓師。牧野：古地名，今河南省新鄉市郊區。公元前十一世紀，周武王曾大敗殷紂王的軍隊於此。38 維：發語詞。予：我，周武王自稱。侯：是。興：興起。39 臨：察看。女：即汝，指各路誓師軍隊。40 貳：有二心。《毛傳》：「言無敢懷二心也。」41 洋洋：寬廣。鄭玄《毛詩箋》：

「言其戰地寬廣，明不用權詐也。」42 檀車：堅固的兵車。煌煌：鮮明。43 駟：四馬。騵：赤身白腹的馬。彭彭：強健。44 維：發語詞。師：官名，太師。尚父：即姜太公，名呂尚。45 時：是、這。維：語助詞。鷹揚：老鷹飛揚，比喻勇猛奮發。馬瑞辰《毛詩傳箋通釋》：「鷹揚，古以指眾帥，蓋謂以師尚父為眾帥之長，則羣帥莫不奮發如鷹揚也。」46 涼：亮之假借，輔助。一說通倞、諒。47 肆：迅猛。48 會：適逢。清明：天氣晴朗。林義光《詩經通解》：「會朝清明，言適會早晨清明之時也。」

賞析與點評

此詩敘述周人討伐殷商的經過，並以文王為中心，概述其先祖，再寫其父母，然後詳細鋪陳文王事跡、子孫，證明文王才德兼備，得以克服商而得天下。

緜

緜緜瓜瓞。[1] 民之初生，[2] 自土沮漆。[3] 古公亶父，[4] 陶復陶穴，未有家室。[5]
古公亶父，來朝走馬。[6] 率西水滸，[7] 至於岐下。[8] 爰及姜女，[9] 聿來胥宇。[10]

周原膴膴，[11] 堇荼如飴。[12] 爰始爰謀，爰契我龜，[13] 曰止曰時，築室于茲。

迺慰迺止，[14] 迺左迺右，[15] 迺疆迺理，[16] 迺宣迺畝。[17] 自西徂東，周爰執事。[18]

乃召司空，[19] 乃召司徒，[20] 俾立室家。其繩則直，縮版以載，[21] 作廟翼翼。[22]

捄之陾陾，[23] 度之薨薨，[24] 築之登登，[25] 削屢馮馮。[26] 百堵皆興，[27] 鼛鼓弗勝。[28]

迺立皋門，[29] 皋門有伉。[30] 迺立應門，[31] 應門將將。[32] 迺立冢土，[33] 戎醜攸行。[34]

肆不殄厥慍，[35] 亦不隕厥問。[36] 柞棫拔矣，行道兌矣。[37] 混夷駾矣，[38] 維其喙矣。[39]

虞芮質厥成，[40] 文王蹶厥生。[41] 予曰有疏附；[42] 予曰有先後；[43] 予曰有奔奏；[44] 予曰有禦侮。[45]

注釋

1 緜：即綿。瓞（粵：秩；普：dié）：小瓜。緜緜瓜瓞，喻子孫繁盛。2 民之初生：指周之先世。3 土：讀作杜，《漢書》引作杜，水名，在今陝西省。沮、漆：都是水名，又合稱漆沮水。古漆沮水有二：一近今陝西邠縣，即公劉遷住之處；一近今陝西岐山，即周文王祖父太王遷住之處。以上二句說明周先民開始發跡之地。另外一個說法是沮字通徂，是「去」或「往」的意思。4 古公亶（粵：坦；普：dǎn）父：周文王祖父太王。古公為稱號，亶父是名。5 陶：通掏，挖掘。復：《說文》引此詩作「寝」，是從側掏出的窑洞，上覆以土，也是一種穴。家室：即宮室。以上二句指亶父初遷新土，居處簡陋。6朝：早。走：此句《玉篇》引作趣。趣即趨，趣馬，即驅馬疾馳。7率：循。滸：天涯。這句是説沿着水路自西而下。8岐下：岐山之下。岐山，今陝西省岐山縣東北。9爰：於是。下同。姜女：即太姜，亶父之妃。10聿：語助詞，義同乃。胥：相、視察。胥宇，即考察地形，選擇居處，如後世所謂相宅。11周：岐山下地名。原：高平的土地。自文王至西周滅亡前這裏是周人活動的中心地區，在今陝西武功、鳳翔一帶。膴（粵：武；普：wǔ）膴：指土地肥沃。12堇（粵：謹；普：jǐn）：野生植物，可吃。荼：苦菜。飴（粵：移；普：yí）：一種糖，類今之麥芽糖。堇、荼菜本苦味，詩人云其味如飴，以言周地土質之美。13契：刻。龜：指占卜的龜甲。14迺：即乃。下同。慰：滿意。15迺左迺右：指劃定定居處左右的用途。16疆：劃分疆界。理：仔細分開每區界限。17宣：開墾。畝：做成田畝。18徂：往。周：周地。自西徂東，周爰執事，指周地內大家都在工作。19司空：官名，掌管營建。金文中稱「司工」。20司徒：官名，掌管人力。金文中稱「司土」。21縮：束。版：築牆夾土的板。載（粵：災；普：zāi）：築牆長板。22廟：供奉祖先的宮室。翼翼：莊嚴貌。23捄（粵：居；普：jū）：聚土、盛土。陾（粵：仍；普：réng）陾：擬聲詞，倒土的聲音。24度：向版內填土。薨薨：擬聲詞，倒土聲。25築：搗土。登登：搗土聲。26削屢：將牆土隆起的地方削平。馮馮：也是形容搗土聲。27堵：古代牆壁的面積單位，五板為一堵，百堵即為一小城。28鼛（粵：高；普：gāo）：用於役事的鼓。這句形容勞作場面之盛，即使鼛鼓大作也不能勝也。29 臯門：王都的郭門。30 伉：高。31 應門：王宮正門。32 將（粵：槍；普：qiāng）將：嚴正貌。33 冢土：大社。社是祭土神的壇。34 戎：西戎。醜：惡類。攸：語助詞。行：離去。35 肆：故。殄（粵：tin5；普：tiǎn）：絕。厥：其，指古公亶父。慍：怒。36 隕：失。問：恤問。37 柞（粵：昨；普：zuò）：櫟樹。棫（粵：域；普：yù）：小木，叢生，有刺。行道：道路。兌：通達。以上二句謂柞棫剪除，道路開通。38 混夷：即昆夷，西戎之一種。王國維認為即經傳中之葷粥、獯鬻、玁狁、獫允，乃漢代匈奴的前身。駾（粵：退；普：tuì）：奔突貌。39 喙（粵：悔；普：huì）：困極。40 虞：古國名，今山西省平陸縣東北。芮（粵：鋭；普：ruì）：古國名，今陝西省朝邑縣南。質：要求評理。成：平息。相傳虞、芮爭田，久而不定，到周求周文王評斷。入境後被周人禮讓之風所感，最後彼此都不爭了。41 蹶：動。生：古性字。此指文王感動了虞、芮國君禮讓的天性。42 予：我們，周人自稱。曰：語助詞。疏附：即胥附，來親附者。43 先後：先後來親附之人。44 奔奏：奔走四方之臣。45 禦侮：捍衛國家之臣。

賞析與點評

此篇敘述周族先祖古公亶父定居渭河平原，振興周族的光榮事跡。全詩共九章。首章以「緜緜瓜瓞」起興，簡潔概括周人生生不息的歷史。以下至第八章，則鋪敘太王率族遷岐、建設周原的勞作畫面。緊接着歌頌周王的武功文治，更插入文王平息虞芮之爭的事跡，表明周人以德取得天下，實乃天命所歸。

棫樸

芃芃棫樸，[1]薪之槱之。[2]濟濟辟王，[3]左右趣之。[4]

濟濟辟王，左右奉璋。[5]奉璋峨峨，[6]髦士攸宜。[7]

淠彼涇舟，[8]烝徒楫之。[9]周王于邁，[10]六師及之。[11]

倬彼雲漢，[12]為章于天。[13]周王壽考，[14]遐不作人？[15]

追琢其章，[16]金玉其相。[17]勉勉我王，[18]綱紀四方。[19]

注釋

1 芃（粵：篷；普：péng）芃：草木盛貌。棫（粵：域；普：yù）、樸：叢生有刺的小木。2 薪：動詞，採集木柴以為薪。槱（粵：有；普：yǒu）：堆積木柴，點火祭天神。3 濟濟：莊嚴貌。辟王：君王，此處指當時的周天子。4 趣：同趨，即急步趕赴。此句猶言「追步左右」。5 奉：捧。璋：半圭。馬瑞辰《毛詩傳箋通釋》：「《白虎通義》：『璋以發兵何？璋半圭，位在南方，陽極而陰始，起兵亦陰也，故以發兵也。』是璋古用以發兵。」6 峨峨：壯盛貌。7 髦士：才俊之士。攸：所。8 淠（粵：譬；普：pì）：船行搖晃貌。涇：水名。9 烝（粵：蒸；普：zhēng）：眾。徒：船夫。楫：動詞，划船。10 于邁：出征。11 六師：即周六師，又稱宗周六師、西六師，周天子最嫡系的軍隊。及：隨行。12 倬：廣大。雲漢：天河。13 章：文采。14 壽考：長壽。15 遐：何。作人：作育英才。16 追：雕。陳啟源《毛詩稽古編》：「章，周王之文也。相，周王之質也。追琢者其文，比其修飾也。金玉者其質，比其精純也。」17 相：質。18 勉勉：通亹亹，勤奮不已。我王：指當時的周天子。19 綱紀：治理。

賞析與點評

這也是一首讚美周天子的作品。應該是用於祭祀中詠唱。一般認為，詩中既然提到「周王壽考」、「勉勉我王」等，所指周王應該是時王，即當時的周天子。

旱麓

瞻彼旱麓，[1]榛楛濟濟。[2]豈弟君子，[3]干祿豈弟。[4]
瑟彼玉瓚，[5]黃流在中。[6]豈弟君子，福祿攸降。[7]
鳶飛戾天，[8]魚躍于淵。豈弟君子，遐不作人？[9]
清酒既載，[10]騂牡既備。[11]以享以祀，[12]以介景福。[13]
瑟彼柞棫，[14]民所燎矣。[15]豈弟君子，神所勞矣。[16]
莫莫葛藟，[17]施于條枚。[18]豈弟君子，求福不回。[19]

注釋：

1 旱：山名，在今陝西省南鄭縣。麓：山腳。2 榛（粵：津；普：zhēn）、楛（粵：戶；普：hù）：木名。濟濟：眾多貌。3 豈弟：即愷悌，和樂平易貌。4 干：求。祿：福。5 瑟：鮮亮貌。玉瓚：朱熹《詩集傳》：「圭瓚也。以圭為柄，黃金為勺，青金為外，而朱其中也。」6 流：流水之口。在中：流在器之中央。7 攸：所。8 鳶：鳥名，狀似鷹但嘴較短，尾較長。戾：至。9 遐：何。作人：作育英才。10 清酒：清醇之酒。載：設。11 騂（粵：星；普：xīng）：赤色牲。備：齊全。12 享：獻。13 介：通匄、丐，求。景福：大福。14 瑟：茂盛貌。柞、棫：木名。15 燎：一種祭天之禮。以牲置於柴上，煙焰上達於天。16 勞（粵：澇；普：lào）：慰勞。一說保佑。17 莫莫：

盛貌。18 施（粵：易；普：yì）：蔓延。枚：樹幹。19 回：邪。

賞析與點評

本詩歌頌祭祀的過程。詩中「君子」是參與周王祭祀的卿士，觀行文作者也是貴族士大夫。

思齊

思齊大任，[1]文王之母，思媚周姜，[2]京室之婦。[3]大姒嗣徽音，[4]則百斯男。[5]

惠于宗公，[6]神罔時怨，[7]神罔時恫。[8]刑于寡妻，[9]至于兄弟，以御于家邦。[10]

雝雝在宮，肅肅在廟。[11]不顯亦臨，[12]無射亦保。[13]

肆戎疾不殄，[14]烈假不瑕。[15]不聞亦式，[16]不諫亦入。[17]

肆成人有德，[18]小子有造。[19]古之人無斁，譽髦斯士。[20]

注釋

1 思：發語詞。齊（粵：齋；普：zhāi）：即齋，肅敬。大：音太，下同。大任即文王之母，王季之妃。2 媚：美好。周姜：文王之母。一說即太王古公亶父之妃太姜。

3 京室：王室。周人有京宮，其主要宮殿建築曰「京大室」。4 大姒：文王之妃。嗣：繼承。徽音：美譽。5 百斯男：指子孫眾多。6 惠：恭順。宗公：先公、先祖。7 罔：無。下同。神罔時怨，即神沒有怨恨。8 恫：痛。9 刑：通「型」，是典型、儀法的意思。寡妻：嫡妻。10 御：治理。王先謙《詩三家義集疏》：「刑寡妻，至兄弟，以御家邦，即身修、家齊、國治之道也。」11 雝：音義同雍。肅肅：敬。朱熹《詩集傳》：「言文王在閨門之內則極其和，在宗廟之中則極其敬。」「雝雝在宮，肅肅在廟」兩句當合在一處看，「雝雝肅肅」即「肅肅雝雝」，也即「肅雝」，莊敬肅穆的樣子。12 不：即丕，大。顯：光明。亦：即以，下同。臨：臨民。13 射（粵：亦；普：yì）：通「斁」，厭倦。保：保民。無射亦保，指文王不厭倦地保護他的子民。14 肆：故。戎疾：災難。殄：通「沴」、「戾」，滅絕、災難。15 烈：通「癘」、「厲」，疾疫。不：無意義。假：通「蠱」。瑕：通「遐」。16 不聞：未曾聽聞。亦：也，下同。式：法度。17 入：合於善。18 成人：成年之人。古時男子二十歲成年。19 小子：童子，未成年者。造：成就。20 古之人：即文王。無斁（粵：亦；普：yì）：不厭倦。譽：稱譽。這兩句指古之人無厭於有名譽之俊士。

賞析與點評

本詩開首提到了三位與王室關係重大的女性，大任、周姜和太姒，正面烘托周王的賢德。

接着言及周王為人，修身完備，故此再推進一層，延伸至國家。薛瑄《毛詩傳說彙纂》說：「〈思齊〉一詩，修身、齊家、治國、平天下之道備焉。」

皇矣

皇矣上帝，[1]臨下有赫。[2]監觀四方，求民之莫。[3]維此二國，[4]其政不獲。[5]
維彼四國，[6]爰究爰度。[7]上帝耆之，[8]憎其式廓。[9]乃眷西顧，[10]此維與宅。[11]
作之屏之，[12]其菑其翳。[13]脩之平之，[14]其灌其栵。[15]啟之辟之，[16]其檉其椐。[17]
攘之剔之，[18]其檿其柘。[19]帝遷明德，串夷載路。[20]天立厥配，[21]受命既固。
帝省其山，[22]柞棫斯拔，[23]松柏斯兑。[24]帝作邦作對，[25]自大伯王季。[26]維此王
季，因心則友。[27]則友其兄，則篤其慶，[28]載錫之光。[29]受祿無喪，奄有四方。[30]
維此王季，[31]帝度其心。[32]貊其德音，[33]其德克明。[34]克明克類，[35]克長克君。
王此大邦，克順克比。[36]比于文王，其德靡悔。[37]既受帝祉，施于孫子。[38]
帝謂文王：無然畔援，[39]無然歆羨，[40]誕先登于岸。[41]密人不恭，[42]敢距大邦，[43]
侵阮徂共。[44]王赫斯怒，[45]爰整其旅，[46]以按徂旅。[47]以篤于周祜，[48]以對于天下。[49]

依其在京，[50]侵自阮疆。[51]陟我高岡，[52]無矢我陵。[53]我陵我阿，無飲我泉，
我泉我池。度其鮮原，[54]居岐之陽，[55]在渭之將。[56]萬邦之方，[57]下民之王。
帝謂文王：予懷明德，[58]不大聲以色，[59]不長夏以革。[60]不識不知，[61]順帝之則。[62]
帝謂文王：詢爾仇方，[63]同爾弟兄。[64]以爾鉤援，[65]與爾臨衝，[66]以伐崇墉。[67]
臨沖閑閑，[68]崇墉言言。[69]執訊連連，[70]攸馘安安。[71]是類是禡，[72]是致是附，[73]
四方以無侮。[74]臨衝茀茀，[75]崇墉仡仡。[76]是伐是肆，[77]是絕是忽，[78]四方以無拂。[79]

注釋

1 皇：大。2 臨：視。有赫：威嚴貌。3 莫：安定。一說通瘼，病的意思，指民間疾苦。4 二國：指此前的兩個朝代：夏、商。5 獲：一說得，一說善。6 四國：泛言四方之國。7 爰：乃。究、度：朱熹《詩集傳》：「究，尋；度，謀。……彼夏商之政既不得矣，故求於四方之國。」8 者：怒。9 憎：惡。式：語助詞。廓：大。10 眷：回顧。11 宅：居。此維與宅，朱熹《詩集傳》：「以此岐周之地，與大王為居宅也。」12 作：斬。屏（粵：丙；普：bǐng）：除去。13 菑（粵：姿；普：zī）：樹木立着枯死。翳（粵：縊；普：yì）：樹木倒着，枯樹。《毛傳》：「木立死曰菑，自斃為翳。」14 脩之平之：修剪整齊。15 灌：叢生木。栵（粵：列；普：liè）：砍而復生之樹。16 啟、辟：開闢。17 檉（粵：清；普：chēng）：西河柳。椐（粵：居；普：jū）：靈壽樹。

18 攘、剔：去除。19 檿（粵：掩；普：yǎn）、柘（粵：借；普：zhè）：木名。20 串夷：即混夷，外族。王國維認為即甲骨文中的鬼方，文獻中又稱為昆夷、獯育、獫狁、獵允等，是漢代匈奴的前身。載路：逃跑。21 厥：其。配：配偶，指太王之妃太姜。22 省：視。山：指岐山。23 柞、棫：木名。拔（粵：佩；普：pèi）：拔除。24 兌：通的意思。謂修整出道路。25 帝作邦：上天為周立國。對：揚、顯。26 大：音太伯，即泰伯，太王長子。27 因心：出於本心。友：友愛兄弟。28 篤：使……厚。慶：福。29 載：則。錫：賜。光：光顯。30 奄有：盡有。31 王季：《左傳》、《禮記》並作文王。32 度（粵：鐸；普：duó）：心智能判別義理。33 貊（粵：莫；普：mò）：不聲張。34 克明：朱熹《詩集傳》：「克明，能察是非也。」35 克類：朱熹《詩集傳》：「克類，能分善惡也。」36 順、比：朱熹《詩集傳》：「順，慈和遍服也。比，上下相親也。」37 靡：沒有。悔：恨。38 施（粵：意；普：yì）：延伸。39 無然：不可如此。畔援：連綿詞，義同「畔奐」、「泮渙」、「「判渙」、「畔換」，即離散的樣子，也與「盤桓」同源。40 歆（粵：欽；普：xīn）羨：羨慕。41 誕：發語詞。岸：高位。42 密：古國名，在今甘肅靈臺縣。不恭：不恭順。43 距：抵抗。大邦：指周朝。44 阮、共：古國名，均在今甘肅涇川縣。徂：往。45 赫：盛怒貌。斯：其。46 爰：於是。旅：軍隊。47 按：止。48 祜：福。49 以對于天下：王先謙《詩三家義傳疏》：「對為遂，遂又為安。《孟子》云：『文王一怒而安天下之民。』即其義也。」50 依：據。京：高丘。51 阮疆：

阮國的邊界。這句是追溯在阮國疆界息兵的時候。52 陟：登上。53 矢：陳兵。54 鮮：善也。55 岐之陽：岐山之南。56 將：側。57 之：是。方：向。萬邦之方，指周朝為萬邦所傾向。58 懷：眷念。59 聲：喜怒之聲。以：與，下句同。色：喜怒之色。60 長：常。61 不識不知：不去識別自己不了解的事物。62 則：法則。63 詢：自尋。仇方：同盟國。64 同：和協。65 鉤：鉤梯，引上城的器械。66 臨：臨車。衝：衝車。67 崇：古國名。墉：城。68 閑閑：車強盛貌。69 言言：高大貌。70 訊：俘虜。連連：持續不斷。71 攸：發語詞。馘（粵：國；普：guó）：也作「聝」，古人戰勝後割取對方戰死者的左耳以計功。安安：緩慢。72 類、禡（粵：罵；普：mà）：祭祀名。國家有戰事，軍隊出征時的祭祀。類字也作「禷」、「纇」。73 致：使被征地的人民前來。附：讓被征地的人民親附。74 侮：輕慢。75 茀（粵：弗；普：fú）茀：兵車強盛貌。76 仡（粵：兀；普：yì）仡：高聳貌。77 肆：突擊。78 忽：滅也。79 拂：違逆。

賞析與點評

這是一篇描寫周朝開國的史詩。詩人先寫西周的天命所歸及太王經營岐山、打退外族的情況，再寫王季如何繼續發展國家事業，最後陳述文王討伐外族，萬邦臣服。

靈臺

經始靈臺，[1]經之營之。[2]庶民攻之，[3]不日成之。[4]經始勿亟，[5]庶民子來。[6]

王在靈囿，[7]麀鹿攸伏。[8]麀鹿濯濯，[9]白鳥翯翯。[10]王在靈沼，[11]於牣魚躍。[12]

虡業維樅，[13]賁鼓維鏞。[14]於論鼓鐘，[15]於樂辟廱。[16]

於論鼓鐘，於樂辟廱。鼉鼓逢逢，[17]矇瞍奏公。[18]

注釋

1 經：度量、規劃。始：開始。靈臺：臺名。故址在今陝西省西安市西秦杜鎮。相傳為周文王所築，用於觀測天象，也用於遊觀。2 營：建立標記。一說與經同，度量、規劃。3 庶民：平民。攻：建造。4 不日：不到一日，即很快。成：完成。5 亟：同急，趕快。6 子來：舊說像兒子般來建造靈臺。趙岐《孟子注》：「眾民自來趣之，若子之為父使也。」但「子」在這裏應該是通「茲」，即由此而來的意思。7 囿，古代帝王畜養鳥獸的園林。8 麀（粵：憂；普：yōu）：母鹿。攸：語助詞。9 濯（粵：昨；普：zhuó）：肥大光澤。10 翯（粵：鶴；普：hè）：潔白光澤。11 沼：池塘。12 於：音烏，歎詞。下文同。牣（粵：刃；普：rèn）：滿。13 虡（粵：巨；普：jù）：古代懸掛鐘磬架子兩旁的立柱。業：安在懸掛鐘磬的架子橫木上面的大木板。維：與。下句同。樅：古時懸掛鐘磬的木架上所刻的鋸齒，也叫崇牙。14 賁（粵：焚；普：fén）

鼓：即鼖鼓、大鼓。鏞：大鐘。15 論：通倫，指鐘聲和諧，有理有序。16 樂：快樂。辟廱（粵：壁雍；普：bì yōng）離宮。17 鼉（粵：馱；普：tuó）鼓：即以揚子鰐的皮所製的鼓。逢逢：鼓聲。18 矇、瞍：均指眼睛沒有瞳仁的盲人，古代以盲人擔任樂官。公：通功，成功。

賞析與點評

此詩寫周文王建造靈臺，逍遙園林之樂。

下武

下武維周，[1] 世有哲王。[2] 三后在天，[3] 王配于京。[4]
王配于京，世德作求。[5] 永言配命，[6] 成王之孚。[7]
成王之孚，下土之式。[8] 永言孝思，[9] 孝思維則。[10]
媚茲一人，[11] 應侯順德。[12] 永言孝思，昭哉嗣服。[13]
昭茲來許，[14] 繩其祖武。[15] 於萬斯年，[16] 受天之祜。[17]

受天之祜，四方來賀。於萬斯年，不遐有佐。[18]

注釋

1 下：後代。武：繼承。武是「步武」、「踵武」的意思。2 世：代。哲王：賢君。3 三后：指周的三位先王，即太王、王季、文王。后，君王。4 王：此處特指武王。配：上應天命。京：指周初所造的京宮，在王都鎬京。5 世德：世代累積的功德。求：通「逑」、「仇」，匹配。6 言：語助詞。命：天命。7 孚：使人信服。8 下土：人間。式：榜樣。9 孝思：孝順先人之思。一說言、思皆為語助詞。10 則：法則。11 媚：愛戴。一人：指周天子。12 應侯順德：吳闓生《詩義會通》：「侯，乃也；應，當也。『應侯順德』，猶云應乃懿德。」意思是「能當得起此懿德」。13 昭：光明。嗣服：後進，指成王。14 茲：同哉。許：通「御」，是進的意思。15 繩：繼承。武：足跡。祖武指祖先的功業。16 於：音烏，感歎詞。斯：語助詞。17 祜：福。18 不遐：即「遐不」的倒文。

賞析與點評

詩人在這首詩中讚美武王的美德能繼承周代先人的功業，故而能開國立業，福澤綿延。

文王有聲

文王有聲，[1]遹駿有聲。[2]遹求厥寧，遹觀厥成。文王烝哉！[3]
文王受命，有此武功。既伐于崇，[4]作邑于豐。文王烝哉！[5]
築城伊淢，[6]作豐伊匹。匪棘其欲，[7]遹追來孝。王后烝哉！[8]
王公伊濯，[9]維豐之垣。[10]四方攸同，[11]王后維翰。[12]王后烝哉！
豐水東注，[13]維禹之績。[14]四方攸同，皇王維辟。[15]皇王烝哉！
鎬京辟廱，[16]自西自東，自南自北，無思不服。[17]皇王烝哉！
考卜維王，[18]宅是鎬京。[19]維龜正之，[20]武王成之。[21]武王烝哉！
豐水有芑，[22]武王豈不仕？[23]詒厥孫謀，以燕翼子。[24]武王烝哉！

注釋

1 有聲：有其聲譽。2 遹（粵：穴；普：yù）：義同乃，通「聿」，語助詞。駿：長久。3 烝：美。或為「不顯不承」的「承」，義為持久。4 崇：古國名，在今陝西鄠縣，周文王曾討伐崇侯虎。5 作邑：建都。豐：地名，今陝西西安灃水西岸。6 伊：為，下同。淢（粵：隙；普：xù）：通「洫」，即溝洫，或護城河。7 棘：急。8 后：君主。王后，舊説指周文王。但也許是指周人先公先王中的其他人。9 公：同功。濯：光大。10 垣：城牆。11 攸：所。同：聚。此句指四方諸侯來會。12 翰：楨幹、主幹。

13 豐水：豐邑東面的河流。14 維：發語詞。績：指大禹治水的功績。15 皇：大。皇王指周武王。辟（粵：闢；普：bì）：即法則。16 鎬：西周國都，故地在今陝西西安灃水以東。辟：指開闢池沼，建立宮殿。廱（粵：雍；普：yōng）：天子行禮奏樂的離宮，亦為學宮。17 思：語助詞。18 考：稽查。卜：龜卜。19 宅：居。20 正之：占卜得吉兆。21 成之：成其功。22 芑（粵：起；普：qǐ）：杞柳。23 仕：事。24 詒：通「遺」。燕：通「晏」，安。翼：保護。詒厥孫謀，以燕翼子，陳奐《詩毛氏傳疏》：「詒，遺也。上言謀，下言燕翼，上言孫，下言子，皆互文以就韻耳。言武王之謀遺子孫也。」

賞析與點評

這首詩的寫作時代，從內容來看，似當於成、康之際。如談及「詒厥孫謀，以燕翼子」一句，子孫當指成王、康王。但從詩的用語和用韻來看，不會早於西周中期。

生民

厥初生民，[1] 時維姜嫄。[2] 生民如何？克禋克祀，[3] 以弗無子。[4] 履帝武敏歆，[5]

攸介攸止，[6]載震載夙。[7]載生載育，[8]時維后稷。[9]

誕彌厥月，[10]先生如達。[11]不坼不副，[12]無菑無害。[13]以赫厥靈，[14]上帝不寧。[15]不康禋祀，[16]居然生子。[17]

誕寘之隘巷，[18]牛羊腓字之。[19]誕寘之平林，[20]會伐平林。[21]誕寘之寒冰，鳥覆翼之。[22]鳥乃去矣，后稷呱矣。[23]實覃實訏，[24]厥聲載路。[25]

誕實匍匐，[26]克岐克嶷，[27]以就口食。[28]蓺之荏菽，[29]荏菽旆旆。[30]禾役穟穟，[31]麻麥幪幪，[32]瓜瓞唪唪。[33]

誕后稷之穡，[34]有相之道。[35]茀厥豐草，[36]種之黃茂。[37]實方實苞，[38]實種實褎。[39]實發實秀，[40]實堅實好。[41]實穎實栗，[42]即有邰家室。[43]

誕降嘉種，[44]維秬維秠，[45]維穈維芑。[46]恆之秬秠，[47]是穫是畝。[48]恆之穈芑，是任是負。[49]以歸肇祀。[50]

誕我祀如何？[51]或舂或揄，[52]或簸或蹂。[53]釋之叟叟，[54]烝之浮浮。[55]載謀載惟，[56]取蕭祭脂，[57]取羝以軷，[58]載燔載烈，[59]以興嗣歲。[60]

卬盛于豆，[61]于豆于登。[62]其香始升，上帝居歆。[63]胡臭亶時。[64]后稷肇祀。庶無罪悔，[65]以迄于今。[66]

注釋

1 厥：其。下同。生民：鄭玄《毛詩箋》：「言周之始祖，其生之者，是姜嫄也。」民，特指周人。2 時：這。維：是。姜嫄：古代傳說中帝嚳的妃子，周始祖后稷的母親，周王朝曾為她單獨立廟。3 首「克」字指能夠。後「克」字則為襯字。禋（粵：因；普：yīn）：祭祀。4 弗：通祓，用祭祀除去災難。5 履：踏，踐。《史記》：「姜原出野，見巨人跡，心忻然悅，欲踐之。」帝：上帝。武：足跡。敏：大腳趾。歆：心有所感貌。6 攸：語助詞。介：休息。止：止息。7 載：語助詞。震：通娠，懷孕。夙：將生育的時候，或說初生之始。8 生：生育。育：養育。9 后稷：周的始祖，名棄。10 誕：生下來。彌月：即懷孕足月。11 先生：指第一胎。先，首。如：而。達：順利。12 坼（粵：冊；普：chè）、副：裂開。程俊英、蔣見元《詩經注析》：「這句似指產門未破裂。」13 菑：古「災」字。14 赫：顯示。靈：神靈。15 不：一說發語詞，無義。一說通丕，大。寧：安。16 康：安。17 居然：陡然。18 誕：這裏是虛詞，意為乃。寘：即置，棄置。隘巷：狹窄的小巷。19 腓（粵：肥；普：féi）：庇護。字：乳哺。指牛羊遇棄兒后稷而庇佑哺乳之。20 平林：平地上的樹林。21 會：適逢。22 覆：遮蓋。23 呱：小兒哭聲。24 首「實」字通寔，是，後「實」字則為襯字。覃：長。訏：大。25 載：滿。朱熹《詩集傳》：「滿路，言其聲之大也。」26 匍匐（粵：袍白；普：pú fú）：手足並行。27 克：能夠。岐：通跂，站起來。嶷：通屹，站直。28 就：尋求。29 蓺（粵：藝；普：yì）：種植。荏菽：大豆。30 旆（粵：佩；普：pèi）旆：枝葉茂盛。31禾役：禾穗。穟穟：禾苗美好貌。32幪（粵：蒙；普：méng）幪：茂盛。33瓞（粵：帙；普：dié）：小瓜。唪（粵：俸；普：fěng）唪：果實累累。34穡：種植五穀。35有相之道：有幫助長得更茂盛的方法。36茀：拔除。豐草：茂盛的野草。37黃茂：良種的穀。38方：通放，禾苗吐芽生長。苞：禾苗含苞漸長。39種：程俊英、蔣見元《詩經注析》：「穀種生出短苗。」褎（粵：又；普：yòu）：枝葉生長也。40發：發莖，禾苗舒展發育。秀：穀類植物吐穗開花。41堅：穀物飽滿。好：穀粒顏色美好。42穎：穀穗飽滿下垂。栗：穀粒飽滿。43即：往。有：詞頭，無義。邰：古國名，在今陝西省武功縣西南。家室：居住。44降：賜予。45維：是。秬（粵：巨；普：jù）：黑黍，古代一種良種的黍，一個穀裏有兩顆米。秠（粵：丕；普：pī）：一個穀裏的兩顆米。46穈（粵：門；普：mén）：一種優良品種的黍，初生時葉赤色，生四葉後赤青相間，七八葉後色轉純青。芑（粵：起；普：qǐ）：一種良種的黍。初生時色微白，也叫白粱粟。47恆：通亙，遍。恆之，指遍地種植。48穫：收割。畝：堆放田中。49任：擔。負：背。50肇：開始。51我：后稷自稱。52舂（粵：宗；普：chōng）：用杵和臼把穀類的殼搗掉。揄（粵：由；普：yòu）：舀取。53簸（粵：跛；普：bǒ）：用簸箕揚去殼米中的糠皮或雜物。蹂：用手來回地搓，使糠和米分開。54釋：淘米。叟叟：淘米聲。55烝：同蒸，蒸熟。浮浮：熱氣上騰。56謀：謀劃。惟：考慮。57蕭：一種蒿子，有香氣，古人採以供祭祀用。脂：油脂。58羝：公羊。

軷：通撥，音同撥，剝皮。59 燔：燒肉。烈：將肉掛在火上烤熟。60 興：興旺。嗣歲：明年。61 卬（粵：養；普：yǎng）：同仰，舉。豆：古代盛肉或熟菜的食器。62 登：通登，古代祭祀時盛肉食的禮器。63 居：語助詞。歆：享受，指祭祀時神靈來享受祭品的香氣。64 胡：大。臭：香氣。亶：確實。時：善好。65 庶：幸而。66 迄：至。

賞析與點評

這是一篇有關周民族的神話作品，追述自己祖先的起源，並以后稷誕生的事跡，歌頌祖先神跡，讚美周民族的輝煌歷史，特別強調在農耕方面的勞作和祭祀的過程。

行葦

敦彼行葦，[1]牛羊勿踐履。方苞方體，[2]維葉泥泥。[3]戚戚兄弟，[4]莫遠具爾。[5]
或肆之筵，[6]或授之几。[7]
肆筵設席，授几有緝御。[8]或獻或酢，[9]洗爵奠斝。[10]醓醢以薦，[11]或燔或炙。[12]
嘉殽脾臄，[13]或歌或咢。[14]

敦弓既堅，[15] 四鍭既鈞，[16] 舍矢既均，[17] 序賓以賢。[18] 敦弓既句，[19] 既挾四鍭。[20]
四鍭如樹，[21] 序賓以不侮。[22]
曾孫維主，[23] 酒醴維醹，[24] 酌以大斗，[25] 以祈黃耇。[26] 黃耇台背，[27] 以引以翼。[28]
壽考維祺，[29] 以介景福。[30]

注釋

1 敦（粵：團；普：tuán）：聚貌。行：道路。2 方：開始。苞：發苞。體：成形、生長。3 維：發語詞。泥泥：茂盛貌。4 戚戚：親密貌。5 具：即俱也。爾：即邇，近。6 肆：陳列。筵：席。古人席地而坐。7 几：桌几。8 緝（粵：葺；普：qì）：輪換不斷。御：侍奉。9 獻、酢：朱熹《詩集傳》：「進酒於客曰獻，客答之曰酢。」10 爵、斝（粵：假；普：jiǎ）：酒器名。奠：放置。11 醓醢（粵：袒海；普：tǎn hǎi）：帶湯的肉醬。薦：進。12 燔：燒肉。炙：烤肉。13 嘉：美。殽：即餚。脾：切碎的胃。臄（粵：決；普：jué）：舌頭。14 咢（粵：惡；普：è）：擊鼓不唱歌。或通「諤」，大聲呼喊的意思。15 敦：通彫，畫。敦弓，帶彩畫的弓，天子所用之弓。16 鍭（粵：喉；普：hóu）：箭。鈞：通均，四枝箭重量相同。17 舍矢：射箭。均：指每人射一箭。18 序：排列。以賢：指按其射箭才能排序。19 句（粵：鉤；普：gòu）：拉滿弓。20 挾：持，指四人都手中持箭。21 樹：立，指射中。22 不侮：恭敬嚴肅。23 曾孫：主祭者。主：做主。24 醴（粵：禮；普：lǐ）：甜酒。醹（粵：濡；普：rú）：酒味醇厚。

25大斗：柄長三尺之斗，舀酒用。26黃耇（粵：九；普：gǒu）：高壽。27台背：即鮐背，長壽老人。28引：在前引導。翼：在旁輔助。29祺：吉祥。30介：通匄、丐，乞求。景：大。

賞析與點評

此篇應是周王室與族人飲宴之作。其中涉及周禮中的大射、大饗等禮儀的細節。

既醉

既醉以酒，既飽以德。[1]君子萬年，[2]介爾景福。

既醉以酒，爾殽既將。[3]君子萬年，介爾昭明。[4]

昭明有融，[5]高朗令終，[6]令終有俶，[7]公尸嘉告。[8]

其告維何？籩豆靜嘉。[9]朋友攸攝，[10]攝以威儀。[11]

威儀孔時，[12]君子有孝子。[13]孝子不匱，[14]永錫爾類。[15]

其類維何？室家之壼。[16]君子萬年，永錫祚胤。[17]

其胤維何？天被爾祿。[18]君子萬年，景命有僕。[19]

其僕維何？釐爾女士。[20]釐爾女士，從以孫子。[21]

注釋

1 德：恩惠。2 君子：主人，亦指君王。3 將：疑即金文中的鬻，將祭祀之物置於容器內。殽：即餚。4 昭明：顯明、光明。5 融：十分明亮。何楷《詩經世本古義》：「言其明高出，足以照臨四方，所謂居上克明也。」6 高朗：指聲譽高明。令：善。7 有：又。俶（粵：觸；普：chù）：始。8 公尸：祭祀中裝扮神靈的人。嘉告：以善言告之。9 籩豆：古代食器。靜：善。嘉：美。指食器裏的食物美好。10 朋友：幫助祭禮的羣臣。攸：以。攝：輔助。11 威儀：禮節。12 孔：甚。時：適宜。13 孝子：君子之子嗣。14 匱：竭。15 錫：賜。類：善。16 壼（粵：捆；普：kǔn）：親睦。17 祚：福祿。胤：後代子孫。18 被：覆蓋。祿：福。19 景命：大命。僕：附着的意思，即有追隨者。20 釐：賜予。21 從：隨。

賞析與點評

此篇是周王祭祀祖先，卜祝者對周天子祝頌之辭。詩作最特別之處是多用頂真，讀來格調高古。

鳧鷖

鳧鷖在涇，[1]公尸來燕來寧。[2]爾酒既清，[3]爾殽既馨。[4]公尸燕飲，福祿來成。[5]

鳧鷖在沙，[6]公尸來燕來宜。[7]爾酒既多，爾殽既嘉。公尸燕飲，福祿來為。[8]

鳧鷖在渚，[9]公尸來燕來處。[10]爾酒既湑，[11]爾殽伊脯。[12]公尸燕飲，福祿來下。[13]

鳧鷖在潨，[14]公尸來燕來宗，[15]既燕于宗，[16]福祿攸降。[17]公尸燕飲，福祿來崇。[18]

鳧鷖在亹，[19]公尸來止熏熏。[20]旨酒欣欣，[21]燔炙芬芬。[22]公尸燕飲，無有後艱。[23]

注釋

1 鳧（粵：符；普：fú）：野鴨。鷖（粵：衣；普：yī）：鷗鳥。涇：水中；一說指涇水、涇河。2 公尸：祭祀時扮演先代周王之人，一般是周王未成年的嫡孫。燕：宴會。來：是。3 爾：指主人。4 馨：香美。5 來：是。成：成就、實現。6 沙：水邊。7 宜：合宜。8 為：實現。9 渚：水中陸地。10 處：作客。11 湑（粵：須；普：xū）：濾掉渣滓。12 伊：是。脯：乾肉。13 來下：降下。14 潨（粵：蹤；普：zhōng）：兩水相會處。15 宗：樂。16 宗：宗廟。17 攸：乃。降：降臨。18 崇：充、充滿。義與重通。19 亹（粵：門；普：mén）：通「湄」，水涯。20 止：止息。熏熏：和悅貌。別本作「醺醺」，微醉的樣子。21 旨酒：美酒。欣欣：香氣盛貌。22 燔炙：烤肉。芬芬：香味。23 後艱：以後的災難。

賞析與點評

此詩描寫周王舉行宴會，歌頌扮演先王的公尸，同時為國家祈福。各節首句以水鳥起興，然後轉入描述公尸的安樂宴飲。歌者讚頌天子的酒宴，並祝福周王福澤連綿，永享太平。

假樂

假樂君子，[1]顯顯令德，[2]宜民宜人。[3]受祿于天，保右命之，[4]自天申之。[5]

干祿百福，[6]子孫千億。穆穆皇皇，[7]宜君宜王。[8]不愆不忘，[9]率由舊章。[10]

威儀抑抑，[11]德音秩秩。[12]無怨無惡，率由羣匹。[13]受祿無疆，四方之綱。[14]

之綱之紀，[15]燕及朋友。[16]百辟卿士，[17]媚于天子。[18]不解于位，[19]民之攸塈。[20]

注釋

1 假樂：嘉樂，假字亦通侃，都是喜樂的意思。金文中常用「侃喜」、「喜侃」等詞。君子：指周王。2 顯顯：光顯。令德：美德。3 宜民宜人：《毛傳》：「宜民宜人，宜安民，宜官人也。」4 右：通佑，助。命：天命。5 申之：陳奐《詩毛氏傳疏》：「申之，言申之以福也。」6 干：俞樾認為當作千。千祿百福相對為文。7 穆穆：嚴肅恭敬。

皇皇：光明。這裏「穆穆皇皇」指的是周王與諸侯卿士祭祀時莊敬肅穆的樣子。8 宜君宜王：宜為君宜為王。9 愆：過失也。忘：通亡，失。10 率：循。由：從。舊章：先王流傳下來的規章制度。11 抑抑：通懿懿，壯美貌。12 德音：語言。秩秩：有序。一說偉大光輝的樣子。13 羣匹：陳奐《詩毛氏傳疏》：「此羣匹為羣臣。」14 綱：綱紀。15 之：是。16 燕：通宴、晏。朋友：在金文中或作「倗友」或「好倗友」，是指尊奉周王的異姓諸侯。17 百辟：眾諸侯。18 媚：愛戴。19 解：音義同懈，懈怠。20 攸：所。塈（粵：技；普：xì）：通慇，愛戴。

賞析與點評

這是為周宣王成年行冠禮而寫的詩篇。魏源《詩古微》說：「〈假樂〉，美宣王之德也。宣王能順天地，祚子孫千億，卿士多賢，皆得獲天佑所致也。」作品表現了對君王的期望，希望新天子能順從民心，天下安寧。

公劉

篤公劉，[1]匪居匪康。[2]迺埸迺疆，[3]迺積迺倉；[4]迺裹餱糧，[5]于槖于囊。[6]思輯用光，[7]弓矢斯張；[8]干戈戚揚，[9]爰方啟行。[10]

篤公劉，于胥斯原。[11]既庶既繁，[12]既順迺宣，[13]而無永歎。陟則在巘，[14]復降在原。何以舟之？[15]維玉及瑤，[16]鞞琫容刀。[17]

篤公劉，逝彼百泉。[18]瞻彼溥原，[19]迺陟南岡。[20]乃覯于京，[21]京師之野。于時處處，[22]于時廬旅，于時言言，于時語語。

篤公劉，于京斯依。[23]蹌蹌濟濟，[24]俾筵俾几。[25]既登乃依，[26]乃造其曹。[27]執豕于牢，[28]酌之用匏。[29]食之飲之，君之宗之。[30]

篤公劉，既溥既長。[31]既景迺岡，[32]相其陰陽，[33]觀其流泉。其軍三單，[34]度其隰原。[35]徹田為糧，[36]度其夕陽，[37]豳居允荒。[38]

篤公劉，于豳斯館。[39]涉渭為亂，[40]取厲取鍛。[41]止基迺理，[42]爰眾爰有。[43]夾其皇澗，[44]遡其過澗。[45]止旅迺密，[46]芮鞫之即。[47]

注釋

1 篤：忠厚。公劉：人名，周族祖先，曾率領部族由邰遷豳。2 匪：為襯字。康：安樂。3 迺：同乃，音義同乃，於是。埸（粵：亦；普：yì）：修整田界。疆：義同場。4積：動詞，露天堆積穀物。倉：動詞，把糧食裝在倉裏。5裹：包裹。餱糧：乾糧。6于：在。橐（粵：托；普：tuó）：口袋。囊：口袋。朱熹《詩集傳》：「無底曰橐，有底曰囊。」7思：發語詞。輯：和睦。用：以。光：顯耀。8斯：語助詞。張：把弦安在弓上。9干：盾牌。戈：戟類兵器。戚：斧。揚：也名鉞，大斧。干戈戚揚，鄭玄《毛詩箋》：「公劉之去邰，整其師旅，設其兵器。」10爰：即于，指於是。方：開始。啟行：出發。11于：在。胥：視察。斯：此。原：指豳的原野。12庶、繁：眾多。13順：民心歸順。14陟（粵：即；普：zhì）：登上。巘（粵：演；普：yǎn）：小山。15舟：通周，環繞、佩戴。16維：是。瑤：似玉的美石。17鞞（粵：丙；普：bǐng）：刀鞘，即刀劍套。琫（粵：捧；普：běng）：刀鞘口上的裝飾品。容刀：佩刀。18逝：往。百泉：指泉水眾多之處。19瞻：視。溥：廣大。20南岡：陳奐《毛詩傳疏》：「山脊曰岡。岡即豳山之岡也。豳山在百泉之南，故曰南岡。」21覯（粵：救；普：gòu）：遇見。京：豳地。22于時：即於是。下同。處處：居住。王力《古代漢語》：「處處、旅旅、言言，語語都是動詞複說，表示人民安居樂業、笑語歡樂的情況。」23依：依傍。24蹌蹌：整齊美好。濟濟：通躋躋，這裏指人數眾多，整齊美好。25俾：使。筵：動詞，設筵。几：動詞，設几。26既：已經。登：登上筵席。依：依靠着几。27造：通祰，告祭。曹：祭祀豬的祖先。28執：捉。牢：關牲畜的欄圈。29酌：斟酒。匏（粵：刨；普：páo）：葫蘆。30君：奉為君。之：指公劉。宗：奉為宗，做周人的族主。這兩句是說用酒食奉獻給公劉，並宗奉他。31 既：已經。溥：指橫向擴大其土地。長：指縱向開疆拓土。32 景：通影，測定日影。岡：登上山岡。鄭玄《毛詩箋》：「以日影定其疆界於山之脊。」33 相：察看。孔穎達《毛詩正義》：「視其陰陽寒暖所宜。」陰：山北。陽：山南。34 單：通禪，更番輪換。指分其軍隊為三，輪番更代。一說單是一種軍旗，又一說單是壇的意思，謂登壇誓師。35 度：測量。隰原：低濕的平原。36 徹：十成的產糧抽取一成叫徹。徹田，指開墾田地，徵收糧食。37 夕陽：山的西面。38 豳居：豳人居住的地方。允：確實。荒：廣大。39 館：修建房舍官室。40 涉：渡水。渭：渭水。為：而。亂：橫流而渡。41 厲：同礪，粗硬的磨刀石。鍛：錘煉金屬用的砧石。42 止：應作之。之，此。下文同。基：基地。理：治理。43 爰：即于，指於是。眾：人口眾多。有：富有。44 夾：在左右兩邊居住。皇澗：豳地澗名。45 遡：面對。過澗：豳地澗名。46 旅：一說羣眾。一說寄居。密：一說安居。一說繁密。一說地名。47 芮：通汭，水邊向內凹處。鞫（粵：鞠；普：jū）：水涯的盡頭、水邊彎曲之處。之：指芮、鞫。即：就、靠近。陳奐《毛詩傳疏》：「即，就也。芮鞫之即，言從遷眾民依就水厓之曲，而徙處此也。」

賞析與點評

此詩記述了周朝先祖公劉率領周族經過三次遷移，最終到達豳地，開拓周的疆宇。

洞酌

洞酌彼行潦，[1]挹彼注茲，[2]可以餴饎。[3]豈弟君子，[4]民之父母。

洞酌彼行潦，挹彼注茲，可以濯罍。[5]豈弟君子，民之攸歸。[6]

洞酌彼行潦，挹彼注茲，可以濯溉。[7]豈弟君子，民之攸塈。[8]

注釋

1 洞（粵：炯；普：jiǒng）：深遠。酌：取水。行潦：流動之水。2 挹（粵：邑；普：yì）：舀。注：灌。茲：此。鄭玄《毛詩箋》：「遠酌取之，投大器之中，又挹之注於此小器。」3 餴（粵：分；普：fēn）：通饙，蒸飯。饎（粵：次；普：chì）：通糦，酒食。4 豈弟：即愷悌，和樂平易貌。君子：指君主。5 濯：洗。罍（粵：雷；普：léi）：古代酒器。6 攸：所。7 溉：盛酒之漆樽。8 塈（粵：技；普：xì）：通愍，愛戴。

賞析與點評

詩篇共三章，結構相同，均以日常所見流水處起興，繼而反覆歌頌君主，稱讚其德行完美，受民擁戴。

卷阿

有卷者阿，[1]飄風自南。[2]豈弟君子，[3]來游來歌，以矢其音。[4]

伴奐爾游矣，[5]優游爾休矣。豈弟君子，俾爾彌爾性，[6]似先公酋矣。[7]

爾土宇昄章，[8]亦孔之厚矣。[9]豈弟君子，俾爾彌爾性，百神爾主矣。[10]

爾受命長矣，茀祿爾康矣。[11]豈弟君子，俾爾彌爾性，純嘏爾常矣。[12]

有馮有翼，[13]有孝有德，[14]以引以翼。[15]豈弟君子，四方為則。

顒顒卬卬，[16]如圭如璋，[17]令聞令望。[18]豈弟君子，四方為綱。[19]

鳳凰于飛，[20]翽翽其羽，[21]亦集爰止。[22]藹藹王多吉士，[23]維君子使，媚于天子。[24]

鳳凰于飛，翽翽其羽，亦傅于天。[25]藹藹王多吉人，維君子命，媚于庶人。[26]

鳳凰鳴矣，于彼高岡。梧桐生矣，[27]于彼朝陽。[28]菶菶萋萋，[29]雝雝喈喈。[30]

君子之車，既庶且多。君子之馬，既閑且馳。[31] 矢詩不多，[32] 維以遂歌。[33]

注釋

1 卷：曲。有卷，即卷卷。阿：大丘。2 飄風：旋風。3 豈弟：即愷悌。君子：君王。4 矢其音：發出歌聲。5 伴（粵：坪；普：pàn）奐：優遊閑暇。這是當時常見的一個連綿詞，音義同「盤桓」、「泮渙」、「畔奐」、「判渙」等，俱有優遊散漫的意思。6 俾：使。彌：久。性：生命。7 似：通「嗣」，繼承。先公：君王的祖先。酋：通「猷」，謀。鄭玄《毛詩箋》：「嗣先君之功而終成之。」8 土宇：可居住之土，即國土。昄（粵：板；普：bǎn）：大。章：明。爾土宇昄章，指疆域大而國顯明。9 厚：指福祿厚。10 百神爾主：即「爾主百神」之倒文，指做百神之主祭者。11 茀：通福，音義同。12 純：大。嘏（粵：古；普：gǔ）：福。常：常享之。金文中作「屯魯」。13 馮：通憑，音義同。翼：助。14 有孝：有孝行。有德：有德望。15 引、翼：朱熹《詩集傳》：「引，導其前也。翼，相其左右也。」16 顒（粵：容；普：yóng）顒：溫和貌。卬（粵：昂；普：áng）卬：氣宇軒昂貌。17 圭、璋：玉器，此處強調君王的純潔。18 令：善。聞：名望。望：聲望。19 綱：綱紀。20 于：在。21 翽（粵：惠；普：huì）翽：鳥羽振動聲。22 亦：發語詞。爰：義同「乃」。23 藹（粵：曖；普：ǎi）藹：盛多貌。吉士：善士，指羣臣。24 媚：愛戴。25 傅：至。26 庶人：百姓。27 傳說鳳凰非梧桐不萋。28 朝陽：山之東面。29 菶（粵：捧；普：běng）菶、萋萋：草木盛貌。30 雝雝、喈喈：鳳凰和鳴之聲。雝字通「雍」、「噰」、「嗈」，皆象聲詞。31 閑：通嫻，熟習。馳：奔馳。32 矢：陳。不：語助詞。33 遂：已成。

賞析與點評

此篇當是周王出遊卷阿，詩人為讚美天子而寫。《毛詩序》認為是召康公告誡成王的詩。

民勞

民亦勞止，[1] 汔可小康。[2] 惠此中國，[3] 以綏四方。[4] 無縱詭隨，[5] 以謹無良。[6] 式遏寇虐，[7] 憯不畏明。[8] 柔遠能邇，[9] 以定我王。

民亦勞止，汔可小休。惠此中國，以為民逑。[10] 無縱詭隨，以謹惛怓。[11] 式遏寇虐，無俾民憂。無棄爾勞，[12] 以為王休。[13]

民亦勞止，汔可小息。惠此京師，以綏四國。無縱詭隨，以謹罔極。[14] 式遏寇虐，無俾作慝。[15] 敬慎威儀，以近有德。[16]

民亦勞止，汔可小愒。[17] 惠此中國，俾民憂泄。[18] 無縱詭隨，以謹醜厲。[19] 式遏寇虐，無俾正敗。[20] 戎雖小子，[21] 而式弘大。[22]

民亦勞止，汔可小安。惠此中國，國無有殘。無縱詭隨，以謹繾綣。[23] 式遏寇虐，無俾正反。王欲玉女，[24] 是用大諫。

注釋

1 亦、止：語助詞。2 汔（粵：棄；普：qì）：通其，一種推測語氣。《詩經》中的「迄」、「汔」、「訖」諸字多通「其」。3 惠：通維、惟。中國：本義為「國中」之倒裝，此詩中特指京師。4 綏：安定。5 詭隨：不懷好意。6 謹：慎 。7 式：發語詞。遏：止。寇虐：掠奪暴虐之人。俞樾《羣經平議》：「言為寇虐者，必遏止之，不以其高明而畏之也。」8 憯（粵：蠶；普：cǎn）：如今語之「怎麼」。明：光明，指「明明上帝」。這句是說寇虐之人竟然不怕上帝？9 柔、能：馬瑞辰《毛詩傳箋通釋》：「按能與柔義相近。柔之義為安之善之，能亦安也善也。」這句話是西周成語，金文亦數見。10 逑：聚集在一起。11 惛怓（粵：昏猱；普：hūn náo）：朝政紛亂。鄭玄《毛詩箋》：「惛怓，猶喧嘩也，謂好爭者也。」12 勞：功勞。13 休：美。14 罔極：朱熹《詩集傳》：「罔極，為惡無窮極之人也。」15 慝（粵：忒；普：tè）：邪惡。16 有德：有德之人。17 愒：通憩，休息。18 俾：使。泄：散去。19 醜：指敵人。厲：惡人。20 正：王引之《經義述聞》：「正，當讀為政。寇虐之徒，敗壞國政，遏之則政不敗矣。」下同。

21 戎：汝。22 式：用也。弘：廣。23 繾綣：喻朝政紛亂。24 玉：珍愛、成全。女：即汝，你，指厲王。

賞析與點評

此詩作，古人認為是召穆公諷刺周厲王而作。此篇通過多次申訴百姓的勞苦，勸說天子體恤民情，不要為小人所誤。

板

上帝板板，[1]下民卒癉。[2]出話不然，[3]為猶不遠。[4]靡聖管管，[5]不實于亶。[6]猶之未遠，是用大諫。[7]

天之方難，[8]無然憲憲。[9]天之方蹶，[10]無然泄泄。[11]辭之輯矣，[12]民之洽矣。[13]辭之懌矣，[14]民之莫矣。[15]

我雖異事，[16]及爾同僚。我即爾謀，[17]聽我囂囂。[18]我言維服，[19]勿以為笑。先民有言：「詢于芻蕘。[20]」

天之方虐，無然謔謔。[21] 老夫灌灌，[22] 小子蹻蹻。[23] 匪我言耄，[24] 爾用憂謔。[25] 多將熇熇，[26] 不可救藥。

天之方懠，[27] 無為夸毗。[28] 威儀卒迷，[29] 善人載尸。[30] 民之方殿屎，[31] 則莫我敢葵。[32] 喪亂蔑資，[33] 曾莫惠我師。[34]

天之牖民，[35] 如壎如篪，[36] 如璋如圭，[37] 如取如攜。[38] 攜無曰益，[39] 牖民孔易。民之多辟，[40] 無自立辟。

价人維藩，[41] 大師維垣，[42] 大邦維屏，大宗維翰，[43] 懷德維寧，宗子維城。[44] 無俾城壞，無獨斯畏。[45]

敬天之怒，[46] 無敢戲豫。[47] 敬天之渝，[48] 無敢馳驅。[49] 昊天曰明，[50] 及爾出王。[51] 昊天曰旦，及爾游衍。[52]

注釋

1 板板：也作「版版」，義同反，反常。2 卒癉（粵：但；普：dàn）：勞累成疾。3 不然：不信，即不守信用。4 猶：通猷，謀。遠：遠大。5 靡聖：沒有聖人之道。管管：無所依傍。管字通悹。6 實：忠實。亶（粵：坦；普：dǎn）：誠信。7 是用：即是以。8 方難：給人災難。9 無然：不要這樣。下同。憲憲：通欣欣，喜樂。10 蹶（粵：貴；普：guì）：動亂。11 泄（粵：亦；普：yì）泄：通呭，眾口紛擾的意思，這裏指多言多語。12 辭：言辭。輯：溫和。13 洽：融洽。14 懌（粵：亦；普：yì）：和樂。15 莫：定。16 異事：不同職位。17 我即爾謀：我為你籌劃。18 囂囂：朱熹《詩集傳》：「囂囂自得不肯受言之貌。」19 維：語助詞。服：有用。20 芻蕘（粵：初搖；普：chú ráo）：擔草砍柴的人。21 謔謔：喜樂。22 老夫：詩人自稱。灌灌：即款款，情意真摯。23 小子：對統治者的貶稱。蹻（粵：繳；普：jué）蹻：驕傲貌。24 匪：不是。耄（粵：冒；普：mào）：本指八十至九十歲的老人，此指昏亂。25 用：以。爾用憂謔，即應該憂慮之事反被認為是戲言。26 多：特指進諫之多。將字疑為金文中的「鬻」字，即祭祀用的鼎簋中的肉實。熇（粵：殼；普：hè）熇：火勢熾盛貌，引申義為燙手、無可挽回。27 懠（粵：滯；普：qì）：憤怒。28 夸：假借為誇，誇大。毗：音皮，附和。29 卒：盡。迷：迷亂。30 載：則。尸：指徒有形體，沒有作為。31 殿屎（粵：希；普：xī）：呻吟。32 葵：通揆，揣測。33 蔑：無。資：財。34 惠：愛。師：眾。曾莫惠我師，鄭玄《毛詩箋》：「不肯惠施以贍眾民，言無恩也。」35 牖（粵：有；普：yǒu）：誘的假借字。一說，牖即窗戶，用為動詞，意即啟發、開啟。36 壎（粵：圈；普：xūn）、篪（粵：持；普：chí）：樂器。《毛傳》：「如壎如篪，言相和也；如璋如圭，言相合也；如取如攜，言必從也。」37 璋、圭：玉器名。38 取：提。攜：攜帶。39 曰：語助詞。益：借為隘，音義同，即阻礙。40 辟：音僻，姦邪。41 价：音介，「价人」一說指軍人，即介冑之士；一說介即大，大人謂善人。42 大師：馬瑞辰《毛詩傳箋通釋》：「大師宜為大眾。大師維垣，猶云眾志成城也。」43 大邦：指周人所封之大國。大宗：指周人所建之姬姓國。44 宗子：君王的宗族子弟，指分封的姬姓諸侯。45「無俾城壞」兩句：嚴粲《詩緝》：「勿使此城有壞，無至於獨居而可畏懼也。」46 敬：通儆，警戒。下同。47 戲豫：玩樂。48 渝：變。49 馳驅：指駕車出遊。50 曰：語助詞。51 王：往的假借字，音義同往。52 游衍：遊遨玩樂。

賞析與點評

詩作旨在諷刺統治者昏庸無道，不過通觀全篇，可知詩人仍對在位者有些企望，因此才多用正說，內容類諫言。這首與〈蕩〉同為譏刺亂世的名篇，「板蕩」後更成為政局混亂的形容詞。

蕩

蕩蕩上帝，[1]下民之辟。[2]疾威上帝，[3]其命多辟。[4]天生烝民，[5]其命匪諶。[6]
靡不有初，鮮克有終。[7]

文王曰咨，[8]咨女殷商。[9]曾是彊禦？[10]曾是掊克？[11]曾是在位？曾是在服？[12]

天降滔德，[13]女興是力。[14]

文王曰咨，咨女殷商。而秉義類，[15]彊禦多懟，流言以對，[16]寇攘式內。[17]侯作侯祝，[18]靡屆靡究。[19]

文王曰咨，咨女殷商。女炰烋于中國，[20]斂怨以為德。[21]不明爾德，[22]時無背無側。[23]爾德不明，以無陪無卿。[24]

文王曰咨，咨女殷商。天不湎爾以酒，[25]不義從式。[26]既愆爾止，[27]靡明靡晦。[28]式號式呼，[29]俾晝作夜。[30]

文王曰咨，咨女殷商。如蜩如螗，如沸如羹。[31]小大近喪，[32]人尚乎由行。[33]內奰于中國，[34]覃及鬼方。[35]

文王曰咨，咨女殷商。匪上帝不時，[36]殷不用舊。[37]雖無老成人，[38]尚有典刑。[39]曾是莫聽，[40]大命以傾。[41]

文王曰咨，咨女殷商。人亦有言：[42]顛沛之揭，[43]枝葉未有害，本實先撥。[44]殷鑒不遠，[45]在夏后之世。[46]

注釋

1 蕩蕩：法度混亂廢壞。上帝：指君王。2 辟（粵：闢；普：bì）：君王。3 疾威：暴虐。金文中作疾畏，威即畏。鄭玄《毛詩箋》：「疾病人者，重賦斂也；威罪人者，峻刑法也。」4 命：政令。辟：邪僻。5 烝：眾。6 匪：不。諶（粵：岑；普：chén）：可信。匪諶，即不可信。7 靡：無。鮮：少。克：能夠。靡不有初，鮮克有終，即有始無終。8 咨：也作嗞，歎息聲。9 女：同汝，指紂王。實則藉紂王指責當時的厲王。不敢明言之也。10 曾：乃、竟、竟然。是：這樣。彊：即強。禦：同彊。11 掊（粵：抔；普：póu）克：聚斂搜刮。12 在位：居於官位。服：職務。楊樹達《積微居小學述林》：「共武之服，謂供武之職也。嗣服，謂職事。在服即在職也。職位義近，故與在位為對文也。」13 滔德：倨慢無忌的敗德。14 興：興起、助長。力：努力去做。15 而：即汝，你。秉：任用。義類：善人。朱熹《詩集傳》：「義，善。……言汝當用善類，而反任此暴虐多怨之人。」16 流言：謠言。對：應對。17 寇攘：強取偷盜。式：因而。18 侯：有。作：通詛，詛咒。祝：通咒，詛咒。19 靡：無。届：盡。究：窮。20 炰烋（粵：咆哮；普：páo xiāo）：自矜氣健之貌。中國：「國中」之倒文。21 斂：鄭玄《毛詩箋》：「斂聚羣不逞作怨之人，謂之有德而任用之。」22 不明：不辨是非。23 時：《韓詩》作以，所以。無：分不清。背：背叛者。側：不正直。《漢書》引此《詩》，顏師古注：「言不別善惡，有逆背傾仄者，有堪為卿大夫者，皆不知之也。」24 陪：輔佐大臣。卿：卿士。25 湎：沉迷於酒。26 義：通宜，應當。從：從而。一說放縱。式：效法。27 愆：差錯。止：行為舉止。28 明：白天。晦：晚上。29 式：語助詞。號呼：形容酗酒之態。30 俾：使。《毛傳》：「使晝為夜。」31 蜩（粵：條；普：

tiáo）：蟬。螗：蟬的一種，也叫蝘或螗蜩。沸：沸水。羹：湯。馬瑞辰《毛詩傳箋通釋》：「謂時人悲歎之聲如蜩螗之鳴，憂亂之心如沸羹之方熟。」32 小大：即大小事情。喪：失敗。33 人：君王。由行：照樣做下去。34 內：國內。奰（粵：避；普：bì）：憤怒。蘇建洲認為字通伏（金文為㚇）。35 覃（粵：談；普：tán）：延及。鬼方：商朝北方遊牧民族，這裏泛指遠方。36 匪：非。時：是、善。37 舊：原有的典章制度。38 老成人：舊臣。39 典刑：刑通型，舊法常規。40 曾：竟然。是：這些勸諫之言。莫聽：不聽。41 大命：國命。孔穎達《毛詩正義》：「汝之大命以至傾覆而誅滅。」42 亦：語助詞。43 顛沛：跌倒。揭：樹根翹起。44 撥：敗之假借，敗壞。45 鑒：鏡子。46 夏后：夏朝的君主，指夏桀。鄭玄《毛詩箋》：「此言殷之明鏡不遠也，近在夏后之世，謂商湯誅夏桀也。後武王誅紂，今之王者何以不用為戒。」

賞析與點評

此詩假借文王口吻，指責商紂王，意在譴責周厲王失德，小人當道。

抑

抑抑威儀，[1]維德之隅。[2]人亦有言：「靡哲不愚。[3]」庶人之愚，亦職維疾。[4]哲人之愚，亦維斯戾。[5]

無競維人，[6]四方其訓之。[7]有覺德行，[8]四國順之。訏謨定命，[9]遠猶辰告。[10]敬慎威儀，維民之則。

其在于今，興迷亂于政。[11]顛覆厥德，[12]荒湛于酒。[13]女雖湛樂從，[14]弗念厥紹。[15]罔敷求先王，[16]克共明刑。[17]

肆皇天弗尚，[18]如彼泉流，無淪胥以亡。[19]夙興夜寐，灑掃庭內，[20]維民之章。[21]修爾車馬，弓矢戎兵，[22]用戒戎作，[23]用逷蠻方。[24]

質爾人民，[25]謹爾侯度，[26]用戒不虞。[27]慎爾出話，敬爾威儀，無不柔嘉。[28]白圭之玷，[29]尚可磨也；斯言之玷，不可為也。[30]

無易由言，[31]無曰苟矣，[32]莫捫朕舌，[33]言不可逝矣。[34]無言不讎，[35]無德不報。惠于朋友，庶民小子。子孫繩繩，[36]萬民靡不承。[37]

視爾友君子，輯柔爾顏，[38]不遐有愆。[39]相在爾室，[40]尚不愧于屋漏。[41]無曰：「不顯，[42]莫予云覯。[43]」神之格思，[44]不可度思，[45]矧可射思！[46]

辟爾為德，[47]俾臧俾嘉。[48]淑慎爾止，[49]不愆于儀。不僭不賊，[50]鮮不為則。投我以桃，報之以李。彼童而角，[51]實虹小子。[52]

荏染柔木，[53]言緡之絲。[54]溫溫恭人，惟德之基。其惟哲人，告之話言，[55]順德之行。[56]其維愚人，覆謂我僭。[57]民各有心。

於乎小子，未知臧否。[58]匪手攜之，言示之事。[59]匪面命之，言提其耳。[60]借曰未知，亦既抱子。[61]民之靡盈，[62]誰夙知而莫成？[63]

昊天孔昭，我生靡樂。視爾夢夢，[64]我心慘慘。[65]誨爾諄諄，[66]聽我藐藐。[67]匪用為教，覆用為虐。[68]借曰未知，亦聿既耄。[69]

於乎小子，告爾舊止。[70]聽用我謀，庶無大悔。天方艱難，曰喪厥國。[71]取譬不遠，昊天不忒。[72]回遹其德，[73]俾民大棘。[74]

注釋

1 抑抑：通懿懿，嚴正慎密貌。2 隅：正。鄭玄《毛詩箋》：「人密於威儀抑抑然，是其德必嚴正也。」3 靡哲不愚：即大智若愚。4 職：實、誠然。維：語助詞，下同。疾：毛病。5 戾：過度、反常。6 競：通彊，勝過。人：通仁。此句言仁者無敵。7 訓：通順，順從。8 覺：大也。9 訏（粵：虛；普：xū）：大。謨：謀。定命：安定國家。10 猶：通猷，謀。辰：時。遠猶辰告，適時提出計謀。11 與：俞樾《羣經平議》：「興與舉同義……興迷亂於政，言皆迷亂於政也。」12 顛覆：敗壞。厥：其。13 荒：荒於政事。湛：沉湎於酒。14 雖：通惟，只是。15 紹：繼承，指繼承先人功業。16 敷：廣泛。17 共：音供，奉行。刑：法。18 肆：發語詞。尚：王引之《經義述聞》：「《爾雅》：『尚，右也。』言皇天不右助之也。」19 淪：相率。胥：皆。20 庭內：庭院及宮室之內。21 章：表率。22 戎兵：兵器。23 戒：戒備。戎作：戰事興起。24 逷（粵：亦；普：yì）：通逖，遠。25 質：安定。26 侯度：諸侯的規矩法度。侯，君，指諸侯。27 虞：料想。不虞，指意外的情況。28 柔嘉：鄭玄《毛詩箋》：「柔，安。嘉，善也。」29 圭：瑞玉。玷：瑕疵。30 不可為：不能挽救。31 由：於。這句是說言出必信。32 苟：苟且、隨便。33 捫：執持。朕：我。34 逝：去。35 讎：反應、對答。36 繩繩：延續不斷貌。37 承：奉、擁戴。38 輯、柔：和。39 遐：遠。不：語助詞。不遐，即遠的意思。愆：過錯。40 相：注意。41 尚：庶幾、差不多。屋漏：《毛傳》：「西北隅謂之屋漏。」42 顯：明。43 覯（粵：究；普：gòu）：見。44 格：至。45 度：猜測。46 矧（粵：診；普：shěn）：況且。射（粵：易；普：yì）：厭倦。47 辟：效法。48 俾：使。臧、嘉：美善。49 止：容止。50 僭：差錯。賊：害。51 童：羊之無角者。52 虹：潰亂。53 荏染：即荏苒，柔貌。54 緡（粵：民；普：mín）：動詞，覆蓋其上。55 話言：《毛傳》：「古之善言也。」56 順德之行：指行為合乎美德。57 覆：反。僭：不真誠。58 臧否：好壞。59 匪手攜之，言示之事：指不僅以手攜之，並且舉出事例分析。60匪面命之，言提其耳：指不僅當面命令，並且提耳教諸侯細聽。61既抱子：指已為人父。62靡：不。盈：滿。靡盈，不自滿。63夙知：早知。莫：即暮，晚。64夢夢：昏亂。65慘慘：憂悶不樂。66誨：教誨。諄諄：誠懇貌。67藐藐：不在意貌。68覆：反。虐：通謔，馬瑞辰《毛詩傳箋通釋》：「按虐之為言謔也……詩蓋言不用其言為教令，反用其言為戲謔耳。」69聿（粵：乙；普：yù）：發語詞。耄（粵：冒；普：mào）：泛指老人。70舊：舊制度。止：語助詞。71曰：發語詞。曰喪厥國，鄭玄《毛詩箋》：「故出艱難之事，謂下災異，生兵寇，將以滅亡。」72忒（粵：剔；普：tè）：差錯。73回遹（粵：乙；普：yù）：邪惡。74俾：使。棘：困急。

賞析與點評

《國語・楚語》記載衞武公九十五歲時還向國人徵求諫言，故學者一般認為此詩是衞武公用以自警之作。本篇多用賦體，反覆陳述修德的必要，可見作者戒慎恐懼之情。

桑柔

菀彼桑柔，[1]其下侯旬，[2]捋采其劉，[3]瘼此下民。[4]不殄心憂，[5]倉兄填兮。[6]
倬彼昊天，[7]寧不我矜？[8]
四牡騤騤，[9]旟旐有翩。[10]亂生不夷，[11]靡國不泯。[12]民靡有黎，[13]具禍以燼。[14]
於乎有哀，[15]國步斯頻。[16]
國步蔑資，[17]天不我將。[18]靡所止疑，[19]云徂何往？[20]君子實維，[21]秉心無競。[22]
誰生厲階，[23]至今為梗？[24]
憂心慇慇，[25]念我土宇。[26]我生不辰，逢天僤怒。[27]自西徂東，靡所定處。多
我覯痻，[28]孔棘我圉。[29]
為謀為毖，[30]亂況斯削。[31]告爾憂恤，[32]誨爾序爵。[33]誰能執熱，[34]逝不以濯？[35]
其何能淑，[36]載胥及溺。[37]
如彼遡風，[38]亦孔之僾。[39]民有肅心，[40]荓云不逮。[41]好是稼穡，[42]力民代食。[43]
稼穡維寶，代食維好？
天降喪亂，滅我立王。[44]降此蟊賊，[45]稼穡卒痒。[46]哀恫中國，[47]具贅卒荒。[48]
靡有旅力，以念穹蒼。[49]

維此惠君，[50]民人所瞻。[51]秉心宣猶，[52]考慎其相。[53]維彼不順，自獨俾臧。[54]自有肺腸，[55]俾民卒狂。[56]

瞻彼中林，甡甡其鹿。[57]朋友已譖，[58]不胥以穀。[59]人亦有言：「進退維谷。」[60]

維此聖人，瞻言百里。維彼愚人，覆狂以喜。[61]匪言不能，胡斯畏忌？[62]

維此良人，弗求弗迪。[63]維彼忍心，[64]是顧是復。[65]民之貪亂，[66]寧為荼毒？[67]

大風有隧，[68]有空大谷。[69]維此良人，作為式穀。[70]維彼不順，[71]征以中垢。[72]

大風有隧，貪人敗類。[73]聽言則對，[74]誦言如醉。[75]匪用其良，覆俾我悖。[76]

嗟爾朋友，予豈不知而作。[77]如彼飛蟲，[78]時亦弋獲。[79]既之陰女，[80]反予來赫。[81]

民之罔極，[82]職涼善背。[83]為民不利，如云不克。[84]民之回遹，職競用力。[85]

民之未戾，[86]職盜為寇。涼曰不可，[87]覆背善詈。[88]雖曰「匪予」，[89]既作爾歌！

注釋

1 菀（粵：鬱；普：yù）：茂盛貌。桑柔：幼嫩的桑葉。2 侯：即維。旬：樹蔭遍佈。3 捋（粵：劣；普：luō）：以手持物。采：即採。劉：稀疏無葉貌。4 瘼：病。下民：桑下之民。5 殄（粵：tin5；普：tiǎn）：絕。6 倉兄：音義同「愴怳」，悽愴之意。

填：久。7倬：光明宏大貌。8寧：乃，難道。矜：憐憫。9騤（粵：葵；普：kuí）騤：馬壯健貌。10旟（粵：余；普：yú）：畫有鳥的旗。旐（粵：紹；普：zhào）：畫有龜蛇的旗。有翩：即翩翩，飄動貌。11夷：平。12泯：亂。王引之《經義述聞》：「泯，亂也。承上亂生不夷言之，故曰靡國不泯耳。」13黎：王引之《經義述聞》：「黎者，眾也，多也。」14具：俱。燼：灰燼。15於乎：即嗚呼，歎詞。有哀：即可哀。16國步：即國運，下同。頻：危急。17蔑資：即無資。資，助。18將：扶助。19疑：定。止疑，停息。20云：發語詞。徂：往。21君子：指執政者。維：惟的假借字，即思考。22秉心：持心。無競：無人可以與之爭勝。23厲階：禍端。24梗：災害。25慇慇：憂愁貌。26土宇：家園。27僤（粵：但；普：dàn）：厚。僤怒，盛怒。28覯（粵：究；普：gòu）：遭遇。痻（粵：民；普：mín）：病苦、災難。覯痻也作「覯閔」，見〈邶風．柏舟〉「覯閔既多」。29孔：甚、非常。棘：急。圉（粵：雨；普：yǔ）：邊疆。孔棘我圉，指邊疆禍患緊迫。30毖（粵：比；普：bì）：謹慎。一說，毖通悥，也是謀劃的意思。31削：減。32恤：鄭玄《毛詩箋》：「亦憂也。」33序爵：朱熹《詩集傳》：「序爵，辨別賢否之道也。」34執熱：手中持熱物。35逝：發語詞，義如去。濯：用水沖洗。36淑：善。其何能淑，朱熹《詩集傳》：「不然，則其何能善哉？相與入於陷溺而已。」37載：則。胥：相，皆。溺：溺水，比喻死亡。38遡風：迎面吹來的風。39僾（粵：愛；普：ài）：氣不舒貌。40肅：進。肅心，即上進心。41荓（粵：

平；普：píng）：使。云：語助詞。不逮：不及。42 好：喜好。好是稼穡，指統治者只喜歡橫徵暴斂。43 力民：使人民出力。代食：人民不得食。《毛傳》：「力民代食，代無功者食天祿也。」44 立王：所立之王。45 蟊（粵：毛；普：máo）賊：鄭玄《毛詩箋》：「蟲食苗根曰蟊，食節曰賊。」46 卒：盡。痒：病。47 恫（粵：通；普：tōng）：痛。48 具：俱。贅：連屬。荒：荒年。49 旅力：體力。旅字通膂。穹蒼：蒼天。50 維：發語詞。惠：順。惠君，愛民之君。51 瞻：仰望。52 秉心宣猶：馬瑞辰《毛詩傳箋傳疏》：「言其持心明且順也。」53 考：明辨。慎：謹慎。相：輔助之人。54 自獨：自我獨斷。俾臧：將人民治理好。55 自有肺腸：指與他人不同。56 狂：迷惑。57 甡（粵：申；普：shēn）甡：眾多貌。58 譖：不信。59 胥：相。穀：善。60 谷：山谷。61 覆狂以喜：朱熹《詩集傳》：「愚人不知禍之將至，而反狂以喜，今用事者蓋如此。」62 胡：何。斯：是。63 迪：任用。64 忍心：殘忍之人。65 顧、復：眷戀不離去。66 貪：欲。朱熹《詩集傳》：「民不堪命，所以肆行貪亂。」67 寧：寧願。荼毒：痛苦。68 隧：風疾速貌。69 有空：即空空，指空谷容易有來風。70 式：效法。穀：善良。71 不順：不合義理之人。72 中垢：胡承珙《毛詩後箋》：「案中垢，言垢中也。猶中林、中谷之比。謂不順之人，其行如在垢中。垢，塵垢也。」73 類：善。74 聽言：好聽的言辭。對：對答。75 誦言：即諷諫之言也。醉：指渾然不醒覺。76 覆：反。俾：使。悖：叛逆。77 作：為。78 飛蟲：飛鳥。79 弋（粵：亦；普：yì）：射。獲：得。

80之：往。陰：庇廕。女：汝，即你。81赫：盛怒貌。82罔極：無所停止。83職：專注這裏，是實在的意思。涼：刻薄。善背：反覆無常。84云：語助詞。不克：不勝。85回遹（粵：乙；普：yù）：邪僻。民之回遹，鄭玄《毛詩箋》：「言民之行維邪者，主由為政者遂用強力相尚故也。」86戾：定。87涼曰不可：林義光《詩經通解》：「涼曰不可者，正告之以不可也。」涼字通亮、倞、諒。88詈（粵：利；普：lì）：責罵。善：大。89匪：通誹，誹謗。

賞析與點評

此詩古人以為是周厲王時大夫芮伯斥責厲王任用小人、不用忠良，以致災禍不斷。

雲漢

倬彼雲漢，[1]昭回于天。[2]王曰：於乎！[3]何辜今之人？[4]天降喪亂，饑饉薦臻。[5]靡神不舉，[6]靡愛斯牲。[7]圭璧既卒，[8]寧莫我聽？[9]

旱既大甚，[10]蘊隆蟲蟲。[11]不殄禋祀，[12]自郊徂宮。[13]上下奠瘞，[14]靡神不宗。[15]

后稷不克，上帝不臨。耗斁下土，[16]寧丁我躬。[17]

旱既大甚，則不可推。兢兢業業，如霆如雷。周餘黎民，[18]靡有孑遺。[19]昊天上帝，則不我遺。[20]胡不相畏？先祖于摧。[21]

旱既大甚，則不可沮。[22]赫赫炎炎，云我無所。大命近止，[23]靡瞻靡顧。羣公先正，[24]則不我助。父母先祖，胡寧忍予？[25]

旱既大甚，滌滌山川。[26]旱魃為虐，[27]如惔如焚。[28]我心憚暑，[29]憂心如熏。[30]羣公先正，則不我聞。[31]昊天上帝，寧俾我遯？[32]

旱既大甚，黽勉畏去。[33]胡寧瘨我以旱？[34]憯不知其故。[35]祈年孔夙，[36]方社不莫。[37]昊天上帝，則不我虞。[38]敬恭明神，宜無悔怒。

旱既大甚，散無友紀。[39]鞫哉庶正，[40]疚哉冢宰，[41]趣馬師氏，[42]膳夫左右，[43]靡人不周。無不能止，瞻卬昊天，[44]云如何里！[45]

瞻卬昊天，有嘒其星。[46]大夫君子，昭假無贏。[47]大命近止，無棄爾成。[48]何求為我，以戾庶正。[49]瞻卬昊天，曷惠其寧？[50]

注釋

1 倬：光明、廣大。雲漢：銀河。2 昭：光明。回：轉。3 於乎：即「嗚呼」，又作「烏虖」，歎詞。4 辜：罪。5 薦：重、又，一個接着一個。臻：至。薦臻，即頻仍、經常。6 靡：無。舉：祭祀。7 愛：吝惜。牲：祭祀用的牲口。8 圭、璧：古玉器。卒：盡。9 寧：乃。莫我聽：即莫聽我。10 大：音義同太，非常。甚：厲害。11 蘊隆：謂暑氣鬱積而隆盛。蟲蟲：熱氣熏蒸貌，字一作「烔」，一作「爞」。12 殄：斷絕。禋祀：祭天神的典禮。13 郊：郊外祭天地的地方。徂：往。宮：宗廟。14 上：祭天。下：祭地。奠：陳列祭品。瘞（粵：意；普：yì）：把祭品埋藏以祭地神。15 宗：尊敬。16 斁（粵：妒；普：dù）：敗壞。17 寧：乃。丁：遭逢。梗：疾病、危害。亦有本作「鯁」。18 黎：眾。19 子遺：遺留。20 遺：饋贈。21 于：語助詞。摧：滅。22 沮：阻止。23 大命：國運。止：終結。24 羣公：先祖。正，官長。先正：先公諸臣。25 忍：忍心。26 滌滌：光禿無草木貌。27 旱魃：旱神。28 惔（粵：談；普：tán）：火燒。29 憚：畏。30 熏：灼。31 聞：通問，恤問。32 遯：音義同遁，逃走。33 黽（粵：敏；普：mǐn）勉：勉力為之。畏去：畏懼旱災而逃去。34 瘨（粵：顛；普：diān）：病苦。35 憯：曾。36 祈年：指祈求豐年的祭禮。孔夙：很早。37 方：祭四方之神。社：祭土神。莫：古「暮」字，晚。38 虞：助。39 友：通有。紀：綱紀。40 鞫（粵：菊；普：jū）：窮。庶正：一眾官長。41 疚：病。冢宰：周代官名，相當於後世的宰相。42 趣馬：掌管馬匹的官。師氏：掌管守護王城城門的官。43 膳夫：主管飲食的官。金文中作「善夫」。左右：左右之大夫、士諸官。44 卬：通「仰」。45 里：停止。46 嘒（粵：喂；普：huì）：明亮閃爍貌。47 昭：通「卲」，明。假：通「徦」、「格」、

「各」，至的意思。昭假，指神明降臨。贏：餘。48 成：成功。49 戾：定。50 曷：何時。惠：賜。

賞析與點評

此詩為周王憂慮旱災而作。對旱災帶來的災禍，作者從旱象、旱情、損失以及所見人民的恐慌入手，進行重點刻畫，並以誇張的手法出之，讀來更令人深感災禍帶來的苦楚。

崧高

崧高維嶽，[1]駿極于天。[2]維嶽降神，[3]生甫及申。[4]維申及甫，維周之翰。[5]四國于蕃，[6]四方于宣。[7]

亹亹申伯，[8]王纘之事。[9]于邑于謝，[10]南國是式。[11]王命召伯，[12]定申伯之宅。[13]登是南邦，[14]世執其功。[15]

王命申伯，式是南邦。因是謝人，[16]以作爾庸。[17]王命召伯，徹申伯土田。[18]王命傅御，[19]遷其私人。[20]

申伯之功，[21]召伯是營。[22]有俶其城，[23]寢廟既成。[24]既成藐藐，[25]王錫申伯。[26]
四牡蹻蹻，[27]鉤膺濯濯。[28]
王遣申伯，[29]路車乘馬。[30]我圖爾居，[31]莫如南土。錫爾介圭，[32]以作爾寶。[33]
往近王舅，[34]南土是保。[35]
申伯信邁，[36]王餞于郿。[37]申伯還南，謝于誠歸。[38]王命召伯，徹申伯土疆。[39]
以峙其粻，式遄其行。[40]
申伯番番，[41]既入于謝，徒御嘽嘽。[42]周邦咸喜，[43]戎有良翰。[44]不顯申伯，[45]
王之元舅，[46]文武是憲。[47]
申伯之德，柔嘉且直。[48]揉此萬邦，[49]聞于四國。吉甫作誦，[50]其詩孔碩。[51]
其風肆好，[52]以贈申伯。

注釋

1 崧：嵩山。維：是。嶽：《爾雅》：「泰山為東嶽，華山為西嶽，霍山（衡山）為南嶽，恒山為北嶽，嵩山為中嶽。」2 駿：舊説通「峻」，但很可能通「畯」、「吮」，即「允」的意思。極：至。3 維：發語詞。神：神靈。4 甫：指甫侯，即呂侯。申：申伯。5 翰：棟樑。6 于：為。蕃：通藩，屏障。7 四方：天下。宣：通垣，垣牆。比喻屏障。8 亹（粵：美；普：wěi）亹：通「勉勉」、「娓娓」，孜孜不倦。9 王：

周宣王。纘：繼承。之：指申伯。10 前「于」字通為，指建造；後「于」字指在。謝：古邑名，故城在今河南省唐河縣南。11 南國：周以南一帶的諸侯國。式：榜樣。12 召伯：即召穆公姬虎。13 定：確定。宅：居所，指謝邑。14 登：建成。15 執：遵循。朱熹《詩集傳》：「言使申伯後世常守其功也。」16 因：依靠。是：這。謝人：指謝國的人。17 作：建成。庸：通墉，城。18 徹：治理。此處特指劃定疆界和整理賦稅。19 傅：官名，太傅。御：侍御，侍候周王的官員。20 私人：奴僕。21 功：工作。22 營：規劃。23 有俶（粵：束；普：chù）：即俶俶，指新城完美貌。24 寢：祖廟。廟：宗廟。《禮記》鄭玄注：「凡廟，前曰廟，後曰寢。」25 藐藐：美盛。26 錫：賜。27 牡：公馬。蹻蹻：強壯威武。28 鉤膺：也叫繁纓，套在馬頸上和胸前的革帶。濯濯：明亮的樣子。29 遣：遣送。30 路車：古代諸侯所坐的車。又稱輅、戎輅、大路。乘馬：四匹馬。31 我：指周宣王。圖：謀劃。爾：指申伯。32 介：大。圭：古代一種玉製禮器，天子、諸侯在舉行隆重儀式時所用。《說文解字》：「瑞玉也。上圜下方。公執桓圭，九寸；侯執信圭，伯執躬圭，皆七寸；子執穀璧，男執蒲璧，皆五寸：以封諸侯。從重土。楚爵有執圭。」33 寶：玉製的信物，即圭璧。34 近：覲見。王舅：申伯為宣王母之兄弟，故宣王稱申伯為王舅。35 保：守衛。36 信：確實。邁：行。37 餞：設酒宴送行。郿：古地名，故城在今陝西省郿縣東渭水北岸。38 誠：真心實意。39 土疆：疆界。40 以：乃。峙：儲備。粻：糧食。式：乃。遄、行：為一詞，在這裏是出發的意思。41 番：音波，番番即勇武貌。42 徒：步兵。御：駕車的武士。嘽（粵：灘；普：tān）嘽：眾多而威武貌。43 周：全。邦：謝邑。咸：皆。鄭玄《毛詩箋》：「周，遍也。申伯入謝，遍邦內皆喜曰：『女（汝）乎有善君也。』相慶之言。」44 戎：你。翰：棟樑，指申伯。45 不：一說發語詞，無義。一說通丕，大。顯：顯赫。46 元：大。元舅即大舅。47 文武：文才武略。憲：榜樣。48 柔嘉：和順。直：正直。49 揉：安撫。50 吉甫：即尹吉甫，周宣王大臣。誦：頌歌。51 孔：非常。碩：美好。52 風：樂曲。

賞析與點評

這是周宣王封地給舅舅申伯，送別時，大臣尹吉甫作了這首詩以為贈別。

烝民

天生烝民，[1] 有物有則。[2] 民之秉彝，[3] 好是懿德。[4] 天監有周，昭假于下。[5]
保茲天子，生仲山甫。[6]

仲山甫之德，柔嘉維則。令儀令色，[7]小心翼翼。古訓是式，[8]威儀是力。[9]天子是若，[10]明命使賦。[11]

王命仲山甫：「式是百辟。[12]纘戎祖考，[13]王躬是保。出納王命，王之喉舌。[14]賦政于外，四方爰發。[15]」

肅肅王命，[16]仲山甫將之。[17]邦國若否，[18]仲山甫明之。既明且哲，[19]以保其身。夙夜匪解，[20]以事一人。[21]

人亦有言：「柔則茹之，[22]剛則吐之。」維仲山甫，柔亦不茹，剛亦不吐。不侮矜寡，[23]不畏彊禦。[24]

人亦有言：「德輶如毛，[25]民鮮克舉之。」我儀圖之，[26]維仲山甫舉之，愛莫助之。[27]袞職有闕，[28]維仲山甫補之。

仲山甫出祖，[29]四牡業業，[30]征夫捷捷，[31]每懷靡及。[32]四牡彭彭，[33]八鸞鏘鏘。[34]王命仲山甫，城彼東方。[35]

四牡騤騤，[36]八鸞喈喈。[37]仲山甫徂齊，式遄其歸。[38]吉甫作誦，穆如清風。[39]仲山甫永懷，以慰其心。

注釋

1 烝（粵：蒸；普：zhēng）：眾。2 物：事。則：法。3 秉彝（粵：遺；普：yí）：

秉性。4 好：喜好。懿：美。5 昭假：神明降臨。昭字通卲，顯耀的意思；假字通假、遐、格、各，來到、降臨的意思。6 仲山甫：周宣王大臣。7 令：善。儀：儀表。色：顏色。8 式：法則。9 力：盡力。10 若：選擇。一說順從。11 命：命令。賦：發佈。12 百辟：諸侯。辟是君主的意思。13 纘：繼承。戎：汝。祖考：即祖先。14 出納：即出入，金文中或作出內。出納王命，即出入稟承周王的旨意。喉舌：代言。15 爰：於是。發：執行。鄭玄《毛詩箋》：「以佈政於畿外，天下諸侯於是莫不發應。」16 肅肅：嚴明的意思。17 將：行。18 若否：善惡。19 哲：知。20 解：音義同懈，怠惰。21 一人：指天子。22 茹：吃。23 矜：鰥。24 彊禦：強橫之人。25 輶（粵：尤；普：yóu）：輕。26 儀圖：馬瑞辰《毛詩傳箋通釋》：「儀、圖二字同義，皆度也。」27 愛：惜。28 袞職：天子所做之事。闕：缺失。29 祖：出行之祭。30 業業：強健貌。31 捷捷：疾貌。32 每懷：時刻擔心。33 彭彭：本為車輪滾動的聲音，這裏形容車馬之盛貌。34 鸞：鈴聲。鏘鏘：鈴聲。35 東方：指齊國地區。36 騤騤：馬強健貌。37 喈喈：鈴聲。38 式：發語詞。遄（粵：全；普：chuán）：疾。39 吉甫：指尹吉甫，周宣王時大臣。穆：和。清風：《毛詩正義》：「以清微之風化養萬物，故以比清美之詩，可以感益於人也。」

賞析與點評

詩作敘寫周宣王命大臣仲山甫前往齊地修築城池的事件，全篇夾敘夾議，稱揚仲山甫的文德才能之後，以祝願歸結。詩篇中很多字句，後來都演變成今日我們的成語，例如：小心翼翼、明哲保身、不侮矜寡、不畏彊禦、愛莫能助、穆如清風。另外有些當時的成語則今已不傳，如：昭假于下、出納王命、夙夜匪解、每懷靡及等等。

韓奕

奕奕梁山，[1]維禹甸之，[2]有倬其道。[3]韓侯受命，[4]王親命之：「纘戎祖考，[5]無廢朕命。[6]夙夜匪解，[7]虔共爾位。[8]朕命不易，[9]榦不庭方，[10]以佐戎辟。[11]」四牡奕奕，孔脩且張。[12]韓侯入覲，[13]以其介圭，[14]入覲于王。王錫韓侯，[15]淑旂綏章，[16]簟茀錯衡，[17]玄衮赤舄，[18]鉤膺鏤鍚，[19]鞹鞃淺幭，[20]鞗革金厄。[21]

韓侯出祖，[22]出宿于屠。[23]顯父餞之，[24]清酒百壺。其殽維何？[25]炰鼈鮮魚。[26]其蔌維何？[27]維筍及蒲。其贈維何？乘馬路車。[28]籩豆有且，[29]侯氏燕胥。[30]

韓侯取妻，[31]汾王之甥，[32]蹶父之子。[33]韓侯迎止，[34]于蹶之里。百兩彭彭，[35]

八鸞鏘鏘，[36]不顯其光。[37]諸娣從之，[38]祁祁如雲。[39]韓侯顧之，[40]爛其盈門。[41]

蹶父孔武，[42]靡國不到。為韓姞相攸，[43]莫如韓樂。孔樂韓土，川澤訏訏，魴鱮甫甫，[44]麀鹿噳噳，[45]有熊有羆，[46]有貓有虎。[47]慶既令居，韓姞燕譽。[48]

溥彼韓城，[49]燕師所完。[50]以先祖受命，[51]因時百蠻。[52]王錫韓侯，其追其貊，[53]奄受北國，[54]因以其伯。實墉實壑，[55]實畝實籍。[56]獻其貔皮，[57]赤豹黃羆。

注釋

1 奕奕：大。梁山：韓國境內的山，在今河北固安縣東北。此處之韓，乃西周時分封的韓國，始封君可能是成王的弟弟，非戰國時之韓國。2 甸：治理。3 倬：廣大貌。道：行事之道。4 韓：國名。周成王封其弟於此。5 纘：繼承。戎：汝。祖考：先祖。6 廢：荒怠。金文中作「灋」。朕：我。7 解：音義同懈，懈怠。8 虔：敬。共：音義同恭。9 朕命不易：《毛詩正義》：「我之所命女者，不得改易而不行。」10 榦不庭方：陳奐《詩毛氏傳疏》：「言四方有不直者則正之，侯伯得專征伐也。」不庭方，金文亦見，指不服從、不上貢的諸侯。11 戎：汝。辟：君。12 脩、張：《毛傳》：「脩，長。張，大。」13 覲：朝見天子。14 介圭：即大圭。圭，玉。15 錫：賜。16 淑：善。旂：旗。綏章：王引之《經義述聞》：「綏者，文貌。……所畫於旂，交龍日月之章，綏然有文，故曰綏章。」17 簟（粵：店；普：diàn）茀（粵：忽；普：fú）：《毛詩正義》：「茀者，車之蔽；簟者，席之名。言簟正是用席為蔽也。」錯：文采。衡：車轅前端之橫木。18 玄衮：玄色畫有龍圖案的衣服。赤舄（粵：軾；普：xì）：赤色的鞋。19 鉤膺：套在馬胸前的帶飾。鏤鍚（粵：陽；普：yáng）：馬額上的刻金飾物。20 鞹鞃（粵：擴宏；普：kuò hóng）：車前扶木裹以皮革。淺：虎皮淺毛。幭（粵：滅；普：miè）：車軾上的皮套。21 鞗（粵：條；普：tiáo）：轡首金飾。革：轡首。金文中又作「攸勒」、「鋚勒」。金厄（粵：惡；普：è）：套於馬頸部的金環。厄字又作「軛」。22 出祖：出發祭祀路邊的神靈。23 屠：地名，即杜。24 顯父：周之卿士。25 殽：葷菜。26 炰：煮。27 蔌（粵：叔；普：sù）：素菜。28 乘馬路車：即四匹馬拉的大車。路車，又稱「大路」、「戎輅」、「戎車」。29 籩、豆：祭祀時用的容器。籩，竹製。豆，木製。且：多貌。30 侯氏：指韓侯。燕：燕樂、飲宴。胥：皆。31 取：音義同娶。32 汾王：厲王。33 蹶（粵：貴；普：guì）父：周之卿士。34 止：語助詞。35 兩：音義同輛。彭彭：車輪滾動聲。極言車馬之盛。36 鸞：鈴。鏘鏘：鈴聲。37 不：即丕，大。38 娣：陪嫁姑娘。39 祁祁：眾多貌。40 顧：曲顧，歡迎之禮。41 爛其：即爛然，燦爛。42 孔：甚、非常。43 為：讀去聲。姞（粵：傑；普：jié）氏：蹶父的姓氏。相：視。攸：所。44 訏（粵：虛；普：xǔ）訏：大。魴、鱮：魚名。甫甫：大。45 麀（粵：優；普：yōu）鹿：母鹿。噳（粵：雨；普：yǔ）噳：眾多，義同俁俁。46 羆（粵：悲；普：pí）：大熊。47 貓：山貓。48 燕：安。譽：樂。49 溥：闊大。50 師：眾。燕：國名。完：建造。51 以先祖受命：陳奐《詩毛氏傳疏》：「以，猶用也。以先祖受命，言韓侯先祖，亦受命為周侯伯，因以策命韓侯。……謂韓侯為百蠻之長。」52 因：依靠。時：是。53 追、貊：《毛傳》：「追、貊，戎狄國也。」54 奄受：盡受。55 實：是，下同。墉：城。壑：溝池。墉和壑在這裏用作動詞。56 畝：治理田畝。籍：制定稅項。57 貔：猛獸名。

賞析與點評

此詩以韓侯為歌頌對象，譜寫了他入朝受封、覲見、迎親、歸國的經過。詩作描繪的周王賞賜的物件，於西周金文多見，可與詩文相印證。

江漢

江漢浮浮，[1] 武夫滔滔。[2] 匪安匪遊，[3] 淮夷來求。[4] 既出我車，[5] 既設我旟。[6]
匪安匪舒，[7] 淮夷來鋪。[8]

江漢湯湯，[9] 武夫洸洸。[10] 經營四方，[11] 告成于王。[12] 四方既平，[13] 王國庶定。[14]
時靡有爭，[15] 王心載寧。[16]

江漢之滸，[17] 王命召虎：[18] 式辟四方，[19] 徹我疆土。[20] 匪疚匪棘，[21] 王國來極。[22]
于疆于理，[23] 至于南海。[24]

王命召虎：來旬來宣。[25] 文武受命，[26] 召公維翰。[27] 無曰予小子，[28] 召公是似。[29]
肇敏戎公，[30] 用錫爾祉。[31]

釐爾圭瓚，[32] 秬鬯一卣。[33] 告于文人，[34] 錫山土田。[35] 于周受命，自召祖命，[36]
虎拜稽首：[37] 天子萬年！[38]

虎拜稽首，對揚王休。[39] 作召公考：[40] 天子萬壽！明明天子，[41] 令聞不已，[42]
矢其文德，[43] 洽此四國。[44]

注釋

1 江：長江。漢：漢水。浮浮：盛貌。2 武夫：勇士。滔滔：大水瀰漫洶湧。形容武夫之多，聲勢之盛。3 匪：非。安：安逸。遊：遊樂。4 淮夷：聚居在淮河下游一帶的少數民族。來：語助詞。求：討伐。孔穎達《毛詩正義》：「所以不敢安遊者，以己本為淮夷來求討伐之故也。……『淮夷來求』，正是來求淮夷，古人之語多倒。」5 出車：駕車出行。6 設：設置。旟（粵：如；普：yú）：古代畫有鳥隼圖像的軍旗。7 舒：閑適。8 鋪：停止，即停駐。9 湯湯：水勢盛大。10 洸（粵：光；普：guāng）：盛大、威武。11 經營：此處指討伐。金文中也有「經維四方」的成語，見宣王時期的虢季子白盤。12 **告成**：報告成功。13 **平**：平定。14 **庶**：庶幾、也許可以。15 **時**：是。**靡**：無。16 **載**：則、就。**寧**：安寧。17 **滸**：水邊。18 **召虎**：即召穆公，名虎，召康公姬奭之後，周宣王時大臣。19 **式**：發語詞，義同乃。**辟**：通闢，開闢。20 **徹**：治理。21 **匪**：不。**疚**：病。**棘**：通亟，急。22 **極**：以為準則。23 **于**：往。**疆**：劃定疆界。**理**：整治田地。24 **南海**：指今江蘇東面的大海，即東海。25 **命**：冊命。古代帝王封立繼承人、后妃及諸王、大臣的命令。**來**：是。**旬**：通徇，巡行。**宣**：宣揚。于省吾《澤螺居詩經新證》：「『王命召虎，來旬來宣。』言王命召虎來巡行來宣示。巡行江漢，宣示王命也。」26 **文武**：即周文王、周武王。**受命**：即承受天命而管治天下。27 **召公**：即召康公。封地在召（今陝西岐山縣西南），故稱召公或召伯。武王滅紂後，封召公于北燕，為燕的始祖。成王時為大保，與周公旦分陝（今河南陝縣）而治，陝以西由召公治理，陝以東由周公治理。**維**：是。**翰**：棟樑。28 **無**：毋。**予小子**：宣王自稱。29 **似**：通嗣，繼承。30 **肇**：開始。**敏**：謀劃。**戎**：大。**公**：通功，即事。31 **用**：則。**錫**：通賜。**祉**：福祉。32 **釐**：通賚，賞賜。**圭瓚**：舀酒澆在地上的器具。33 **秬**（粵：巨；普：jù）：黑黍，古代一種良種的黍，一個殼裏有兩顆米。**鬯**：郁金香草。秬鬯，用黑黍和郁金草釀成的酒，供祭祀用。**卣**（粵：有；普：yǒu）：酒器，盛秬鬯。34 **文人**：又稱前文人，即祖先，這裏指下文的召祖。35 **錫**：賞賜。36 **自**：自從。**召祖**：召穆公之祖康公。**命**：冊封之禮。鄭玄《毛詩箋》：「用其祖召康公受封之禮。」37 稽首：磕頭。38 天子萬年：頌禱天子得萬年之壽。39 對：報答。揚：宣揚。休：賜予。40 考：通簋，古代祭祀宴享時盛黍稷的器皿。41 明明：通勉勉、亹亹，勤勉的意思。42 令聞：美好的名譽。陳奐《毛詩傳疏》：「令聞不已，言善聲聞之悠久也。」43 矢：施行。朱熹《詩集傳》：「勸其君以文德，而不欲其極意於武功。」44 洽：和協。四國：四方諸侯國。

賞析與點評

此詩寫宣王大臣召伯虎平定南方叛亂。前三章寫戰事，後三章寫回國受封。全詩氣勢磅礴，感情激昂。最後兩章文字上與同時期的金文可互相印證，故此詩很可能作於周宣王時期。

常武

赫赫明明，[1] 王命卿士：南仲大祖，[2] 大師皇父。[3] 整我六師，[4] 以修我戎；[5] 既敬既戒，[6] 惠此南國。

王謂尹氏，[7] 命程伯休父，[8] 左右陳行，[9] 戒我師旅：[10]「率彼淮浦，[11] 省此徐土，[12]不留不處。[13]」三事就緒。[14]

赫赫業業，[15]有嚴天子。[16]王舒保作，[17]匪紹匪遊。[18]徐方繹騷，[19]震驚徐方。如雷如霆，[20]徐方震驚。

王奮厥武，如震如怒。進厥虎臣，[21]闞如虓虎。[22]鋪敦淮濆，[23]仍執醜虜。[24]截彼淮浦，[25]王師之所。[26]

王旅嘽嘽，[27]如飛如翰。[28]如江如漢，如山之苞，[29]如川之流。[30]緜緜翼翼，[31]不測不克，[32]濯征徐國。[33]

王猶允塞，[34]徐方既來。[35]徐方既同，[36]天子之功。四方既平，徐方來庭。徐方不回，[37]王曰：「還歸。[38]」

注釋

1 赫赫：威嚴貌。明明：英明。2 南仲：周宣王時大臣。大祖：太祖之廟，這裏是對南仲的尊稱。南仲是周宣王時期的大臣。3 皇父：周宣王時大臣。大師皇父，任命皇父為太師。「皇父」似應為一種榮銜，對周王父輩的尊稱，而未必是人名。周幽王時期銅器中就有函皇父鼎、簋、匜諸器。又有盂皇父、叔皇父、王仲皇父等器銘。4 六師：天子六軍，每軍一萬二千五百人。武王滅商時期，周人軍隊建制即有所謂「周六師」（又名「宗周六師」、「西六師」）和「殷八師」（又名「成周八師」、「東八師」）

之分。前者是周人最初的嫡系，由西方的周人組成；後者是在征服殷商王朝的過程中建立的。5 戎：兵器。6 敬：警告。戒：戒備。7 尹氏：官名。8 程伯休父：周宣王時大臣。9 陳行：陳列。10 戒：告誡，相當於後世的誓師。11 率：循。淮浦：淮水水邊。12 省：巡視。徐：徐夷，淮夷之一。13 留、處：陳奐《詩毛氏傳疏》：「留，古劉字。……劉，殺也。處，猶安止也。」14 三事就緒：姚際恒《詩經通論》：「謂分主六軍之王事大夫無一不盡職以就緒也。」15 赫赫業業：朱熹《詩集傳》：「赫赫，顯也。業業，大也。」16 嚴：威嚴。17 舒：徐。保：即大保，這裏是指征徐方的召穆公。作：興師的意思。18 匪：連詞，無義。「匪紹匪遊」實則就是「紹遊」的意思，即連綿詞「逍遙」的音轉，意即從容舒緩。19 繹騷：騷動不安。20 霆：疾雷。21 虎臣：勇武之臣。22 闞（粵：喊；普：hǎn）：虎發怒貌。虓（粵：敲；普：xiāo）：虎吼。23 鋪敦：駐紮。濆（粵：焚；普：fén）：水邊高地。24 仍：連續。醜虜：即俘虜。25 截彼淮浦：方玉潤《詩經原始》：「謂斷絕其出入之路也。」浦，水濱。26 所：處。27 嘽（粵：灘；普：tān）嘽：眾盛貌。28 翰：動詞，言其疾如飛。29 苞：本，指堅固。30 如川之流：言其勢不可擋。31 緜緜：即綿綿，連綿不絕。翼翼：整齊。32 不測：人不可以猜度，指其軍勢。不克：不可戰勝，謂其英勇。33 濯：大。34 猶：通「猷」，謀劃。允：信。塞：實。35 來：歸服。36 同：會同。37 回：違背。38 還歸：班師回朝。

賞析與點評

此詩鋪敘周宣王率兵親征淮徐，平定叛亂。詩作提到多名宣王時大臣，可證明其寫作年代。

瞻卬

瞻卬昊天，[1]則不我惠。[2]孔填不寧，[3]降此大厲。[4]邦靡有定，士民其瘵。[5]蟊賊蟊疾，[6]靡有夷居。[7]罪罟不收，[8]靡有夷瘳。[9]

人有土田，女反有之。[10]人有民人，[11]女覆奪之。[12]此宜無罪，女反收之。[13]彼宜有罪，女覆說之。[14]

哲夫成城，[15]哲婦傾城。[16]懿厥哲婦，[17]為梟為鴟。[18]婦有長舌，維厲之階。[19]亂匪降自天，[20]生自婦人。匪教匪誨，時維婦寺。[21]

鞫人忮忒，[22]譖始竟背。[23]豈曰不極？[24]「伊胡為慝！[25]」如賈三倍，[26]君子是識。[27]婦無公事，[28]休其蠶織。[29]

天何以刺？[30]何神不富？[31]舍爾介狄，維予胥忌。[32]不弔不祥，[33]威儀不類。[34]人之云亡，[35]邦國殄瘁。[36]

天之降罔，[37] 維其優矣。[38] 人之云亡，心之憂矣！天之降罔，維其幾矣。[39] 人之云亡，心之悲矣！

觱沸檻泉，[40] 維其深矣。心之憂矣，寧自今矣？不自我先，不自我後。[41] 藐藐昊天，[42] 無不克鞏。[43] 無忝皇祖，[44] 式救爾後！[45]

注釋

1 卬：《釋文》：「音仰，本亦作仰。」2 惠：愛。3 填：久。4 厲：惡。5 瘵（粵：債；普：zhài）：病。6 蟊（粵：毛；普：máo）：害蟲。賊：殘害。蟊疾：病疫。7 夷：平息，下同。屆：終止。8 罟（粵：古；普：gǔ）：通「辜」，也是罪戾的意思。收：停止。9 瘳（粵：抽；普：chōu）：病痛。10 女：即汝，下同。有：取。11 民人：即人民。一說奴隸。12 覆：反，下同。13 收：拘捕。14 說：音義同脫，開脫。15 哲：智。16 哲婦：指褒姒。城：比喻國。17 懿：感歎詞。18 梟、鴟（粵：次；普：chī）：鄭玄《毛詩箋》：「梟鴟，惡聲之鳥，喻褒姒之言無善。」19 厲：禍亂。階：因由。20 匪：非。21 時：是。婦寺：指褒姒。22 鞫：窮極。鞫人，即專門中傷別人之人。忮（粵：至；普：zhì）：手段。忒（粵：忑；普：tè）：惡毒。23 譖：誹謗。竟：終於。背：違背。24 不極：不正。25 伊：發語詞。胡：何。慝（粵：忑；普：tè）：惡。26 賈（粵：古；普：gǔ）：商賈，即做生意。三倍：極言利益之多。27 君子：有官爵者。識：知其道。28 公事：朝廷之事。29 休：停止。30 刺：責。31 富：通福。32 舍爾介狄，維予胥忌：鄭玄《毛詩箋》：「乃舍女被甲夷狄來侵犯中國者，反與我相怨。」33 弔：憐憫。不祥：災難。34 類：善。35 人：特指賢者。亡：逃亡。36 殄瘁：困苦。37 罔：古網字。38 優：寬大。39 幾：庶幾。40 觱（粵：必；普：bì）沸：泉水湧出貌，義同「觱發」，見〈豳風·七月〉。檻：音濫，泛濫。41 不自我先，不自我後：指我生正當禍亂之時。42 藐藐：高遠貌。43 無不克鞏：于省吾《澤螺居詩經新證》：「無不克鞏，應讀為無不克恐，恐、畏同訓。」44 忝：辱。皇祖：先祖。45 式：以。後：後代。

賞析與點評

此詩舊說是宗周大夫諷刺幽王寵妃褒姒之作。作者直斥褒姒離間君臣，導致賢者離去，災禍不斷。

召旻

旻天疾威，[1]天篤降喪。[2]瘨我饑饉，[3]民卒流亡。[4]我居圉卒荒。[5]
天降罪罟，[6]蟊賊內訌。[7]昏椓靡共，[8]潰潰回遹，[9]實靖夷我邦。[10]

皋皋訿訿，[11]曾不知其玷。[12]兢兢業業，[13]孔填不寧，[14]我位孔貶。[15]

如彼歲旱，草不潰茂，[16]如彼棲苴。[17]我相此邦，[18]無不潰止。[19]

維昔之富不如時，[20]維今之疚不如茲。[21]彼疏斯粺，[22]胡不自替？[23]職兄斯引。[24]

池之竭矣，[25]不云自頻。[26]泉之竭矣，不云自中。[27]溥斯害矣，[28]職兄斯弘，[29]不烖我躬。[30]

昔先王受命，[31]有如召公，[32]日辟國百里，[33]今也日蹙國百里。[34]於乎哀哉！[35]維今之人，[36]不尚有舊！[37]

注釋

1 旻天：即「昊天」，旻字是昊字的形訛，就是上天的意思。疾威：暴虐。「昊天疾威」是周人祭祀中常用的成語，金文中常見。2 篤：厚，此處指嚴重。喪：災難。3 瘨（粵：顛；普：diān）：病、傷害。4 卒：全。下同。5 居：指國中。圉（粵：雨；普：yǔ）：邊境。鄭玄《毛詩箋》：「國中至邊境，以此故，盡空虛。」6 罪罟（粵：古；普：gǔ）：網罟，比喻統治者條目繁多的法網。7 蟊賊：比喻危害國家的人。8 昏：昏亂。椓（粵：啄；普：zhuó）：通諑，讒言。靡：不。共：供職。9 潰潰：昏亂。回遹（粵：乙；普：yù）：邪僻。10 實：是。靖：圖謀。夷：滅。11 皋（粵：高；普：gāo）皋：相欺。訿（粵：紫；普：zǐ）訿：詆謗貌。12 曾：乃。玷（粵：店；普：diàn）：

比喻人的污點。13 兢兢業業：戒慎恐懼貌。此語又見於〈大雅・雲漢〉。14 孔：非常。下同。填：音塵，紛亂。不寧：不敢自圖安逸。此語又見於〈大雅・瞻卬〉。15 我：詩人自稱。貶：貶黜。16 潰茂：繁茂貌。17 棲：枯萎的、倒下的。18 相：察看。19 潰：崩潰。鄭玄：「潰，亂也。無不亂者，言皆亂也。《春秋傳》曰：『國亂曰潰，邑亂曰叛。』」止：語氣詞。20 維：發語詞。時：指今時。21 疚：貧病。茲：此。22 彼：指進讒的小人。斯：此時。疏：指糙米。粺：精米。鄭玄《毛詩箋》：「疏，粗也。謂糲米也。彼賢者祿薄食粗，而此昏椓之黨反食精粺。」23 胡：何不。替：退讓。24 職：主。兄：即況，狀況。下文同。引：延長。曾運乾《毛詩說》：「賢者胡不自替乎？則因是非顛倒，亂況日引而愈長，不忍漠視也。」25 竭：乾涸。26 云：語助詞。頻：通濱，水邊。27 中：泉水中間。28 溥：普遍。斯：此，今時。鄭玄《毛詩箋》：「溥，猶遍也，今時遍有此內外之害矣。」29 弘：大。鄭玄《毛詩箋》：「溥遍被害，而小人猶主弘大之。」30 烖（粵：哉；普：zāi）：災。躬：自身。31 先王：鄭玄《毛詩箋》：「謂文王、武王時也。」受命：即承受天命而管治天下。32 有如：鄭玄《毛詩箋》：「言有如者，時賢臣多，非獨召公也。」召公，即召康公。封地在召（今陝西岐山縣西南），故稱召公或召伯。武王滅紂後，封召公於北燕，為燕的始祖。成王時為大保，與周公旦分陝（今河南陝縣）而治，陝以西由召公治理，陝以東由周公治理。33 日：每天。辟：開闢。34 今：指幽王此時。蹙：收縮。35 於乎：即嗚呼，歎詞。36 維：發語詞。

今之人：程俊英、蔣見元《詩經注析》：「指當時在朝而不被重用的人。」37 尚：猶。舊：指元老舊德之臣。

賞析與點評

此詩寫周幽王專信小人，導致國家衰亡，詩人面對此情此景，悲痛至極。

頌

周頌

本篇導讀——

頌是宗廟祭祀的樂曲，許多都是舞曲，內容都是讚美祖先的，節奏則比較舒緩。〈周頌〉三十一篇，為西周初期作品。〈魯頌〉四篇，為春秋時期作品。今本〈商頌〉五篇，雖然可能有古本，但亦成文於春秋時期。〈周頌〉三十一篇中有十幾篇是不押韻的，可能成文最早。根據《左傳》和《禮記》記載，其中幾篇是周初周公創制〈大武〉樂章的部分歌詞。

清廟

於穆清廟，[1]肅雝顯相。[2]濟濟多士，[3]秉文之德。[4]對越在天，[5]駿奔走在廟。[6]不顯不承，[7]無射於人斯！[8]

注釋

1 於：感歎詞。穆：靜美。清廟：聖廟，祭祀文王之廟。或說周公之廟。2 肅雝（粵：雍；普：yōng）：莊嚴肅穆的樣子。顯相：指有名望的卿士、諸侯參加助祭。3 濟濟：威儀嚴肅。濟通「躋」。〈商頌．長發〉云：「聖敬曰躋。」多士：諸多朝士。4 秉文之德：秉承着文王的美德。5 對越：即對揚，金文中作「對玌」，報答。在天：指文王。6 駿：一般認為「駿」字通「峻」，是長久的意思。其實當為「畯」字之訛，即金文中的「畯」、「畂」，意為允，即誠懇。7 不：即「丕」，大。顯：光耀。承：繼承延續。8 射：通「斁」，即厭、極的意思。

賞析與點評

此詩描寫在清廟祭祀文王的場面，氣氛肅穆。周代禮樂中，本詩常用於重大的場面，如大祭祀、大饗、大射禮等，一般只能作為天子禮樂。

維天之命

維天之命，[1] 於穆不已。[2] 於乎不顯！[3] 文王之德之純。[4] 假以溢我，[5] 我其收之。駿惠我文王，[6] 曾孫篤之。[7]

注釋

1 維：一說念。一說發語詞。2 於（粵：嗚；普：wū）：感歎詞。下同。3 於乎：即嗚呼。不：音丕，即大。「丕顯」一詞，在金文與《詩經》、《尚書》、《左傳》等先秦文獻中常見，是周人常用的讚美祖先和上天的詞語。4 純：純粹。5 假：通嘉，大。溢：通「益」，加之於我。6 駿：通「畯」、「畇」，即「允」，信的意思。惠：順。7 曾孫：泛指孫以後的後代。篤：專一，忠實執行。

賞析與點評

此篇是祭祀文王的樂歌，從中可見周人對祭禮的恭敬誠懇。

維清

維清緝熙，[1] 文王之典。肇禋，[2] 迄用有成，[3] 維周之禎。[4]

注釋

1 維：發語詞。緝熙：持續廣大。2 肇禋（粵：紹因；普：zhào yīn）：《毛傳》：「肇，始。禋，祀。」3 迄：通「其」，推測的語氣。4 禎：吉兆。

賞析與點評

此詩為祭祀文王而作。篇幅雖短，但仍然文法錯綜。例如「維周之禎」與第一句「維清緝熙」，均用虛字「維」，有首尾呼應之效。

烈文

烈文辟公，[1] 錫茲祉福。[2] 惠我無疆，[3] 子孫保之。[4] 無封靡于爾邦，[5] 維王其崇之。[6] 念茲戎功，[7] 繼序其皇之。[8] 無競維人，[9] 四方其訓之。[10] 不顯維德，[11] 百辟其刑之。[12] 於乎！前王不忘。[13]

注釋

1 烈文：有功烈德行。馬瑞辰《毛詩傳箋通釋》：「烈文二字平列，烈言其功，文言其德。」辟：君主。公：先公。2 錫：賜。茲：此。祉福：福祿。3 惠：愛。4 保之：

保存功業。5封：大。靡：損壞。6崇：崇尚。7戎功：指軍事。8序：承繼。皇：大。9無競維人：競，彊；人，通仁。謂其仁無敵於天下。與下面的「不顯維德」對文。10訓：通順。11不：音丕，即大。12百辟：羣臣諸侯。刑：通型，效法。13前王不忘：不忘先王功德。

賞析與點評

《毛詩序》說：「《烈文》，成王即政，諸侯助祭也。」即政，指成王親政之時。

天作

天作高山，[1]大王荒之。[2]彼作矣，文王康之。[3]彼徂矣，[4]岐有夷之行；[5]子孫保之。[6]

注釋

1作：生。高山：即岐山。2大王：即太王，文王祖父古公亶父。荒：開墾。3康：使安康。楊樹達《積微居小學述林》：「康，當讀為庚。天作高山，大王墾闢其荒穢，彼為之始，而文王賡續治之。」4 徂：往。5 岐：岐山。夷：平。行：大路。6 保之：保此功業。

賞析與點評

這篇是周人祭祀發祥地岐山的樂歌。

昊天有成命

昊天有成命，[1] 二后受之。[2] 成王不敢康，[3] 夙夜基命宥密。[4] 於緝熙，[5] 單厥心，[6] 肆其靖之。[7]

注釋

1 昊天：上天。成命：明確的命令。馬瑞辰《毛詩傳箋通釋》：「古文明、成二字同義，成命，猶言明命。」2 后：君王，二后指文王、武王。3 康：安泰。4 夙夜：指由早到晚，表示勤奮。基：謀。命：政令。宥：通有，語助詞。密：勤勉。于省吾《澤螺居詩經新證》：「夙夜基命宥密，應讀作夙夜其命有勉，言昊天既有成命，文武受之，成王不敢安逸，早夜有勉於其命。」5於（粵：烏；普：wū）：感歎詞。緝熙：持續光明，此處作動詞。朱熹《詩集傳》：「是能繼續光明文武之業而盡其心。」6單：通殫，竭盡。7肆：發語詞。靖：安寧、太平。

賞析與點評

此詩是祭祀成王的樂歌，讚美他能繼承先王祖業，勤於政事，使天下太平，百姓安寧。

我將

我將我享，[1]維羊維牛，維天其右之。[2]儀式刑文王之典，[3]日靖四方。[4]伊嘏文王，[5]既右饗之。[6]我其夙夜，[7]畏天之威，于時保之。[8]

注釋

1將、享：奉獻。將字金文中作「䵼」，本義是將祭物放到鼎簋之中；享字亦通亨，即烹煮的意思。2右：保佑。3儀式：法度。刑：通型，效法。典：規則。4靖：治理。5伊：發語詞。嘏（粵：古；普：gǔ）：遠大。6右：勸尸進食。饗：進食。7夙夜：指由早到晚，表示勤奮。8 于時：於是。保之：保持福澤。

賞析與點評

這是祭祀文王的詩。據《史記·周本紀》記載，周武王出發前曾往文王墓舉行祭祀，此詩即當時祭祀歌詩之一。

時邁

時邁其邦，[1] 昊天其子之，[2] 實右序有周。[3] 薄言震之，[4] 莫不震疊。[5] 懷柔百神，[6] 及河喬嶽。[7] 允王維后。[8]

明昭有周，式序在位。[9] 載戢干戈，[10] 載櫜弓矢。[11] 我求懿德，[12] 肆于時夏。[13] 允王保之。

注釋

1 邁：巡視，視察。邦：諸侯國。2 昊天：上天。子之：嚴粲《詩緝》：「有天下曰天子，子之，謂使之為王也。」3 右、序：助。有周：即此周邦。馬瑞辰《毛詩傳箋通釋》：「實右序有周，猶言實佑助有周也。右、序二字同義。」4 薄言：發語詞。震：懾服。5 疊：驚懼。6 懷柔：安慰。百神：四方神靈。7 喬嶽：高山。8 允：信。維：語助詞。后：君王。允王維后，指天子不愧為天下共主。9 式：發語詞。序：繼承。10 載：則。戢（粵：緝；普：jí）：收藏。這句的「載」當與下句的「載」連起來看，「載……載……」，意為「既……，又……」。11 櫜（粵：高；普：gāo）：用袋子裝藏。12 懿：美。13 肆：施行。夏：周人自稱。時夏即「我們夏土」，指周人的疆域。

賞析與點評

這是祭祀武王的詩篇。本詩採用「賦」的手法進行鋪敘，描述天子巡視各國，受諸侯擁戴，天下安寧。武王滅商，將此詩定為樂歌〈大武〉中的一章。〈大武〉包括六篇詩作，依次為〈時邁〉、〈武〉、〈賚〉、〈般〉、〈酌〉、〈桓〉。

執競

執競武王，[1]無競維烈。[2]不顯成康，[3]上帝是皇。[4]自彼成康，奄有四方，[5]斤斤其明。[6]鐘鼓喤喤，[7]磬筦將將，[8]降福穰穰。[9]降福簡簡，[10]威儀反反。[11]既醉既飽，福祿來反。[12]

注釋

1 執競：堅持自強。競通彊、疆；執亦通設。一說執競就是設定周的疆域。2 無競維烈：即維烈無競，指沒有任何人的功德更勝過他。3 不：通丕，即大的意思。顯：光耀。成康即成王和康王。4 是：語助詞。皇：美好。5 奄有：覆蓋。亦即金文中之「匍有四方」。6 斤斤：明亮。7 喤喤：鐘鼓敲擊聲。8 磬：石製的打擊樂器。筦：即管，竹製的樂器。將將：即鏘鏘、鎗鎗、嗆嗆，形容樂聲清揚。9 穰（粵：羊；普：ráng）穰：眾多。10 簡簡：形容擊鼓的聲音。11 反：通板、版，版是記事的版牘，反反就是明察的意思。12 反：通返。來反，不斷來臨。

賞析與點評

此詩讚美周代武王及成、康兩位君主，從內容上看，應是周朝天子祭祀祖先的作品。

思文

思文后稷，[1]克配彼天。[2]立我烝民，[3]莫匪爾極。[4]貽我來牟，[5]帝命率育。[6]無此疆爾界，陳常于時夏。[7]

注釋

1 思：發語詞。文：文德。2 克：能。3 立：成立。4 匪：非。極：德之至。朱熹《詩集傳》：「蓋使我烝民得以粒食者，莫非其德之至也。」5 來、牟：朱熹《詩集傳》：「來，小麥。牟，大麥也。」6 帝：上帝。率：遍。育：養育。7 陳：佈。常：農政。時夏：即「有夏」，這裏是周人自稱自己的疆土。

賞析與點評

據《毛詩序》，此篇是「后稷配天」的樂歌，讚美后稷開創農事、播種五穀、養育百姓之功。

臣工

嗟嗟臣工，[1] 敬爾在公。[2] 王釐爾成，[3] 來咨來茹。[4] 嗟嗟保介，維莫之春。[5] 亦又何求？如何新畬？[6] 於皇來牟，[7] 將受厥明。[8] 明昭上帝，迄用康年。[9] 命我眾人，[10] 庤乃錢鎛，[11] 奄觀銍艾。[12]

注釋

1 嗟嗟：感歎詞。工：官，此處特指農官。2 敬：敬慎。公：公家，此處特指恪守公職。3 釐：通「賚」，賞賜。成：成就，此處特指農事。4 咨：諮詢。茹：商量。5 保介：田官。莫：通「暮」。6 畬（粵：余；普：yú）：熟田。《毛傳》：「田二歲曰新，三歲曰畬。」7 於：音嗚，感歎詞。皇：美。來：小麥。牟：大麥。8 厥明：收成。9 迄：通「其」，庶幾。用：以。康年：豐年。10 眾人：農夫。11 庤（粵：字；普：zhì）：準備。錢、鎛（粵：博；普：bó）：古代農具。12 奄：盡。銍（粵：姪；普：zhì）：拿鐮收割。艾：收割。

賞析與點評

這是一篇農事詩。作者歌頌周王關心農業，勸勉羣臣勤奮工作，並描述豐收景象，感謝上天賜予的福澤。

噫嘻

噫嘻成王，[1]既昭假爾。[2]率時農夫，[3]播厥百穀。駿發爾私，[4]終三十里。[5]亦服爾耕，[6]十千維耦。[7]

注釋

1 噫嘻：讚歎聲。2 昭假：即金文中的「卲各」，指神靈降臨。爾：語助詞。3 時：是。4 駿：通「畯」、「畂」，即「允」，誠、信的意思。發：耕田。私：私田。5 終：竟。6 亦：發語詞。服：從事。7 耦：朱熹《詩集傳》：「耦，二人並耕也。」

賞析與點評

這是春天開始播種百穀時祈求豐收的樂歌。

振鷺

振鷺于飛，于彼西雝。[1]我客戾止，[2]亦有斯容。[3]

在彼無惡，在此無斁。[4]庶幾夙夜，以永終譽。[5]

注釋　1 振：羣飛貌。或說鼓動翅膀的樣子。雝（粵：雍；普：yōng）：澤。陳奐《詩毛氏傳疏》：「詩以鷺之在澤，興客之朝周。賓住在西，故曰西。」2 客：賓客，指諸侯。戾：至。3 斯容：美好的儀容。4 斁（粵：亦；普：yì）：厭倦。5 永、譽：鄭玄《毛詩箋》：「永，長也。譽，聲美也。」陳奐《詩毛氏傳疏》：「以永終譽，猶云以介景福也。」

賞析與點評

此詩乃周天子宴請來朝諸侯時演奏的樂歌，主要讚美與會諸侯的威儀與德行。

豐年

豐年多黍多稌，[1]亦有高廩，[2]萬億及秭。[3]為酒為醴，[4]烝畀祖妣。[5]以洽百禮，[6]降福孔皆。[7]

注釋

1 黍：小米。稌（粵：桃；普：tú）：稻。2 亦：發語詞。廩：糧倉。3 億：周代以十萬為億。秭（粵：只；普：zǐ）：十億。萬億及秭，指收穫非常多。4 醴：甜酒。5 烝：進奉。畀（粵：比；普：bì）：給予。祖妣，男女祖先。6 洽：配合。百禮：各種禮儀。7 孔：非常。皆：通「諧」，嘉、美好。

賞析與點評

此篇為豐年時秋冬祭祀的詩歌，內容點明收穫之多。

有瞽

有瞽有瞽，[1]在周之庭。[2]設業設虡，[3]崇牙樹羽，[4]應田縣鼓，[5]鞉磬柷圉。[6]既備乃奏，簫管備舉。喤喤厥聲，[7]肅雝和鳴，[8]先祖是聽。我客戾止，[9]永觀厥成。[10]

注釋

1 有瞽：眼盲的樂師，也是周代的樂官名。有，虛詞。「有瞽」則如云：「瞽啊」。

2 庭：廟堂。3 設：架設。業：大板，用來懸掛鐘磬。虡（粵：具；普：jù）：懸掛鐘鼓木架兩旁的柱子。4 崇牙：懸掛編鐘編磬之類樂器的木架上端所刻的鋸齒。亦代指鐘磬架。樹羽：插上五彩羽毛作為裝飾。5 應：小鼓。田：大鼓。縣鼓：即將鼓懸掛。縣通懸。6 鞉（粵：陶；普：táo）：搖鼓。磬（粵：慶；普：qìng）：石製的打擊樂器。柷圉（粵：竹羽；普：zhù yǔ）：樂器名，形狀像大斗，木製，上有木雕形狀如伏虎。7 喤喤：聲音宏亮和諧。8 肅雝（粵：雍；普：yōng）：形容聲音莊嚴和順。9 戾：至。止：語氣詞。10 永觀厥成：慢慢欣賞到最後一章。

賞析與點評

這是一首描寫樂師在廟堂演奏的作品，其中提到了周人禮樂中的多種樂器。

潛

猗與漆沮，[1] 潛有多魚。[2] 有鱣有鮪，[3] 鰷鱨鰋鯉。[4] 以享以祀，[5] 以介景福。[6]

注釋

1 猗（粵：婀；普：ē）與：即「猗與那與」的簡略語，形容水流曲折貌。漆、沮：水名，流經周原。2 潛：水深處。3 鱣（粵：煎；普：zhān）、鮪（粵：偉；普：wěi）：魚名。4 鰷（粵：條；普：tiáo）、鱨（粵：嘗；普：cháng）、鰋（粵：演；普：yǎn）鯉：魚名。5 享：獻。6 介：通匄、丐，祈求。景：大。

賞析與點評

此篇是周天子以各種魚類為供品祭祀宗廟的樂歌。

雝

有來雝雝，[1] 至止肅肅。[2] 相維辟公，[3] 天子穆穆。[4]
於薦廣牡，[5] 相予肆祀。[6] 假哉皇考，[7] 綏予孝子。[8]
宣哲維人，[9] 文武維后。[10] 燕及皇天，[11] 克昌厥後。[12]
綏我眉壽，[13] 介以繁祉。[14] 既右烈考，[15] 亦右文母。[16]

注釋

1 有來：指來祭祀的諸侯。雝：和悦貌。這句中的「雝雝」與下句中的「肅肅」是一個連綿詞「肅雝」的拆解又重言。「肅雝」即「肅雍」，形容祭祀中的莊敬之容。2 至：至宗廟。止：語助詞。3 相：助祭者。維：語助詞。辟公：諸侯。辟是君主。4 天子：指祭祀中的周王。穆穆：容貌舉止恭敬。5 於（粵：烏；普：wū）：感歎詞。薦：進獻。廣：大。牡：雄牲。6 相：幫助。予：我。肆：陳列。祀：祭品。7 假：音古，通祜，大。皇考：指文王。8 綏：安，保佑的意思。金文中作「妥」。孝子：天子自稱，此指武王。9 宣：明。哲：智。10 后：君。11 燕：安樂。皇天：上天。12 昌：大、盛。厥：其。後：後代。13 綏：安，保佑的意思。眉壽：高壽。眉字金文常作「釁」。14 介：幫助。繁：多。15 右：保佑。烈：功業。考：亡父，指文王。16 文母：有文德之母，指武王之母。

賞析與點評

此為周武王祭祀文王的詩。值得注意的是，文末武王提到父母，顯示儀禮應是父母同祭。

載見

載見辟王，[1]曰求厥章。[2]龍旂陽陽，[3]和鈴央央。[4]鞗革有鶬，[5]休有烈光。[6]

率見昭考，[7]以孝以享。[8]以介眉壽，[9]永言保之。[10]思皇多祜，[11]烈文辟公。[12]

綏以多福，[13]俾緝熙于純嘏。[14]

注釋

1 載：初始。辟王：成王。2 曰：語助詞。厥：即其。章：典章制度。曰求厥章，遵守朝見天子的禮儀。3 旂（粵：奇；普：qí）：繪有龍圖案的旗幟。陽陽：隨風飄揚的樣子。4 和鈴：掛在車上的鈴叫和，掛在旗上的鈴謂鈴。央央：鈴聲。5 鞗（粵：條；普：tiáo）革：馬銜頭，又叫「攸勒」、「鋚勒」等。有鶬（粵：窗；普：cāng）：金飾華麗貌。6 休：美。烈光：光彩。7 率：率領。昭考：周代君主，即武王與文王。8 以孝以享：孝和享同義，都是以祭祀表達尊崇之意。9 介：求，通匄。眉壽：長壽。10 言：語助詞。11 思：語助詞。皇：大。祜：福。12 烈：功業。文：文德。辟公：先公。13 綏：安、保佑。綏以多福，保佑我以多福。14 俾：使。緝熙：持續不斷。于：為。純：大。嘏（粵：古；普：gǔ）：通祜，即福的意思。金文中作「屯魯」。

賞析與點評

此詩描寫各地諸侯參見成王，並由成王帶領，祭祀周朝祖廟。這些諸侯多是姬姓，為成王同宗兄弟子姪。

有客

有客有客，[1]亦白其馬。[2]有萋有且，[3]敦琢其旅。[4]

有客宿宿，[5]有客信信。[6]言授之縶，[7]以縶其馬。

薄言追之，[8]左右綏之。[9]既有淫威，[10]降福孔夷。[11]

注釋

1 客：指來朝見周王的殷商貴族，舊說是微子啟，或是箕子。這兩位都是商紂王的庶兄。2 亦：語助詞。亦白其馬，殷商尚白，故來客所騎為白馬。3 有萋有且：即萋萋且且，指隨從眾多。4 敦琢：選擇。旅：通侶，指伴隨客入朝的大夫。5 宿：留住一日曰宿。6 信：再宿一日曰信。或謂宿宿為再宿，信信為再信，亦通。7 言：語助詞。縶（粵：執；普：zhí）：繫馬的繩索。8 薄：往。言：語助詞。追：餞行送別。

9左右：指周王左右臣子。綏：安慰。10淫：字本當作「浧」，通「盈」，盛、大的意思。威：德。淫威，意謂大德，亦指厚待。11孔：非常。夷：平和安樂。

賞析與點評

此篇舊說是殷商遺臣微子或箕子來朝，周王設宴送別時所唱的樂歌。從文句可見，來客身份非同一般，當是殷商遺民中重要人物。

武

於皇武王，[1]無競維烈。[2]允文文王，[3]克開厥後。[4]嗣武受之，[5]勝殷遏劉，[6]耆定爾功。[7]

注釋

1於：通「嗚」，感歎詞。皇：光耀。2競：比拚、競爭。烈：金文中通常作「剌」，指功業。3允：誠然。文：文德。4克：能。厥：其，指周文王。5嗣：繼承。武：足跡。受：擔當。6遏：制止。劉：殺戮。7耆：音只，致。爾：指武王。

賞析與點評

據《左傳》記載，武王克商後，作〈武〉，歌頌周朝王率兵伐商的光榮事跡。這就是後來的〈大武樂章〉。而這首詩也是樂章的一部分。因武王伐紂，始終關乎殺戮，故孔子在《論語》中曾云：「〈武〉，盡美矣，未盡善也。」

閔予小子

閔予小子，[1]遭家不造，[2]嬛嬛在疚。[3]於乎皇考，[4]永世克孝。[5]念茲皇祖，[6]陟降庭止。[7]維予小子，夙夜敬止。於乎皇王，繼序思不忘。[8]

注釋

1 閔：通「憫」、「愍」，哀憐。小子：成王自稱。2 不造：不幸。3 嬛（粵：窮；普：qióng）嬛：通「睘」、「煢」，孤獨無依貌。疚：病。4 於乎：即「嗚呼」、「烏虖」，感歎詞。皇考：亡父，指武王。5 永世：一生。6 皇祖：指文王。7 陟降：鄭玄《毛詩箋》：「陟降，上下也。」朱熹《詩集傳》：「承上文言武王之孝，思念文王，常猶見其陟降於庭。」「陟降」是祭祀中常用成語，本義雖為上下，但在這裏強調的是「下」。

8 序：緒。「繼緒」如云「纘緒」，意為繼承先祖之業。思：語助詞。

賞析與點評

此詩是周武王死後，以幼子成王的口吻演唱的詩篇。

訪落

訪予落止，[1]率時昭考。[2]於乎悠哉，[3]朕未有艾。[4]將予就之，[5]繼猶判渙。[6]

維予小子，未堪家多難。[7]紹庭上下，陟降厥家。[8]休矣皇考，以保明其身。[9]

注釋

1 訪：問。落：通格、各，到來的意思。止：語助詞，同之。「訪予落止」，句法同「將予就之」，是說按時到宗廟來祭祀。2 率：依循。時：是。昭考：即先父武王。3 於乎：感歎詞，即「嗚呼」。悠：遠。4 朕：我，成王自稱。艾：才能。5 將予就之：猶〈敬之〉詩中的「日就月將」，是說敬慎祭祀，月日無怠。6 繼猶：承繼先王之政。「猶」即「猷」。判渙：頒佈貌。7 紹：繼承。庭：家。陟降：往來。厥：其，即我的。紹庭上下，陟降厥家，指請求神靈不斷來臨我家，保佑王朝。8 休：美。9 保明：保護、確保。其身：成王自稱。

賞析與點評

這是成王服喪之後，臨朝掌政，在祖廟祭祀先父武王時吟唱的詩作。

敬之

敬之敬之，[1] 天維顯思，[2] 命不易哉。[3] 無曰高高在上，[4] 陟降厥士，[5] 日監在茲。[6] 維予小子，不聰敬止，[7] 日就月將，[8] 學有緝熙于光明。[9] 佛時仔肩，[10] 示我顯德行。

注釋

1 敬：恭敬謹慎。2 顯：明。思：語助詞。天維顯思，指上天賞罰分明。3 命：天命。易：容易。命不易哉，天命不容易得到。4 無曰：別說。5 陟降：往來、上下。這裏指祖宗神靈。士：事。6 日監在茲：每天都在監察我們。7 聰：聽。敬：慎。

止：語助詞。8 就：成。將：進。日就月將，指祭祀中敬慎其事，月日無怠。9 學有緝熙于光明：在新發現的清華簡〈周公之琴舞〉一篇中，相對應的文字是「學其光明」。筆者認為這一句應該讀成「覺其光明」。「有緝熙」三字或為衍文。10 佛：音義同弼，輔助。時：是。仔肩：擔負責任。

賞析與點評

此詩據說為成王吟唱〈訪落〉，羣臣作答，天子回應的篇章。從詩的內容來判斷，當與祭祀有關，像是西周早中期的宗廟頌讚禮辭。

小毖

予其懲，而毖後患。[1] 莫予荓蜂，[2] 自求辛螫。[3] 肇允彼桃蟲，[4] 拚飛維鳥。[5] 未堪家多難，予又集于蓼。[6]

注釋

1 毖（粵：必；普：bì）：謹慎。2 荓（粵：平；普：píng）：使。蜂：毒蜂。荓蜂，也作丼夆、粵夆。[3] 辛螫（粵：適；普：shì）：《韓詩》作辛赦。赦，事。辛螫，即辛苦之事。[4] 肇：開始。允：信。桃蟲：小鳥。[5] 拚：音翻，飛貌。[6] 蓼（粵：了；普：liǎo）：朱熹《詩集傳》：「蓼，辛苦之物也。」

賞析與點評

詩篇寫於周公平管、蔡、武庚之亂後，是成王祭祀宗廟時所奏的樂歌，用以自警：凡事要防患於未然，以免重蹈覆轍。近年發現的清華簡中有〈周公之琴舞〉，開篇即云：「周公作多士敬（儆）毖（懿），琴舞九絉。」則毖似為當時一種文體，即後世箴訓類文字。

載芟

載芟載柞，[1] 其耕澤澤。[2] 千耦其耘，[3] 徂隰徂畛。[4] 侯主侯伯，[5] 侯亞侯旅，[6] 侯彊侯以。[7] 有嗿其饁，[8] 思媚其婦，[9] 有依其士。[10] 有略其耜，[11] 俶載南畝。[12]

播厥百穀，[13] 實函斯活。[14] 驛驛其達，[15] 有厭其傑，[16] 厭厭其苗，[17] 緜緜其麃。[18]

載穫濟濟，[19] 有實其積，[20] 萬億及秭。[21] 為酒為醴，[22] 烝畀祖妣，[23] 以洽百禮。[24]

有飶其香，[25]邦家之光。有椒其馨，[26]胡考之寧。[27]匪且有且，[28]匪今斯今，[29]
振古如茲。[30]

注釋

1 載：則、又。芟（粵：山；普：shān）：除草。柞（粵：擇；普：zé）：伐木。2 澤澤：音義同釋釋，指土質鬆散。3 耦：二人並耕。千耦，極言其多。耘：除草。4 隰：低濕之地，此指田地。畛（粵：診；普：zhěn）：田間小路。5 侯：語助詞。主：家長。伯：長子。6 亞：長子以下的諸子。旅：眾人。7 彊：通「疆」，劃定疆界。以：通「予」，即分田予民耕種。8 嗿（粵：毯；普：tǎn）：眾食聲。有嗿，嗿嗿。饁（粵：業；普：yè）：家人送至田裏的飯。9 思：發語詞。媚：歡喜。10 依：愛悅依倚之貌。11 略：通「䂮」，即利字，鋒利。耜（粵：似；普：sì）：農具。12 俶（粵：速；普：chù）：開始。載：從事。13 厥：其。14 實：穀實。函：含藏。活：生機。15 驛驛：《爾雅》作繹繹，連續貌。達：從地上生出。16 厭：好貌。傑：先長出的苗。17 厭厭：苗齊貌。18 綿綿：詳密。麃（粵：標；普：biāo）：除草，即耘。19 濟濟：眾多貌。20 實：滿、大。積：堆積。21 秭（粵：姊；普：zǐ）：萬億，極言收穫之多。22 醴：甜酒。23 烝：進。畀：予。祖妣：指祖父母以上的男女祖先。24 洽：合。百禮：各種祭禮。25 飶（粵：必；普：bì）：通「苾」，芬芳。26 椒、馨：形容酒的芳香。27 胡：義同遐，遠也。考：祖先。胡考，遠祖。之：是。28 且（粵：追；普：

zī）：通茲、此，指豐收。匪且有且，這裏居然有這樣的豐收。29 匪：非。匪今斯今，希望豐收之年不止現在。30 振：起。振古，即由古。振古如茲，神靈保佑不始於今日，自古已然。

賞析與點評

這是周王祭祀社稷時的樂歌，詩中表示豐收有賴神靈的保佑。

良耜

畟畟良耜，[1] 俶載南畝。[2] 播厥百穀，[3] 實函斯活。[4] 或來瞻女，[5] 載筐及筥。[6]

其饟伊黍，[7] 其笠伊糾。[8] 其鎛斯趙，[9] 以薅荼蓼。[10] 荼蓼朽止，[11] 黍稷茂止。

穫之挃挃，[12] 積之栗栗。[13] 其崇如墉，其比如櫛，[14] 以開百室。[15]

百室盈止，婦子寧止。[16] 殺時犉牡，[17] 有捄其角。[18] 以似以續，[19] 續古之人。[20]

注釋

1 畟（粵：側；普：cè）畟：農具深耕入土之貌。耜（粵：似；普：sì）：農具。2 俶（粵：速；普：chù）：開始。載：從事。3 厥：其。4 實：穀實。函：含藏。活：生機。5 或：有人。瞻：送飯。女：通汝，指耕者。6 載：攜帶。筐：方形竹筐。筥（粵：舉；普：jǔ）：圓形竹筐。7 饟（粵：餉；普：xiǎng）：餉的異體字，指送來食物。伊：是。黍：用黍煮成的飯。8 糾：繩索纏結貌。9 鎛（粵：博；普：bó）：農具名。趙：刺，指刺土去草。10 薅（粵：蒿；普：hāo）：拔除田草。荼：陸地野草。蓼（粵：了；普：liǎo）：水邊野草。11 止：語助詞。12 挃（粵：姪；普：zhì）挃：割禾聲。馬敍倫認為是用杵臼等容器搗碎稻粱等穀物的聲音。13 栗栗：眾多。14 崇：高。墉：城牆。比：緊密排列。櫛：梳子。其崇如墉，其比如櫛，言穀堆既高且密。15 百室：儲藏穀物的倉庫。16 寧：安樂。17 時：是。犉（粵：純；普：chún）：黃毛黑唇的牛，用於祭祀。18 捄（粵：求；普：qiú）：彎曲。有捄，即捄捄。19 似：通「嗣」，繼承。20 古之人：指先祖。言先祖於秋收之後常舉行這種祭奠，現在正繼承先人的習俗。

賞析與點評

此篇與前一篇〈載芟〉，都是秋收時分祭祀的樂歌。全詩概括了農作物從春天生長，到秋天收割的情形，最後歸結至秋冬之交進行祭祀的場景。

絲衣

絲衣其紑，[1]載弁俅俅。[2]自堂徂基，[3]自羊徂牛。鼐鼎及鼒，[4]兕觥其觩。[5]
旨酒思柔，[6]不吳不敖，[7]胡考之休。[8]

注釋

1 絲衣：祭服。紑（粵：浮；普：fóu）：潔淨貌。2 載：發語詞。弁：衣冠。俅俅：恭順貌。3 徂：往。基：堂基。4 鼐（粵：乃；普：nǎi）、鼒（粵：資；普：zī）：《毛傳》：「大鼎謂之鼐，小鼎謂之鼒。」5 兕觥（粵：似轟；普：sì hōng）：牛角酒杯。觩（粵：求；普：qiú）：彎曲貌。6 旨：美。思：語助詞，通斯。柔：柔和。7 吳：通「娛」，喧嘩逸豫。敖：通「遨」，嬉遊罣誤。朱熹《詩集傳》：「不喧嘩，不怠敖，故能得壽考之福。」8 胡：義同遐，遠也。考：祖先。胡考，遠祖。休：美滿。

賞析與點評

《毛詩序》謂本篇主旨是「繹」，即祭祀次日。詩作圍繞祭祀的衣服、器具、準備過程以及宴飲的環節展開。一般認為此詩是西周早期的作品，但從用韻和語詞來看，若說是西周中後期的詩作，則比較可信。

酌

於鑠王師，[1]遵養時晦。[2]時純熙矣，[3]是用大介。[4]我龍受之，[5]蹻蹻王之造。[6]載用有嗣，[7]實維爾公允師。[8]

注釋

1 於（粵：烏；普：wū）：感歎詞。鑠（粵：削；普：shuò）：美盛。2 遵：遵循。養：取。時晦：不利之時。《毛詩正義》：「率此師以取是晦昧之君，謂誅伐以定天下。」3 純熙：光明。這句是說，昏暗的君主既除，則天下清明。4 介：善。大介即大善。5 龍：通「寵」，即合，指順天應時。6 蹻（粵：繳；普：jué）蹻：勇武貌。造：即作為的意思。7 載：乃。嗣：繼承。8 爾：武王。公：功業。允師：可以效法。

賞析與點評

這是讚美武王功德的樂歌。〈大武樂章〉後期有象、勺二種小舞，〈酌〉疑為勺舞的歌詩。

桓

綏萬邦，[1]婁豐年。[2]天命匪解。[3]桓桓武王，[4]保有厥士。[5]于以四方，[6]克定厥家。於昭于天，皇以間之。[7]

注釋

1 綏：安。2 婁：即屢，又。3 解：音義同懈，間斷。朱熹《詩集傳》：「然天命之於周，久而不厭也。」4 桓桓：威武貌。金文中「桓」字作𧻚。5 厥：其。士：卿士。6 於（粵：烏；普：wū）：感歎詞。7 皇：大。間：代。皇以間之，朱熹《詩集傳》：「言君天下以代商也。」

賞析與點評

此篇也是〈大武〉的歌詩，描述周公東征後，與成王一起舉行閱兵儀式，除了讚美先王功業外，更顯示了天子之威儀。後人多認為這首詩也是周初創制的「大武樂章」的一部分。

賚[1]

文王既勤止，[2]我應受之。[3]敷時繹思，[4]我徂維求定。[5]時周之命，[6]於繹思。[7]

注釋

1 賚（粵：來；普：lái）：賞賜。2 勤：勤勞。止：語助詞。3 應：膺之假借。應受即接受。4 敷時繹：姚際恆《詩經通論》：「敷，佈也，施也。時，是也。繹，連續不斷意。」思：語助詞。「繹思」猶言「永遠」、「萬歲」。5 徂：往。定：天下和平。6 時周之命：馬瑞辰《毛詩傳箋通釋》：「時與承一聲之轉……時周之命，即承周之命也。」一說，「時」通「是」，「時周」、「時夏」，猶言「有周」、「有夏」。7 於（粵：烏；普：wū）：感歎詞。

賞析與點評

這也是〈大武〉的樂歌。從內容上看，此篇乃周武王克商後，祭祀文王宗廟時演奏的詩作。詩歌用詞用韻亦非常古樸，似為周初的作品。

般

於皇時周，[1]陟其高山。墮山喬嶽，[2]允猶翕河。[3]敷天之下，[4]裒時之對，[5]時周之命。

注釋

1 於（粵：烏；普：wū）：感歎詞。皇：大。時：通「是」，「時周」猶言「我們大周」，跟「時夏」義相類。2 墮（粵：惰；普：duò）：狹長的小山。喬：高。3 允：誠然。猶：像、若。翕（粵：泣；普：xī）：水疾聲。4 敷：通「溥」、「普」。5 裒（粵：抔；普：póu）：聚集。對：答。

賞析與點評

這也是〈大武〉的樂歌。詩的內容是天子巡狩四方時祭祀山河，祈求天下和平、永保安寧。

魯頌

本篇導讀——

魯頌，一般認為是歌頌魯僖公（前六五九—前六二七年在位）的作品。詩的作者，有人說是魯僖公時期，追隨慶父的公子魚（奚斯），也有人說〈閟宮〉一篇是魯文公時期的大夫史克所作。四篇詩按內容可分為兩類，〈閟宮〉和〈泮水〉風格似〈雅〉，〈駉〉和〈有駜〉則頗近〈風〉。

駉

駉駉牡馬，[1]在坰之野。[2]薄言駉者，[3]有驈有皇，[4]有驪有黃，[5]以車彭彭。[6]
思無疆，[7]思馬斯臧。[8]

駉駉牡馬，在坰之野。薄言駉者，有騅有駓，[9]有騂有騏，[10]以車伾伾。[11]
思無期，[12]思馬斯才。[13]

駉駉牡馬，在坰之野。薄言駉者，有驒有駱，[14]有駵有雒，[15]以車繹繹。[16]
思無斁，[17]思馬斯作。[18]

駉駉牡馬，在坰之野。薄言駉者，有駰有騢，[19]有驔有魚，[20]以車祛祛。思無邪，[21]思馬斯徂。[22]

注釋

1 駉（粵：扃；普：jiōng）駉：馬肥壯貌。牡馬：公馬。2 坰（粵：扃；普：jiōng）：野外。3 薄言：語助詞。4 驈（粵：月；普：yù）：兩腿白色的黑馬。皇：黃白色夾雜的馬。5 驪（粵：梨；普：lí）：黑色的馬。6 彭彭：通「騯騯」、「旁旁」。原指車輪輾動的聲音，用以形容車馬的行動或車馬之盛。《詩經》別處或者作「駟介旁旁」（〈清人〉）、「行人彭彭」（〈載驅〉）、「駟騵彭彭」（〈大明〉）、「出車彭彭」（〈出車〉）、「四牡彭彭」（〈北山〉〈烝民〉）、百兩彭彭（〈韓奕〉）。7 思：語助詞。無疆：沒有止境。8 臧：善。9 騅（粵：追；普：zhuī）：青白色夾雜的馬。駓（粵：丕；普：pī）：黃白雜毛的馬。10 騂（粵：星；普：xīng）：赤色的馬。騏：青黑色的馬。11 伾（粵：丕；普：pī）伾：有力貌。12 無期：無限期。13 才：才幹。14 驒（粵：駝；普：tuó）：

毛色呈鱗狀斑紋的青色馬。駱：黑色鬃毛的白馬。15 駠（粵：劉；普：liú）：即騮，赤身黑鬃的馬。雒（粵：樂；普：luò）：白鬣的黑馬。16 繹繹：連續不斷，猶言「一輛接着一輛」。17 斁（粵：亦；普：yì）：厭倦。18 作：一說振作。一說有作為。19 駰（粵：因；普：yīn）：色淺黑帶白的馬。騢（粵：霞；普：xiá）：赤白相間的雜毛馬。20 驔（粵：恬；普：diàn）：脊毛黃色的黑馬。魚：指雙眼毛色皆白的馬。21 無邪：不偏差，指向前走。22 徂：善跑。

賞析與點評

此詩讚美魯國國君重視馬政。詩作極重鋪陳不同種類馬匹，側面歌頌國君養殖馬匹有道。

有駜

有駜有駜，[1] 駜彼乘黃。[2] 夙夜在公，在公明明。[3] 振振鷺，[4] 鷺于下。[5] 鼓咽咽，[6] 醉言舞。于胥樂兮！[7]

有駜有駜，駜彼乘牡。夙夜在公，在公飲酒。振振鷺，鷺于飛。鼓咽咽，醉言歸。于胥樂兮！

有駜有駜，駜彼乘駽。[8]夙夜在公，在公載燕。自今以始，歲其有。[9]君子有穀，[10]詒孫子。[11]于胥樂兮！

注釋

1 駜（粵：必；普：bì）：馬肥壯貌。2 乘黃：四匹黃馬。3 明明：通「勉勉」，操勞勤勉。4 振振：鳥飛貌。這裏指舞者羣動的樣子。鷺：鷺羽，舞者所持之物。5 于：語助詞。6 咽咽：鼓聲。7 于：發聲詞。胥：皆。8 駽（粵：暄；普：xuān）：青黑色的馬。9 有：有年，即豐年。10 穀：福祿。11 詒：通「遺」，讓人享有。

賞析與點評

此詩描寫魯僖公在祈年以後的宴飲活動。

泮水

思樂泮水，[1]薄采其芹，[2]魯侯戾止，[3]言觀其旂。[4]其旂茷茷，[5]鸞聲噦噦，[6]

無小無大，[7]從公于邁。[8]

思樂泮水，薄采其藻，魯侯戾止，其馬蹻蹻。[9]其馬蹻蹻，其音昭昭，[10]載色載笑，[11]匪怒伊教。[12]

思樂泮水，薄采其茆，[13]魯侯戾止，在泮飲酒。既飲旨酒，永錫難老，[14]順彼長道，[15]屈此羣醜。[16]

穆穆魯侯，敬明其德，敬慎威儀，維民之則。[17]允文允武，[18]昭假烈祖，[19]靡有不孝，[20]自求伊祜。

明明魯侯，克明其德，[21]既作泮宮，淮夷攸服。[22]矯矯虎臣，[23]在泮獻馘，[24]淑問如皋陶，[25]在泮獻囚。[26]

濟濟多士，克廣德心，[27]桓桓于征，[28]狄彼東南。[29]烝烝皇皇，[30]不吳不揚，[31]不告于訩，[32]在泮獻功。

角弓其觩，[33]束矢其搜，[34]戎車孔博，[35]徒御無斁。[36]既克淮夷，孔淑不逆，[37]式固爾猶，[38]淮夷卒獲。[39]

翩彼飛鴞，[40]集于泮林，[41]食我桑黮，[42]懷我好音。[43]憬彼淮夷，[44]來獻其琛，[45]元龜象齒，[46]大賂南金。[47]

注釋

1思：發語詞，下同。泮（粵：畔；普：pàn）水：《毛傳》：「泮水，泮宮之水也。天子辟雍，諸侯泮宮。」《釋文》：「泮宮，諸侯之學也。」2薄：發語詞，下同，其義若「往」。芹：《鄭箋》：「芹，水菜也。」3戾止：《毛傳》：「戾，來。止，至也。」戾通涖、蒞。4言：發語詞。旂：音義同旗。5茷（粵：配；普：pèi）茷：旗飛揚貌。茷茷如發發、淠淠、旆旆，是風動旗揚的聲音。6鸞：通鑾，車馬上的鑾鈴。噦（粵：惠；普：huì）噦：鈴聲。7小、大：指官職的高低。8于：語助詞。邁：行。9蹻（粵：噘；普：jué）蹻：馬強壯貌。10昭昭：明亮。11載：則、又。色：顏色溫潤。12匪怒伊教：指不以發怒來教化人。13茆（粵：卯；普：mǎo）：水草名。14錫：賜。難老：長壽。此是當時祝壽的成語。金文作「霝（令）冬（終）難老」。15長道：大路。16屈：征服。醜：俘虜。17則：法則。18允：信。允文允武，指魯侯文德武功並重。19昭假：神靈降臨。昭通卲，「顯耀」的意思；假通假、遐、佫、格、各，「到來降臨」的意思。20靡：無。孝：一說孝順先祖，一說效法先祖。21克：能。22攸：是。服：降服。23矯矯：武貌。虎臣：猛將。24馘（粵：國；普：guó）：割俘虜或戰死的敵人的左耳以計數論功。25淑：善。問：審問。皋陶（粵：搖；普：yáo）：古之善鞫獄者，這裏指監獄官。26獻囚：即獻俘。囚，所俘獲者。一說獻通「讞」，議罪。27克：能。廣：推廣。德心：善意。28桓桓：威武貌。金文中作⿺走亘。29狄：通逖，當讀作剔，征服治理。東南：指淮夷。30烝烝皇皇：形容聲勢浩大。31吳、揚：喧嘩。

32訩（粵：凶；普：xiōng）：爭辯。陳奐《詩毛氏傳疏》：「不告于訩，言不窮治兇惡，唯在柔服之而已。」33角弓：以角裝飾的弓。觩（粵：求；普：qiú）：曲貌。34束矢其搜：朱熹《詩集傳》：「觩，弓健貌。五十矢為束。或曰：百矢也。搜，矢疾聲也。」35博：大。36徒：徒步。御：御車者。無斁（粵：亦；普：yì）：不厭倦。37淑：善。逆：違命。38式：發語詞。固：堅定。猶：通猷，謀劃。39淮夷卒獲：指外族最後都被平定了。40翩：飛貌。鴞（粵：梟；普：xiāo）：惡聲之鳥，即今貓頭鷹。41泮林：泮水之林。42黮：通葚。桑黮，即桑葚，植物名。43懷：感念。44憬：覺悟。45琛：珍寶。46元龜：大龜，龜板可用於占卜。象齒：象牙。47大賂：即大輅、大路，又稱戎輅，高級車。南金：指南方出產的青銅。

賞析與點評

此詩寫魯僖公受俘於泮宮，極盡鋪陳獻俘的場面，除稱頌國君文治武功之外，也刻畫了魯國軍隊的威儀。最後表明淮夷歸順，貢獻不絕，是一篇典型的宮廷樂歌。

閟宮

閟宮有侐，[1]實實枚枚。[2]赫赫姜嫄，[3]其德不回。[4]上帝是依，[5]無災無害。
彌月不遲，[6]是生后稷。降之百福：黍稷重穋，[7]稙穉菽麥。[8]奄有下國，[9]俾
民稼穡。有稷有黍，有稻有秬。[10]奄有下土，纘禹之緒。[11]

后稷之孫，實維大王。居岐之陽，實始翦商。[12]至於文武，纘大王之緒，致天
之居，[13]于牧之野：「無貳無虞，[14]上帝臨女。」敦商之旅，[15]克咸厥功。[16]王曰：
「叔父，[17]建爾元子，[18]俾侯于魯。大啟爾宇，[19]為周室輔。」

乃命魯公，[20]俾侯于東。錫之山川，[21]土田附庸。[22]周公之孫，莊公之子。[23]
龍旂承祀，[24]六轡耳耳。[25]春秋匪解，享祀不忒。[26]皇皇后帝！[27]皇祖后稷！享
以騂犧，[28]是饗是宜。[29]降福既多，周公皇祖，[30]亦其福女。

秋而載嘗，[31]夏而楅衡，[32]白牡騂剛。[33]犧尊將將，[34]毛炰胾羹。[35]籩豆大房，[36]
萬舞洋洋，[37]孝孫有慶。[38]俾爾熾而昌，俾爾壽而臧。[39]保彼東方，[40]魯邦是常。[41]
不虧不崩，不震不騰。[42]三壽作朋，[43]如岡如陵。

公車千乘，朱英綠縢，[44]二矛重弓。[45]公徒三萬，貝冑朱綅，[46]烝徒增增。[47]
戎狄是膺，[48]荊舒是懲，則莫我敢承！[49]俾爾昌而熾，俾爾壽而富。黃髮台背，[50]
壽胥與試。[51]俾爾昌而大，俾爾耆而艾。[52]萬有千歲，眉壽無有害。[53]

泰山巖巖，[54]魯邦所詹。[55]奄有龜蒙，[56]遂荒大東。[57]至于海邦，淮夷來同。[58]莫不率從，魯侯之功。

保有鳧繹，[59]遂荒徐宅。[60]至于海邦，淮夷蠻貊。[61]及彼南夷，莫不率從。莫敢不諾，[62]魯侯是若。[63]

天錫公純嘏，[64]眉壽保魯。居常與許，[65]復周公之宇。[66]魯侯燕喜，[67]令妻壽母。宜大夫庶士，[68]邦國是有。[69]既多受祉，黃髮兒齒。[70]

徂來之松，[71]新甫之柏。[72]是斷是度，[73]是尋是尺。[74]松桷有舄，[75]路寢孔碩。[76]新廟奕奕，[77]奚斯所作，[78]孔曼且碩，[79]萬民是若。[80]

注釋

1 閟（粵：必；普：bì）：深閉。宮：宗廟。閟宮，指魯國魯僖公所建的新廟。侐（粵：隙；普：xù）：清靜。2 實實：堅固。枚枚：細密。3 赫赫：顯赫。姜嫄：后稷的母親。4 回：邪。5 依：眷顧。6 彌月：滿月，指懷孕足十月。7 重穋（粵：六；普：lù）：穀物。《毛詩正義》：「後熟曰重，先熟曰穋。」8 稙（粵：直；普：zhí）、穉（粵：字；普：zhì）：穀物。《毛傳》：「後種曰稙，先種曰穉。」9 奄有下國：即領有邦國。10 秬（粵：具；普：jù）：黑黍。11 纘（粵：纂；普：zuǎn）：繼承。緒：功業。12 翦：剪的異體字，滅除。13 屆：通「極」、「殛」，討伐。陳奐《詩毛氏傳疏》：「致天之屆，猶云致天之罰耳。」14 貳：通「忒」、「貣」，二心。虞：欺瞞。一説通「娛」，荒怠。15 敦：馬瑞辰《毛詩傳箋通釋》：「此詩敦亦當讀屯，屯，聚也。猶〈商頌〉『裒荊之旅』，裒亦聚也。蓋自聚其師旅為聚，俘虜敵之士眾，亦為屯聚之也。」16 咸：備、成。17 王：成王。叔父：指周公。18 建：立。元子：長子，即周公之子伯禽。19 啟：開拓。宇：居，指魯國的疆域。20 魯公：指伯禽。21 錫：賜。22 附庸：朱熹《詩集傳》：「附庸，猶屬城也，小國不能自達於天子，而附於大國也。」土田附庸，西周金文中作「僕墉土田」，亦即民人、城郭、山川、土地。《左傳》中作「土田陪敦」，義相近，只是這裏強調賞賜的重器。23 周公之孫，莊公之子：《毛傳》：「周公之孫，莊公之子，謂僖公也。」24 旂：音義同旗。承：奉。25 耳耳：通「弭弭」、「彌彌」，盛貌。26 忒（粵：剔；普：tè）：過錯。27 皇皇后帝：指上天。28 騂（粵：星；普：xīng）犧：純赤色的犧牲。29 是饗是宜：鄭玄《毛詩箋》：「天亦饗之宜之。」30 皇祖：指伯禽。31 載：則。嘗：朱熹《詩集傳》：「嘗，秋祭名。」32 夏：夏日。楅（粵：福；普：fú）衡：架在牛角上的橫木，防止其觸碰人。33 白牡：白色公牛。騂：赤色牲。剛：犅的假借字，指公牛。34 犧尊：朱熹《詩集傳》：「犧尊，畫牛於尊腹也。或曰，尊作牛形，鑿其背以受酒也。」將將：嚴整貌。35 毛炰（粵：炮；普：páo）：指肉連毛一起燒。胾（粵：至；普：zì）：切好的肉。36 籩、豆：祭祀用的器皿。籩，竹製。豆，木製。大房：朱熹《詩集傳》：「大房，半體之俎，足下有跗，如堂房也。」

37 萬舞：舞名。本為商人的樂舞，魯人祭祀時也沿用。洋洋：眾多貌，指舞者眾多。38 孝孫：指魯僖公。慶：福。39 臧：善。40 保：安。41 常：永保安寧。42 不虧不崩，不震不騰：指魯國基業安定，不受震動、驚擾。43 三壽：西周常用祝福語，即長壽的意思。44 朱英、縢：《毛傳》：「朱英，矛飾也。縢，繩也。」45 二矛重弓：指一車有二矛二弓。46 公徒：指追隨戰車的步兵。貝胄：用貝殼裝飾的甲胄，《毛傳》：「貝胄，貝飾也。以朱綅綴之。」47 烝：眾。增增：眾多貌。48 膺：擊。49 荊舒：楚國和舒國，泛指南方諸邦國。承：承受抵禦。50 黃髮台背：長壽之象。台字亦作「鮐」、「鮐」。51 胥：相較。試：比並。52 艾：《方言》：「艾，長老也。東齊魯衞之間，凡尊老謂之叟，亦謂之艾。」53 眉壽：鄭玄《毛詩箋》：「眉壽，秀眉，亦壽徵。」眉，金文中多作「亹」。54 巖巖：山石層疊貌。55 詹：通「瞻」，仰望。56 龜：山名，在今山東新泰縣西南。蒙：山名，在今山東蒙陰縣南。57 荒：奄，涵有。大東：極東。58 同：馬瑞辰《毛詩傳箋通釋》：「諸侯殷見天子曰同，小國會朝大國亦曰同。」59 鳧（粵：符；普：fú）：山名，在今山東鄒縣西南。繹：山名，在今山東鄒縣東南。60 徐宅：徐國。61 貊（粵：墨；普：mò）：嚴粲《詩緝》：「若淮夷也，南夷之蠻也，東夷之貊也，又及彼南方之夷荊楚也。」62 諾：應諾。63 若：順從。64 純嘏（粵：古；普：gǔ）：金文中作「屯魯」，鄭玄《毛詩箋》：「純，大也。受福曰嘏。」65 常、許：《毛傳》：「常、許，魯南鄙、西鄙。」66 宇：居，指疆域版圖。67 燕：通「宴」、「晏」，安樂。68 宜大夫庶士：指大夫眾士都安適。69 有：保有。70 兒齒：兒字通「齯」，指老人的牙齒。71 徂來：即徂徠，山名，在今山東泰安縣東南。72 新甫：山名，在泰山旁。73 斷：橫截。度（粵：踱；普：duó）：剫（粵：奪；普：duó）之假借，裁割。74 尋：古代度量單位，八尺為一尋。75 桷（粵：角；普：jué）：方形的屋椽。舄（粵：悉；普：xì）：粗大貌。76 路寢：宗廟的正寢。碩：大。77 新廟：指閟宮。奕奕：大貌。78 奚斯：陳奐《詩毛氏傳疏》：「奚斯，公子奚斯，即魯大夫公子魚也。」79 孔：非常。曼、碩：朱熹《詩集傳》：「曼，長。碩，大也。」80 萬民是若：順應萬民的期望。

賞析與點評

此詩以魯僖公作閟宮為中心鋪展，歌頌僖公的文治武功。這首詩是《詩經》中最長的一篇，全詩分九章，共一百二十句。詩的結尾提到「新廟奕奕，奚斯所作」，漢代以後有不少學者認為這首詩，甚至包括〈魯頌〉四篇都是奚斯的作品。但是詩中說的也可以是新廟為奚斯所作，未必言詩是奚斯的作品。

商頌

本篇導讀——

一般學者認為〈商頌〉是春秋時期宋國的作品，有說是宋襄公時期所作。但據《國語》所載，兩周之際的正考父（孔子的七世祖）校訂商之名頌者十二篇，獻給太師。那麼現存的〈商頌〉五篇有可能原有所本，屢經修訂，東周初期才逐漸成為今所見的詩篇。其詩的內容也多涉及商代的樂舞和制度。詩歌的風格則頗近《詩經》中的大小二雅。宋國的始封君是微子啟，乃商紂王的庶兄，其首都在今河南商丘。

那

猗與那與，[1]置我鞉鼓。[2]奏鼓簡簡，[3]衎我烈祖。[4]湯孫奏假，[5]綏我思成。[6]
鞉鼓淵淵，[7]嘒嘒管聲。[8]既和且平，依我磬聲。[9]於赫湯孫，[10]穆穆厥聲。[11]
庸鼓有斁，[12]萬舞有奕。[13]我有嘉客，亦不夷懌。[14]自古在昔，先民有作。[15]溫
恭朝夕，執事有恪。[16]顧予烝嘗，[17]湯孫之將！[18]

注釋

1 猗（粵：婀；普：ē）與那（粵：挪；普：nuó）與：即「猗那」一詞的分開表達。與（粵：如；普：yú），通「歟」，語助詞。「猗那」即「婀娜」，形容萬舞的舞者舞姿曼妙。2 置：樹立。鞉（粵：陶；普：táo）鼓：即鼗鼓，禮樂中所用大鼓，《周禮》中所說的「建鼓」。3 簡簡：鼓聲。4 衎（粵：漢；普：kàn）：即「侃」，快樂，使人快樂。烈祖：商朝祖先成湯。5 湯孫：成湯的子孫，指正在主持祭祀的人，不是晚商的君主，就是宋國的國君。假：音義同格。奏假，祈求神靈來臨。6 綏：安，保佑的意思。思：語助詞。成：成功。綏我思成，指祭祀之後請賜福予我。7 淵淵：深沉的鼓聲。8 嘒（粵：畏；普：huì）嘒：管聲。9 依：伴隨。10 於（粵：烏；普：wū）赫：即嗚呼赫赫的意思。11 穆穆：幽美。厥：其。12 庸：通「鏞」，中晚商開始使用的青銅樂鐘。有斁（粵：亦；普：yì）：即斁斁，有次序。甲骨文中有「作庸」、「奏庸」等

詞語。考古發現多為三件一組，亦有五件組的亞弜庸。13 萬舞：晚商一種宮廷樂舞，甲骨文中寫作「万」，是大型舞蹈，文舞武舞皆備。春秋時期又在各國流行。有奕：即奕奕，盛大。14 亦：語助詞。夷：平和。懌（粵：奕；普：yì）：歡喜。15 有作：有所作為。16 恪：敬。17 顧予烝嘗：請求接受我們的祭祀。烝，冬祭；嘗，秋祭，這裏泛指祭祀。18 將：奉獻。

賞析與點評

這是宋國國君祭祀先祖成湯的樂歌。其中提到的「万」舞和庸等都是商代的宮廷樂舞和樂器，詩最後幾句「顧予烝嘗，湯孫之將」，與〈商頌．烈祖〉的最後幾句一樣，說明這兩首詩都是商族祭祀所用的禮讚之詞。

烈祖

嗟嗟烈祖！[1] 有秩斯祜。[2] 申錫無疆，[3] 及爾斯所。[4] 既載清酤，[5] 賚我思成。[6]

亦有和羹，[7] 既戒既平。[8] 鬷假無言，[9] 時靡有爭。[10] 綏我眉壽，黃耇無疆。[11] 約軝錯衡，[12] 八鸞鶬鶬。[13] 以假以享，[14] 我受命溥將。[15] 自天降康，[16] 豐年穰穰。[17]
來假來饗，[18] 降福無疆。顧予烝嘗，[19] 湯孫之將！[20]

注釋

1 嗟嗟：感歎詞。烈祖：先祖。「烈」字金文中通作「剌」。烈祖意即功績卓越的祖先。2 秩：大貌。斯：其。祜：福。3 申：重、再，「申」字通「陳」。錫：賜。4 及爾斯所：朱熹《詩集傳》：「爾，主祭之君，蓋自歌者指之也。斯所，猶言此處也。」5 載：設。酤：酒。6 賚（粵：賴；普：lài）：賜。思：語助詞。成：平。7 和羹：調和五味之羹。8 戒：謹慎。平：和。9 鬷（粵：宗；普：zōng）假：指神靈降臨。「鬷」字通「奏」，進告的意思；「假」字通「徦」，即「格」，到來的意思。10 時：是。靡：無。爭：爭吵。11 綏：安，保佑。眉壽、黃耇（粵：苟；普：gǒu）：陳奐《詩毛氏傳疏》：「眉壽，黃耇皆壽徵，言安我以無疆之福壽也。」金文中「綏」字作「妥」，常有「妥福」一語。12 約軝（粵：奇；普：qí）：以皮纏繞的車轂。錯：文采。衡：車轅前端的橫木。13 鸞：鈴。鶬（粵：窗；普：qiāng）鶬：同鏘鏘，鈴聲。14 假：音格，通假，即至，金文中作各。享：獻給。15 溥：廣。將：大。16 康：安康。17 穰（粵：攘；普：ráng）穰：指收穫之多。18 假：音格，即至。一說通假，喜悅的意思。饗：指神靈享用祭品。19 顧：指神靈來顧。烝：冬祭。嘗：秋祭。烝嘗在這裏泛指祭祀。20 湯孫：湯的子孫。將：進奉。

賞析與點評

全詩鋪寫祭祀先祖的盛況。與前面一首詩〈那〉相比，〈那〉着重祭祀中的音樂場面，而本詩一首則着墨於祭祀中的祭物、儀節等。

玄鳥

天命玄鳥，[1]降而生商，宅殷土芒芒。[2]古帝命武湯，[3]正域彼四方。[4]方命厥后，[5]奄有九有。[6]商之先后，受命不殆，[7]在武丁孫子。[8]武丁孫子，武王靡不勝。[9]龍旂十乘，[10]大糦是承。[11]邦畿千里，[12]維民所止，[13]肇域彼四海。[14]四海來假，[15]來假祁祁。[16]景員維河？[17]殷受命咸宜，百祿是何。[18]

注釋

1 玄鳥：傳説中的神鳥。商朝人向有玄鳥誕生的創生神話。其始祖契的母親有娀氏之女簡狄，因吞食了玄鳥的蛋，而生下契。2 宅：居住。芒芒：即茫茫，廣大。3 古：從前。帝：上天。武湯：成湯。4 正：治理。域：疆域，這裏用作動詞，指劃定疆域。5 方（粵：旁；普：páng）：並的意思。命：任命。厥：其。后：君主，與下面

「先后」的「后」同。6 奄有：擁有。九有：九州，即天下。7 不殆：不已。8 武丁孫子：武丁這個子孫。9 靡：無、沒有。武王靡不勝，均沒有不勝過武王成湯，此即讚美武丁之詞。10 旂（粵：其；普：qí）：畫有龍形圖案的旗。乘：車輛計算單位。龍旂十乘，指有龍旗的大車十輛。11 糦（粵：希；普：xī）：酒食。承：供奉。12 畿：王畿，京師。13 維：是。止：居住。14 肇：開始。域：有。肇域彼四海，指擁有京師之外，開始擁有天下。15 假：同格，至。16 祈祈：眾多貌。17 景：大。員：幅員。河：黃河。18 何（粵：賀；普：hè）：負荷。

賞析與點評

這是殷後代祭祀祖先的樂歌。內容提及殷商的起源，包含「玄鳥生商」這個神話，又多讚美武丁。其詩的最早版本可能始於武丁時期的祭祀樂歌，現在這個版本已經過從晚商到春秋時期的踵事增華。

長發

濬哲維商，[1]長發其祥，[2]洪水芒芒，[3]禹敷下土方。[4]外大國是疆，[5]幅隕既長，[6]有娀方將，[7]帝立子生商。

玄王桓撥，[8]受小國是達，受大國是達。率履不越，[9]遂視既發，[10]相土烈烈，[11]海外有截。[12]

帝命不違，至于湯齊，[13]湯降不遲，[14]聖敬日躋。[15]昭假遲遲，[16]上帝是祗，[17]帝命式于九圍。[18]

受小球大球，[19]為下國綴旒，[20]何天之休。[21]不競不絿，[22]不剛不柔，敷政優優，[23]百祿是遒。[24]

受小共大共，為下國駿厖，[25]何天之龍。[26]敷奏其勇，[27]不震不動，不戁不竦，[28]百祿是總。

武王載旆，[29]有虔秉鉞，[30]如火烈烈，則莫我敢曷。[31]苞有三蘖，[32]莫遂莫達，[33]九有有截。韋顧既伐，昆吾夏桀。[34]

昔在中葉，[35]有震且業，[36]允也天子，[37]降予卿士。實維阿衡，[38]實左右商王。[39]

注釋

1 濬：當作睿。濬哲即睿智。維：是。商：指商朝的國君。2 長發其祥：指商國發祥已久。長，久。3 芒芒：廣大貌。4 敷：鋪。方：四方。5 外大國：王畿之外的諸侯。6 幅隕（粵：云；普：yún）：指國土。幅指廣長，隕通員，通圓，指周廣。7 有娀（粵：嵩；普：sōng）：國名，此處指商朝始祖契之母簡狄，因為簡狄是有娀氏之女。將：娶。8 玄王：契也。桓撥：剛勇。9 率：循。履：禮。越：逾越。10 遂：遍。視：視察。發：感發，指人們都能為契所感發。11 相土：契之孫。烈烈：威武貌。金文中作剌。12 截：整齊，指一致服從。13 至于湯齊：《毛傳》：「至湯與天心齊。」14 降：出生。不遲：指適逢其會。15 躋：升。16 昭假：神明降臨。假字同格，是至的意思。遲遲：即「舒遲」的意思，指祭祀時莊敬的樣子。17 祇（粵：支；普：zhī）：敬。18 式：法則。九圍：九州。19 受：指受命於天。球：法。20 綴旒（粵：墜留；普：zhuì liú）：表率。21 何：荷、承蒙。後同。休：福澤。22 競：爭。絿（粵：求；普：qiú）：急。23 敷政：即施政。優優：溫和貌。24 遒（粵：囚；普：qiú）：聚。25 共：法。駿厖（粵：忙；普：máng）：馬瑞辰《毛詩傳箋通釋》：「駿與恂，厖與蒙，古並聲近通用。……為下國恂蒙，猶云為下國庇覆耳。」26 龍：鄭玄《毛詩箋》：「龍，當作寵，寵，榮名之謂。」27 敷奏：佈陳、表現。28 戁（粵：赧；普：nǎn），恐。竦：懼。29 武王：即商湯。旆：音義同旗。30 有虔：虔敬。秉：持。鉞（粵：月；普：yuè）：斧類兵器。鉞代表權力。31 曷：即遏，阻止。32 苞：根，比喻夏朝。蘖（粵：

熱；普：niè）：樹木砍伐後再生的芽。[33]遂、達：馬瑞辰《毛詩傳箋通釋》：「遂與達，皆草木生長之稱。莫遂莫達，以喻國之不能復興。」[34]韋、顧、昆吾：夏桀的屬國。[35]中葉：中世，指商湯未興之時。葉字通枼，即世的意思。[36]震：震動。業：危險。[37]允也天子：謂真的是名副其實的天子，指商湯。[38]阿衡：即伊尹。[39]左右：輔助。

賞析與點評

此詩歌頌商的祖先契。詩作一方面回顧了契的功德，另一方面則敘述商湯建立九州，討伐夏桀的經過。

殷武

撻彼殷武，[1]奮伐荊楚。[2]罙入其阻，[3]裒荊之旅。[4]有截其所，[5]湯孫之緒。[6]

維女荊楚，[7]居國南鄉。[8]昔有成湯，自彼氐羌，[9]莫敢不來享，[10]莫敢不來王，[11]曰商是常！[12]

天命多辟，[13]設都于禹之績。[14]歲事來辟，[15]勿予禍適，[16]稼穡匪解。[17]
天命降監，下民有嚴。[18]不僭不濫，[19]不敢怠遑。[20]命于下國，封建厥福。[21]
商邑翼翼，[22]四方之極。[23]赫赫厥聲，[24]濯濯厥靈。[25]壽考且寧，以保我後生。
陟彼景山，[26]松柏丸丸。[27]是斷是遷，方斲是虔。[28]松桷有梴，[29]旅楹有閑，[30]
寢成孔安。[31]

注釋

1 撻：疾、勇武。武：武力。2 奮：奮起。荊楚：泛指南方諸侯國，非春秋時期的楚國。3 罙：音義同深。阻：險要之地。4 裒：通俘，俘虜。旅：眾。5 有截其所：整治該地。6 湯孫：商湯之子孫。宋國為商之後裔，故云。緒：功業。7 維：發語詞。女：即汝。8 鄉：音義同向。南鄉即南方。9 氐、羌：西方外族。10 享：獻。11 王：朝見天子。12 曰：發語詞。常：通尚，輔助。13 多辟：諸侯。14 都：城。設都，即立國。績：通跡，遺跡。15 歲事：指朝見天子。來辟：指每年朝見之事。16 禍：音過，罪過。適：責罰。17 解：音義同懈，懈怠。18 監：義同臨，下視。嚴：畏懼。19 僭：超越本分。濫：任意妄為。20 遑：暇。怠遑義同怠荒，鬆懈，懈怠。「不敢怠荒」是當時習見的成語。金文中亦常見。21 封：大。厥：其，下同。22 商邑：商之都城。翼翼：嚴整。23 極：正中。24 赫赫：盛貌。厥聲：即其聲，指祭祀時莊嚴肅穆的聲音。

25 濯濯：明淨貌。厥靈：指祭祀的對象，祖先的神靈。26 陟：登高。景山：山名，商丘附近。27 丸丸：平滑順直貌。28 方：是。斲（粵：着；普：zhuó）：砍削。虔：砍伐。29 桷（粵：角；普：jué）：方形的椽。梴（粵：千；普：chān）：木長貌。30 旅：眾。楹（粵：營；普：yíng）：廳堂前的柱子。閑：大貌。31 寢：宗廟中藏祖先衣冠的後殿。孔：甚、非常。安：安寧。

賞析與點評

此篇可看作是商人的史詩。全篇前五章寫商王的文治武功，最後一章寫祖先宗廟落成的情景，可見前者是追憶，後者是眼前實寫。

名句索引

二至三畫

乃生女子，載寢之地，載衣之裼，載弄之瓦。 二八三
乃生男子，載寢之牀，載衣之裳，載弄之璋。 二八三
子惠思我，褰裳涉溱。子不我思，豈無他人？ 一四四

四畫

不敢暴虎，不敢馮河。人知其一，莫知其他。戰戰兢兢，如臨深淵，如履薄冰。 三〇一
之子無良，二三其德。 三六〇
予其懲，而毖後患。 四七五
手如柔荑，膚如凝脂，領如蝤蠐，齒如瓠犀，螓首蛾眉，巧笑倩兮，美目盼兮。 一〇六
今夕何夕，見此良人？子兮子兮，如此良人何？ 一八一

月出皎兮。佼人僚兮。舒窈糾兮。勞心悄兮。　二一〇

五畫

兄弟鬩于牆，外禦其務。每有良朋，烝也無戎。　二四六
他山之石，可以攻玉。　二七七
永言配命，自求多福。　三六八
白圭之玷，尚可磨也；斯言之玷，不可為也。　四一六

六至七畫

死生契闊，與子成說。執子之手，與子偕老。　〇六八
夙夜在公，在公明明。　四八七
式微，式微，胡不歸？微君之故，胡為乎中露！　〇七六
投我以木桃，報之以瓊瑤。匪報也，永以為好也！　一一七
我心匪石，不可轉也。我心匪席，不可卷也。　〇六一

八畫

呦呦鹿鳴，食野之苹。我有嘉賓，鼓瑟吹笙。　二四一
彼采蕭兮，一日不見，如三秋兮！　一二七
昔我往矣，楊柳依依。今我來思，雨雪霏霏。　二五二

知我者，謂我心憂；不知我者，謂我何求。悠悠蒼天，此何人哉？ 一一九

青青子衿，悠悠我心。縱我不往，子寧不嗣音？ 一四八

九畫

南有喬木，不可休息。漢有游女，不可求思。漢之廣矣，不可泳思。江之永矣，不可方思。 ○三九

相鼠有皮，人而無儀！人而無儀，不死何為？ ○九九

苕之華，其葉青青。知我如此，不如無生。 三六五

風雨如晦，雞鳴不已。既見君子，云胡不喜？ 一四七

十畫

桃之夭夭，灼灼其華。之子于歸，宜其室家。 ○三五

殷鑒不遠，在夏后之世。 四一三

豈曰無衣？與子同袍。王于興師，修我戈矛，與子同仇！ 一九九

高山仰止，景行行止。 三四三

十一至十二畫

野有死麕，白茅包之。有女懷春，吉士誘之。 ○五六

野有蔓草，零露漙兮。有美一人，清揚婉兮。邂逅相遇，適我願兮。 一五一

無父何怙？無母何恃？ 三一五

十三畫

溥天之下，莫非王土；率土之濱，莫非王臣。 三二二
蜉蝣之羽，衣裳楚楚。心之憂矣，於我歸處。 二一九

十四畫

厭厭夜飲，不醉無歸。 二六二
摽有梅，其實七兮。求我庶士，迨其吉兮。 ○五三
蒹葭蒼蒼，白露為霜。所謂伊人，在水一方。 一九五

十六畫及以上

燕燕于飛，差池其羽。之子于歸，遠送于野。瞻望弗及，泣涕如雨。 ○六三
關關雎鳩，在河之洲。窈窕淑女，君子好逑。 ○二八
靡不有初，鮮克有終。 四一二

新 視 野
中華經典文庫